누란

현기영 장편소설
누란

초판 1쇄 발행/2009년 8월 14일
초판 6쇄 발행/2010년 2월 16일

지은이/현기영
펴낸이/고세현
책임편집/황혜숙
펴낸곳/(주)창비
등록/1986년 8월 5일 제85호
주소/413-756 경기도 파주시 교하읍 문발리 513-11
전화/031-955-3333
팩시밀리/영업 031-955-3399 · 편집 031-955-3400
홈페이지/www.changbi.com
전자우편/literat@changbi.com
인쇄/상지사P&B

ⓒ 현기영 2009
ISBN 978-89-364-3371-0 03810

* 이 책 내용의 전부 또는 일부를 재사용하려면
  반드시 저작권자와 창비 양측의 동의를 받아야 합니다.
* 책값은 뒤표지에 표시되어 있습니다.

현기영 장편소설

창비

사막이 증가하고 있다.
사막을 옹호하는 자들에게 불행이 있으라.
―니체

차례

누란 — 8

작가의 말 — 299

이 이야기는 허무성이라는 한 젊은 지식인의 기구한 삶의 전말에 관한 것이다. 그 모든 것은 악명높은 남산 기슭의 한 지하실에서 시작되었다. 대학 사학년 때 그곳으로 잡혀가 모진 고문을 당한 뒤로, 그의 뇌리에는 평생 지울 수 없는 지옥의 장면이 각인되어버렸다. 그는 386 운동권의 막내 학번이었다.

1

체포된 첫날은 신병이 인도되는 순간 불문곡직 매질부터 당했다. 오래 끌 것 없이 속전속결로 끝내기 위해서, 아예 혼쭐을 빼놓고 다스리겠다는 의도였다.

"이 새꺄, 무릎 꿇어!"
말단 담당에게 인계되는 순간, 허무성은 무방비 상태의 죄수로 전락하고 만다. 죄수는 다짜고짜 머리채를 앞으로 힘껏 잡아채이는 바람에 고꾸라진다.
"기어! 개같이 기란 말이야!"
머리채를 잡아끄는 대로 복도의 씨멘트 바닥을 정신없이 뿔뿔 기어가는 그를 뒤에서 조수 격인 다른 한놈이 엉덩이를 걷어차면서 사납게 몰아댄다. 복도 끝에서 지하 이층까지 계단을 타고 허둥지둥 기어서 내려간다. 이 새끼, 빨리 기어! 발길에 차여 계단 밑으로 곤두박질 친다. 어둠침침한 지하 이층 복도에서 어느 방으로 문을 밀고 들어간다. 그 철제문이 등뒤에서 덫처럼 철커덩 하고 닫힌다. 환풍기 구멍 하나만 남겨놓고 사면이 콘크리트 벽으로 꽉 막힌 그 좁은 방에 왜 욕조가 있는지 생각할 틈도 없다. 벽에 세워진, 손잡이에 초록색 테이프가 감긴 몽둥이 하나가 얼핏 눈에 들어온다. 검은 정장 차림의 낯빛 창백한 김일강 차장, 뒤따라 들어온 그가 불문곡직하고 허무성의 안경을 낚아채면서 귀뺨을 한대 때린다. 양복 자락이 펄럭이면서 허리에 찬 권총 대가리가 번쩍거린다.

"시작해!"

명령이 떨어지자마자 부하 두 놈이 양옆으로 바싹 다가선다.

"0.5초 내로 군복 갈아입어!"

시퍼런 군복 한벌이 발밑에 떨어진다. 입고 있던 옷을 얼른 벗고, 군복바지를 집어든 허무성은 옷가랑이가 붉은 피에 젖어 있는 걸 보고 질겁한다.

"이 새끼, 뭘 꾸물거려?"

"여기, 피가!"

"이 새끼, 너도 피터지게 맞아봐라!"

다른 바지가 던져지고, 거기에 두 다리를 꿰려고 허무성은 마구 허둥댄다. 미처 상의를 입기도 전에 부하 두 놈이 달려들어 몽둥이찜질을 안기기 시작한다. 그들은 매질로 육체의 울타리를 허물고 그 내부로 강하게 진입한다. 매질은 숨돌릴 틈 없이 돌풍처럼 집중적으로 그의 몸뚱이를 난타한다. 차장이 지켜보는 가운데, 두 놈은 빠른 동작으로 능숙한 솜씨를 발휘한다. 한놈은 몽둥이를 휘두르고, 다른 한놈은 조수 역할을 한다. 매가 몸에 터질 때마다 비틀거리며 쓰러지려는 그를 조수가 바로세우고, 자꾸만 허우적거리려는 두 팔을 매에 다치지 않게 꽉 붙잡으면서, 때리기 좋게 몸을 전후좌우로 능숙하게 돌려놓는다. 엉덩이를 헌 짚신 바닥마냥 작신 조져댄 몽둥이는 허벅지로 내려간다. 매는 허벅지 주위를 돌면서 빈틈없이 골고루 타격한 후, 다른 허벅지로 옮아가고, 이어서 종아리, 팔뚝, 어깻죽지 등, 그렇게 매는 급소와 뼈를 피해 살집 많은 곳만 골라 정확하게, 자근자근 빈틈없이 타격한다. 신중히 계산된 매질이다. 그들은 결코 분노하지 않는다. 사고 없는 기계처럼 냉혹하고 정확하다. 김일강이 조종하는 기계들이다. 그들은 육체의 고통을 더도 덜도 아닌 어느 한계까지 몰고 가면 정신이 굴복하는지 잘 알고 있는 기술자들이다. 그들의 동료 중에는 피의자를 흔히 칠성판이라고 불리는 고문대에 뉘어놓고 어깨뼈를 탈골시켜 양쪽 팔을 덜렁거리게 하다가 다시 접골시키는 해부학의 대가들도 있다. 그렇게, 신중하게 계산해서, 정교하게 해부해서 만들어진 그 알맞은 분량의 고통이란 애당초 인간이 견딜 수 있는 것이 아니다. 인간을 부정하고, 생명을 부정하고 인간을 개 수준으로 만들어버리는 테러행위일 뿐이다. 그의 입에서 토해져나오는 것도 외마디 동물적 비명소리다. 이 극한상황은 '제발, 살려주세요' 같은 인간의 말을 발음할 틈을 주지 않는다. 단 두 마디 말도 발음하기에 너무 길어 오직 악, 악, 외마디 비명만 지를 따름이다. 고통은 참으로 혹독하다. 그 고통은 숨이 꽉 막히게 근육을 경직시키면서 지진에 의한 땅의 균열처럼 살 속 깊이 뚫고 들어가 뼈대와 내장을 찌르고 두개골의 골수를 흔들어대는 것이다. 나이프가 골수 깊이 박힌다. 고문자 김일강이 나이프처럼 몸속을 뚫고 들어오려고 한다. 까무러치게 아프다. 고문의 매질은 기절할 때까지 계속하는 게 보통이다. 아, 기절해야 하는데, 그 순간이 언젠가? 생생하게 느껴지는 죽음의 감각. 지옥이 무엇인지 미리 알려주는 고문이다. 아니, 내가 죽은 것은 아닐까? 이미 죽어서 지옥의 불에 내던져진 것은 아닐까? 활활 타는 지옥의 유황불 속에서 그의 전 존재가 불타고 있는 느낌이 절실하다. 영원히 계속될 것만 같은 고통. 헐떡거리며, 침을 질질 흘리며 단말마의 비명을 계속 질러대지만, 자신의 귀에는 전혀 들리지 않는다. 마침내 고통을 더 참지 못하고 까무러친다. 그제야 매질이 그치고 얼굴에 찬물이 뿌려진다. 다시 의식이 돌아온 허무성은 허벅지에 뭔가 끈끈한 것이 흘러내리는 걸 느낀다. 피가 흐르나? 아니다. 항문의 괄약근이 풀렸나보다. 한놈이 콧등을 찌푸리며 말한다. "아이, 냄새! 이 새끼 봐! 겁똥 쌌어. 겁똥!"

　몽둥이찜질 고문은 그의 심신을 반쯤 파괴해놓고서 약 오 분 만에 끝이 난다. 오 분이 영원처럼 느껴진 그 상황이 지나자, 죄수는 씨멘트 바닥에 내동댕이쳐진 채, 눈에 공포의 빛이 가득한 한마리의 똥개로 변하고 만다. 겁똥 싼 한마리의 똥개. 군복바지에 지린 건더기 없는 물똥. 입안이 목구멍까지 바싹바싹 말랐다. 물, 물, 제발 물 좀 주세요! 꽉 쉰 목소리, 타는 갈증으로 헐떡거리는 그의 입안으로 샤워기 물이 들어간다. 샤워기의 호스를 길게 훑어내리면서 김일강이 킥킥거리며 하이에나 웃음소리를 낸다. 파시스트의 낯빛은 으레 그래야 하는 것처럼 그의 낯빛은 창백하다. 짙은 눈썹, 면도날로 민, 섬뜩하게 푸른 구레나룻, 그 때문에 더욱 창백해 뵈는 낯빛, 검은 정장, 훅 끼치는 독한 술냄새, 헛구역질이 올라온다.
"죽고 싶겠지? 그렇게는 안되지. 죽고 싶어도 맘대로 안되는 데가 여기야. 너도 이 고무 호스를 목에 감고 싶을걸? 두 달 전엔 한 새끼가 고문에 못 이겨 이 샤워 호스로 목을 졸라 자살하려다가 들켰지. 미리 말해두지만, 날 속일 생각은 아예 하지 마. 너에 대해서 너 자신이 아는 것보다 내가 더 많이 알고 있단 말이야. 그럼, 슬슬 시작해볼까. 네가 소속한 지하써클이 학내 시위를 지휘한다는 것은 이미 알려진 사실이야. 우린 널 검거하기 전에, 누구누구를 만나나 보려고 몇번 미행했기 때문에 대충 알 건 안다고. 써클 후배 문정선이가 네 애인이라는 것도, 그리고 네가 그년이랑 재미보려고 금요일마다 여관에 드는 것까지 알고 있어. 죄다 불어야 해! 네가 알아서 불어야지, 그러지 않으면 그년까지 잡아다가 족칠 수도 있어!"

잠시 매질이 멈춰진 동안 어디선가 좀 떨어진 곳에서 악, 악, 하고 처절한 비명이 들려온다. 방음문이 조금 열려 있고, 그 틈새로 비명이 들려온다. 이윽고 비명은 애걸하는 헐떡거림과 낮고 음산한 신음소리로 변한다. 허무성은 그것이 방금 자신이 내질렀던 비명의 메아리처럼 느껴져 부르르 몸서리친다. 나도 저렇게 처절하게 비명을 질렀겠지.

그날 허무성은 몽둥이찜질로 온몸이 부어올랐는데, 저녁이 되자 부은 몸 위로 가느다란 회초리타작이 가해졌다. 군복 위로 때렸지만, 대퇴부의 부은 살갗이 터져 피가 똥물 젖은 군복 가랑이를 더욱 척척하게 만들었다.

2

다음날은 물고문이었다. 샤워기와 그것이 붙어 있는 욕조는 고문도구로 쓰였는데, 그 고문은 전날 파괴하고 남은 그의 인격의 절반을 마저 파괴해버렸다. 그들은 물고문을 '수도공사'라고 불렀다.

환풍기 구멍 말고는 사면이 벽으로 밀폐된 정방형의 방, 바깥세상과 절연된 지하 이층, 마치 숨구멍 하나만 남겨놓고 심해 바닥에 가라앉은 컨테이너박스 속 같다. 이승도 아니고 저승도 아닌, 그 사이의 공간이다. 한쪽 벽에 물이 가득 찬 욕조가 놓여 있고, 그 맞은편 벽 가까이에 전기스탠드가 서 있는데, 갓등의 불빛이 욕조를 향하도록 비스듬히 조종되어 있다. 그래서 전기스탠드 뒤쪽은 어두운데, 그 그늘진 배후에 이 드라마의 연출자인 검은 정장의 안색 창백한 김일강이 작은 철제책상을 앞에 놓고 버티고 앉아 있다. 오른손에 들려 있는 양주병과 검은 양복이 배후의 그늘과 어울려 악마적 분위기를 만들어낸다. 그때 갑자기 전화벨 소리가 정적을 깨뜨린다. 지상 어디선가에서 전화가 걸려왔다. 혹시 구원이 왔나? 처형 직전의 도스또예프스끼 앞에 급히 당도한 황제의 사면령…… 혹시 동지들이 잡혔다는 보고인가? 그들이 붙잡혔다면 고문은 이것으로 끝나는데…… 아니, 내가 동지들이 붙잡히길 바라고 있나? 허무성은 불안한 눈으로 김일강 쪽을 살핀다. 술병을 잡았던 그의 손에 전화기가 들려 있다. 김일강의 입에서 놀랍게도 상냥한 목소리가 낮게 새어나온다. 소름끼치게 상냥한 목소리다.

"여보, 미안해. 지금도 근무중이야. 집에 못 들어간 지 벌써 나흘째네. 옷도 갈아입어야 하는데…… 은지는? 감기 다 안 나았나? 네살짜리 어린것이라, 감기라도 조심해야 해. 응, 응, 그래. 내일 밤은 집에서 잘 수 있을 거야. 워낙 바빠서 말이야. 미안해. 이번 주일엔 꼭 교회에 갈게. 그래, 그래. 지금은 바쁘니까. 급한 일 처리중이야. 그럼 끊을게."

팬티까지 벗겨진 알몸인 채 죄수는 욕조 옆의 의자에 앉혀진다. 전날 매타작당한 몸은 잉크빛 멍든 상처들로 뒤덮여 있다. 안경을 빼앗겨 시야가 흐릿한 상태여서, 그는 제 알몸의 무방비 상태가 더욱 절실하게 느껴진다. 두 손이 등뒤로 묶여 있고, 두 발도 묶여 있다. 보통 크기의 평범한 아이보리색 욕조다. 따뜻한 목욕물, 분홍빛 알몸의 나른한 쾌감을 위한 그 문명의 이기가 이제 돌연 야만의 흉기로 변한다. 양옆에 붙어선 두 명의 고문자가 갑자기 그의 양어깨를 잡아 물속에 처박는다. 머리통이 욕조 바닥에 부딪힌다. 물을 먹지 않으려고 결박된 몸이 마구 버둥거린다. 숨을 참을 수 없다. 어느새 뒤에 다가와 보고 있던 김일강이 맹렬히 몸부림치며 떠오르는 머리통을 구둣발로 짓눌러 물속에 도로 처박는다. 드디어 몸 안으로 물이 공격해 들어온다. 물을 울컥 삼킨다. 코로도 입으로도 물이 들어온다. 그 구멍들이 자신의 육체를 배반하고 적을 받아들이는 것이다. 몸이 몸을 먹는다. 몸을 먹고 정신까지 가차없이 먹어치운다. 그의 테두리, 그를 그답게 지켜주던 몸의 경계를 허물어뜨리면서, 타인의 몸이 들어온다. 무자비한 수컷이 들어온다. 그 잔인한 능욕이 바로 권력이다. 고문자 김일강의 몸이 체제의 권력 크기로 커져간다. 그가 전두환이 되고 박정희가 된다. 그의 몸은 박정희·전두환과 합쳐진 복합체가 되어 무한대로 비대해지고 반대로 그의 몸뚱이에 깔린 죄수 허무성의 몸뚱이는 무한소로 작아진다. 허무성이 지닌 모든 것이 의심되고 부정되고 파괴된다. 파쇼 권력이 그의 알몸을 덮쳐 내부를 유린하는 중이다. 모든 게 파괴된다. 허무성의 내면에 깃들여 있던 문명, 그의 세계, 그의 이념, 그의 신념이 야만에 의해 무자비하게 파괴당한다. 파괴된 그 공간에 독재자의 세계가 점령군처럼 쳐들어온다. 그 무엇에도 비교할 수 없는 고통. 비교할 것이 있다면 오직 죽음뿐인 그 절대적인 고통! 고문은 죽음을 흉내내면서 허무성이라는 인간 생체에 인간 부정, 생명 부정의 해체작업을 벌인다. 물이 들어오는데도 불길이 치솟듯 콧속이 뜨겁다. 물이 새어들어오는 귓속에서 쌕쌕쌕 이명이 무섭게 울린다. 아, 참을 수 없다. 더이상 참지 못하고 기도의 날름막마저 열어주면 그 순간이 곧 죽음이다. 정선의 얼굴이 얼핏 떠올랐다가 사라진다. 고통받는 육체만이 압도적으로 느껴질 뿐 그밖의 것은 어렴풋해진다. 참을 수 없는 고통의 거대한 덩어리로 한없이 부풀어오른다. 육체가 고통을 참지 못하고 정신을 배반하려고 한다. 아, 까무러칠 수만 있다면! 아니, 차라리 죽을 수만 있다면! 이 저주의 육체를 포기해버릴 수만 있다면! 그러나 능숙한 고문자들은 그 시간을 정확히 안다. 위기 직전에서 머리를 수면 위로 들어올려 잠깐 숨통을 틔워준다. 푸아, 푸아, 가쁜 숨을 몰아쉬는 희생물 앞에 얼굴을 바싹 들이댄 포식자 김일강. 이 위로 입술이 잔인하게 말려올라가 있다.

"이 빨갱이 새끼, 허무성! 항복해! 뭐, 더이상 자백할 게 없다고? 네가 소속한 써클은 그렇다 치고, 각 대학연합 써클의 계보도 알고 있을 거 아냐! 뭐, 모른다고? 이 새끼, 자백할 게 없으면 소설이라도 써봐, 픽션이라도 만들란 말이야. 네가 항복할 때까지 고문은 멈추지 않을 거야. 도중에 고문치사도 있을 수 있지. 박종철이도 그렇게 죽었어. 너의 연행 사실은 아무도 몰라. 그건 네가 죽어도 아무도 모른다는 뜻이야. 쥐도 새도 모르게 꼬르륵 증발시켜버릴 거야, 알았어? 이 새끼 다시 물에 처박아!"

그렇게 물속에 머리를 처박아넣기를 여러번 반복한다. 저항력이 점점 약해진다. 멈춰진 시간, 의식이 지워진 그 죽음의 백지 위에 다시 정선의 얼굴이 얼핏 나타났다가 사라진다. 사형집행은 진행되고 있으나, 최후의 일격은 계속 미뤄지는 상황이다. 다섯 주전자쯤의 물이 배 속에 들어갈 즈음, 그들의 냉혹 정확한 고문 기술에 자칫 이상이 온다. 조직의 배후를 캐기 위해서는 강압수사가 불가피하다는 '각하의 분부'가 그들의 손에 과도하게 힘을 실어준 모양이다. 그는 마침내 까무룩 의식을 잃는다. 철제책상도 의자도. 고문자들의 움직임도 실체 없는 그림자처럼 흐릿하다. 흐릿하게 의식을 잃어가는 그의 머릿속에

선 이십여년 생애와 관계된 듯한 수많은 영상들이 마구 겹치면서 빠른 속도로 줄지어 지나간다. 죽었다가 용케 숨이 돌아와 살아난 사람들이 그 죽음 체험 속에서 보았다는 그 영상들이. 그는 의식을 잃고 축 늘어진 채 욕조 밖으로 끌어내진다. 물 먹은 배가 항아리처럼 부풀어 있다. 고문자들이 놀라서 황급히 결박을 풀고 응급치료를 한다. 손바닥으로 가슴을 반복해서 여러번 치고, 뺨도 때린다. 당황한 차장이 발을 동동 구른다. 두려움에 꽉 쉰 목소리. "허무성! 정신차려! 허무성! 제발, 제발!" 이윽고 다행히 의식이 돌아온다. 김일강이 안도의 한숨을 길게 토하면서 담배를 뽑아문다.

"어휴, 이 새끼가 사람 놀래키네!"

물 먹어 한껏 부풀어오른 뱃구레를 한놈이 구둣발로 쿨렁쿨렁 밟자, 입과 코에서 물줄기가 호스처럼 세차게 뿜어져나온다. 김일강의 입과 코에서는 담배연기가 푸짐하게 뿜어져나온다. 그의 검정 상의 끝자락이 욕조물에 젖어 있다. 다섯 주전자의 물을 토해낸 허무성은 기진맥진 쓰러져 헐떡거린다. 살려주세요. 다 자백할 테니 제발 살려주세요.

김일강이 허리춤에서 권총을 뽑아들면서, 킥킥 하이에나처럼 기분 나쁜 웃음을 웃으며 말한다.

"저번엔 그 녀석이 어찌나 화를 돋우던지 하마터면 방아쇠를 당길 뻔했지. 뭐, 다 자백하겠다고? 그래놓고 또 뭔가 숨기려고? 그까짓거 뭐 중요하다고 입다물고 있는 거야? 안돼! 넌 취조가 더 필요해. 내게 필요한 건 그따위 시시한 사실 정보만이 아니야. 너의 완전한 항복, 너를 완전히 다른 사람으로 탈바꿈시키는 것이 필요해! 그놈을 칠성판에 올려라!"

허무성의 푸르게 멍든 알몸은 물과 땀으로 흠씬 젖어 있다. 김일강이 뽑아든 권총 총신을 두 손으로 감싸쥐면서 그 처참한 알몸을 탐욕스럽게 살핀다. 그 몸이 담요로 싸여 고문대에 뉘어진다. 고문 도중 요동질 못하게 끈으로 발목, 무릎, 허벅지, 허리, 가슴, 다섯 군데가 염한 시체처럼 차례로 묶인다. 김일강이 불쑥 다가선다. 역한 술냄새.
　"네가 입 안 열면 내가 벌려주지! 이 새꺄, 아가리 벌려!"
　그 순간 권총 총신이 와락 입안으로 쳐들어온다. 홉뜨고 내려다보는 두 눈알에 핏발이 서 있다. 권총이 이에 딱딱 부딪히면서 입안을 휘젓는다. 낄낄거리는 쌔디스트의 시뻘건 웃음.
　"허무성! 이번이 마지막 기회다. 이 권총은 장난이 아니야. 저번 새낀 어찌나 화를 돋우던지 하마터면 방아쇠를 당길 뻔했지. 자, 숨김없이 깡그리 다 불어! 이걸 왜 칠성판이라고 부르는지 알아? 시신 넣는 관의 바닥판이 칠성판이야. 잘 들어라, 허무성! 너는 지금 염한 시신이 되어 칠성판에 누워 있는 거다. 다시 말하면, 너는 지금 새사람으로 다시 태어나기 위해서 죽어 있는 거다. 우린 정신의 유물론을 믿고 실천하는 사람들이다. 정신, 영혼이란 두뇌 신경조직의 화학작용에 의해 산출되는 물질일 뿐이야. 그래서 정신이나 영혼은 얼마든지 조작이 가능하지. 뜯어고칠 수 있어. 우린 말로 묻는 신문 따위는 별로 좋아하지 않아. 우리의 방식은 정신에 묻지 않고, 몸에 묻는 것이다. 몸에 물으면 곧바로 정신이 대답해주거든. 반역의 정신을 깡그리 지우고, 그 자리에 순종의 정신을 심는 거지. 그게 녹화사업이란 거다. 네 머릿속의 붉은 의식을 녹색으로 바꿔주는 거지. 정신을 부수고 재조립하는 거야. 너는 지금 여기서 죽어서 다른 사람으로 태어나야 해. 자, 말해! 이 새꺄, 죄다 불어!"

이 새꺄, 죄다 불어! 고문자의 무서운 무기가 되어버린 써클 동지들의 이름, 그 고통 앞에서 그 이름들을 발설하지 않는 것은 불가능했다. 매질과 물고문 당할 때 그의 몸은 그의 것이 아닌, 철저하게 빼앗긴 몸이었다. 빼앗긴 몸은 고문자 김일강의 무기가 되어 역으로 그를 공격해왔다. 몸이 몸을 공격하고 제 몸이 제 몸을 뜯어먹는, 무서운 고통이었다. 몸의 경계를 벗어나 죽을 수만 있다면! 고문에 난타당할 때마다 두뇌 속의 영혼은 그 경계를 벗어나려고 무섭게 발광했고, 그것은 어쩌다 실내에 잘못 들어온 참새가 탈출하려고 여기저기 좌충우돌 부딪히는 절망적인 행동과 흡사했다. 아, 죽을 수만 있다면!
 결국 그는 항복하고 말았다. 그리고 남은 것은 부서지고 찌그러진 영혼과 배신자라는 이름뿐이었다.
 김일강이 그렇게 하루 반 동안 집중적으로 혹독한 고문을 안긴 이유는 자백을 빨리 받아내서 용의자들이 지하로 숨기 전에 일제검거하기 위해서였다. 각 대학연합 지하써클들은 선 조직으로 되어 있어서, 한 조직원이 감쪽같이 증발하더라도 이틀만 지나면 자연히 선이 끊어진 것이 밝혀지기 때문이었다. 그렇게 해서, 하루 반 동안의 집중적이고 혹독한 고문은 허무성의 내부를 온전한 것 하나 남기지 않고 폐허로 만들어버렸다. 고문받은 몸이 마침내 정신을 배반하여, 그로 하여금 자신의 정치적 신념과 동지들을 배반하게 만든 것이었다. 그의 자백에 의해 스물한 명의 주동자급 문제 학생들의 신원과 소재가 드러나고 말았다. 최종 자술서를 받아낸 김일강은 영판 다른 사람처럼 태도가 부드러워졌다. 검은 옷의 야차가 갑자기 검은 옷의 사제로 변한 것 같았다. 그가 물에 젖은 알몸을 몸소 닦아주고 마른 군복을 입혀주었다. 그는 기독교 신자였다. 고문의 상처를 핥아주기라도 할 듯이, 그의 목소리는 상냥했다. 부드럽게 울림이 좋은 충청도 말씨였다. 이미 마음이 망가져버린 허무성은 그 달콤한 목소리에 무방비 상태로 끌려들어갈 수밖에 없었다. 김일강의 구두 바닥이라도 핥고 싶었다. 두 눈에서 눈물이 하염없이 흘러내렸다. 김일강은 신파 연극의 능숙한 연기까지 갖춘, 세련된 극우이론가였고, 눈물 흘리는 죄인을 품에 안고 어루만져주는 검은 옷의 사제이기도 했다. "우리의 주인이신 예수여, 당신의 품에서 자라지 못해 한때 미혹에 빠졌던 이 철부지 영혼을 부디 돌보아주옵소서."

3

"어때, 죄다 불고 나니까 시원하지? 그래, 울어야지. 울고 나면 속이 후련해질 거야. 자네 자술서에 올라 있는 용의자 열일곱 명을 검거하려고 이제 막 우리 회사 직원들이 출발했어. 그놈들은 잡히는 족족 모두 감옥행이야. 죄질로 봐서, 자네도 최하 삼년짜리 징역감은 충분해. 자넨 내가 고마운 줄 알아야 하네. 이것으로 끝나길 얼마나 다행인가? 병중인 부친을 팽개치고 어떻게 감옥에 들어가겠나, 그렇지? 우린 자네 부친이 위궤양을 심하게 앓고 있다는 것도 알지. 그럼, 그럼, 실컷 울어, 긴장 풀어지게. 지나간 과거는 잊어버리고 이제부터 새사람으로 탈바꿈하는 거야. 아암, 우린 아무나 선택하지 않아. 자네를 선택한 건 자네가 맘에 들었기 때문이지. 자넨 그 싸가지없는 독종 음모자 놈들과 달라. 우선 학구적인 자세가 맘에 들어. 책 많이 읽는다며? 독서를 좋아한다는 건 겉보기는 과격해도 골수분자는 아니라는 뜻일 거야. 자넨 기질적으로 학자풍이야. 공부를 계속할 수 있도록 우리가 도와주지. 나도 그렇게 무식한 사람은 아니야. 고시 패스한 엘리트가 야심없이 왜 이런 데 와 있겠나? 우리 회사가 필요로 하는 것은 유능한 지식인들이야. 변화하는 시대에 맞게 이론을 세우고, 선전선동하려면 세련된 지성이 필요하다고. 무식한 군바리들만 가지고는 어림도 없지. 허무성! 이제부터 우리와 같이 일하는 거야, 알았지?

이건 자네와 나만을 위한 자리야. 이 뜻깊은 자리를 위해서 이 술을 마련했지. 이거 아주 좋은 술이야, 시바스리갈, 알지? 그날 밤 궁정동 안가의 술, 성스러운 술이기도 하지. 자, 이젠 그만 눈물 닦고, 한잔하게. 어서 이 술잔 받아. 고문을 독하게 당한 직후, 고문자에게 얻어마시는 술맛보다 더한 쾌락은 이 세상에 없다는 거야. 이 술맛의 기억은 낙인 같아서 평생 잊지 못하지. 시바스리갈! 자, 땡하자고! 땡! 좋았어! 좌악! 그렇지. 크으! 목구멍이 짜릿하구먼. 어때, 술맛이? 기막히지? 곧 긴장이 풀릴 거야.

그래, 이틀 동안 얼마나 고생 많았는가. 날 너무 매정한 사람이라 보지는 말게. 사실은 자네를 위해서 일부러 고문 강도를 높인 걸세. 자네 머릿속의 반체제정신을 부수어 자네를 완전히 우리 사람으로 만들고 싶었던 거야. 자네가 우리 사람으로 재탄생하기 위해서 마땅히 치러야 할 절차였네. 히야! 한잔 들어가니까 대번에 기분좋아지는구먼. 시바스리갈! 역시 좋은 술이야. 자, 한잔 더! 난 술꾼이야. 자네도 학교에서 소문난 술꾼이잖아. 술꾼은 역시 술로 통한단 말이야. 그만 눈물 닦고 술 들라니까! 그렇지!

그렇지, 그렇게 스트레이트로 쫙 들어. 봐, 벌써 자네 얼굴에 예쁘게 화색이 돌기 시작했어! 역시 자넨 미남이야. 솔직히 난 자네한테 반했어. 여기 들어오기 전부터 난 자네가 좋았네. 관찰 대상이던 자네가 수배자명단에 오른 것은 한 달쯤 전이었지. 좀처럼 잡히지 않는 자네 때문에 내가 좀 속썩었어. 그동안 난 자네를 집중적으로 연구한 셈이지. 부하들이 미행 염탐해서 물어오는 정보들과 자네 사진들, 그리고 유인물에 가명으로 쓰인 자네의 글들을 검토하면서 말이야. 그러다보니 이상하게 자네한테 애정이 가데. 허참, 아니할 말로, 자네의 그 과격한 글도 좋아지고 말이지. 자넨 글 잘 쓰는 볼셰비끼라고 글세비끼란 별명을 얻었더군. 자네의 글은 논리적이고 힘이 있었어. '국민의 1%밖에 안되는, 한줌도 못 되는 파쇼 세력'이라고 자네는 말했지. 그렇게 우리 쪽을 '한줌도 못 되는 파쇼 세력'이라 규정하고, 타협과 절충의 개량주의자들까지 적으로 몰아세우면서, 민중의 비타협적 투쟁을 선동했는데, 논조가 과연 섬뜩하더군. 혁명 운운하려면 그 정도는 과격해야지 않겠어? 박쥐처럼 중간에서 이 눈치 저 눈치 보는 개량주의자 놈들은 우리도 싫어해. 한데, 이건 안돼! '제국주의 미국과 일본의 쌍좆을 알몸으로 받아들이는 매판 정권'이라니! 그렇게 말해 놓고 무사하길 바랐나? 그 말 한마디만으로도 삼년 이상의 징역감이야. 삼년 징역을 이렇게 이틀만 고생하고 끝낼 수 있으니 얼마나 좋아!

하여간에 자네는 또 미행을 따돌리는 데도 아주 선수더군. 홍길동처럼 말이야. 자넨 미남이니까 가발만 쓰면 감쪽같이 여학생으로 둔갑하곤 했지. 내 부하들이 자네 때문에 얼마나 골탕먹은 줄 아나. 하여간 멋쟁이였어. 자넨 주로 여학생들 속에 은신해 있더구먼. 가발 쓴 자네를 여러 여학생들이 에워싸 숨겨주는 광경을 상상하면 정말 질투가 나지 않을 수 없었지. 내가 질투한 것은 자네가 아니라, 자네를 독점하고 있는 그년들이었어. 자넨 그중에 특히 문정선을 좋아했지. 결국은 이렇게, 내가 그년에게서 자네를 빼앗아왔지만 말이야. 이제 자넨 문정선한테 돌아갈 수 없는 운명이 되어버렸어. 배신자를 받아들이지는 않을 테니까. If you can't beat them, join them. 그들을 이길 수 없으면, 그들에게 가담하라. 금언이지. 자넨 이제 우리의 사랑 속에 들어온 거야. 우리와 한동아리가 된 거지.

고문, 그것도 내가 자네를 사랑한 한 방식이야. 통과의례로서 고문이 불가피했다는 걸 이제는 이해하겠지? 어허, 제법 취기가 오르는걸! 자네의 고통을 보면서, 솔직히 그 고통을 가하는 나 자신도 괴로웠어. 자네의 알몸은 정말 섹시했어. 탱탱하게 여문 엉덩이! 그 아름다운 알몸이 창에 찔린 짐승처럼 이리저리 뒤틀리면서 계속 몸부림쳐대는데, 아, 그걸 무어라 표현하면 좋을까? 나도 아팠어. 나도 숨이 가빠 계속 헐떡거렸거든. 정말 눈이 뒤집히고, 피가 거꾸로 흐르는 것 같았어. 그래도 난 고문을 멈출 수가 없었어. 자네의 고통이 아름다웠으니까. 글쎄, 그때 내가 느낀 것이 아픔인지, 기쁨인지…… 마침내 그 알몸은 빨갛게 멍들어 부풀어오르고…… 그 멍든 상처가 나를 슬프게 했어.

시바스리갈! 씨발, 술맛 좋네! 자, 한잔 더 해야지. 이젠 그만 울어. 아직 맘이 진정 안되는 모양인데, 한잔 더 해. 좋아질 거야. 그렇지, 그렇지, 다시 한번 땡! 자, 이제 결론으로 들어가자고. 궁정동, 그 사건 이후 난 그분을 애도하는 뜻에서 이 술을 좋아하게 됐지. 자네들은 전두환을 상대로 싸웠지만, 실은 죽은 박정희와 싸운 게 아닌가. 편의상 그분을 제이치,라고 부르지. 이니셜 제이(J)와 에이치(H)를 합쳐서 말이야. 그래, 제이치는 죽은 게 아냐. 살아 있어. 영어 스피릿(spirit)은 '영혼' 말고 '알코올'이란 뜻도 있잖아. 이 알코올을 마시면 돌아가신 그분의 영혼이 내 몸 안에서 되살아나는 느낌이 들어. 그래, 우리의 가슴속엔 그분의 영혼이 언제나 살아 있어. 그리고 이 술을 마시면 그분의 슬픔도 느껴지지.

아, 그날 밤, 그 안가에서 옆에 앉아 기타 치면서 노래부르던 심수봉, 「그때 그 사람」 말고도, 아마 「백만 송이 장미」도 불렀을 거야. 나도 그 노래를 좋아해. 아낌없이 아낌없이 사랑을 주기만 할 때, 백만 송이 백만 송이 백만 송이 꽃은 피고…… 아참, 착각했네! 맞아, 그 노래 그땐 없었어! 그 노랜 훨씬 나중에 나왔어. 하여튼지, 영부인의 영구차 기억나지? 백만 송이 꽃, 수많은 꽃송이들로 뒤덮인 영부인의 영구차를 뒤에서 밀면서 청와대 대문 앞에서 배웅하던 그 기막힌 장면, 생각나나? 영부인을 먼저 보낸 슬픔 때문에 평소 자주 약주를 하셨는데, 약주에 취하면 경호원에게 업어달라고 하셨어. 비스마르크 못지않은 철혈의 사나이인 그분이 가슴 한구석에 그렇게 촉촉한 물기를 지니고 있었다는 것이 놀랍지 않은가. 그럼, 진정한 카리스마는 그렇게 슬픔이 내포되어 있어야 하는 거지. 난 그분과 한번 악수를 한 적이 있어. 강한 아귓심을 기대했는데, 놀랍게도 부드러운 여자 손 같았어. 정말 야릇하고 매혹적인 감촉이었어. 무서운 카리스마 속의 부드러움!

시바스리갈! 씨발, 허무성, 너의 과거, 그까짓 것 다 잊어버려! 인생은 시시하고 술맛은 좋고, 그런 거지, 안 그래? 자, 술 들어! 아, 그날 밤 궁정동에서 불시에 발생한 죽음, 경천동지의 충격이었어. 그 낭자한 피를 잊을 수 없어. 온 국민이 슬퍼하지 않았는가. 조기를 걸어놓고, 일주일간 계속된 그 애도의 물결을 생각해봐. 그때 자네 몇살이었지? 십년 전이니까, 초등학교 육학년? 그런데 말이야, 그 국상 때 일주일 동안 전국 방방곡곡 집집마다 조기를 게양했잖아. 그런데 자네 동네에서 유독 자네 집만 겁도 없이 태극기가 걸리지 않았단 말이지. 기억나? 동네 복덕방에서 그런 사실을 귀띔해주더군. 자네 부친이 왜 그렇게 독한 마음을 먹었을까, 궁금했어. 국상기간중 단 하루도 조기를 게양하지 않았다면 다분히 의도적이었다고 볼 수 있지. (그 순간 허무성의 가슴이 철렁 내려앉는다. 완강하게 조기 게양을 막고 텔레비전 시청도 막던 부친의 굳은 표정이 떠오른다.) 아하, 그 무렵 어머니가 돌아가셔서 경황이 없어서 그랬다고? 그렇지 않아. 내가 잘 알지. 자네 모친이 돌아가신 건 훨씬 뒷일이잖아. 췌장암으로 돌아가셨지, 아마? 아하!

 아무튼 자네를 뒷조사하면서 자네 집안 가계를 파고들어가봤어. 차암 안됐더군. 슬픈 가족사였어. 그러니 자네 부친이나 자네나 반골이 될 수밖에. 이해가 돼. 오죽했으면 본적을 파다가 서울로 옮겼을까, 본적이 원래 함안군 소속 어느 산골마을인 것 같은데…… 아니, 왜 그렇게 놀라나? 그게 아니라고? 아하, 여태 그걸 몰랐나? 그때 고아가 된 자네 부친은 서울의 어느 친척집에 양자로 들어갔는데…… 지리산 빨치산 토벌 때 마을사람 오십여명이 통비분자로 찍혀 처형될 때 부모와 어린 동생을 잃고서 말이야. 마을 전체가 불탔지. 그게 아니라고? 아하, 기록에 나와 있는 걸 아니라고 우기면 안되지. 몰랐다고? 정말 몰랐나? 아아, 그렇구나! 부친이 혹시 자네가 충격받을까봐 그 처형 사실을 여태 숨겨왔나보다. 이런! 내가 실수했군! 모르고 지내면 좋을 걸 내가 괜히 꺼냈나봐. 난 자네가 알고 있는 줄 알았지. 불행한 가족사에 원한을 품고 운동권에 뛰어든 줄 알았지. 그나저나 그 따위 반세기 전, 옛날 옛적 일을 알면 무엇 하나. 못 들은 걸로 해. 잊어버리게.

시바스리갈! 씨바, 씨발! 그까짓 것 다 잊어버려! 억하심정 풀어버려! 제이치, 그분 말이야, 우리가 그분의 죽음을 도대체 상상이나 할 수 있었나? 불가사의한 일이 발생한 거지. 그야말로 있을 수 없는 일이 발생한 거야. 그래서 그분의 죽음과 함께 나라도 없어지는 게 아닌가, 하는 불안이 생길 지경이었지. 왜냐하면, 그분은 체제 그 자체였어. 그분이 저격당했다고 해서, 파시즘이 무너진 것은 아니었지. 그 비참한 최후, 온 국민을 눈물흘리게 한 그 슬픔은 오히려 고인의 카리스마를 더욱 높여준 결과가 되지 않았는가 말이야. 그분은 예수처럼 더욱 강한 카리스마로 부활하기 위해 죽은 거야. 속세의 죄를 죽음으로써 정화하여 깨끗한 몸이 된 거야. 시바스리갈! 자, 그분의 영원한 신화를 위하여!

시바스리갈! 씨발, 허무성, 자, 마시고 취하자고. 사연 많은 이 술은 그래서 자네를 위해 특별히 준비한 거야. 성스러운 술이야. 이 자리에서 자네를 그분에게 연결해주기 위해서야. 정신적으로 말이야. 이 자리는 자네의 개종을 기념하는 의식의 자리라고 할 수 있네. 나는 그 의식을 집행하는 사제라고 생각해줘. 술도 스피릿, 영혼도 스피릿이라고 했지? 그러니까 이 술은 일종의 영성체인 셈이지. 시바스리갈! 자, 쭈욱 들이켜고, 그분의 스피릿을 짜릿하게 느껴보게나. 그분은 가셨지만, 그 영혼은 우리 속에 살아 있는 거야. 그분은 우리의 신앙이고, 우리 삶의 근거인 거야. 나는 독실한 기독교 신자야. 그렇지만 교회 못지않게 그분에 대한 신앙 또한 중요하다고 봐. 이 체제를 지탱해주는 정신적·물질적 기반이 바로 우리 기독교 신자들 아닌가. 그분은 불멸의 존재야. 그분은 죽지 않고 우리의 마음속에 굳건히 살아 있어. 그분이 세운 이 파시즘 체제도 불멸이야. 인류가 발견한 가장 이상적인 체제가 바로 파시즘이지. 허무성, 이 자리는 나를 통해서 자네를 그분에게 연결해주는 의식의 자리야. 이제 자네도 나처럼 그분의 노선을 따라가야 하는 거지.

알려진 대로, 그분은 한때 큰 시련이 있었네. 이런 말이 있잖아, 스무살에 좌파사상에 심취해본 적 없는 자도 바보지만, 마흔살 되어서도 아직 거기에서 벗어나지 못하면 더 큰 바보라는 것 말이야. 그분은 청년장교 시절 사상범으로 특무대에 잡혀가 험하게 고문을 당했지. 김창룡한테 당했지. 고문에 이길 장사는 없어. 자네도 고문을 이겨보려고 했지만 안되지 않았나. 그때 그분은 맘을 바꾼 거지. 참회했지. 위기를 호기로 바꾼 거야. 그러한 지혜가 없었더라면, 나중에 그분이 보여준 불멸의 영웅상은 아예 존재하지 않았을걸. 물론 빨갱이들은 그것을 변절이라고, 배신이라고 말하겠지. 그분의 자백으로 군대 내, 육사 내의 남로당 세포들이 많이 적발되어 처형당했으니까. 그러나 그건 배신이 아니라 고발이라고 해야 옳아. 그분이 고발한 남로당계 군사조직표가 수뇌부에서 말단까지 피라미드형으로 차트에 작성되었는데, 그 수가 어찌나 많은지 어른 키높이만하더라는 거야. 왕창 일망타진된 거지. 하여간 결과적으로 국가를 위해서 잘된 일 아냐?

허무성, 자네의 경우도 마찬가지야. 고문에 굴복했다고 낙담할 게 아니라고. 도대체 고문에 이길 장사가 어디 있나? 아무도 고문을 못 이겨…… 굴복하는 건 당연하지. 우리의 막강한 그분도 그랬잖은가? 요는 그분처럼 이 위기를 호기로 삼는 것이 중요해. 변절이 아니야.

비관적으로 생각하지 말고, 적극적으로 생각하게. 변절이 아니라, 반체제 음모자들을 고발한 것뿐이라고. 그래, 자네는 이제 우리 사람이 된 거야.

(이때 갑자기 전화벨 소리가 자지러지게 울린다.) 아, 당신이야? 밤늦게, 또 무슨 일이 있어? 지영이가? 응, 응, 응, 너무 속상해하지 마. 걔가 사춘기라 예민해서 그런 거야. 응, 응, 미안해. 당신이 좀 참아. 내가 들어가서 잘 타이를게. 응, 내일은 꼭 들어갈게. 미안해. 그럼, 끊어.

(전화를 끊고 투덜거린다.) 내참, 걔가 또 말대꾸를 좀 세게 한 모양이야. 계모거든. 걔 어미는 지독한 년이었어. 이년 전에 이혼했지. 내가 지금 와이프랑 열다섯살 차인데, 단지 젊다는 이유 때문에 내가 꼼짝 못하지, 하하하! 아아, 나도 골치아픈 인생이야.

자, 한잔 더 들게나! 시바스리갈! 역시 좋은 술이야. 난 아들이 없는 게 서운해. 지금 와이프에겐 가망이 없는 것 같아. 네살짜리 딸아이 하나만 낳아놓고는 영영 무소식이거든. 난 자네가 탐나. 이제 자네가 내 손을 빌려 새롭게 태어났으니 내 양자라고 해도 말은 되지. 스무살 가까이 차이나니까 충분히 아들뻘이지, 안 그래? (엄숙하게 선언하듯이) 난 내가 만든 자를 결코 버리지 않을 것이다. 앞으로 너는 내가 될 것이다. 허무성. 자백을 한 이상, 자네는 이전상태로 결코 돌아갈 수 없어. 거기로 돌아가면 자네는 그들에게 배신자일 뿐이야. 빼도 박도 못할 지금의 자네 처지를 우리가 아니면, 아니, 내가 아니면 누가 돌봐주겠나? 나는 내 아들의 장래에 결코 무관심하지 않겠어.

으흠, 자네를 우리 회사의 장학생으로 삼을 생각이거든. 자네도 운동권이니까 대충 짐작하겠지만, 우리 장학생 백여명이 이십개 대학에서 써클을 만들어 활동중에 있어. 일본과 서독에서 공부하는 유학생들 중에도 우리 장학생들이 꽤 있지. 왜 그들이 프락치인가? 그들은 애국자이지 프락치가 아니야. 요는 파시즘이야! 세련된 파시즘! 시대 변화에 맞게 세련화해야 해. 체 게바라처럼 박정희 얼굴이 티셔츠에도 찍히고, 상품 디자인으로 사용되는 날이 오도록 하는 것이 우리의 목표지. 그것을 위해서 여러가지 프로젝트를 세워놓고 있는데, 유능한 이론가, 선전·선동가 들을 양성하는 것도 그중 하나이지. 대중을 감동시킬 자네 같은 지식인이 필요해. 파시즘은 명백한 선이기 때문에 숨길 필요는 없겠지만 그 이름 그대로 내세우는 것은 곤란하지. 우리는 이름을 바꾸기로 했어. 박정희학 혹은 박정희주의를 '파콜로지'라고 부르기로 했어. 내 밑에 있는 아이들 중 하나가 엉성하지만 대충 그런 취지로 모임을 만들었는데, 몇달 새 회원수가 이만명이 넘었다는구먼. 그것만 봐도 대중이 얼마나 목말라하는지 알 수 있어. 그걸 연구해보게.

(갑자기 목소리를 낮춰 허무성의 귀에 속삭인다.) 이제는 군바리들이 무대 전면에 나서는 시대는 지났거든. 검사 출신인 내가 이 회사 근무를 자원한 것도 그 때문이야. 상무정신으로 무장한 세련된 지식인 파시스트들이 필요할 때거든.

(다시 목소리를 높이면서) 내 부하가 만든 그 모임 말이야, 이름이 '군홧발'인데 내가 지어줬지. 파시스트 지식인에겐 무지막지한 군홧발의 기백이 필요하거든. '펜은 칼보다 강하다'가 아니라, 칼과 펜을 동시에 가진 자가 진짜 강한 자야. 그 모임에 가보면, 총도 있고 탱크도 있고, '탱크를 몰고 평양의 주석궁으로 쳐들어가자'는 구호도 있고, 미시마 유끼오의 넋뿐도, 박정희 장군의 권총도 있어. 콜트 45구

경, 가장 고전적인 권총이지.

　음, 바로 이 권총, 내가 차고 있는 이것이 바로 콜트 45야. 다시 꺼내볼까? 어어, 놀라기는! 너무 놀라지 마. 내가 어릴 때 외삼촌의 권총을 갖고 논 적이 있는데, 바로 이 콜트 45야. 똑같아. 물론 탄창을 빼고서 놀았지. 한국전쟁이 나던 해이니까. 여덟아홉살 때일 거야. 외삼촌은 지리산 공비 토벌에 공을 세워 화랑무공훈장을 받았거든. 앨범에는 사살된 빨치산 시체가 대여섯 너부러져 있고, 그 앞에서 부하들과 함께 포즈를 취한 기념사진도 있었어. 육군대위 이석구, 나의 우상이셨어. 승승장구하여 소장으로 예편했는데, 몇년 전 위암으로 돌아가셨지.

　그런데 말이야, 나에게 이 물건은 물질적인 것보다는 정신적 의미가 더 커. 참 매혹적인 물건이지. 이걸 갖고 있으면 언제나 마음이 침착해지면서 담대해지거든. 이 총이 몸 밖에 있는 게 아니라 내 몸 안에 내장되어 있는 것 같은 느낌이 들어. 나를 나 자신보다 몇배 더 강한 자로 만들어주는 것 같아. 이건 회사 물건이지만, 내 개인 소유의 콜트는 집에 있지. 이것과 똑같은 45구경이야. 마음이 산란할 때, 뭔가 단호하게 결심할 때, 난 콜트를 무릎에 놓고 분해 소제하면서 그 냉랭한 감촉을 느껴보지. 이 냉랭한 강철이 날 강한 사람으로 만들지. 쇠와 피! 나는 프러시아적 인간, 포항제철의 강철을 사랑하지!

　난 지금도 안색이 좋지 않지만, 어려서 병약했거든. 미시마 유끼오도 그랬어. 미시마에겐 닛뽄도가 있었지. 바로 그가 나에게 무력이 무엇인지 가르쳐준 사람이야. 파시즘에 대해서 일본에서 배워올 게 많아. 한국의 파시즘은 그 원류가 일본이지. 제이치, 그분도 일본 육사 출신 아닌가. 미시마 유끼오가 누군지 자네 아는가? 오, 그렇지! 그래, 『금각사』를 썼지. 일본 최고의 소설가였어. 그걸 어떻게 알고 있지? 역시 자네는 유식해. 그가 흘린 피는 박정희 장군이 궁정동에서 흘린 피와 같은 종류의 것이야. 순교자의 피! 아, 그 일본 최고의 소설가가 파시즘의 부활을 외치고 할복자살했단 말이야! 내가 대학 졸업하고 군법무관으로 복무할 때였어. 얼마나 놀랐는지! 파시즘의 대의를 전파하기 위해 그가 결행한 할복자살의 그 놀라운 드라마를 생각해봐! 전세계가 경악했잖아! 세계대전의 종식과 함께 패퇴했던 파시즘이 다시 살아나는 극적인 순간이었어. 미시마가 꿈꾼 파시즘을 생전에 실현한 분이 바로 제이치야. 제이치와 미시마는 결국 동일인물이야. 그 두 분이 만들어놓은 카리스마는 정말 무섭고 위대해. 난 쇠처럼 강한 사람이지만, 그 앞에선 어쩔 수 없는, 부드러운, 순종하는 암컷이 되고 말지.

아, 그 장면을 떠올리면 난 지금도 가슴이 떨려. 단도를 왼쪽 뱃구레에 꽉 찌르고 오른쪽 뱃구레를 향해 일직선으로 배를 가를 때, 아! 내장 꾸러미가 울컥 쏟아지고 그 순간 뒤에 있던 부하 모리따가 닛뽄도를 내리쳐 목을 잘랐지! 그리고 그다음엔 그와 똑같은 동작으로 모리따가 꿇어앉아 배를 가르자 뒤에서 기다리던 다른 대원이 닛뽄도로 그의 머리를 뎅겅 잘랐지! 아, 아! 그만, 그 얘긴 그만하자! 생각만 해도 가슴이 떨려! 할복자살의 그 무서운 장면을 세세하게 묘사한 신문기사를 읽고 난 정말 까무러치게 놀랐지. 젊은 나의 의식에 미시마의 죽음이 끼친 영향은 거의 절대적이었다고 할 수 있지. 머리에서 발끝까지 완전히 매료당하고 말았으니까.

미시마는 탁월한 파시스트였어. 그는, 파시즘의 화신인 그가 군인이 아니라 지식인이었다는 것이 중요해. 아니, 그가 진짜 사무라이,

진짜 군인이지. 그 정신을 우리가 본받아야 하는 거야. 일본 파시즘에서 많은 걸 배워야 해. 일본에 가거든 그를 만나보게. 거기에 가면, 미시마 유끼오는 죽은 게 아니라 일본땅의 군신(軍神)으로 부활해 있음을 알게 될 거야. 전범이라고 낙인찍혔던 파시즘이 바야흐로 미시마와 함께 부활하고 있단 말일세. 한국의 미래를 위하여, 그리고 일본의 미래를 위해서도 반드시 두 나라의 우익은 연대해야 하는 거야. 우린 자넬 일본으로 유학 보낼 생각이야. 우리의 진짜 군인, 진짜 사무라이 박정희, 그분을 어떻게 죽음에서 구해낼 것이냐, 그 방법을 찾기 위해서야. 무슨 말인지 알겠지? 그분을 한국 파시즘의 화신으로, 이 땅의 군신으로 부활하도록 하자는 것!

자, 오늘은 이야기를 이쯤에서 마무리하기로 함세. 자네가 이번 사건 때문에 배신자 소리 들을까봐 전전긍긍하는 모양인데, 아예 지금부터 증발해버리는 거지, 뭐. 졸업반이니까 더이상 학교 나갈 필요 없잖아. 곧장 일본으로 유학가는 거야. 일본에 가서 거기 대사관 일을 아르바이트 삼아 도와주면서 한 삼년쯤 공부하고 오라고. 그때는 자네를 위해 어느 대학에 전임 자리가 마련되어 있을 거야. 허무성! 다시 말하지만, 자네는 이제 몸 바꿔 완전히 딴사람이 되었다는 것을 명심하게. 자네 몸도 나처럼 이 체제, 이 씨스템의 일부가 된 거야. 박정희 장군은 이 체제 그 자체야. 그분의 생명도, 이 체제의 생명도 불멸이야. 우리는 가신 그분의 살아 있는 육체로서 여기에 있어. 이 체제가 불멸이라면, 이 체제의 일부인 우리도 불멸인 거야. 이것이 나의 생사관이자 철학인데, 이것은 매우 중요한 사항이니까, 나중에 진지하게 의논하기로 하세. 시바스리갈! 자, 마지막 잔이야. 원샷으로 쫘악! 옳지, 옳지!"

4

그렇게 해서 허무성은 지옥을 체험했다. 온몸이 벌겋게 부풀어올랐던 고문의 상처는 푸른 잉크빛으로 변했다가 보름쯤 지나자 겉으로는 깨끗이 아물어 보였는데, 그래도 덜 안심이 되었는지, 열흘쯤 더 가둔 후에야 풀어주었다. 살갗에는 고문의 흔적이 전혀 보이지 않았지만, 양 허벅지와 양 팔뚝의 속살에 어혈이 맺혀 있었다. 김일강이 목욕비라고 하면서, 두툼한 돈봉투를 주었다. 어혈에는 뜨거운 물이 좋으니 목욕탕에 자주 가라고 했다. 그러고서 바깥을 보지 못하게 덮개 씌운 반트럭에 실려나온 그는 신촌 로터리 근처 노상에 떨어뜨려졌다.

한 달 만에 보는 햇빛이었다. 대낮 한가운데 떨어진 그는 눈알을 파고드는 강렬한 햇빛이 고통스러워 잠시 걸음을 멈춰야 했다. 양미간을 망치로 얻어맞은 듯한 아찔한 현기증을 동반한 고통이었다. 밝은 햇빛 속에서 행인들의 물결과 자동차 행렬이 붐비는 거리 풍경은 어쩐지 이 세상 것이 아닌 듯 낯설게 느껴졌다. 막 끝난 영화의 주술에 걸린 채 영화관을 나서면, 눈앞에 펼쳐진 거리의 일상이 잠시 낯설게 느껴지는데, 그러나 그가 느낀 것은 그러한 일시적인 착시현상이 아니었다. 이제는 더이상 편안하게 그 일상으로 돌아갈 수 없다는 것, 더이상 그 일상에 적응할 수 없다는 것, 그것이 자기 운명일 수밖에 없다는 것을 예감해야 했다.

그는 멈춰선 채 무심히 지나가는 행인들을 살펴보았다. 무표정하게, 무심하게 그들은 그의 곁을 지나쳤다. 심신이 망가진 채 이제 막 지옥에서 벗어난 그에게 우연히 던져지는 시선조차 없었다. 언제나 무심한 그들은 길바닥의 무사해 보이는 맨홀 뚜껑이 갑자기 열리면서 보행자의 발목을 낚아채가는 그 지하실의 존재에 관심이 없었다. 무심하게 흘러가는 우둔한 덩어리인 그 인파를 바라보면서 그는 막막한 심사를 가늘 수가 없었다. 그에겐 마침내 세상에 복귀했다는 기쁨이 없었다. 마치 고문과 고문 사이에 잠시 끼어 있는 불안한 휴식시간 같았다. 이제 그의 꽁무니에는 눈에 보이지 않는 끄나풀이 달려 있었다. 김일강이 시킨 대로 그는 근처의 목욕탕을 찾아가 몸을 씻고 그사이 무성하게 자란 수염을 깎았다.

그래서 그는 랭보의 시 제목처럼 '지옥에서 보낸 한철'이었다고 깊은 안도감 속에 기분좋게 웃으면서 사람들 앞에서 말할 수 없었다. 활활 타는 유황불은 꺼졌지만, 지옥은 끝난 게 아니었다. 검은 양복의 야차를 이제는 음지가 아닌 양지에서 만나야 했다.

집에 돌아온 그는 일제 검거로 두 대학 다섯 개 지하이념써클의 핵심이 완전 공백상태가 되어버린 것을 알고, 다시는 돌아갈 수 없는 다리를 넘어선 자신의 처지를 절감해야 했다. 반수 이상인 아홉 명이 검거되고 나머지는 지하로 종적을 감추었다. 그의 석방을 맞아주는 사람은 아무도 없었다.

이제 그의 이름은 배신자였다. 동지들의 이름을 발설할 수밖에 없었던 그 막다른 상황을 이해해줄 사람은 없었다. 검거망 밖에 있는 몇몇 후배들 중에 문정선이 있었다. 한 달간이나 집에 틀어박혀 지내면서 여러번 망설인 끝에 혹시나 하고 만나보았지만 역시 예상한 대로 그녀의 태도는 이미 달라져 있었다.

자신의 존재이유가 오직 운동과 문정선뿐이라면서, 그 둘을 동시에 열정적으로 사랑해온 그였다. 그녀와의 사랑은 운동의 전투적인 내용을 언제나 풍요롭고 로맨틱한 분위기로 감싸주곤 했다. 그렇게 운동과 사랑은 한몸이었다. 그러므로 표리일체를 이룬 그 둘 중에서 운동을 잃고 사랑을 기대한다는 것은 아예 가망없는 일이었다. 짐승처럼 고문당했다고, 짐승이었다고, 한마리 똥개였다고 울부짖었으나 그녀는 냉랭하게 등을 돌리고 떠나버렸다.

그는 더이상 그녀의 애인도 동지도 아니고 오직 배신자일 뿐이었다. 영혼을 자발적으로 판 것이 아니라, 고문에 의한 것이었음에도 그 이름은 배신자였다. 고문의 야만성을 반대하는 인권주의자들마저 고문에 굴복하여 자백한 자를 외면해버리지 않는가. 그 고문의 고통이 어떠한 것이었는지를 그녀에게 이해시킬 수 없었다. 고문의 흔적인 잉크빛 멍들마저 이미 사라진 뒤여서, 고문의 증거로 보여줄 것도 남아 있지 않았다. 아무리 고문이 심했다고 하더라도, 어떻게 동지들을 배신할 수 있느냐고 그녀는 비난했다. '아무리 고문이 심했다고 하더라도'라니! 나는 인간이야. 뭐, 견뎌내지 못했다고? 인간의 영혼은 상처받지 않는 다이아몬드가 아니란 말이야. 아니, 난 인간도 아니었어. 그자들은 나를 인간이 아닌, 개로 만들어버렸단 말이야! 아, 죽음의 몇보 앞까지 육박해 들어간 그 치열한 고통, 죽음 아니고는 그 어떤 것에도 비교할 수 없는 그 감각을 도대체 당사자 말고 누가 실감할 수 있겠는가. 살인을 모방한 고문, 죽음을 저당한 고문, 박종철의 죽음은 바로 그런 것이었다. 고문자 김일강도 그 고통을 몰랐을 것이다. 고문을 가하는 자이지, 고문을 당하는 자가 아니기 때문에 그 처절한 실감을 알 리 없었다. 매를 때리는 몽둥이가 어떻게 그 고통을 알겠는가. 고통에 비명지르고 몸부림치는 희생물에 대해 냉혈의 그가 느낀 것이란 쌔디스트의 은밀한 쾌락뿐이었을 것이다.

그랬다. 모든 것을 자백하지 않으면 안되는 그 절대적 고통의 상황을 정선에게 이해시킨다는 것은 불가능했다. 만약 그날 그녀의 사랑을 조금이라도 확인할 수 있었다면, 아마 그는 김일강과 연결된 끄나풀을 과감히 끊고 다시 소생할 수도 있었을 것이다.

이제 그의 이름은 배신자, 변절자, 전향자였다. 동지들과 공유했던 이념과 명분을 그는 잃어버렸다. 지금까지 자신의 인간적 실존을 지탱해주던 이념과 명분을 잃어버렸다는 것은 동지들뿐만 아니라 자기 자신까지 배신한 것이고 그것은 곧 정신적 죽음을 의미했다. 그 항쟁의 한가운데서 투항자가 되어버린 그는 자신의 처지가 S대생 박종철과 정반대가 되었음을 알았다. 박종철과 허무성, 혹독한 고문 속에서 한 사람은 죽고 다른 한 사람은 살아남았지만, 정신적인 면에서 두 사람의 생과 사는 정반대의 것이 되어 있었다. 죽은 박종철이 6월의 광장에서 자유의 넋으로 크게 부활하는 기적을 목도했던 그는 자신의 정신적 죽음을 뼈저리게 느껴야만 했다.

고문의 고통, 허무성 자신 말고는 아무도 인정하지 않는 그 고통, 어떠한 증거도 없고 증인도 없어 가해자를 지목할 수 없는 그 철저한 무력감. 피해자는 있는데, 가해자는 없었다. 그것은 세상으로부터 완벽하게 고립된, 아무도 모르는 둘만의 닫힌 세계였다. 둘만의 세계, 그 속에서 허무성은 고문자와 엮인 야릇한 숙명의 끈이 느껴졌다. 그 혹독한 고문과정에서 고문자는 허무성의 현재는 물론 과거까지도 점령하고 있었다. 그는 허무성의 신상에 대해서 허무성 자신이 아는 것보다 더 많은 것을 알고 있었다. 자신도 모르는 가계의 비밀, 반세기 넘도록 함구로 일관해온 부친의 가슴속 그 비밀을 김일강이 까뒤집었을 때, 허무성은 자신은 물론 부친과 조부모까지도 그의 수중에 들어가버린 것처럼, 차압당한 것처럼 무력감을 느껴야 했다. 분노가 아닌 무력감이었다. 한 달 전의 투지만만한 그가 아니었다. 역사적 금기로 묶여온 지리산의 비밀을 언젠가는 깨뜨리고 말겠다고 다짐하던 그가 아니었나! 그런데 그 수많은 양민의 주검들 속에 자신의 가족이 포함되었다는 사실을 알게 된 지금, 분노보다 오히려 두려움이 앞섰다. 통비분자 처형이 아니라 무고한 양민학살이 분명했지만, 분노는 떠오르지 않았다. 분노의 생명력을 김일강이 빼앗아버린 것이다. 그제야 허무성은 어째서 술취한 부친이 달리는 군 트럭 앞을 막아서는 이상행동을 그것도 세 번씩이나 했는지, 그 까닭을 알 것 같았다. 부친이 포목상으로 일하는 시장의 이웃들이 그에게 귀띔해주었는데, 세 번 모두 심하게 구타당한 채 길가에 팽개쳐져 있었다고 했다. 무슨 이유로 그랬느냐고 물어도, 그냥 묵묵부답, 웃기만 하더라고 했다.

5

 그해 늦가을 극심한 위통에 시달리던 부친이 마침내 세상을 떠났다. 수의 입힐 때 드러난 알몸은 미라처럼 말라 있었는데, 앞쪽 골반뼈 양쪽에 대칭으로 도드라진 부분에 새까맣게 탄 밤톨 같은 굳은살을 보고 허무성은 왈칵 울음을 터뜨렸다. 지난 한 해 동안 심해진 위통을 달래려고 맨 장판에 배를 깔고 몸부림친 자국이 분명했다. 밤마다 아들 몰래 고통에 몸부림쳤을 아버지…… 세 혈육의 비참한 죽음의 비밀을 자기 가슴속에만 묻고 혼자 앓아온 아버지였다. 그 비밀을 아들이 알면 불행해질까봐 끝내 침묵했던 것이다. 평생 망각을 강요당하고 의식이 짓눌린 채 살아야 했던 부친의 기구한 삶을 생각하면서, 허무성은 흘러내리는 눈물을 멈출 수 없었다. 그러나 분노는 떠오르지 않았다. 무기력과 체념뿐이었다.

　부친의 상을 치르고 난 허무성은 연말에 일본으로 떠났다.
　일본에 가거든 꼭 그분의 위대한 영혼을 만나보게. 아, 미시마 유끼오! 그 죽음의 장면을 생각하면 가슴이 뛰어! 단도를 왼쪽 뱃구레에 찔러넣고 오른쪽으로 힘껏 잡아당겨 배를 일직선으로 갈랐어. 아, 내장 꾸러미가 울컥 쏟아지고 그 순간 뒤에 있던 모리따가 닛뽄도로 목을 뎅겅 잘랐지!
　두번 다시 생각하기 싫은 그 끔찍한 장면을 그는 그 이듬해 일본에 유학가서 더욱 실감나게 경험해야만 했다. 일본에 출장온 김일강의 강권에 못 이겨 그를 따라 일본 방위청 청사에 찾아간 일이 있었다. 미시마 유끼오의 자살 현장을 확인해보는 것이 방문 목적이었는데, 김일강을 예우하여 사무관 직책의 중년사내가 몸소 안내해주었다. 이층의 그 방은 당시 자위대 통감의 집무실로 문밖의 발코니와 통해 있었다. 미시마가 몇명의 부하들과 함께 그 방으로 난입하여 통감을 붙잡아 감금한 뒤, 발코니에 서서 자위대 대원들에게 일장연설하는 장면을 나직하지만 격정적인 어조로 설명하고 난 그 사무관은 느닷없이 벽에 세워진 닛뽄도를 잡더니 그때의 할복자살 장면을 연출해 보이는 것이었다.
　충격적인 광경이었다. 무릎 꿇은 자세로 왼손으로 침착하게 검은 양복 상의에서 흰 손수건을 꺼내고 단추를 풀고 나서 칼집에서 스르륵 능숙하게 흰빛 칼날을 뽑아올렸고, 그러고는 칼끝 가까운 부분을 손수건으로 감싸쥐고 칼끝으로 복부를 왼쪽 끝에서 오른쪽 끝까지 가르는 시늉을 했고, 다음 순간 벌떡 몸을 일으켜 칼날을 힘차게 수평으로 날리고는 마지막으로 칼날을 다시 거두어 칼집에 능숙하게 집어넣었다. 단검은 등장하지 않았지만, 전에 김일강이 말한 것과 비슷한 장면이었다. 단검을 왼쪽 뱃구레에 찔러넣고 오른쪽으로 힘껏 잡아당겨 배를 가르자, 내장 꾸러미가 울컥 쏟아지고 그 순간 뒤에서 힘껏 내리친 닛뽄도에 뎅겅 잘려 뒹구는 머리통! 확 끼치는 피비린내와 함께 그 끔찍한 장면이 바로 눈앞에서 벌어지는 듯했다. 헛구역질을 참느라고 얼마나 애를 썼는지!

 그날의 경험은 김일강이 말하는 파시즘이 어떤 것인지 그에게 생생하게 가르쳐주었다. 능숙하게 닛뽄도를 다루는 근엄한 표정의 일본 방위청 사무관과 그 앞에서 감동하여 연방 허리를 굽실거리며 "하이, 하이"를 연발해대는 김일강, 그 장면은 두 나라 사이의 파시즘 주종 관계를 그대로 반영한 것이었다. 그러한 김일강을 통해서 근엄한 표정의 박정희가 제대로 눈에 보였다. 일본 관동군 장교, 타까끼 마사오.

 허무성은 일본 토오꾜오의 D대학교 대학원에 적을 두었다. 한국의 운동권 학생에 대한 특례입학이었다. 그를 맞이한 강의실의 일본 학생들은 6월항쟁을 높이 평가한다고 하면서도, 그전에는 한국 남자라면 모두 독재자 박정희와 똑같이 생긴 줄 알았다고 깔깔 웃어대면서 은근히 딴죽을 걸어왔다. 그것은 일본군국주의의 똘마니 박정희와 그러한 박정희 밑에서 십팔년 동안이나 똘마니 노릇을 한 한국 국민에 대한 비웃음이었다. 전공과목은 일본현대사였는데, 일본제국주의에 대한 비판적 탐구가 목적이었다. 침략과 식민통치로 일관된 일본현대사는 대부분이 한국현대사와 겹쳐 있었다. 대학시절에 일본어판 사회과학 서적을 읽기 위해 일본어를 배워둔 덕에 학업에는 비교적 빠르게 적응할 수 있었고, 고통스러운 기억을 잊기 위해서라도 침묵 속에서 책읽기에만 몰두하고 싶었다. 비록 정신이 혹독한 고문에 짓눌려 찌그러졌을지언정 자신은 여전히 진보적 역사학도라고 생각했다.

그러나 그의 마음은 일본에서도 여러모로 상처를 받아야 했다. 석박사 과정의 재학생 열댓 명 중 유일한 한국인 학생인 관계로 그는 이래저래 심리적 갈등을 겪어야 했다. 식민지조선의 피해역사이기도 한 일본의 가해역사를 그 나라에 가서 그 나라 학생들 속에 끼어 공부해야 했던 그는 수업 도중 조선 식민지인들의 혹독한 피해 사례를 만날 때마다 여간 곤혹스럽지 않았다. 처음 겪는 사례들은 물론이고, 이미 알고 있는 것들도 수업 도중에 언급되면 정신이 혼란스러웠다. 마땅히 분노해야 할 계제에 곤혹스럽다니! 혼란스럽다니! 그렇게밖에 반응 못하는 자신의 무력감이 고통스러웠다. 아니, 고통스러운 나머지 분노가 아닌 광인의 비명이 터져나올까봐 두려웠다.

특히 충격이 컸던 것은 1923년 관동대지진 당시의 조선인 학살사건에 대한 한 일본 학생의 박사논문 발표를 들었을 때였다. 허무성은 이미 그 사건의 개요는 알고 있었다. 대학 신입생으로서 허무성이 처음 참가한 시위가 전두환의 방일 반대 시위였는데, 그 시위에 함께 참가한 한 선배를 통해서 처음으로 그 사건의 진상을 알았다. 명색이 국가원수란 자가 방일하여 왜왕을 만나는 일은 양국 교류사상 전례없는 굴욕외교라고, 총칼로 정권을 탈취한 자가 권력의 정통성을 인정받아 볼 요량으로, 왜왕을 알현하러 간다고 재야와 학생운동권이 입모아 비판했다. 전두환의 '역사적' 방일을 축하하도록 동원된 어린 학생들의 손에는 치욕스럽게도 일장기가 태극기와 함께 들려 있었다. 그런데 그보다도 더 경악스러운 것은 그 방일 일정이 하필이면 육천여의

재일조선인이 무참히 학살당한 관동대지진 사건이 발생했던 9월초, 그 며칠 동안에 맞춰져 있다는 점이었다. 옆에 있던 과 선배가 그러한 맹점을 지적하면서 개탄스러워했던 것이다. 시위 주최측도 그 사실을 까맣게 모르고 있었는지, 그에 대한 언급이 전혀 없었다. "육천여명의 떼죽음이라니, 정말 중대한 역사적 사건 아냐? 그런데도 지난 반세기 동안 단 한 번도 저쪽에서 사과한 적이 없고, 또 이쪽에서도 사과를 요구해본 적이 없다는 거야. 사정이 이런데, 하필이면 학살 발생 시기에 맞춰 왜왕을 알현하러 가다니, 도대체 말이 되냐? 전두환이야 워낙 무식한 군인이니까 그렇다 치더라도, 그 주위에 빌붙어 있는 민간 출신 고위 엘리트라는 자들은 도대체 뭐 하는 놈들이야? 더 한심한 것은 시위 주최측마저 그걸 모르고 있다는 거야. 적은 제 손금 들여다보듯이 우리의 역사, 우리의 사정을 빤히 알고 있는데, 우리는 적의 것은 물론 우리 자신의 것까지도 별로 아는 게 없으니, 싸워봐야 백전백패 아니겠어?"

시위가 끝난 뒤 그 선배와 헤어져 혼자 집으로 돌아가던 허무성은 전두환 일행을 환송하고 돌아오는 초등학생들 손에 붉은 일장기가 들려 있는 걸 보고, 그들을 좋은 말로 설득하여 수거한 일장기 수십장을 아스팔트 위에서 소각했다. 대로변에서 느닷없이 벌어진 일장기 화형식이었다. 많은 행인들이 지켜보았는데, 그들을 향하여 허무성은 학생들에게 일장기를 흔들게 하다니, 해방 후 처음 있는 일이 아니냐고 울분을 토했다. 형사도 나타났지만 불타는 일장기와 저돌적 충동으로 팽팽하게 긴장한 그를 번갈아 바라볼 뿐 감히 어찌하지는 못했다. 말하자면 그것이 그가 홀로 치른 운동권 입문 쎄리머니였다.

그런데 일본땅에서 일본 학생의 발표를 통해 만난 그 사건은 또다른 충격이었다. 피해 당사자이면서도 그 사건에 대한 변변한 연구 실적이 없는 척박한 한국적 상황이 너무 부끄러울 정도로 그 논문은 현장사진과 증언 들을 포함한 풍부한 자료를 토대로 치밀하게 진술되어 있었다. 그전에는 단지 숫자에 불과해 보이던 육천명이 실은 피와 살을 가진 인간 육신의 처참한 떼죽음이었음을 그 논문은 잘 보여주고 있었다.

그런데 그의 뒤통수를 내리친 것은 결론 부분이었다. 소름끼치게 폭력적인 결론이었다. 일본 정부가 조선인 폭동설을 조작하여 민심을 선동했다는 혐의를 전면 부인하면서, 그 엄청난 학살이 단지 민중의 정신적 공황상태에서 발생한 집단히스테리 현상일 뿐이라고 그 논문은 말하고 있었다. 대지진으로 도시가 파괴되자, 극도로 불안해진 일본인들이 "불령선인들이 폭동을 일으키고, 우물에 독약을 풀어넣고, 살인방화한다"는 허무한 유언비어에 휘둘려서 도처에서 닥치는 대로 조선인들을 공격하여 죽창으로 찌르고, 몽둥이로 박살내고, 지나가는 행인들 중에 뒤통수 납작한 사람들을 골라 손등에 몰래 담뱃불을 갖다대서, 그 사람의 입에서 '아이따' 대신에 '아이고' 소리가 나오면 조선인으로 판단하여 그 즉시 살해한 그 잔인한 만행을 단지 민중의 집단히스테리 현상일 뿐이라고 그 논문은 말했다. 일본 민중이 특별히 잔인해서 그러한 행동을 했다기보다는 인간의 타고난 본성이 워낙 그렇다는 것이었다. 한 공동체에 불가항력의 엄청난 재난이 닥치면 두려움에 실성한 민중들이 이질적인 집단에서 희생양을 찾아 난동을 부리게 되는데, 중세 유럽 흑사병의 재난 속에서 '마녀사냥'이란 이름으로 벌어진 대학살사건을 비롯하여 그러한 크고작은 사례가 역사적으로 허다하다고 했다.

얼굴이 홧홧 달아오르고 정신이 혼란스러웠다. 가해자 집단 속에서 가해 사실을 그들의 입을 통해 정당화하는 소리를 들으면서 다소곳이 배워야 하다니! 굴욕감이 뼈에 사무쳤으나, 분노의 목소리는 입밖으로 끝내 나오지 않았다. 그까짓 별것도 아닌 일인데, 도무지 힘이 나지 않았다. 아랫배에 힘주고 안간힘을 써봤으나 허사였다. 그가 할 수 있는 일이라곤 주위 일본인들의 시선집중을 뒷목에 느끼면서 조용히 일어나 쎄미나실 밖으로 나와버리는 것뿐이었다. 일본땅에서 일본인들에 포위되어 앉아 있는 느낌, 적지에 손들고 들어간 투항자의 무력감이었다. 고문으로 황폐해진 그의 가슴에는 더이상 증오와 분노의 혈기가 남아 있지 않았다. 김일강이 그 모든 것을 빼앗아가버렸다. 그후부터 허무성의 뇌리에 새겨진 그 대학살의 잔인함과 처참함은 조부모의 죽음이 포함된 지리산 대학살과 연결되어 문득문득 생각나곤 했다.

악몽에 나타나는 고문자는 김일강만이 아니었다. 한석민, 문정선 등이 꿈에 나타나 김일강의 방식 그대로 그를 고문하곤 했다. 때로는 분신한 김세진도 나타났다. 깃발처럼 전신에 활활 타는 불갈기를 달고서. 너와 나, 우리가 타오르지 않는다면, 어떻게 민중이 불꽃으로 타오르겠는가. 대학연합투쟁 논의를 위한 만남에서 김세진을 딱 한 번밖에 본 일이 없지만, 그를 태운 불꽃은 대낮에도 수시로 머릿속에 떠올랐고, 그때마다 허무성은 자신이 그 불에 덴 것처럼 소스라치게 놀라곤 했다.

고국을 떠나 있어도, 책읽기에 몰두해봐도, 한 해 두 해, 시간이 흘러가도 고문의 정신적 후유증은 좀처럼 사라지지 않았다. 꿈속에서 김일강이 나타나 콜트 권총을 그의 입안에 처넣고 방아쇠를 당기곤 했다. 그는 발작처럼 찾아오는 두려움을 잊기 위해서 자주 혼자 술을 마셨다. 지하 고문실의 두려운 기억 때문에 지하 술집도 기피했다. 의사는 그것을 공황장애라고 진단했다. 악몽을 자주 꾸고, 심지어 벌건 대낮에도 발작이 일어나 두려움에 헐떡거리곤 했다. 그리고 발작과 함께 줄줄이 떠오르는 영상들──자신이 입었던 핏물에 젖은 군복바지, 입안에 쳐들어온 콜트 권총, 김일강의 외삼촌인 육군대위 이석구와 그의 권총, 그 앞에 너부러진 대여섯 구의 시체들, 그리고 젊은 모습의 조부모와 어린 삼촌의 피투성이 얼굴들…… 기습 같은 죽음의 공포, 영원히 끝나지 않을 것 같은 고문의 기억, 고통이었다. 그래서 나중에 죽어서도 꼭 지옥에 떨어져, 다시 그와 똑같은 고문을 받을 것만 같은 두려운 망상에 빠지기도 했다. 김일강의 존재는 죽음 그 자체처럼 느껴졌다. 검은 정장과 검은 쎄단. 저승사자 까마귀의 검은빛 날개. 그가 계속 원격조종으로 고문하는 것만 같았다. 국제전화를 통하여 수시로 그의 목소리가 들려왔고 두 달에 한 번꼴로 일본에 출장올 때면 어김없이 찾아가 술자리를 같이해주어야 했다. 목소리가 이제는 전혀 강압적이지 않고 상냥하기까지 한데도, 전화받을 때마다 버릇처럼 가슴이 오그라들곤 했다. 그가 출장을 오면 바쁘다는 핑계를 대고 나가지 말아야지 매번 다짐하건만, 막상 전화를 받으면 자신도 모르게 새끼줄에 매인 돌멩이처럼 맥없이 끌려가는 것이었다. 자신의 내부에 제어할 수 없는 다른 자아가 생긴 것 같았다. 고문자에 의해 만들어지고 조종되는 새로운 자아 말이다.

 술집에서 만나는 김일강은 얼핏 부드러운 표정의 평범한 중년처럼 보였다. 술의 조화였을까? 술 몇잔 들어가면 창백하던 안색이 발그레해지면서 거짓말처럼 말씨가 사근사근해지곤 했는데, 지하실의 그 고문자와 동일인물인지 혼란스러울 지경이었다. 상대방이 늘 두려운 허무성은 언제나 이야기를 듣는 쪽이었다. 별말 없이 술잔을 비우기만 했는데, 그러다보면 취기 속에서 두렵고 역겨운 감정이 서서히 가라앉곤 했다. 고문실의 그 좁은 공간이 터져나갈 것만 같던 극한상황, 그 무서운 긴장이 마약처럼 모세혈관에 스며든 몇잔의 시바스리갈에 의해 서서히 허물어질 때의 느낌이 바로 그랬다. 일단 술에 취하면 눈에 눈물이 고이면서 마음이 은연중에 고문 직후 그 독주에 취한 슬픔과 연결되는 것이었다. 그것은 쓰라림이 아니었다. 고통의 기억이 눈물 몇방울과 함께 술에 서서히 녹아들어 그때의 시바스리갈 맛처럼 은근한 쾌락마저 느껴지는 슬픔으로 변하는 것이었다. 자포자기의 야릇한 달콤함이었다. 마치 자신이 무력한 암컷이 되어 고문자와 화간하고 있는 느낌마저 들었다. 혹독한 고문의 효과였다. 자신의 육체 속으로 경계를 허물고 어느새 그가 스며들어와 있었다. "고문을 독하게 당한 직후, 고문자에게 얻어마시는 술맛보다 더한 쾌락은 이 세상에 없다는 거야. 이 술맛의 기억은 낙인 같아서 평생 잊지 못하지." 그 지하실에서 고문자는 말했었다.

불면에 시달리다가 새벽에 눈을 뜨면, 불길하게 붉은 일출을 볼 때가 가끔 있었다. 그 도시의 동쪽 스카이라인 위로 죽은피처럼 검고 탁한 붉은빛으로 번진 아침놀을 향해 수많은 까마귀들이 날아가고 있었다. 일출인데도 불길한 일몰을 닮아 있었다. 물론 그 장면은 노을의 붉은빛을 탁하게 만드는 대기오염과 그 도시에서 흔히 발견하는 까마귀들이 어울려 만들어낸 것이었지만, 우울한 허무성에게는 그것이 묵시록적으로 불길하게 느껴졌다. 그 핏빛 노을에는 군복바지에 흘린 자신의 피, 조부모와 어린 삼촌의 피가 섞여 있었다. 빨갱이라는 이름으로 고문당한 그에게 붉은색은 언제나 핏빛이었고, 고통의 빛이었다. 그리고 그것은 그의 머릿속에 흐르지 않고 늘 무겁게 고여 있는 검은 피였다.

6

　일본 체류 사년 반 만에 학위를 취득한 허무성은 귀국 후 김일강의 지원을 받아 서울 근교에 위치한 미션스쿨인 H대에 취직했다. 김일강의 사촌형이 그 대학의 재단이사장이었다. 그 당시는 마침 삼십여 년 만에 민간인 출신 대통령이 등장한 2월이었다. 취직이 결정되던 날 술자리에서 취기에 도도해진 김일강은 곧 나타날 자신의 변신에 대해 말했다. 환경의 변화에 빠르게 적응 못하면 도태를 면치 못한다는 예의 그 진화론을 들먹이면서, 이제는 음지에서 양지로 나와 달라진 정치환경의 급물살을 적극적으로 타고 있노라고 했다. 새정권 창출에 자기도 한몫을 단단히했고, 그 공으로 국회의원 공천을 받아놓고 있다는 것이었다. 그리고 허무성에게 주문하기를, 장차 그 새정권은 무대 전면의 얼굴마담들만 조금 바뀔 뿐, 여전히 기득권 세력의 정권이 될 터이니, 때가 되면 꼭 '박정희' 강좌를 개설하라고 했다.

"이젠 한국 파시즘도 달라진 환경에 맞게 세련되어야 해. 내가 국회의원에 출마한 것도 그 때문이지. 난 우리 회사에서 국회에 파견한 프락치가 될 거야. 숨길 것도 없어. 공공연하게, 떳떳하게 프락치 노릇을 할 거야. 체제의 핵심은 정보와 수사권을 한손에 틀어쥐고 있는 우리 회사야. 우린 체제의 수호자야. 누구도 우리를 없앨 순 없지. 조직의 생존을 위해서는 없는 간첩도 만들어내는 게 우리의 생리잖아. 우리는 결코 죽지 않아. 일제 때 독립운동가들을 고문한 사람들이 해방 후에 어떻게 됐나? 벌받았나? 천만에! 벌받기는커녕, 도리어 자유당 정권에 재등용되어 소위 민주투사라는 것들을 잡아다 족쳤지. 그들이 바로 우리 선배야. 역대 집권자들은 언제나 자신의 정권 안보를 위해 우리를 필요로 했지. 우리야말로 유한한 정권을 넘어서는 불멸의 존재인 셈이지. 정권을 초월한 체제 그 자체야."

석 달 후 허무성은 김일강이 큰 표 차로 국회의원에 당선되는 것을 보았다. 그의 말마따나 음지에서 양지로 떠오른 화려한 부상이었다. 이른바 여론이라는 것이 고문자를 유능한 정치인으로 받아들인 것인데, 허무성에게 그것은 밤의 속성을 지닌 야차를 백주에 활보하도록 양성화한 것 외에 별다른 뜻이 없었다. 그것이 민주화의 본색이었다. 김일강은 국회의원이 된 뒤 무척 바빠졌는데도 허무성을 두 달에 한 번꼴로 불러내어 술 마시는 일은 거르지 않았다. 그는 아무것도 요구하지 않았다. 다만, 둘 다 말술을 마다하지 않는 모주꾼이라 술자리에서 죽이 잘 맞아 만난다는 식이었다. 그 지하실의 기억에 대해선 아무도 입밖에 내지 않았다. 그래서 허무성은 그 만남에서 항상 자신의 적에게 은근히 끌리는 야릇한 감정의 모순을 겪어야만 했다. 처음에는 불편해서 쭈뼛거리다가도 취기가 깊어지면, 착착 달라붙는 상대방의 살가운 충청도 말씨에 마음이 움직여 이 말 저 말 하게 되었는데, 그러다보면 그가 지하실의 그 고문자와는 별개의 인물인 듯한 착각에 빠지곤 했다. "그자가 4선 의원이고 당내 최대 계파의 제2인자라고 뽐내지만, 초선인 나한테 꼼짝 못해. 금품수수와 여자관계 등, 그자의 비리 사실들이 내 엑스파일에 낱낱이 기록돼 있거든. 그자뿐만 아니야. 요새 잘나가는 의원들치고 뒤가 구리지 않은 놈 없어. 누설할까봐 나만 보면 꼬리내리지."

그런데 의기양양한 그의 얼굴이 몇번 신문 지상에 나타나는 듯하더니, 그의 책임 아래 수행된 몇몇 중요한 시국사건 수사에서 가혹한 고문이 있었다는 의혹이 강하게 제기되었다. 허무성은 그것이 바로 자신과도 관계된 일이었기에 혹시나 하고 사태 추이에 예의 촉각을 세우고 주시했다. 그러나 물증도, 증인도 없이 무엇으로 고발할 것인가. 가해자는 무죄의 증거를 갖고 있지만, 피해자는 아무런 증거를 갖고 있지 않았다. 권력의 비호를 받는 그는 "비록 그들이 악랄한 좌익사범들이었지만 고문을 가해본 적은 없다"고 자신의 결백을 강하게 주장했고, 그것만으로도 충분히 방어가 되었다. 그래서 그 사건의 피해자들은 허무성의 경우와 똑같이 '가해자는 없는 피해자'들인 셈이었다.

그러나 김일강은 하찮은 구설수에 오른 것처럼 태연한 척했지만 적잖이 불안한 눈치가 역력했다. 비록 고문 사실을 고발할 수는 없어도 의혹을 공개적으로 제기할 수 있는 것만으로도 세상이 그만큼 변했음을 뜻했다. 이제 그의 '회사'도 예전처럼 무소불위의 권력을 누릴 수 없는 게 분명해 보였다. 이 시대의 지상명령인 '구조조정'이 그 회사에도 적용되어야 한다는 주장이 정치권 일각에서 나타났다. 90년대로 진입하면서 한국사회는 차츰 민주화운동의 효과가 나타나기 시작했다. 억눌렸던 민중의 욕구가 여기저기서 분출하면서 지배계층의 완고한 권위들이 도전을 받기 시작했는데, 김일강이 소속한 조직도 예외가 아니었다. 수세에 몰려 감원 선풍이 불지 않을까, 조롱당할까 보복당할까 두려워 백방으로 방어책을 강구하는 모양이었다.

그러다가 언젠가부터 김일강에게서 연락이 끊겼다. 달라진 정치상황에서 고문 피해자인 허무성이 어떻게 나올지, 보복하지나 않을까 두려워서 그랬는지, 아니면 국회의원이란 새로운 커리어에 적응하느라 바빠서 그랬는지는 알 수 없었다. 그러나 김일강이 보복을 두려워할 것 같지는 않았다. 증인, 증거가 없을뿐더러, 고발할 경우 그 회사의 장학생으로 공부하고 교수가 된 사실이 탄로날 일을 허무성이 할 리 없다는 걸 그는 잘 알 터였다.

그래서 허무성은 달라진 정치상황에서도 할 수 있는 일이 아무것도 없었다. 그는 여전히 무력증에서 벗어날 수 없었다. 고발은 못할망정, 찾아가서 보기좋게 귀뺨이라도 후려갈겨주고 싶은데, 그럴 힘이 그에게 남아 있지 않았다. 폭탄이 터지듯 돌발적으로 소리지르며 김일강을 공격하는 자신의 모습을 이따금 떠올려보곤 하지만, 그때마다 식은땀이 솟고 주먹 쥔 두 손만 부르르 헛되이 떨릴 뿐이었다. 고문 후유증인 만성적 무기력증에 사로잡힌 그에게 김일강은 여전히 불가항력의 두려운 존재였다. 밝은 대낮 한가운데서도 지하 고문실의 어둠을 지울 수 없었다.

그렇게 소식 끊긴 지 일년 반쯤 시간이 흘렀다. 그 기간은 그에게 걸린 고문 혐의가 유야무야되기에 충분한 시간이었다. 반대파의 집요한 공격을 성공적으로 방어해낸 그는 우익정치인으로서 강한 이미지를 얻고 있었다. 누이동생 선영이 대학에 입학하던 해였는데, 어느날 그가 느닷없이 전화를 걸어왔다. 순간 가슴이 철렁 내려앉으면서 전신의 힘이 쭉 빠졌다. 만나지 않고 있던 일년 반이라는 공백이 순식간에 왈칵 메워지는 생생한 공포를 느꼈다.

"그동안 연락 못해서 미안하네. 워낙 바빠서 말이야. 감기 걸릴 시간도 없어. 오랜만에 한번 만나자, 아주 좋은 일이 생겼어. 자네 친구 한석민 말이야, 운동권 친구들 중에 자네랑 가장 친했잖아. 어제 뜬금없이 날 찾아왔더라고! 정말 깜짝 놀랐어. 앙심 품고 찾아온 줄 알고 잔뜩 긴장했지. 그 친구를 감옥 보낸 장본인이 바로 자네와 내가 아닌가 말이야! 하, 근데 그 친구 하는 말이 우리 당에 입당하겠으니 도와달라는 거야! 그러면서 감옥살이시켜줘서 오히려 고맙다고, 정치 지망생에게 감옥살이는 최고의 훈장 아닙니까 하면서 싱글벙글 웃더라고! 한석민처럼 차기 국회의원 선거를 겨냥해 우리 당에 들어오는 젊은 빵잽이들이 한둘이 아니지. 아무튼 한석민은 화통한 친구야. 정치를 제대로 하려면 그렇게 왕년의 적을 동지로 껴안을 줄 알아야지. 한석민이 나와 친구가 되었으니, 허교수 자네도 다시 옛 관계를 회복해야 하지 않겠나. 자네가 불지 않았으면, 그 친구 감옥 구경 못했을 거 아냐. 당연히 고맙게 생각해야지, 하하하! 이번 기회에 그 친구와 만나서 한바탕 술 먹고 화해해버려. 이번주 중에 만나기로 하자, 어때, 응?"

바로 그 대목에서, 아무 말 없이 듣기만 하던 허무성의 손에서 송수

화기가 툭 떨어졌다. 부지중에 저질러진 행동이었다. 목덜미에 소름이 쫘악 끼치면서 두려움이 엄습해왔다. 뱀처럼 똘똘 말린 코드가 아래로 쭈욱 늘어졌는데, 그 끝에 매달린 채 바닥에 떨어진 그 뱀대가리 같이 생긴 것에서 웬일이냐고 놀란 목소리가 어렴풋이 들려왔다. 놀란 목소리가 곧 욕설로 변했다. 허무성은 고문자의 무섭게 부릅뜬 눈을 이를 악물고 견뎌내면서, 그 징그러운 뱀대가리를 집어 전화기에 올려놓음으로써 김일강의 욕설을 잘라버렸다. 최초의 저항이었다.

그 일로 다소 용기를 얻은 허무성은 몇달 뒤 다시 전화가 걸려왔을 때는 그 기회에 확실하게 마침표를 찍을 요량으로, 안간힘을 쓰며 목청을 높였다. 그러나 마음먹은 것과 달리 목소리가 사뭇 떨려 나왔다. "그러잖아도 전화하려던 참인데, 잘됐네요. 그냥, 단도직입적으로 말하죠. 이제 우리 거래 끊읍시다. 당신 정말 나한테 해도 너무했어. 너무 원한이 사무쳐……" 냉정해지려고 입술을 깨물었건만, 울음 응어리가 치밀어올라 목구멍을 태웠다. 더이상 말을 이을 수가 없었다. 그러한 허무성을 비웃으면서, 하이에나 웃음소리가 들려왔다. "킥킥킥! 아, 이 새끼 봐라! 뭐야? 원한이라고? 얼라, 이 새끼, 또 죽고 싶은가 보다. 또 죽여줄까?" 당장 갈아마실 듯 으르렁거리는 소리, 왕년의 고문자 본색 그대로의 음성이었다.

두려움을 누르고 어렵사리 토해져나온 그날의 결별 선언은 허무성으로서는 일대 거사가 아닐 수 없었다. 김일강이 두고보자고 으름장을 놓았는데 과연 그가 어떻게 나올지 몰라 처음 몇달 동안은 여간 불안하지 않았다. 다시 한번 그 지옥에 처넣어지는 악몽이 자주 출몰했다. 사촌형인 이사장을 부추겨 재임용에서 탈락시킬지도 모른다는 불안도 있었다. 그러나 일년이 지나도 그런 낌새는 보이지 않았다. 허무성의 결연한 목소리에서 자칫 터져버릴 것만 같은 시한폭탄을 느꼈는지, 아니면 그런 사소한 일에 신경쓰기에는 공사다망했는지, 하여간 전화도 별로 걸려오지 않았다. 일년에 두어 번 걸려오는 안부전화가 고작이었다. 김일강은 공작정치에 능한 정보맨답게 비밀파일을 무기로 반대당을 공격하고, 그 때문에 박수갈채를 받느라 여념이 없어 보였다. 밤의 사람이 대낮에 나타나 박수갈채를 받고 있었다.

그렇게 둘 사이에 시간은 별탈없이 흘러갔다. 그러나 관계가 청산된 것은 아니었다. 일년에 두어 번밖에 안되지만, 잊어서는 안된다는 듯이 전화가 걸려왔고, 그리고 환상 속에 수시로 나타나 날카롭게 폐부를 찌르는 옛 고통은 사라지지 않고 있었다. 김일강이 현실에 나타나지 않아도 어둠침침한 지하실의 그 검은 씰루엣은 허무성의 의식에 여전히 출몰하고 있었던 것이다. 단지 출몰 빈도가 좀 줄어들었을 뿐이었다. 그것은 어렴풋이 멀어졌다가도 어느 순간 줌렌즈로 잡아당긴 듯, 검은 날개를 펼치고 와락 눈앞에 달려들곤 했는데, 잠깐 잠들었다가 깨었을 때나 멍하니 방심하고 있을 때 특히 그랬다. 여전히 지하 술집으로 내려가는 계단 위에서 벌벌 떨었고, 차를 타고 어두운 지하차도나 터널로 들어갈 때도 등골에 진땀이 솟곤 했다. 그 증세를 다스리려고 자주 술을 마셨는데, 어쩌다 술에 덜 취한 상태로 귀가할 때면, 어쩐지 미행당하는 듯한 불안감에 집으로 들어가는 그 침침한 골목길에서 뒤를 힐끗힐끗 돌아보곤 했다. 김일강의 부하들에게 납치당하던 그날 밤처럼 누군가가, 아니, 그들이 그 어둠속에서 튀어나올 것만 같았다.

7

　허무성이 선생이 되어 몸담게 된 대학은 80년대와는 영 딴판이었다. 90년대에 들어서 한국사회가 겪고 있는 미증유의 급격한 변화의 파도에 처한 대학생들에게 역사를 가르친다는 것은 참으로 힘겨운 일이었다. 처음엔 고분고분하던 학생들이 이삼년이 지나면서부터 사고와 행동에 급변화가 왔다. 80년대에 견주어 90년대를 해명하려고 여러번 노력해보았지만, 학생들은 어딧 까마귀 우짖느냐는 식이었다. 그들과 허무성 사이에는 언어로 메울 수 없는 깊은 단절이 있었다. 조금이라도 학생들의 관심을 끌어보려고, 강의에 기교를 부리고 픽션을 만들어넣기도 해봤지만, 여전히 절벽이었다. 절벽. 80년대가 끝나자, 갑자기 도끼로 내리쳐 두 동강 낸 듯 이쪽과 저쪽 사이에 시대구분의 깊은 단절이 생겨버렸다.

그는 강의실에서, 학보를 통해서 이렇게 말하곤 했다. 80년대의 운동이 독재권력에 의해 짓눌린 대중의 가슴을 열어놓았다면, "90년대는 대중의 억눌렸던 욕망이 솟구쳐나온 시기였다. 자유가 실감되었고 독재자 박정희를 닮아 무뚝뚝해 보이던 대중의 얼굴들이 자유로운 표정으로 환하게 밝아졌다. 자유는 인간 본성이기 때문에 그것 없이는 노예일 뿐이므로 반세기 만에 되찾은 자유의 맛은 실로 각별했다. 역사상 유례없는 대중의 활기였다. 개개의 욕망들이 앞다퉈 프리마켓에 펼쳐졌다. 그런데 그 자유가 잠깐 사이에 신자유주의의 타락한 자유로 변질되고 말았다. 범람하는 상품의 홍수, 그 현란한 스펙터클의 세계에 대중은 눈이 멀어버렸다." 그래서 허무성은 학생들에게 자유도 좋고 자유시장도 좋지만, 그 시장을 식민지로 만들고 있는 신자유주의의 본질을 꿰뚫어야 한다고 힘주어 말했다. 그러나 학생들 앞에서 목에 너무 힘을 준 비분강개는 금물이었다. 뜻없는 웃음과 경쾌함이 만연한 세상, 모든 걸 엔터테인먼트로 만들어버리고, 도대체 심각한 게 없는 세상이 이 자유시장의 문화적 특징이었다. 그러니 엄숙이나 비분강개의 어조를 학생들이 받아들일 리 만무했다. 그들이 듣게 하려면, 독설을 퍼붓다가도 자주 농담을 버무려넣어야 했는데, 무엇보다도 포르노 시대에 걸맞게 성적 농담이 필요했다. 그렇게 그는 농담을 섞어가면서 통사정하듯이 간곡한 어조로 말했고, 때로는 자학적일 정도로 자신을 희화화하기도 했다. 아이러니컬하게도 그는 소비향락풍조를 비판하면서도 그 자신도 그것의 가장 천박한 부분인 포르노에 포로로 사로잡혀 있었다.

학생들은 비록 스승의 독설에 반발하기는 했지만, 인간적으로 그를 싫어하지는 않았다. 이 사회에는 그런 비판의 독설가가 더러 필요하다고 생각했다. 다만 메아리 없는 그 정열이 안타까울 따름이었는데, 그러한 스승을 달래기 위해서 한번은 졸업반 학생 몇명이 그를 배낭여행에 초대한 적이 있었다. 프랑크푸르트, 프라하, 베를린, 쾰른을 찾아가는 여행이었다. 그 여행에서도 제자들은 기독교 문명을 비판하는 그의 우울한 독설을 들어야 했다. 때가 마침 세기말인 1999년 초겨울이었던만큼 '세기말의 우울'을 들먹거리는 그의 발언에는 그런대로 경청할 만한 울림이 있었다.

"쾰른 대성당? 너네들이나 가봐. 난 안 가. 그런 거 프라하에서 실컷 봤잖아. 유럽에서 구경거리가 대성당밖에 없다니! 이젠 진력이 났어. 모두 그게 그거잖아. 모두 생긴 게 똑같아. 천편일률적으로 장엄하고 천편일률적으로 위압적인 것이 싫어. 아니, 무서워. 천년 세월, 수백년 세월이 흘러도 요지부동인 그 완강함이 무서워. 인간과 인간이 만든 것은 어느정도 시간이 흐르면 땅속에 들어가야 하는데, 대성당들은 요지부동이란 말이야. 내 말은 그 이데올로기가 요지부동이란 거지. 전체주의, 파시즘이야."

그가 그 여행에서 얻은 유일한 기쁨이라면 화려한 기독교 문명의 음습한 뒷전에 휘갈겨 그려진 낙서 그림, 그라피티의 발견이었다. 의미는 도무지 이해불능인데, 원색의 색채가 폭력적일 정도로 강렬했다. 마치 폭탄이 터져 작렬하는 것 같았다. 일상인들에게 일부러 역겨운 느낌을 안겨줄 의도로 그려진 것임에 틀림없었다. 그 그라피티들은 철도 연변의 우중충한 씨멘트 벽과 버려진 화차들, 인적 드문 개천변의 낡은 씨멘트 벽, 어둡고 냄새나는 지하도의 벽, 건물의 퇴락한 벽 같은 데 그려져, 원색의 짙은 독성을 뿜어대고 있었는데, 우울한 그의 눈에는 그것들이 퇴락과 소멸을 재촉하는 바이러스떼처럼 보였다. 더욱 놀라운 것은 그 바이러스들이 인류의 위대한 유산이라는 대성당 같은 웅장한 건조물들의 뒷전, 인적 드문 구석에 몰래 서식하고 있다는 것이었다. 바이러스들이 대성당의 밑동을 부식시키고 있었다. 그래서 그가 그 여행에서 찍은 사진들의 대부분은 그라피티에 관한 것이 되고 말았다.

S# 1

교수: 그리고 더 문제인 것은 세계화 바람에 실려들어온 치명적인 바이러스들이야. 전에 없던 병균들이지.

학생1: 사스, 구제역 같은 것 말인가요?

교수: 아니, 그것보다 더 무서운, 영혼에 치명적인 바이러스, 미국식, 일본식 소비향락문화, 저질상품들이 바로 그거야.

학생2: 원참! 소비사회에 살면서 상품을 부정하다니, 말이 안되잖아요.

교수: 젠장, 이런 빌어먹을 세상, 누가 살고 싶어 사는 줄 아냐? 그렇다고 내가 이 소비사회를 전적으로 부정하는 건 아냐. 다만 세계화의 이름으로 유통되는 '소비향락문화'에서 '향락'이란 부분을 놓고 비판하고 싶은 거지. 말초감각 위주의 향락문화가 문제야. 소비향락문화의 본산인 미국, 일본도 이렇지는 않아. 이렇게 썩지는 않았다고. 그게 문제라니까. 너무 극단적이 되어버렸어. 이러다간 망하고 말아. 북한보다 더 무서운 것이 세계화라는 걸 알아야 해. 세계화란 것이 우리에게 그렇게 하라고 강요하고 있어. 좀 정신차리고 살자는 거야.

학생2: 전 강요당한다는 느낌이 전혀 안 드는데요. 내가 좋아서, 내가 자발적으로 선택하고 있는데요.

교수: 그렇지 않아. 너는 손에 쥔 리모컨으로 텔레비전을 마음대로 조종하고 있다고 생각하겠지? 흠, 어림도 없지! 그건 생각일 뿐, 실은 거꾸로 텔레비전이 그 리모컨으로 널 조종하고 있는 거야. 전자파에 조종당하는 거지. 텔레비전은 안방의 독재자야. 맘대로 우리를 종 부리듯 하지. 나도 마찬가지야. 난 텔레비전을 잘 안 보는데도 언젠가 무심중에 내 입에서 '렉서스'라는 말이 느닷없이 튀어나왔어. 전자파가 무의식중에 내 머릿속에 파고들어 그 단어를 새겨놓은 거지. 무슨 상품을 지칭하는 단어 같은데, 도무지 모르겠더란 말이야. 렉서스, 렉서스, 렉서스. 람세스는 고대 이집트 왕 이름이니 아닐 테고, 한참 중얼거리며 헤매도 영 모르겠는 거라. 나중에 다른 사람한테 물어보고서야 그게 외제 차 이름인 걸 알았지.

학생2: 아니, 렉서스도 모르셨어요? 그건 토요따에서 나온 차잖아요. 차값이 일억 넘는 건데……

학생1: 선생님은 차가 없으시잖아. 차에 관심없다니까. 그러니까 차 이름을 모르시는 거지.

학생3: 선생님은 휴대폰은 물론 자동차도 소유하기를 거부하는 반시장주의자이시잖아.

교수: 야, 야, 딴소리 말고 내 말 좀 들어봐! 우리 좀 정신차리고 살자고! 우린 그렇게 알게모르게 텔레비전에서 쏘아대는 전자파에 관통당하고 있단 말이야. 텔레비전은 물론 컴퓨터도 마찬가지지. 마우스를 네가 쥐고 있지만, 실은 그 마우스로 인터넷이 널 조종하고 있는 거지. 맨정신이 중요해. 텔레비전과 컴퓨터에 틀어박힌 머리통을 가끔은 꺼내 식혀야 하지 않겠어? 텔레비전도 인터넷도, 이따금 끄고

지낼 줄도 알아야지. 내 말은 그런 것들을 이용하되 지배당하지는 말자는 거야. 그건 경박한 즐거움일 뿐이야. 이 세상에 최고의 가치는 엔터테인먼트가 아니야. 그런 것들 보고 있으면, 이 세상엔 즐거운 것들만 있는 것 같아. 어떤 불행도 어떤 슬픔도 전혀 존재하지 않는 것처럼 말이야.

학생5: 우리의 불행, 슬픔을 달래기 위해 텔레비전은 꼭 필요하죠.

교수: 그렇다고 그렇게 마냥 깔깔대고 방방 뛰어도 되는 거야? 멀지 않은 미래에 큰 불행이 닥칠지도 모르는데!

학생3: (코웃음치며) 그래요, 우린 마냥 깝치고 깔깔대고 방방 뛰죠!

학생1: (장난조로 장단맞춰서) 호들갑떨고, 오두방정떨고!

학생6: 오두방정, 지랄 초방구!

학생3: 오만 개지랄, 난리블루스 추는 거죠, 뭐!

학생2: 스펙터클! 블록버스터! 우린 쩨쩨한 건 싫어요.

학생1: 질질 짜는 건 정말 싫어요.

교수: 어이, 저기 저 학생! (그가 지목한 학생은 닭이 모이 쪼듯이 휴대폰 문자판을 콕콕 찍으며 메씨지를 날리는 중이다.) 김인창, 지금 수업중이잖아. 휴대폰 끄게. 인터넷은 물론, 휴대폰도 가끔은 끌 줄 알아야지, 안 그래?

학생4: (휴대폰 덮개를 소리나게 탁 덮고 나선 볼멘 목소리로) 교수님은 아마 우리 대학에서 휴대폰을 갖고 있지 않은 유일한 사람일 거예요. 그걸 자랑하고 싶으신 건가요?

학생5: 선생님은 왜 자꾸 우울하고 언짢은 얘기만 골라서 하세요? 지금은 선생님이 대학생이던 십오년 전이 아니잖습니까? 그때는 억압받고 우울한 시대였겠지만, 지금은 아니에요.

교수: (한숨을 쉬면서) 그래, 난 이 세상과 주파수가 맞지 않는 고장 난 라디오야. 찍찍거리는 라디오……

학생1: 선생님의 우울한 표정이 안타까워요.

교수: 내 표정이 그렇게 우울해 보이냐?

학생5: 그럼요. 어쨌든 우린 우울한 거, 슬픈 건 질색이에요. 진지한 것도 근엄한 것도 싫어요. 우습고 재미가 있어야죠. 이왕이면 즐겁게 살아야죠. 무라까미 하루끼도 즐겁게 사는 자가 이긴다고 말했어요.

교수: 무라까미 하루끼? 이름이 느끼해. 그가 베스트쎌러 작가라는 건 나도 알지.

학생3: 하루끼 소설 읽어보셨어요?

교수: 그럼, 읽어봤지.『상실의 시대』를 읽어보고 그가 경박한 소설가라는 것도 알았지.

학생2: 경박한 게 아니라, 경쾌한 거예요. 하루끼 소설에 이런 구절이 나와요. 형광펜으로 그어댄 것처럼 해변의 아스팔트 위를 경쾌하게 내달리는 빨간색 스포츠카, 바로 그거죠. 우린 경쾌한 것이 좋아요. 찌질한 사랑이 아니라, 쿨한 사랑, 경쾌한 쎅스!

교수: 쿨한 것, 경쾌한 것, 조울지. 좋고말고. 그렇지만 쎅스를 최고의 가치로 생각하는 풍조 말이야, 그건 해도 너무하다는 생각 안 들어?

학생5: 핏! 삶을 좀 엔조이한다고, 뭐, 그렇게 비난받을 일인가요? 한국의 대학생처럼 불쌍한 젊은이들은 세계적으로 없을 거예요. 초등학생 때부터 구조조정의 공포에 시달려왔어요. 대학입시에서 일차적으로 구조조정당하고, 거기에서 간신히 살아남아 대학에 들어가면,

제2차 구조조정 관문인 취직시험 공부에 머리를 싸매야 하고, 또 군대도 가야지, 그러다보니 서른살 넘도록 결혼 못하는 경우가 허다하잖아요. 그렇게 계속 성적 욕망이 억눌림당한 채, 십년 이상 성인 역할을 유보당하고 있단 말이에요!

학생6: 맞아요! 이젠 우리도 압박과 설움에서 해방된 민족이고 싶어요.

교수: 내 말은 성이 나쁘다는 게 아니라, 성에 대한 탐욕이 너무 심하다는 말이야. 성을 모든 것의 최상위에 놓으려는 것이 문제라는 거지. 잘 팔리는 상품치고 쎅스 이미지를 사용하지 않은 것이 어디 있어! 한마디로 모든 게 포르노인 세상이야. 지식인이 거기에 매몰되어서야 쓰나.

학생6: 어유, 무슨 얼어죽을 지식인이에요? 그것 따지다가 굶어죽게요? 청년 실업 이십 퍼센트이고, 대기업 취업 오 퍼센트랍니다.

학생5: 이런 상황에서 우리가 미치지 않은 게 이상할 지경이에요. 미치지 않으려고, 스트레스 풀려고 쎅스 운운, 껠껠거리는 거예요. 선생님, 미치지 않겠으니 제발 우릴 욕하지 마세요.

교수: 미치지 않고 참는 게 그렇게 잘하는 일인가? 차라리 미쳐야지! 참지 말고 터져나와야지 않겠어?

학생6: 어유, 못 말려! 교수님은 정말 꼴통이시네! 메아리 없는 선동자!

8

S#2

　교수: 발견은 웬 발견? 발견이 아니라 베끼기일 뿐이지. 참, 옷 벗기기도 베끼기이지. 미국, 일본 같은 남의 나라 풍습 베끼기와 옷 베끼기를 가지고 제발 발견이니, 진보니 하지 말자!

　학생1: 교수님은 왜 그걸 꼭 나쁘게만 보세요? 표절, 모방이 무슨 문제예요? 창조를 위해서도 모방은 일차적으로 불가피한 거 아닙니까?

　교수: 모방을 해도 주체성이 조금은 있어야지. 우리 것은 모두 어디 갔어? 줏대없이 남의 거 베끼기만 하는 것이 왜 문제가 아닌가? 게다가 너희는 역사학도야. 나한테 제출하는 리포트도 대부분 남의 것 베낀 것이고.

학생2: 리포트 건은 교수님이 좀 양해해주셔야죠. 저희가 취직시험 준비에 바빠서 그래요. 아무리 역사가 전공이라지만 취직시험에 전혀 도움이 안되는데, 죽자고 거기에 매달릴 수는 없죠. 교수님도 제자들이 취직 잘돼서 나쁠 건 없잖아요.

교수: 아아, 어쩌다 세상이 이 지경이 되었나! 취직이 어렵고, 구조조정이 두려운 세상이 되어버렸어. 물론 이 세상에서 퇴출당하지 않으려면 취직공부도 열심히 해야겠지. 내 말인즉슨, 아무리 그렇더라도 취직공부하는 틈틈이 책 좀 읽자는 거야. 어떤 경우에라도 한국 토종의 본성만은 잃지 말자는 것, 올바른 역사의식을 갖자는 것! 사학과 출신이면 남보다 더 나은 역사의식을 가져야 하지 않겠어?

학생3: (낮게 투덜거린다.) 아휴, 지겨워! 야단치긴, 누가 꼰대 아니랄까봐서? 쳇!

학생4: 글로벌 세상인데, 뭐. 너무 우리 것, 우리 것 하지 마세요.

교수: 그럼, 너희는 우리 것을 포기한 대신에 무얼 갖고 있지? (정열적인 목소리로) 너희는 대학생인데도 나름의 문화가 없어. 거기엔 교양이 빠져 있단 말이야. 교양에서 우러나온 정당한 비판정신이 없어. 대학생이라면 저항문화잖아. 너희에겐 그게 없다고. 창피하게시리 미국, 일본 것 흉내내는 십대의 저질 풍속을 그대로 모방하고 있잖아.

학생1: 우린 젊어요. 젊으니까 이것저것 해보는 거죠. 발견을 위해서 연습으로서의 모방은 불가피한 것 아닙니까?

교수: (냉소적으로) 그려, 그려, 이 천박한 세상에 젊음만이 유일한 가치이고, 유일한 이데올로기이지. 환갑 넘긴 노인들까지 젊어 보이려고 성형수술하는 세상이니까. 그렇지만 너희는 결코 젊지 않아. 너희가 젊다고? 어림없지! 너희는 저 십대로부터 벌써 늙은이 소릴 들

고 있잖아. 인생의 절정은 이미 끝난 거지, 뭐. 서태지도 에쵸티도 십대들 것이지 너희 것은 아니야. 텔레비전을 봐봐, 쇼핑몰을 가봐. 모든 게 십대의 입맛에 맞춰져 있잖아. 이 소비사회를 이끌어가는 건 그들이야. 그들이 풍속을 만들고 그들이 문화를 만들어. 대학생인 너희는 뭐야. 성개방 풍속도 저 아이들이 선도하고 있잖아. 너희는 욕설까지 걔네들한테서 배우고 있거든. 가볍기 그지없고, 맹랑하기 짝이 없는 저 아이들이 이 사회의 중요한 가치들의 대부분을 규정하고 있단 말이야. 저 아이들이 윗세대를 가르치고 있단 말이지. 늙은이들까지 그들을 모방하고 있어. 아아, 정신연령이 십대 수준인 사회, 그게 말이 되는 소리냐? 왜 십대를 모방해? 십대들은 저속하기 짝이 없지만 그들만의 언어, 옷, 음식, 음악, 춤, 영화, 스포츠, 쎅스가 있어. 그런데 너희는 뭐야, 너희 나름의 것이 없잖아! 왜 십대를 모방하냐, 십대를 비판해야지. 저질 문화를 비판해야지, 왜 모방하냐, 왜! 대학생이라면 뭐가 달라도 달라야 할 거 아냐! 대학생은 언제나 비판하고 저항했어. 비판과 저항이 생명이었어. 너희에겐 그게 없단 말이야!

학생3: 왜 소리지르고 그러세요!

학생4: 우리보고 십대들과 싸우라고요? 텔레비전과 싸우라고요? 어떻게 그게 싸움이 될 수 있어요? 그건 반자본주의적 발상이에요.

학생1: 왜 텔레비전을 그렇게 나쁘게만 생각하세요? 안방의 독재자가 아니라 안방의 재롱둥이라고, 우리의 다정한 가족이라고 생각하면 안돼요?

학생2: 책, 교양, 지식인 운운하던 시대는 지나가버렸잖아요. 우린 책보다는 비주얼한 것들을 좋아해요. 영화, 텔레비전, 비디오, 영상 씨엠 등등.

교수: 영상 씨엠이 뭔가?

학생2: 텔레비전에 나오는 광고 말이에요. 영상 씨엠이야말로 최고의 예술이죠.

학생3: 잘 만들어진 뮤직비디오도 한편의 아름다운 시죠.

교수: 아니, 그냥 예술도 아니고 최고의 예술?

학생2: 그럼요. 십오초, 삼십초짜리가 그렇게 강한 인상을 줄 수 있다니, 정말 놀라워요. 절제된 언어, 생생한 색채, 놀라운 위트와 유머!

교수: 어허, 장사꾼들의 돈 벌기 위한 전략을 예술이라니!

학생2: 그럼요, 한마디로 촌철살인의 예술이죠. 바로 앞에 나온 장면이 금방 발생한 붉은 피 싱싱한 살인사건이라 할지라도 영상 씨엠이 나오면 뇌리에서 깨끗이 지워지죠.

교수: 호호호, 잊는 게 그렇게 좋으냐? 상업광고 메씨지 때문에, 우린 잊어선 안될 중요한 것들을 너무도 많이 잊고 있어.

학생2: 아니죠, 우리 생활에 광고만큼 중요한 것도 없어요. 우리 환경이 온통 광고인데, 적응하고 즐기면서 살아야죠, 뭐.

교수: 어허, 한숨이 절로 나는구나! 쏟아지는 광고에 난 넌덜머리를 내고 있는데, 너희는 즐기고 있으니!

학생4: (농담 삼아) 이휙, 아무래도 선생님과 우린 서로 다른 인종인 것 같아요.

학생3: 선생님이 달라지셔야죠. 우리보고 달라지라고 하지 마시고요.

교수: (한숨을 내쉬며) 나만 그런 비판적인 생각을 갖고 있는 게 아냐. 책들 좀 읽어라. 좋은 책들은 모두 지금 이 현상에 비판적이야.

학생5: 책, 책, 하지 마세요. 지금은 영상시대거든요.

학생4: 우리가 취직시험 땜에 바빠서 다른 책 못 읽는데, 왜 그걸 이해 못하세요?

교수: (빈정거리며) 취직공부만 하는 너희가 불쌍하구나! 비판의 목소리, 저항의 목소리 한번 내보지 못하고, 쯧쯧쯧!

학생3: (버럭 화를 내며) 정말 우릴 모욕하깁니까? 그렇게 우리한테 막말해도 되는 거예요?

교수: (기가 꺾여 목소리 낮추면서) 미안하다. 그렇지만……

학생3: 선생님은 왜 말씀하시면서 자꾸 교탁에다 분필을 찍어 부러뜨리세요? 정신사납게시리! 교탁 밑을 보세요. 분필 토막이 수두룩하잖아요.

교수: 아, 내가 그랬나? 미안하다, 버릇이 되어놔서, 흐흐흐!

학생5: 선생님, 우리에겐 꿈도, 야심도 없어요. 아이엠에프 구제금융 사태 이후에 대학생이 된 우린 불행해요. 취직이 문제예요. 우리의 관심사는 오직, 이 취직난을 어떻게 뚫고 나가느냐, 이겁니다. 청년실업 이십 퍼센트이고 취직을 해도 반수가 비정규직이죠. 대학졸업 후 실업자나 비정규직으로 떨어질지 모른다는 생각을 하면 등골이 오싹해져요. 정규직을 얻는 것, 그것만이 우리의 꿈이에요.

교수: 아, 난들 왜 그걸 모르겠나. 하지만 너무 자학하지 마. 그래도 꿈을 가져야지.

학생5: 꿈이요? 꿈은 꿈일 뿐이죠.

교수: 그럼, 난 어떡하란 말이야? 그렇다고 내가 강의실에서 입다물고 있어야 하나?

학생1: 아뇨, 그런 말을 하는 사람도 있어야죠.

교수: 아무도 듣지 않는데?

학생1: 초등학교 아침조회 시간의 교장선생님 훈화, 그거 아무도 듣지 않잖아요. 그렇지만 교장선생님 말씀은 있어야 해요. 아무도 듣지 않아도 옳은 말은 있어야죠.

교수: 훗훗, 자네가 제대로 정의를 내리는군! 옳은 말이란 아무도 듣지 않는 것. 옳은 말은 아무도 듣지 않는다. 훗훗훗.

S# 3

학생1: 아이, 짜증나! 촌스럽게 자꾸 네 것, 내 것, 우리 것 운운하시는데, 우리 것, 미국 것, 일본 것이 따로 있나요? 지금은 복제와 씨뮬레이션의 시대예요. 전세계적으로 유통되고 있을 바에야, 그건 미국 일본 것이 아니라 전세계 것이고 우리 것이라고요. 우린 세계화를 통해 많은 새로운 것들을 발견하고 있어요.

교수: 설사 그렇더라도 웃음까지 그렇게 미국식으로 바보같이 웃어야 되겠어? 물론 웃음은 좋은 거지. 그렇지만 웃음이 너무 헤프고 바보 같아. 제스처도 미국 양아치 식이야. 꺼떡꺼떡, 어휴, 오두방정 떠는 꼴이라니!

학생1: 오두방정, 지랄 초방구!

학생2: 오만 개지랄, 난리블루스! 낄낄낄!

학생1: 어휴, 하여간 선생님은 못 말려! 골수 반미야!

교수: (코웃음치며) 흥, 쎅스도 미국식을 모방하고 있지? 인기가수 박진영 말이야, 이번에 나온 앨범, 되게 야하다는데?

학생2: 와우! 선생님도 「나는 여자가 있는데」를 들어보셨어요? 아주 죽이죠.

교수: 신문에 그렇게 났더라. 색 쓰는 신음소리로 노래를 만들었다고, 흑인음악을 모방한 거라고 말이야. 음악도 쎅스도 미국 걸 모방하는 주제에 뭐, 새로운 감수성의 발견이라고? 상상력의 해방이라고? 웃기는 소리지!

학생3: 왜 그런 것에 신경써요? 아무러면 어때요, 재미만 있으면 됐지, 뭐. 그냥 놀면 되는 거예요. 박진영이가 말했듯이 쎅스는 그냥 놀이에요.

학생2: 그래요, 그냥 놀면 되죠. (홍얼거리며) 머리에서 발끝까지 입 맞추고 싶어, 저녁부터 아침까지 반복하고 싶어. 흐응. (일동 폭소)

교수: 하하, 그거 재미있네. 하지만 그가 쎅스를 화두로 세상을 변혁하는 혁명가가 되겠다는 건 좀 그렇지 않아?

학생4: 그 가수, 과장이 심하죠. 과대포장, 포장지가 현란해요. 우린 그를 대단하게 생각하는 건 아니에요. 다만 재미있는 광대가 필요할 뿐이죠. 이 골때리는 세상에 그런 재미라도 있어야지 않겠어요?

학생5: 제 생각은 달라요. 박진영은 용기있는 가수예요. 성의 억압을 대담하게 깨뜨렸어요. 선생님은 그렇게 생각 안하세요?

교수: 용기라고? 그러잖아도 성이 넘쳐나는데, 깨뜨리기는 다시 뭘 깨뜨리나. 진정한 사랑은 없고 온통 성적 욕망뿐이야.

학생5: 그럼, 선생님, 방송사들이 그의 이번 앨범에 들어 있는 몇곡을 방송금지시켰는데, 그건 어떻게 생각하세요? 표현의 자유를 침해한 것 아닌가요?

교수: 그게 표현의 자유와 무슨 상관이 있어? 쎅스를 나무라는 게 아냐. 최소한 예절을 지키자는 거지. 너희도 박진영처럼 성개방을 새로운 욕망의 발견이라고 말하고 싶겠지? 쎅스도 한두 종류가 아니라

여러 종류가 발견되었고. 새로운 욕망, 새로운 입맛! 그래, 쎅스도 여러 종류가 발견되었지. 가학적인 것, 피학적인 것도 발견되고, 페미니즘의 강력한 영향 아래 생활현장에서 남녀관계가 역전됨에 따라 쎅스의 체위에도 역전현상이 자주 벌어지게 되었거든. 오럴도 발견되고 스와프도 발견되고, 그리고 바이브레이터도 생겨났지. 그럼, 이런 것들이 과연 진보인가?

학생1: 왜요? 그게 어때서요? 충분히 진보일 수 있죠. 억압된 성의 해방!

교수: 그리고 여체의 지도에서 예전에는 몰랐던 성감대의 새로운 등고선들과 지점들이 발견된 것도 빼놓을 수 없는 중요한 지리상의 발견인 셈이지. 할리우드 영화 「딥 스로트」에 '목구멍 속의 클리토리스'라는 말이 나오잖아. 목구멍에도 클리토리스가 있다는 걸 발견했지! 그리고 클린턴의 '부적절한 관계'야말로 오럴 쎅스를 일반화하는 데 공이 컸지.

(와우! 하고 실내에 호응인지 야유인지 모를 박장대소가 터진다.)

교수: 야, 야, 발음은 제대로 하고 넘어가자. '우와!' 할 것을 꼭 '와우!' 해야 직성이 풀리냐? 감탄사까지 미국식이라니, 원!

학생6: 와우! 「딥 스로트」! 그거 진짜 야한 영화인데, 교수님도 보셨어요?

학생2: 허걱! 교수님, 진짜 존경합니다.

학생7: 우리 교수님 수구꼴통인 줄 알았는데, 정말 진보적이시다!

교수: (어이없어하며) 수구꼴통? 내가? 맘에 안 든다고 맘대로 갖다 붙이는 거야?

학생4: 만날 80년대 운운하시잖아요. 지금은 21세기예요.

교수: 그럼, 너희는 진보란 말이지?

학생들: 그럼요!

교수: 헉, 진보주의자는 지나친 성개방을 비판하면 안되나? (자조적인 웃음) 후후후, 80년대의 진보주의자가 어쩌다 시절 잘못 만나 수구꼴통 소리 듣는구나!

학생6: 맞아! 우리 교수님은 꼴통이긴 하지만, 수구는 아니야.「딥스로트」도 보셨다잖아.

교수: 흐흐흐, 그뿐이 아냐. 솔직히 고백할게. 나도 자네들하고 똑같아. 나 말이야, 인터넷 쎅스싸이트에 중독되었거든. 호기심에 한번 쎅스싸이트에 대가리 들이밀었다가 그만 덜컥 덫에 걸리고 만 거야, 후후후. (다시 박장대소가 터진다. "와우!" "꺅!" "우리 교수님 정말 멋있다!") 젠장, 아직도 거기에서 못 벗어나 버둥거리고 있다고. 어휴, 쎅스가 전부인 양 온갖 것에 도배질하고 대서특필해대고 있는 세상인데, 난들 어떻게 거기에서 벗어나나? 후후후.

학생3: 왜 힘들게 버둥거리세요? 그냥 맘편하게 즐기면 되는데……

교수: 세상이 온통 포르노 천지가 되어버렸어. 정액이 고갈되었는데도 마구 쥐어짜는 거야. 인터넷, 영화뿐만 아니야. 노래도 그렇잖아. 포르노 아닌 게 없어. 세상이 이런데, 누가 포르노의 그물을 벗어날 수 있겠어? 바로 그 무서운 중독성, 그게 소비향락문화의 본질 아냐? 그게 무슨 얼어죽을 진보야? 노예지. 자네들이나 나나 노예에 불과하다고! 아무리 거부해도 소용없지. 애당초 거부가 불가능해.

학생3: 아이, 골때려! 거부해도 소용없다면, 왜 그런 얘길 하세요?

교수: 글쎄, 나도 모르겠어. 아아, 절망이야! 내가 너네들과 다른

것은 포르노에 빠졌으면서 포르노를 증오한다는 거지.

학생1: 그게 선생님이 늘 말씀하시는 교양이란 거죠?

학생2: 그게 교수님이 늘 말씀하시는 '각성한 노예'인가요?

학생3: 각성해서 골아픈 노예는 되기 싫어요. 차라리 물정 모르는 행복한 노예가 낫지!

학생1: 쳇, 우리가 왜 노예예요? 우리도 이젠 살 만큼 사는데 왜 노예예요? 별꼴이야!

학생4: 노예 운운, 식민지 타령은 이젠 그만둬야죠. 도대체 우리가 언제까지 피해의식에 젖어 식민지 운운해야 합니까? 역사적으로 남의 나라를 한번도 침략해보지 못하고 당하기만 한 것이 무슨 자랑거리예요? 그런 한국역사 우린 싫어요! 우리도 공격하고 침략할 줄 알아야 해요.

교수: 와아, 너희들, 제국주의자가 되고 싶다, 이건가?

학생1: 경제적으로 좀 그래보자는 거죠. 요즘 우리 기업들이 공격적으로 그걸 해내고 있잖아요. 베트남, 인도네시아, 필리핀, 중남미 등지에서 수많은 현지인 노동자를 고용하고 있고, 국내에도 외국인 노동자가 수십만이에요.

교수: 노동착취, 부당노동행위 한다고, 현지에서 비난여론이 들끓지 않니?

학생1: 홍, 그깟 구더기 무서워 장 못 담그나요, 뭐.

학생7: 저도 한마디하겠어요. 우리 대학 채플에서 이번 여름방학 동안 해외에 파견할 선교단을 준비중인데요, 전 거기에 참가할 생각이에요. 한국의 경제력이 세계에 뻗어나가기 위해서라도, 교회가 앞장서야 한다고 생각해요. 지금 한국 교회들도 해외에 대거 진출하고 있어요. 수천명의 선교사들이 활동중이죠. 공격적인 선교를 하고 있어요. 심지어 이슬람 사원에 모여앉아 찬송가를 부른 용감한 분들도 있다고 들었어요.

교수: 그래서 현지인들과 자주 충돌하고 있는데도?

학생7: 어쨌든, 해외시장을 공략하기 위해선 기업과 교회가 서로 손잡고 공격적으로 파고들어야 해요. 과거에도 제국주의 국가들은 교회를 첨병으로 내세웠잖아요.

교수: 호호호, 똑똑하구나! 그래, 제국주의 흉내내는 그 꼴이 그렇게 좋으냐?

학생7: 좋아요!

교수: (맥없이 칠판에 등을 기대고) 그래, 그래, 너네들 잘났다, 잘났어, 제국주의 만만세다! 호호호호!

학생7: 근데, 호호호, 무슨 웃음이 그래요? 기분나쁘게시리!

교수: (쓸쓸히 웃어 보이면서) 호호호, 내 성이 허가인데, 허허허 하고 웃으면 이상하잖아. 그래서 호호호!

학생2: (놀라서) 아니, 선생님, 왜 그러세요? 눈물이······

학생5: (역시 놀라서) 속상하셨나봐! 선생님, 저희가 잘못했어요.

교수: 아냐, 아냐, 괜찮아. 눈이 피로해서 그래.

강의중에는 농담처럼 흘려서 말하긴 했지만, 그가 인터넷 포르노에 붙잡혀 버둥거린다는 말은 거짓말이 아니었다. 단 한 번의 접속으로 덫에 걸린 것인데, 거기에서 벗어나기가 쉽지 않았다. 더구나 씽글인 그는 학생들과 마찬가지로 성의 결핍에 안달이 나 있는 형편이었다. 한번은 누구의 말을 듣고 일부러 연 이틀 밤낮 잠도 자지 않고 자학적으로 포르노를 마구 폭식하여, 포르노라는 말만 들어도 구역질이 날 지경에까지 자신을 몰아갔는데, 그러나 그 효과도 열흘을 넘기지 못하고, 약 먹은 쥐 물 찾아가듯이 다시 인터넷에 머리를 디밀고 말았다. 유혹에 무력한 자신이 실망스러운 나머지 자학에 빠져, 화가 에곤 실레의 「자위하는 자화상」처럼 자신의 자위행위를 인터넷에 공개하고 싶은 발작적인 충동을 느끼기도 했다. 그랬다. 이 시대의 가장 두드러진 특징이 되어버린 포르노를 모면할 사람은 아무도 없었다.

9

 아무튼 허무성은 대개 이런 식으로 경박한 풍속의 변화를 비판함으로써 학생들과 종종 대립하곤 했다. 할리우드 영화처럼, 무라까미 하루끼의 소설처럼 미국식, 할리우드식 낙관주의로 경쾌하고 싶어하는 학생들로서는 그의 담론이 여간 못마땅한 게 아니었다. 진지한 것, 심각한 것을 싫어하고 순수한 것, 우아한 것을 낯설어하는 그들이었다. 조금만 무거워도 고개를 내둘렀고, 눈물도 슬픔도 두려워해서 모든 것을 엔터테인먼트로 풀기를 원했다. 진주의 논개가 왜장의 목을 껴안고 인당수에 몸 던지면서 하는 말, 나는 공산당이 싫어요. 낄낄낄. 세상이 이미 그렇게 변해버렸다. 안방의 독재자 텔레비전은 전에는 신파조의 눈물을 강요하더니, 이제는 웃음만을 강요했다. 역사도 현실도 없고, 유머도 없고, 경박한 말장난이나 외설적인 몸짓만 있을 뿐인 엔터테인먼트의 세상. 웃겨야 산다! 웃겨야 출세한다. "그 자식 실력도 없는데, 웃기기 잘해서 팀장 됐대."

그러한 그들에게 역사란 별 의미가 없었다. 글로벌이 역사를 지워버리고 있는 상황에서 역사에 대한 무관심을 학생들 탓으로만 돌릴 수는 없었다. 사학과 강의실에서 역사는 전공과목인데도 이미 찬밥 신세가 되어 있었다. 강의실의 무기력한 분위기를 깨기 위해서 그는 자주 자극적인 말로 그들의 화를 돋워 덤벼들도록 하곤 했다. "대가리 굵은 것들이 정말 유치찬란하구먼! 유치원생으로 돌아갔냐?" 하면서 허무성이 '참을 수 없는 가벼움'이라고 빈정거리면 그들은 그것을 받아 '구제불능의 꼴통'이라고 야유했고, 근거없는 세계주의자라고 비판하면, 촌스럽고 편협한 민족주의라고 받아쳤다. 학생들의 공격을 마다않고 받아들이는 자학적인 수업방식이었지만, 심심찮게 웃음소리도 터져나와 그런대로 견딜 만했다. 학생들의 역사의식을 일깨우기 위한 안간힘이었지만, 그들의 마음은 이미 역사를 떠나 있었다. "그때는 사학과가 참 인기 좋았지. 운동권에 사학과 학생들이 많았기 때문이야. 잘해야 감옥 가는 건데, 인기가 있었단 말이야. 그땐 참 희한하게도, 수배당하고 감옥 가는 학생이 많을수록 인기학과였다니까." 역사 전공에 대한 긍지를 심어주려고 그런 이야기도 들려줘봤지만, 공연히 학생들의 부아만 돋울 뿐이었다. 이미 찬밥 신세가 되어버린 사학과를 두고 좋았던 옛날 운운한다는 것은 죽은 손자의 불알을 만지면서 탄식하는 꼴이 아니고 무엇이겠는가. 그래서 역사 강의 시간에는 가르치는 선생 못지않게 학생들의 마음도 자학적이고 씨니컬해지곤 했다.

선생과 학생들은 서로 다른 혹성에 살고 있었다.

S#4

교수: 그땐 교수들이 우릴 보면 무서워 벌벌 떨고, 아부하고, 시험 안 쳐도 학점 그냥 주었지.

학생1: 와우! 옛날이여! 공부 안해도 학점 주고…… 그런 좋은 시절이 있었다니!

학생2: 야단만 치시지 말고 저희한테도 공짜 학점 좀 줘보세요.

교수: 어디가 예쁘다고 공짜 학점을 주냐. 너네들 리포트를 보면 너무 한심해. 인터넷에 돌아다니는 자료를 그대로 다운받아 가공도 하지 않고 틀린 부분도 그대로 베껴서 제출하고 있잖아.

학생3: 우리가 바빠서 그러잖아요. 취직시험 공부를 해야 하니까요.

교수: 베끼려면 제대로 베끼기라도 해야지. 탈자, 오자, 맞춤법 틀린 것들 천지야.

학생3: 타이핑을 너무 빨리 해서 그래요. 한번 치고 나면 두번 다시 들여다보기 싫거든요.

교수: 어유, 그래 잘났다. 하지만 너네들 나중에 졸업하고 나면, 대학 때 취직공부만 한 걸 반드시 후회하게 될 거다. 우리 때는 달랐지. 그때의 사학과 분위기는 지금과는 정반대였지. 역사공부에 갈증이 난 우리에게 교수들이 한 충고가 뭔지 알아? 역사를 너무 깊이 공부하지 말라고 했단 말이야. 현대사를 너무 파고들지 말라고, 다칠지 모른다고, 벌벌 떨면서 말리곤 했어. 무서운 금기들이 많다고 말이야. 한국전쟁 전후해서 수십만의 민간인들이 아무 죄 없이 학살당했거든.

학생4: 그렇게 많이요?

교수: 육칠십만 된다는군. 아직도 밝혀지지 않은 비밀이지, 현대사의 최대 비밀!

학생4: 세상에, 그렇게 많이! 어떻게 그럴 수 있어요? 동족이 동족을……

교수: 그래, 동족이 동족을 잡아먹은 거지. 광우병 하면, 요즘 사람들이 벌벌 떨잖아. 소가 소를 먹어서 생긴 병이거든. 그래서 동족이 동족을 잡아먹어서는 절대로 안되는 거야.

학생1: 말도 안돼요. 무슨 컴퓨터게임도 아니고, 판타지소설도, 엽기소설도 아니고! 난 판타지소설을 좋아하지만, 수십만 무차별 사살은 전쟁 판타지에나 나오는 것 아닌가요? 그게 뻥인 줄 아니까 그냥 재미있게 읽혀요. 근데 실제로 그런 일이 있었다니, 말도 안돼요. 뻥치지 마세요!

교수: 뻥이 아니라니까 그러네! 그러니까 좀 배우라는 거 아냐.

학생2: 아이, 짜증나! 그런 끔찍한 것 알아서 뭐 해요. 이왕이면 즐거운 걸 찾아야지.

교수: 흥, 즐거운 것? 사랑과 쎅스 말고도 할일이 많다고! 그 비밀을 까발리는 것이 자네들이 할일이지!

학생1: 왜 그걸 우리한테 미루세요? 그건 교수님을 포함한 기성세대가 할 일 아니에요? 우린 바빠요. 취직 걱정해야지, 초고속으로 변하는 세상, 따라잡기 힘들어죽겠는데!

학생2: 우린 할일이 따로 있어요. 우린 우리 앞에 펼쳐진 백지 위에 새로운 역사를 쓸 겁니다.

그랬다. 그 참극을 선생인 자신도 제대로 이해하지 못하면서, 어떻게 학생들이 이해하기를 바랄 수 있겠는가. 수십만의 무고한 죽음, 수백 수천명도 아니고, 수십만이라니! 육십만이 아니고 십만명이라 할지라도 너무 엄청난 숫자여서, 도무지 실감이 나지 않는다. 선생도 그러한데, 찢긴 채 버려진 텔레토비 인형을 보고도 가슴아파하는 학생들이 어떻게 그 수십만을 이해할 수 있겠는가?

그것은 우선 허무성 자신이 해야 할 일이었다. 그에게는 지리산 어느 골짜기에 부친의 고향마을이 있었다. 지리산에 수많은 떼죽음이 있었고 그 속에 서른살 근처의 조부모와 어린 삼촌이 있었다. 그러나 그는 그 마을이 지리산 어느 골짜기, 어디에 있는지 알아보려고도 하지 않았다. 무심해서가 아니라 두려워서였다. 학살 장면을 상상만 해도 심한 불안감에 가슴이 오그라드는 그였다. 생흙 냄새가 물씬 풍기는 흙구덩이, 자신들이 파놓은 그 흙구덩이의 가장자리에 일렬로 늘어선 사람들, 그들을 향해 '겨눠 총' 하고 있는 총살조, 애원과 저주와 비탄의 울부짖음, 일제사격의 총성, 피, 흙구덩이…… 상상의 그 장면은 방심상태에서 문득문득 나타나곤 했는데, 그것과 더불어 떠오르는 것은 풀숲에서 쓰러져가는 작은 오막살이 폐가였다. 대학 일학년 여름, 사학과 역사기행팀에 끼어 지리산에 갔을 때, 세석평전 오르는 길에서 폭우를 만나 피신했던 그 집, 서까래에 새들이 둥지 틀어 살고, 잡풀이 우거진 마당 한가운데를 뚫고 죽창 같은 참대 죽순들이 삐죽삐죽 솟은 그 폐가가 조부모가 살던 집처럼 느껴진 것이다.

소비향락문화의 급격한 팽창은 모든 것을 해일처럼 쓸어갔다. 도대체 변하지 않은 것이 없었다. 변화의 파장은 '상전벽해'란 말이 무색할 정도였고, 변화의 속도는 사람의 인지능력을 훨씬 능가한 것이었다. "오래된 좋은 것보다 새로운 나쁜 것이 좋다"고 하면서 앞을 향해 막무가내로 내달리기만 하는 변화였다. 과거란 이미 소비되어버린 시간에 불과했고, 그래서 공동체의 과거인 역사도 폐기처분되고 있었다.

언젠가 허무성이 사학과 강의실에서 친일파 문제를 토론의제로 삼았을 때, 학생 두 놈이 번갈아 불쑥불쑥 일어나 어처구니없는 소리를 해대는 바람에 낭패본 적도 있었다.

"아니, 도대체 해방된 게 언젠데 아직도 친일파 타령입니까? 반세기 지나도록 내내 그 타령만 할 겁니까?"

"반세기 동안이나 처리 못했으면 포기할 줄도 알아야죠. 그렇게 악착같이 매달릴 게 뭡니까? 과거사에 발목 잡히면 전진할 수 없잖아요. 앞으로 역사는 우리가 쓸 테니까 걱정 마세요!"

황당했다. 반박의 여지가 없는 무례함이었.

그럼에도 스무 명 가까운 나머지 학생들 중에 그 말에 반박하는 녀석은 한 명도 없었다. 그러기는커녕 몇놈은 도리어 재미있다는 듯이 킥킥 웃어댔다. 반세기가 지난 시점에서 새삼스럽게 친일파를 단죄하자는 주장도 아니고, 제대로 비판하고 넘어가자는 것이 그 강의의 취지였는데도, 학생들은 그런 문제를 거론하는 것 자체가 촌스러운 일인 양 여기고 있었다. '과거사에 발목 잡히면 전진 못한다'는 것은 보수집단이 늘 하는 장타령이 아닌가. 친일파와 친일파의 상속자들이 주류인 그들, 역대 군사정권을 떠받들어온 그들의 생각은 초지일관 "왜 야단들이야! 친일파가 뭐 어때서? 참, 별놈들 다 보겠네!"가 아닌가! 그들이 언론을 장악하고 여론을 장악하고 있었다.

그래서 사학과 강의실에 더이상 역사학도는 없었다.

총장이란 자가 충고랍시고 한다는 소리가 역사를 영어로 가르치면 그런대로 학생들이 좀 듣지 않겠느냐고 했을 때, 허무성은 하마터면 분을 참지 못하고 그의 뺨을 후려갈길 뻔했다. 국사를 영어로 가르치라니, 여기가 식민지인가. 총장은 뺨을 맞지 않았지만, 그의 눈에 튀는 사나운 불티를 보고 흠칫 뒷걸음질쳤다.

사학과 학생들 거의 전부가 취직을 위해 부전공을 선택하고 있었다. 물론 장사꾼의 나라가 되어버린 세상에 적응하려면 마케팅 공부가 불가피할 것이다. 그러나 아무리 그렇다 하더라도 누워서 침뱉는 격으로 자신의 전공인 역사를 찬밥 취급하는 그들이 너무도 실망스러웠다. 사학과 학생들이 이럴진대, 더 물어 무엇 하나. 프랜씨스 후꾸야마가 '역사의 종언'을 선언하기도 전에 한국사회는 이미 그 명제를 실천하고 있었다. 신자유주의·글로벌리즘의 간판 아래 장차 지구상에는 개별 국가의 역사는 종언을 고하고 오직 미국의 역사만이 존재할 터였다. 가르치는 일이 점점 힘들고 재미없어지고 있었다. 게다가 그는 학술지에 발표한 논문 건으로 학교 재단으로부터도 미움을 받고 있었다. 개신교의 친미주의를 구한말부터 역사적으로 고찰한 논문이었다.

허무성은 80년대의 민주화운동이 90년대를 낳았음에도 두 시대는 어느 한구석 닮기는커녕, 완전히 적대적이라고 판단했다. 90년대가 80년대의 자식이었지만, 자식이 곧 아비를 잡아먹어버린 격이었다. 80년대의 시대정신은 메아리도 들려오지 않았다. 젊은 영혼을 달구었던 이성·명예·희생·용기 등의 단어들이 갑자기 사라져버렸다. 갑자기 엔진이 꺼지면서 역사의 격동이 멈춰졌다. '역사는 진보한다'가 아니었다. 망연자실이었다.

십년 세월의 기나긴 싸움이 어느 순간 도끼로 내리친 듯 갑자기 끝났을 때, 그 갑작스러운 단절이 무엇을 뜻하는지, 처음에 운동권은 알지 못했다. 패배한 싸움을 이긴 줄 알고 만세를 부른 그들이었다. 만세를 부르려고 쳐든 두 팔은 도로 내릴 필요도 없이 그대로 항복의 두 팔이 되고 말았지 않은가. 말 그대로, '그들이 바꾸려고 한 시대가 도리어 그들을 바꿔버렸다'. 변신을 꾀하는 자들이 속출했다. 좌절감도 잠깐일 뿐, 마치 꿈꾸다가 잠에서 깬 듯 잠깐 어리둥절한 표정이었다가 이내 바지춤을 올려 허리띠를 졸라매고, 달라진 현실을 향하여 쏜살같이 달려갔다. 운동권의 모든 것을 훌훌 털어버리고, 누구보다 먼저 기회를 잡으려는 기회주의자가 되어 필사적으로 달려갔다. 정치, 언론, 대기업의 제도권을 향해 달려갔다.

달라진 현실 속으로 그들이 달려들어가 만난 것은 다름아닌 그들의 적이었다. 이제 그들은 자신의 적을 사랑하지 않으면 안되는 모순을, 자기 자신에 대한 배신을 저질렀다. 반세기의 긴 세월에 걸쳐 형성된 요지부동의 완강한 집단이 거기에 있었다. 그들은 여전히 엄청난 경제력과 막강한 언론, 연구소 들을 갖고 있었는데, 변한 것이 있다면 음지에서 양지로 나온 김일강의 모습처럼 겉치레만의 변화였다. 그래서 그 집단은 변화한 환경에 어울리는 보호색을 갖추기 위해서, 민주적으로 개량된 것처럼 꾸미기 위해서 운동권 출신들이 필요했다. 정치계와 사업계에 꽤 많은 운동권 출신들이 발탁되었는데, 그 숫자가 많다보니, 일각에서는 좌파가 자본주의를 파괴할 목적으로 각계각층에 잠입한 트로이 목마가 아닌가 하고 엄살떠는 소리가 나올 지경이었다.

배신의 계절, 허무성은 90년대를 그렇게 불렀다. 한석민을 포함한 다섯 명의 옛 친구들, 그의 자백 때문에 검거되어 징역살이를 해야 했고 그래서 그를 배신자라고 낙인찍었던 그들도 그 투항자 대열에 끼어 있었다. '정치에는 영원한 적도, 영원한 동지도 없다'를 금과옥조로 삼아 배신을 밥먹듯 해온 그 썩은 정치판이 그들이 선택한 진로였다. 타도의 대상이 그들의 보금자리가 되었다. 배신이었다. 그랬다. 그것이 배신이 아니라면 허무성도 더이상 배신자가 아니었다. 한밤의 꿈처럼, 모든 것이 없었던 일로 치부되어버리고 있었다. 그런데도 그의 뇌작동은 변화에 적응하지 못했다. 여전히 그는 한석민과 문정선들에게 끌려가 배신자의 이름으로 고문당하는 악몽을 꾸고 있었다. 꿈속의 그들은 여전히 최루가스가 자욱하고 화염병 불꽃이 난무하는 거리에서 두려움을 모르는 투사로 나타났다. 악몽을 깨려고, 이제는 너나 할 것 없이 배신자라는 걸 확인하기 위해서 그는 문정선을 찾아가 만났다. 십년 만의 만남이었다.
　그녀를 다시 만나기 전까지는 결혼이란 남의 일이라고, 독신생활이 가장 자기답다고 생각한 그였다. 모 방송국 라디오 피디로 취직한 문정선은 첫 결혼의 실패로 가슴에 깊은 상처를 안은 초라한 이혼녀가 되어 있었다. 우연히 알게 된 남편의 불륜, 생후 육개월밖에 안된 딸아이의 돌연한 죽음이 있었다. 남편과 함께 승용차로 울산의 시댁에 다녀오는 고속도로에서 삼중 추돌사고를 만나 아기를 잃어버렸다. 품안에 잠시 안겼다가 홀연 떠나버린 아기, 그 천진스러운 눈빛과 웃음소리, 그 천상의 아름다움을 한순간에 지워버린 그 피투성이…… 그녀의 표정에는 예전의 발랄한 생기를 찾아볼 수 없었다. 웃음이 쓸쓸

했다. 그 아기를 잊으려 해도 도무지 잊을 수 없다고 했다.
 아픈 가슴끼리의 만남이었다. 그러나 사랑을 되찾았다는 기쁨은 없었다. 허무성에게는 그녀를 한껏 껴안을 수 없는 해묵은 감정의 앙금이 남아 있었다. 남산의 지하실에서 짓이겨진 넝마의 몸으로 나온 그를 향해 면전에서 절교하고 떠난 그 비정함은 같이 살아도 잊혀질 것 같지 않았다. 그러니까 그들을 다시 만나게 한 것은 사랑이라기보다는 서로의 고통에 대한 무언의 공감이었다. 그래서 허무성은 십년 만에 다시 만난 바로 그 자리에서 단도직입적으로 이렇게 말할 수 있었다.
 "뭐, 이럴 게 아니라 우리집에 와서 같이 살면 되잖아."
 "형, 고마운 말인데, 사실 난 자신없어. 다시 아기를 갖는 게 두려워."
 "아기 없으면 뭐 어때. 그냥 살면 되지."
 그렇게 해서, 부친이 세상을 떠나고 지방대 한의과에 입학한 누이동생마저 기숙사 생활을 하러 떠나버려서 허무성 혼자 남은 그 집에 이제 문정선이 들어왔다.
 결혼식날, 옛 운동권 친구 세 명이 식장을 찾아왔다. 문정선의 주선으로 이루어진 십년 만의 만남이었다. 식이 끝난 뒤 식당에서 허무성은 그들과 화해의 악수를 나누면서 뜨겁게 솟구치는 눈물을 참을 수 없었다. 그들 세 명이 모두 그의 자백으로 체포되어 똑같이 일년 남짓 징역살이를 했던 것이다. 강한일은 노량진에서 논술학원 강사 노릇을 하고, 이종구는 그들의 모교인 K대 앞에서 서점을 운영하고, 그리고 누구보다도 먼저 정치판에 뛰어든 한석민은 이미 국회의원이 되어 있었다. 얼굴에 두툼하게 군살이 붙은 그는 시종 웃는 모습이었는데, 그것은 사교용으로 습득한 가식적인 웃음이었다. 이따금씩 쏘아보는 눈빛도 예전에 없던 것으로 자연스럽지 못했다. 학원강사 강한일이 딴 죽을 걸었다.

"야, 한석민, 만난 김에 한마디해야겠다. 저번에 텔레비전에 나와서 뭐라고 했어?"

"뭘?"

"당선소감 말이야. 너무 어처구니없어서 내가 똑똑히 기억하고 있지. 너 이렇게 말했잖아. 나의 당선은 나 개인만의 힘으로는 불가능했을 것입니다. 80년대의 동지들, 그들이 흘린 피와 땀, 눈물이 만들어낸 것입니다,라고. 당선된 다른 놈들도 똑같이 말했어. 아아, 제발 다시는 그런 소리 하지 마라. 80년대가 너네들 사유물이냐? 아하, 우리만 좆돼버렸네. 완전 죽 쒀서 개 바라지한 꼴이야. 이 강한일의 피와 땀을 왜 네가 팔아먹냐? 야야, 이젠 80년대 그만 팔아먹어!"

"흥, 네가 정 원한다면 80년대의 피와 땀에서 네 것만 빼줄게."

"이 새끼가!"

그러나 한편 생각하면, 한석민의 변신을 이해할 수 없는 것도 아니었다. 아무런 전망도 없는데, 그 격변의 해일을 누가 참고 견딜 수 있겠는가. 그들은 자기가 변한 게 아니라 시대가 변했다고 변명했다. 한석민은 자신의 변신을 토사구팽(兎死狗烹)에 빗대면서 자조적으로 쓴웃음을 웃었다. 토끼가 죽어 없어지니까 사냥개를 삶아먹는 격으로, 민주화를 만들어주니까 대중은 더이상 운동권이 필요없다고 잡아먹는 중이라고 했다. 틀린 말이 아니었다. 대중이 변하고, 시대가 변해버렸다. 아니 산천초목이 다 변해버렸는데, 시대를 닮지 않고 어떻게 살아남을 수 있겠는가. 변하지 않는다는 것은 허무성 자신처럼 무기력한 회의론자가 된다는 것 외에는 다른 뜻이 없었다.

시장은 욕망의 분출로 마냥 흥청거렸고, 그걸 두고 흔히들 '활기찬 한국사회'라고 하는데, 그 활기는 한바탕 상스럽게 교양없이 놀다 가고 싶은 외국 관광객들을 끌어들일 정도로 야만스러운 것이었다. 육체의 말초감각을 위한 성적 이미지들이 시장에 가득했다. 소비자일 뿐인 대중은 모든 것을 시장에 맡겨버렸다. 돈 놓고 돈 먹기의 투전판인 그 시장에서 장땡을 까뒤집는 것은 언제나 눈에 보이지 않는 외국자본들과 국내 큰손들이었고, 물질적인 것뿐만 아니라, 정신적인 것들마저 그들이 지배하는 시장에 맡겨졌다. 메이저 기업과 메이저 언론의 연합이 그들이었다. 그 언론들이 잠꼬대처럼 늘 하는 소리가 바로 "모든 것은 시장에 맡겨라"였다. 그래서 선과 악, 명예와 불명예도, 도덕과 부도덕, 정의와 불의도 시장점유율에 따라 결정되었다. 도대체 여론이란 무엇이고 다수란 무엇이란 말인가. 어리석은 견해의 집합이 곧 여론이라고 허무성은 생각했다. 소비자 다수를 까막눈으로 만들어서 돈과 상품의 흐름은 물론 정신적 가치들까지 조종하는 것이 메이저 기업과 언론의 마케팅 전략이었다. 여론 왜곡과 조작을 일삼는 메이저 언론들은 사회적 이슈가 불거질 때마다 여론조사를 실시하여 "이래도 못 믿어?" 하면서, 시장점유율의 통계를 내놓곤 했다. 메이저라면 기업이든 언론이든 간에, 거기에 깜빡 죽고 마는 것이 소비대중이었다. 메이저 언론에 실린 것은 무조건 사실이라고 믿어버리는 어리석음, 그것은 군사독재를 별생각 없이 받아들이던 그 시절의 다수, 그 맹한 모습 그대로였다. 반지하 셋방에 살아도, 가진 거라곤 손에 쥔 텔레비전 리모컨뿐인데도, 그들은 온통 즐거운 웃음뿐인 텔레비전 화면을 보면서 화를 낼 줄 모르고, 아무것도 모르면서도 안다고 생각했다. 극단적인 피아의 이분법이 체질화되어, 세상은 좋은 놈 아니면 모두 나쁜 놈이었다. 이러한 유아적 단순성이 보수집단의 지지 기반이 되고 있었다. 그들은 이렇게 말했다. "부자들이 뭐 어때서? 잘 먹고 잘 입어 때깔만 좋구먼. 잘생겼지, 마음도 너그럽고 말이야. 그런데 개혁한다는 젊은 녀석들 보면 정나미 떨어져. 매사에 시시콜콜 따지고, 말은 잘하는 모양인데, 도무지 무슨 말인지 알아들을 수도 없단 말이야."

어느 일요일 아침, 허무성이 산책 삼아 집 근처 뒷동산의 조그만 공원에 갔을 때의 일이다.

아카시아숲의 빈터에 마련된 체력단련장에 올라가 철봉에 매달려 있는데, 좀 떨어진 곳에서 역기운동하는 예닐곱 명 가운데서 갑자기 고함이 터졌다. 그들은 공원 역도 모임의 단골 회원들이어서, 일요일에나 가끔 산책나가는 그에게도 대개 익숙한 얼굴들이었다. 고함지른 사내는 동네 제과점 주인이었다. 목욕탕에서도 몇번 봤는데, 확대수술 받은 음경이 쏘시지처럼 여간 흥측하지 않았다. 상체를 벌겋게 벗어붙인 그는 한 청년의 멱살을 틀어쥐고 있었는데, 당장 일을 낼 듯이 기세가 사뭇 험악했다. 중년의 나이에도 보디빌딩으로 단련한 그의 우람한 체격은 상대를 압도하고도 남음이 있었다.

"얀마, 그게 신문이냐, 삐라지!"

"박사장님, 왜 이러세요! 손을 놓고 얘기하세요!"

"잘못했다고 사과하기 전엔 안돼!"

"내가 뭘 잘못했다고 사괄 해요?"

"그래, 그게 올바른 신문이냐고! 빨갱이 신문, 전라도 신문이지!"

"그럼, 그 신문을 읽어보셨겠네요?"
"뭐이? 내가 왜 그걸 읽어? 그따위 신문을 내가 지랄났다고 읽냐?"
"읽어보지도 않고 어떻게 그런 말을 해요?"
"척 보면 몰라? 이 새끼야, 아닌 건 아닌 거야!"
"한 달만 구독해보세요. 그러면 생각이 달라질 겁니다."
"이 새끼가 정말 약올리네!"
"새끼, 새끼, 하지 마세요! 어서 손 치워요!"
"이 빨갱이 새끼! 그냥 모가지를 확 빼불라! 이따위 놈들, 배따지 땃땃해서 헛소리하는 놈들 죄다 죽여야 해!"

문제의 그 신문을 허무성이 구독하고 있었다.

10

　90년대의 십년 세월은 그렇게 흘러갔다. 모두가 21세기 새시대를 구가하면서, 시대를 닮으려고 그 뒤를 좇아 달려가버렸을 때, 허무성은 자신이 해일이 쓸고 간 황량한 바닷가에 여기저기 뒹구는 잔해들 중의 하나처럼 느껴졌다. 잊혀진 시절이 남긴 초라한 잔해, 그것이 학생들의 눈에 비친 그의 존재방식이었다. 달라진 이 세상과 더이상 어울리지 않는 사람, 감정도 관념도 다른 사람이었다. 아이엠에프 구제금융 사태 이후, 구조조정의 공포에 시달리게 된 학생들의 사고는 더욱 실용적으로 바뀌어 인문 교양이 비집고 들어갈 여지가 거의 없었다. 전보다 강의하는 것이 훨씬 더 힘들어졌다. 초라한 모습일망정 자신을 지키려고 그는 얼마나 애를 써왔는가. 역사가 시대에 맞지 않는다면 당연히 역사선생인 자신도 시대에 맞서서는 안된다고, 타협해서는 안된다고 생각했다. 그러나 현실의 힘은 불가항력이었다. 마침내 그는 고집을 꺾고 강의하는 목소리에서 힘을 빼버렸다. 그의 강의시간에 영어나 부전공 교재를 보란 듯이 꺼내놓고 공부하는 학생들이 태반이었지만, 모른 체하고 더이상 다투지 않았다. 구조조정의 공포에 시달리는 학생들을 안심시킬 수 있는 것은 아무것도 없었다. 가르치는 일이 정말 힘들어졌고 하루하루가 피로와 무력감의 연속이었다.

별로 기대한 건 아니었지만, 결혼생활도 원만하지 못했다. 서로의 몸을 탐하던 신혼 초의 열정은 두 달도 못 가서 짚불처럼 사그라지고 말았다. 그 열정이 과연 사랑이었을까? 두 알몸 사이에 라텍스 제품이 늘 개입해 있었는데, 사랑은 그런 것이 아니었다. 한번은 허무성이 아내가 서랍에 준비해둔 콘돔들을 홧김에 가위로 싹둑싹둑 잘라버린 적도 있었다. 그는 아내에게 아이를 낳자고 졸랐다. 죽은 아이를 잊을 확실한 방법은 다시 아이를 낳는 것이라고 말하면서 자꾸 졸랐다. 아이를 갖게 되면 그녀의 병뿐 아니라, 자신의 병도 나을 수 있을 것 같았다. 간헐적으로 출몰하는 죽음에 대한 강박감이 그 지하실의 지옥체험에서 생긴 것이긴 해도 거기에는 다른 요인도 가세해 있을 것이라고 그는 생각했다. 어느 책에선가, 인간은 자기복제(자식 낳기)를 못할 경우에 죽음의 공포를 훨씬 더 많이 느낀다는 글을 읽은 적이 있었다. 자신의 아이를 갖게 되면 그 강박감을 확실히 어느정도는 달랠 수 있을 것 같았다.

그러나 아내는 듣지 않았다. 다시 아이를 낳는 것이 두렵다고 했다. 아무리 설득해도 듣지 않았다. 어떻게 그 아이를 잊을 수 있느냐고, 아니, 잊어서는 안된다고, 막무가내로 도리질쳤다. 고속도로 아스팔트에 흩어진 피투성이 살점들을 도저히 뇌리에서 지울 수 없다고 했다. 그 아이가 죽고 거의 일주일 동안 울면서 몇번 실신했는데, 그때 머리가 어떻게 잘못된 것 같다고, 형, 미안해, 하면서 꺼이꺼이 우는 것이었다. 삼년이 지나도 벗어나지 못하는, 참으로 집요한 편집증이었다. 그 집요함 때문에 허무성도 그 사고를 자신이 겪은 것 같은 환상에서 벗어날 수 없었다. 그 피투성이는 우울증을 앓는 그의 꿈속에도 출몰했는데, 그것은 정선의 아이면서 동시에 그의 어린 삼촌이기도 했다.

잠자리에서 그녀는 점점 무력해져갔다. 허무성은 무력해진 그 알몸에 불을 지피려고 무진 애를 썼으나 소용없었다. 불감증의 아내에게 그것은 강간이나 다름없었다. 밤늦게 술취해 들어오면 때때로 무서운 기세로 그녀를 강간했고, 그녀는 그것을 양미간을 찡그린 채 성녀처럼 참아내곤 했다. 두 사람은 이제, 서로를 배려하고, 서로를 사랑하는 능력을 거의 상실하고 있었다.

아이의 죽은 혼에 씐 아내의 그 병적 상태는 허무성 자신이 앓고 있는 증세와 비슷했다. 머릿속에 수시로 출몰하는 그 무서운 것들을 피하기 위해 허무성은 상습적으로 술을 마셨고, 문정선은 자기 시간을 빈틈없이 일로 메우려고 했다. 정보와 아이디어를 사냥하기 위해 여러 종류의 신문·잡지를 보고, 인터넷 써핑하고, 사람들을 만나고, 이름을 외우고, 콘티 짜고, 편집하느라 귀가시간이 늘 늦었고, 밤늦게 집에 돌아와서도 무슨 정보, 무슨 아이디어가 있나 하고 텔레비전 채널을 여기저기 돌리면서 자정 너머까지 앉아 있기 일쑤였다.

그러다가 언제부터인가 둘 사이에 대화가 끊기고 각방을 쓰면서, 한지붕 밑 이산가족이 되어버렸다. 허무성은 차라리 그것이 편했다.

결혼 전의 그 낯익은 상태로 돌아가 자기 방에서 혼자 책을 읽고, 혼자 중얼거리면서 지냈다. 자화수분의 식물처럼 욕정도 혼자 처리했다. 쎅스 싸이트의 여자들이 아쉬운 대로 그를 위로해주었다. 공격적이지도 않고 치근거리지도 않는, 만만한 여자들이었다. 자위행위 끝에 탈진하여 의자에 너부러졌을 때, 음울하게 떠오르는 것은 화가 에곤 실레였다. 그 불행했던 화가의 우울한 그림들, 아이엠에프 구제금융 사태 직후 우울한 사회적 분위기 속에 일부 젊은이들의 시선을 강하게 끌어당겼던 그의 그림들 중에 「자위하는 자화상」이 있었다. 구조조정의 공포 속에서 절망적으로 마스터베이션을 치던 젊은이들의 모습이 거기에 있었다. 엉거주춤 바지를 내린 채, 멍하니 시선을 허공에 띄운 채 두 손으로 시뻘건 남근을 움켜쥐고 있는 에곤 실레의 자화상, 고독과 죽음에 대한 강박, 성적 억압의 그 그림은 허무성 자신의 자화상이기도 했다. 자기복제를 못하는, 생식작용이 없는 고독한 자위행위…… 죽음 같은 침묵이 도사리고 있는 집. 그런데 그 침묵을 깨뜨리며 보름에 한 번꼴로 아내를 상대로 난폭한 감정의 발작이 터져나오곤 했다. 문정선! 정말, 더이상 이대로는 안돼! 이 집은 죽어 있어, 어떻게든, 뭔가를 해봐야 할 거 아냐, 엉?

허무성의 단골 술집은 합정동 사거리의 먹자골목 뒤편에 있는 까페 '미미'였다. 그 집 마담은 상호 그대로 미미라고 불렸는데, 그녀를 목로 너머에 두고 혼자 앉아 있거나 혹은 동네 약사 차호진과 함께 앉아 있거나 하는 날이 일주일에 세 번쯤 되었다.

세살 위인 차호진을 만난 것은 최근이었다. 손님이 많지 않은 약국의 카운터 뒤에서 책을 읽고 있는 그의 모습을 가끔 지나가면서 보곤 했는데, 어느날 배탈약 사러 갔다가 느닷없이 붙들려 한참이나 그의 수다를 들어야 했다. 평소에는 약 사러 가는 일이 드물어 눈인사조차 나누지 못한 처지였기 때문에 그의 갑작스런 수다는 길가다가 소나기를 만난 꼴이었다.

"손님, 미안하지만, 딱 오분만 시간 내주시겠수? 대신 약값은 받지 않겠수다. 손님들은 가물에 콩 나기로 드문데, 하루종일 여기를 혼자 지키고 있으려니 정말 환장할 지경입니다. 책을 읽긴 하지만, 하루종일 말을 않고 있으니 어디 입이 궁금해서 견딜 수 있나. 그렇다고 아무도 붙잡아놓고 말을 걸 수도 없고. 대학에 나가시죠? 그렇죠? 거봐요, 내 추측이 맞았지. 어느 대학이냐고 묻지는 않겠수다. 그것까지 묻는다면 분명 주제넘은 간섭일 테니깐, 헛헛헛! 손님이 낡은 가죽가방을 들고 버스 타러 이 앞을 지나치는 걸 자주 봤죠. 언젠가 만나 진지한 얘기를 나눠봐야겠다고 생각했어요. 약국이 한산하다보니 그렇게 거리 풍경에 한눈을 팔게 돼요. 그런데 저기 길건너 저 모텔이 문제란 말이오. 눈이 자꾸 거기로 간단 말씀이야. 지금이 대낮인데도 성업중이죠. 서너 쌍은 들어 있을 거요. 아까도 젊은 한쌍이 들어갔지. 지금 한창 질탕하게 재미보고 있을걸, 헛헛헛! 저 모텔이 이 약국보다 훨씬 손님이 많다니깐. 내 꼴이 이게 뭡니까, 아까운 인생 이 구석에 박혀 썩고 있으니. 모텔이 이젠 공중화장실처럼 시민을 위한 편의시설이 되었나본데, 난 여태 한번도 저 편의시설을 이용해보지 못했단 말이오. 이 포르노 시대에 흔해빠진 게 쎅스인데, 쎅스에 굶주려 있다니 말이 됩니까? 헛헛헛! 마누라요? 그 여잔 쎅스를 별로 좋아하지 않아요. 그래서 술을 먹죠. 술을 독하게 먹으면 쎅스 생각이 좀 줄어들거든. 아, 빨리 늙어버렸으면 좋겠어. 쎅스 생각 안 나게."

약사는 대학시절 '문화선전대'인 마당극반 출신이어서 그 시절의 경험이 허무성과 비슷했고, 광대 출신답게 말도 재미있게 하는 재간이 있었다. 허무성은 그 점이 마음에 들었다. 그 자신 역시 제자들한테 욕먹을 정도로 풍자와 독설에 이골이 나 있는 위인이 아닌가. 두 사내는 곧 술벗이 되었다. 술 마시면서 막돼먹은 세상을 비웃기도 하고, 최근 읽은 책에 대한 이야기도 했다. 대화 도중 그 시절을 회상할 때면, 버릇처럼 '우리가 바꾸려던 세상이 도리어 우리를 바꿔버렸다'면서 한숨을 내쉬곤 했다. 그 역시 그 시절이 할퀴어놓은 상처를 안고 있었는데, 거기에 대해서는 말하기를 꺼려했고, 그건 허무성도 마찬가지였다. 두 사람의 관계는 까페 미미의 좁은 공간에 한정된 것이었고, 약속도 따로 하지 않고, 그냥 까페에서 만나면 함께 어울리는 식이었다. 그렇지만 술자리는 그런대로 즐거웠고, 거기에서 허무성은 일시적이나마 자신의 고독에 위로를 받을 수 있었다. 고독한 마스터베이션도 동병상련의 처지인지라, 서로 깔깔대며 말할 수 있었다.

차호진은 아내가 출산공포증이 있어 동침을 꺼려한다고 탄식했다. 또 자폐아를 낳을까봐 두려워한다고. 그에게는 '천사'라는 별명의 자폐증을 앓는 아이가 있었다.

"그래서 내 마누라는 불감증이 되어버렸어. 허형, 당신 마누라도 그렇다며? 불쌍한 여인들이지."

"뭐, 마누라만 불쌍한가? 남편인 우리도 불쌍하지. 만날 다섯손가락을 빌려야 하는 신세!"

"첨엔 손가락 사용하는 게 싫어서 빨가벗은 채 엎드려서 푸시업을 했지. 이를 악물고 죽어라고 푸시업 스무 번쯤 하고 나면 발기됐던 것이 오므라들곤 했지, 낄낄낄!"

"꼭 한손으로 피아노 건반 치는 것처럼 힘들고, 어색하고, 불만스러워."

"오, 고독한 오른손 탄주여! 낄낄낄!"

"난 너무 흔들어대서 오른팔에 쥐가 날 지경이야. 정말 힘들어, 낄낄낄!"

"난 오른손 손바닥에 굳은살 박였다고!"

"으하하하! 굳은살? 웃기네! 뭘 그리 힘들게 해? 오른손만 혹사하지 말고 왼손으로 바꿔서 해봐. 그리고 가만히 눈감고 음미해봐. 남이 흔들어주는 것처럼 영 느낌이 다르거든! 낄낄낄!"

허무성의 술벗 중에는 또 한 사람, 송난주가 있었다. 같은 대학의 현대미술사 전공 교수이면서 페미니즘 활동가이기도 한 그녀는 학교 이사장의 처조카였다. 그가 그 사실을 안 것은 한참 사귄 뒤였다. 그러니까 그녀는 김일강과 사돈간인 셈인데, 그렇다고 친한 관계는 아닌 듯했다. 곱상하고 음전해 보이는 외모와 달리, 그녀의 언동은 크고 발랄했다. 동갑내기라고 말 트고 지내자고 먼저 제의한 것도 그녀였다. 하체의 에로틱한 곡선을 그대로 드러내는 스키니진을 즐겨입었고, 송아지가죽 벨트에는 주먹만한 영문 로고의 놋쇠버클이 박혀 있었다. 그러한 그녀와 어쩌다 캠퍼스를 걸을 때면 흘끔거리는 주위의 시선에 여간 신경쓰이지 않았다. 지적으로 세련된 그녀는 화술도 좋았고, 늘씬한 다리를 꼬고 앉아 담배를 피우는 전투적인 페미니스트의 모습도 매력적이었다. 그녀는 남성 위주의 대학문화를 바꾸어야 한다고 학내에 여성위원회를 조직하였는데, 특히 남성 교수에 의한 여학생 성폭력행위를 주요쟁점으로 삼고 있었다.

송난주는 이렇게 매력적인 여자이긴 했으나, 깊이 사귀기에는 아무래도 꺼려지는 상대였다. 이미 관계가 파탄난 아내에 대한 어쭙잖은 죄책감 때문은 물론 아니었다. 자칫 그녀한테 잘못 걸려들어 헤어나지 못할까봐 그런 것도 아니었다. 남자한테 소유당하기 싫다고 말하는 그녀는 요샛말로 '찌질'하지 않고 '쿨'한 성격의 소유자였고, 따라서 한 남자에게 몰입할 그런 위인은 아닐 것 같았다. 일을 하되 무슨 일을 하나 정해놓고 몰입하는 게 아니라, 서로 다른 일 두세 가지를 한꺼번에 벌여놓고 경쾌하게 오가는 걸 보면, 남자에 대한 작업도 대상이 어쩌면 한 사람이 아니라 두 사람 이상이 아닐까, 하는 의심이 들기도 했다. 그녀가 바람둥이라는 걸 나만 모르는 건 아닐까? 그녀가 말하기를, 남자친구들이 많아서 어떤 때는 두 달 정도 미리 데이트 신청을 해야 시간을 낼 수 있다고, 그러나 일대일로 만나는 경우는 드물고 대개 둘 이상 복수로 상대하곤 한다고 했다. 어찌 생각하면 그녀와의 관계가 깊숙하게 진전된다면 그에게도 어느 면에선 구원이 될 수도 있을 것 같았다. 별 부담 없이 경쾌하게 성적 위안을 서로 주고받는 일, 그것이 씽글인 그녀가 바라는 바일 테고 우울증의 그에게도 치료약이 될 법했다.

그러나 그것은 사랑이 아니었다. 일주일에 한번쯤 땀흘리기 위해 만나서 테니스 치는 것처럼 그것은 하나의 실용적인 스포츠일 뿐이지 사랑은 아니었다. 그녀는 연애를 레크리에이션과 스포츠의 합성어인 레포츠라고 말했다. 아무튼 허무성은 그녀가 싫지는 않았지만, 침투 못하게 방탄유리 속에서 그녀를 바라보길 원했다. 결국 그는 혼자였다. 혼자 있는 것이, 혼자 사는 것이 가장 자기답다고 생각했다.

차호진은 아내와 다섯살짜리 어린 아들과 함께 약국이 들어 있는 그 건물의 삼층에 세들어 살았다. 두 내외는 자폐아인 그 아이를 하늘이 내린 선물로 생각하고, '천사'라고 불렀다. 천사처럼 얼굴도 예뻤다. 어느날, 아이가 삼층의 살림집 베란다에서 도로 쪽으로 추락했는데도 아무 상처 없이 무사히 착지한 기적 같은 일이 생겼는데, 그것을 두고 차호진은 자기 아이가 날개 달린 천사가 틀림없다고 우겼다. 아마도 추락 도중 밑에 드리워진 전선줄이나 전홧줄에 부딪혀 몸이 튕겨져 길가 개나리덤불에 떨어진 모양이었다.

"우리 아이는 천사야. 날개 달린 천사! 사람들은 머릿속에 온갖 잡동사니 지식 정보들로 가득하지만, 아이의 머릿속은 깨끗이 비어 있지. 눈처럼 흰 공백. 그래서 아이는 자기가 알고 있는 것 때문에 구속되지 않고 가볍게 날아오를 수 있는 거야."

그렇게 말하면서도 그는 또 자폐아를 얻을까봐, 더이상 아이 낳기를 두려워하고 있었다. 아내가 섹스를 싫어하는 이유도 그 때문이라고 했다. 6월항쟁 때 거의 모든 시위에 참가했는데, 그때 최루가스를 너무 많이 먹어서 유전자에 이상이 생긴 것 같다고도 했다.

허무성 못지않은 술꾼인 차호진은 화요일과 목요일을 아예 술 마시는 날로 정해놓고 있어서, 그런 날 저녁 이후의 가게 일은 아내가 맡지 않으면 안되었다. 어떤 때는 그 다섯살짜리 천사가 술자리에 합석하기도 했다. 아이는 제 아버지 곁에 조용히 그린 듯이 앉아서 생글생글 뜻모를 미소를 짓거나 멍하니 허공을 바라보다가는 다소곳이 모로 쓰러져 잠들곤 했다. 허무성은 취중에 그 아이를 볼 때면, 이 세상의 것 같지 않은 그 아름다운 모습에 저절로 눈물이 나곤 했다.

언제부턴가 술취하면 저도 모르게 주르륵 눈물이 흐르는 버릇이 생겼는데, 마음속의 닻을 잃어버린 탓이었다. 취기가 깊어지면 지리산 산골, 조부모와 어린 삼촌의 죽음을 생각했고, 이따금 차호진의 청에 못 이겨 벽에 세워둔 낡은 기타를 들고서 흘러가버린 저항가요나 김광석의 노래 같은 것들을 낮은 톤으로 부르기도 했는데, 아름다웠던 시절을 노래하는 그의 비감어린 목소리에 다른 손님들도 숙연해지곤 했다. 노래를 잘 부른다고 학생 때 '카수'라는 별명이 붙은 그였다. 그 날은 오리라 해방으로 물결 춤추는 그대 타는 불꽃으로 그대 노여움으로 반역의 어두움 뒤집어 새날 새날을 여는구나…… 그리고 몸을 가눌 수 없이 몹시 취할 때도 가끔 있었는데, 그럴 때면 미미가 퇴근해버린 가게에 혼자 너부러져 자기도 했다.

 그는 점점 고질적인 모주꾼이 되어가고 있었다. 모든 것이 떠나고 혼자만 남았다는 고립감이 절실했다. 지금 그에게 남은 것은 오직 술뿐이었다. 지난 시절에도 술을 좋아한 그였지만, 그때는 술 속에 담대한 젊음과 이데올로기가 있지 않았는가. 체포의 두려움을 없애려고 자주 술을 마셨는데, 두려움을 녹이는 그 독한 술 속에 숨가쁜 노선투쟁과 결연한 의기투합이 있었으므로 그들은 술을 이데올로기의 매개체라고 불렀다. 그러나 이제 이데올로기는 빠져나가고 술만 남았다. 그는 자신이 술 마시는 밤에만 살아 있고, 낮 동안은 살아 있기보다는 죽어 있는 듯 느껴졌다. 나야말로 요즘 영화에 나오는 리빙 데드, 좀비가 아닐까? 고문당한 이후부터 계속 죽어온 것은 아닐까?

 혼자 마시는 술만은 가급적 피해보려고 동네 약사 차호진을 술벗으로 사귀고 있지만, 그게 뜻대로 되지 않았다. 유학시절부터 길들여진 자작 술의 습관은 마치 피하려고 애를 써도 기어코 손이 가고 마는 자위행위의 유혹과 비슷했다. 고문의 기억은 여전히 그를 괴롭히고 있었다. 그는 종종 죽음의 환상에 사로잡히곤 했다. 의사는 그것을 공황장애, 즉 트라우마라고 했다. 김일강, 상상 속의 그 창백한 얼굴이 마치 죽음의 기습처럼 수시로 떠올라 그를 헐떡거리게 했다. 너무 두렵고 괴로운 나머지 어떤 때는 몸을 던져 죽고 싶은 충동까지 일어났다. 그래서 항우울증약을 먹고 술도 독하게 마셨다. 술로 죽음을 다스렸다. 저승사자 김일강을 술로 다스렸다. 술 몇잔 들어가면, 죽음처럼 창백하던 그 저승사자의 낯빛이 발그레해지면서 영판 다른 모습이 되지 않던가. 그래서 술을 마셨다. 목로에 홀로 앉아 술잔을 기울일 때면 취기가 서서히 몸속으로 번지면서 그 술이 지하 고문실의 시바스리갈과 연결되곤 했다. 박정희의 술, 시바스리갈. 아내가 총 맞고 죽은 뒤부터 늘 죽음의 예감에 붙들려 있던 사람, 그 독재자도 나처럼 무슨 일을 하다가도, 무슨 생각을 하다가도 문득문득 죽음이 떠오르곤 했겠지. 술을 마시지 않을 수 없었겠지. 시바스리갈. 그의 공포, 그의 슬픔, 일본 군가를 부르는 그의 슬픈 목소리도 손에 잡힐 듯 가깝게 느껴진다. 취기 속에서 드디어 그의 충직한 집사 김일강이 나타난다. 환상 속의 그 흐릿한 잔영은 뚜렷한 모습으로 클로즈업되어 목로 맞은편에 다가와 앉는 것이다. "시바스리갈, 이 술맛의 기억은 낙인 같아서 평생 잊지 못하지!" 은근히 쾌락마저 느껴지는 야릇한 슬픔…… 혼자 마시는 술 속에 나타나는 그 사내, 그자를 내가 은연중에 기다리고 있는 건 아닐까? 술취해 귀가할 때면, 그는 집앞의 그 어두운 골목길에서 두려움에 떨며 주위를 두리번거리곤 했다. 납치당하던 그날 밤처럼 김일강이 불쑥 나타날 것만 같았다. 저승사자 김일강……

도시의 휘황한 불빛 속에서 죽음을 생각하는 사람은 별로 없다. 전방위에서 쏟아지는 그 불빛 속에서 그림자들은 지워져 보이지 않기 때문이다. 죽음의 그림자가 지워져 있다. 도시는 죽음이 아예 존재하지 않는 것처럼 무시해버린다. 그러나 그 불빛의 사각지대에는 그림자들이 우글거리고 거기에 죽음이 도사린다. 자살을 기도하는 자들, 병들어 죽어가는 자들, 절망한 자들이 그 그림자 속에서 남몰래 고통으로 몸을 뒤틀고 있다. 절망한 자, 절망해서 술취한 자인 허무성은 자정 무렵 24시간 편의점의 모퉁이에서 오른쪽으로 꺾어돌아 그 빛의 사각지대로 들어선다. 희미한 가로등 불빛은 어둠과 정적을 강조하고, 인적 드문 씨멘트 길 위에 전선주의 그림자가 기다랗게 누워 있고, 길가에 주차해놓은 자동차들 밑에 그림자들이 우글거리고, 그 속에서 도둑고양이의 푸른 눈이 빛난다. 허무성은 주위를 살피면서 자신의 그림자를 길게 끌고 걸어가다가 다시 오른쪽으로 꺾어 더 어두운 골목길로 접어든다. 그 어두운 골목 가운데에 그의 집이 있다. 음산한 그림자들, 거기에 죽음의 그림자가 있다. 십삼년 전 그날 밤, 골목 입구에 주차해 있던 검은 승용차, 그 뒷문이 벌컥 열리면서 얼굴에 쏟아지던 플래시 불빛, "너 K대 허무성 맞지?" 그 김일강이 다시 그 골목길에 나타날 것이다. 저승사자 김일강……

암환자들이 몸속에 암세포를 갖고 있듯이 그의 두뇌 속엔 그 그림자가 잠복해 있었다. 흐르지 않고 고여 있는 검은 피와 함께.

드디어 사학과 구조조정안이 조만간 발표될 것이라는 소문이 나돌기 시작했다. 그 소문은 불길하게도, 9·11테러 발생 직후의 어수선한 분위기에서 불거져나왔다.

허무성은 자신에게도 몰락의 위기가 닥쳐오고 있음이 느껴졌다. 드디어 올 것이 오고 만 것일까? 소문의 진위를 확인하러 간 허무성 등 사학과 교수들에게 총장은 사정이 아주 나쁘긴 하지만 아직 그럴 계획은 없노라고 하면서 너털웃음을 웃었다. 그런데도 소문은 여전히 사그라지지 않았다. 아마도 그렇게 애드벌룬을 띄워놓고 아예 기정사실로 몰고 가려는 음모가 진행되고 있음이 분명했다. 재임용 탈락이 단 한 명 나온다 할지라도, 어느 모로 보나 그 대상은 자신일 것이라고 허무성은 생각했다. 송난주가 그를 위해 고모부인 이사장을 찾아 갔다가, 네가 뭔데 그런 일에 신경쓰느냐고 호되게 야단만 맞았다고 했다.

사학과의 정원을 대폭 줄이는 대신 행정학과, 경영학과 같은 인기 학과의 정원을 늘리자는 것이 그 안의 골자였다. 최근 몇년 동안 사학과는 독문과·철학과와 함께 무용론·폐지론에 시달려왔는데, 독문과와 철학과는 이미 폐과 처분당한 터였다. 돈만 들어가지 실용적 결과가 나오지 않는다고, 투자한 만큼 아웃풋이 나오지 않는다는 것이 폐과 이유였다. 사학과 구조조정 계획도 바로 그러한 발상에서 나온 것이었다. 대학은 한갓 기업일 뿐이고, 이윤추구가 목적인 기업에게는 공동체의 혼과 관계된 역사 분야도 더이상 성역이 아니었다. 유사 과목 통폐합으로 적어도 세 명의 사학과 교수가 재임용에서 탈락할 것이라고 했다. 허무성은 재단으로부터 경고를 받은 바 있는 자신이 누구보다도 먼저 그 리스트에 오르리라고 짐작했다. 개신교의 맹목적 친미주의를 비판한 그 논문이 빌미가 될 것이 분명했다. 게다가 최근에 그는 채플 예배에도 불참하고 있었다. 대학 채플에서 열린 9·11테러 희생자 추모기도회에서 아프간 침공을 선포한 부시 대통령을 위한 기도도 있었다. 위기가 닥쳤음이 분명했지만, 항우울증약과 술에 찌들고, 허무에 찌든 그로서는 어떻게 해볼 도리가 없었다.

뉴욕 맨해튼의 쌍둥이빌딩. 화창한 푸른 하늘에 날씬한 물고기처럼 등장한 비행기, 마치 진흙인 양 부드럽게 빌딩 벽을 뚫고 들어가고, 다음 순간 시커먼 연기와 함께 뭉클 피어오른 거대한 주황색 화염, 그것은 블록버스터 영화의 한 장면이 아닌, 그것을 모방한 기상천외의 현실이었다. 미국 자본주의 승리의 상징인 110층의 쌍둥이빌딩, 믿을 수 없는 높이로 모든 것 위에 위압적으로 솟아 있었기 때문에 그것의 붕괴 장면은 더더욱 믿을 수 없었다. 그 장면은 그후 뇌리에 수시로 출몰하면서 허무성을 우울하게 만들었는데, 비관적 역사관에 사로잡힌 그에게 그 사건은 신자유주의의 종말에 그치지 않고 장차 이 지구에 닥쳐올 묵시록적 상황의 한 징후처럼 느껴졌다.

9·11사태가 발생한 그해 세모에 허무성은 한 노숙자의 비참한 죽음에 관한 신문기사를 읽었다. J공원 근처, 차도 곁에 놓인 가로등 분전함 옆에서 삼십대 초반의 한 노숙자가 동사체로 발견되었는데, 죽은 지 일주일이 넘은 그 시체는 한쪽 귀를 쥐에게 뜯긴 채 꽁꽁 얼어붙어 있었다고 했다. 낮에도 밤에도 왕래하는 수많은 사람들로 버글거리는 바로 그 장소에서 일주일 동안이나 한 인간의 주검이 그렇게 방치되어 있었다니…… 마치 그 청년은 얼어죽은 게 아니라, 야수떼처럼 몰려가고 몰려오는 수많은 사람들의 발에 짓밟혀 죽은 것처럼 생각되었다. 그 기사는 허무성에게 예의 공황장애 발작을 일으킬 정도로 충격적이었다. 그곳을 찾아가 술 한잔 뿌리고 싶었지만, 두려워

서 엄두가 나지 않았다.

 아내 정선은 직장에 흥미를 잃고 있었다. 깨어 있는 시간을 빈틈없이 스케줄로 메우던 그녀에게 제동이 걸리기 시작했다. 피디로서 상상력이 고갈된 것 같다고, 두뇌 속에 가득 쟁여진 갖은 잡동사니 정보 쓰레기를 이제는 게워내고 싶다고 말했다. 인물 인터뷰 프로그램을 전담해온 그녀는 이른바 사회명사라고 하는 자들의 과대망상과 허장성세에 그러잖아도 넌덜머리나던 터에, 최근에는 어린 아이돌 가수나 개그맨 들을 브이아이피 고객으로 모시지 않으면 안되었다. 난 젊어 보이지도 못하고 벌써 늙어버렸어. 회사가 날 그렇게 취급하고 있다고. 영악한 젊은 애들이 마구 치고 올라와. 난 곧 구조조정 당할 거야. 퇴출될 거야. 다 때려치우고 어디 먼데로 떠나고 싶어.
 결국 허무성과 마찬가지로 그녀 역시 80년대의 역사 경험에서 벗어나지 못한 과거 속의 인간이었다. 경박한 현실 속의 삶은 좌절의 연속이었고, 무엇보다도 죽은 아기의 망령이 그녀의 심장을 틀어쥐고 있었다.

 시끌벅적 젊은 에너지가 넘쳐나는 캠퍼스에서 고개 숙이고 느리게 걸어가는 사람은 허무성 혼자뿐이었다. 그것은 과연 요즘 세상에 보기드문 풍경이었다. 허무의 무게로 어깨가 짓눌려 큰 키는 꾸부정해지고 양손은 결박당한 듯 언제나 바지주머니에 박혀 있었다. 다리를 끌면서 좀비처럼 흐느적거리며 걸어가는 그를 보행자들이 계속 추월하면서 힐끗힐끗 곁눈질했고, 자가용을 운전하는 학생들이 뒤따라오면서 신경질적으로 클랙슨을 울리곤 했다. 아무것도 보지 않는 그의 시선은 자신의 가슴속 내면을 응시하고 있는 것 같았다. 주위의 오고 가는 부산스러운 활기를 비웃는 듯 한없이 느리게 걸어가는 그의 동작에서 동료 교수들 중에는 한 지식인의 추락의 징후를 보는 사람들도 있었다. 그러한 모습이 대학 총장이나 이사장의 눈에 띄지 않을 리 있겠는가. 푹 숙인 그의 목은 퇴출의 칼날이 내리치기 좋게 늘어져 있었다. 뒤통수에 꽂히는 표독스러운 그 눈초리들을 허무성 자신도 느끼긴 했지만, 별로 개의치 않았다.

그런데 허무에 찌든 지식인의 모습이란 예사로운 것이 아니어서 그 나름의 매력이 있나보았다. 공교롭게도 미대 소속 선생과 학생이 그에게 반해 있었는데, 송난주와 최근에 나타난 조소과 학생 오용미가 그들이었다. 짙은 눈썹 밑 그늘 속에 침울하게 잠긴 두 눈망울에서 그녀들이 발견한 것은 요새 세상에 흔치 않은 세련된 허무와 냉소의 매력이었을 것이다. 두 여자 모두 다분히 남성적인 기질이었는데, 허무에 찌든 그의 모습이 그녀들에게 피할 수 없는 연민의 정을 일으킨 듯했다. 송난주는 이렇게 말하곤 했다.

"허무성, 술취한 네 모습을 보면 「라스베이거스를 떠나며」의 니컬러스 케이지가 생각나. 알코올중독자의 그 슬픈 눈동자, 꼭 널 닮았어."

불면증에 시달리는 허무성이 언젠가 송난주와 술 마시다가 쏟아지는 잠을 이기지 못해, 잠깐 양해를 구하고 눈을 붙인 적이 있었다. 오 분쯤 잠속에 뚝 떨어졌다가 이상한 기미가 느껴져 눈을 떴는데, 웬걸, 그녀가 의자 뒤에서 그의 양어깨를 감싸안고 한쪽 뺨에 코를 비벼대고 있는 게 아닌가!

"어어, 뭐 하는 거야? 너 왜 이래?"

"널 깨우려고 그랬다. 도대체 숙녀를 앞에 두고 술 마시다가 자는 놈이 어디 있니?"

"미안해. 자, 그럼 팔을 치워."

그녀는 팔 풀기가 못내 아쉽다는 듯이 포옹한 두 팔에 더욱 힘을 주고는 손을 안으로 슬쩍 들이밀어 가슴팍을 한번 쓸어본 다음에야 포옹을 풀었다.

"와아, 역시! 니컬러스 케이지만큼이나 털이 많네!"

"지금 너, 무슨 개 풀 뜯어먹는 소리 하고 있는 거야!"

"풀? 풀이 아니라 털이지! 그 가슴털 뜯어먹고 싶어, 호호호"

"어휴!"

"화내지 마. 자는 모습이 하도 슬퍼 보여서 좀 안아줬는데, 뭐 잘못된 거 없잖아?"

"쓸데없는 소리 그만하고 술이나 줘."

"무슨 잠을 그렇게 자니? 꼭 죽은 사람 같았어. 몸은 무거워져 아래로 축 처지고, 양팔은 의자 팔걸이에 걸려 대롱거리고, 목이 꺾여 머리통은 한쪽 어깨에 얹혀 있고, 감고 있는 눈꺼풀 위의 다크써클, 내리깐 긴 속눈썹, 반쯤 벌어진 입술…… 정말 죽은 사람 같았다니까. 눈물이 날 정도로 슬퍼 보였어. 아니, 슬프고 아름다웠어. 미켈란젤로의「피에타」알지? 슬프고 아름다운 그 조각상 말이야. 마리아가 축 늘어진 자기 아들 예수의 시신을 안고 있는 모습, 나도 그걸 좀 흉내내고 싶었지. 축 늘어진 너를 안고「피에타」를 연출하고 싶었던 거야, 호호호!"

"참 별꼴이네. 나 아직 죽지 않았어!"

"좀 웃어주라. 내 포옹이 그렇게 싫어?"

"난 시체가 아니야.「라스베이거스를 떠나며」에 나오는 시체 직전의 그 작자도 아니야."

"아름답다고, 좋은 뜻에서 말한 걸 갖고 왜 그래?"

"하지만 난 아직 죽지 않았어. 반쯤 죽어 있는 상태이긴 하지만!"

"야, 허무성, 이젠 좀 정신차려라! 그 허무의 수렁에서 발목을 빼라고. 쌩쌩한 네 모습을 보고 싶어. 마리아 품에 안긴 죽은 예수처럼 부활하라고. 이 송난주 품에 안겨서 말이야, 후후후!"

"난 지금의 내가 좋아. 반쯤 죽은 이 상태가 좋아."

"허무성, 넌 말이야 내 떡이야. 언제 먹어도 내가 먹을 떡이니까, 그런 줄 알아, 알았지? 훗후후!"

"내참! 무슨 개 풀 뜯어먹는 소리야!"

11

　그러고서 월드컵 축구대회의 국내 개최로 떠들썩하던 2002년이 왔다. 이제 허무성은 마흔살이 되었다. 오용미가 그의 주변에 나타나기 시작한 것은 3월 중순께였는데, 그 무렵에 극심한 황사현상이 계속되고 있었다. 보통은 길어야 일주일이던 황사현상이 지난해에 이어 이번에도 한 달 가까이 계속되자, 심상찮은 일이라고 텔레비전이 사뭇 걱정스러운 목소리로 말했다.
　그러한 황사현상은 그러잖아도 우울해 있는 허무성으로 하여금 묵시록적 상상에 사로잡히게 했다. 재작년 패키지여행에서 본 사막이 떠올랐다. 모래폭풍이 불어와 야영 천막이 뒤집히고, 발자국들이 금방 지워지고, 불과 삼사 미터 앞도 보이지 않던 그곳이 황사의 진원지였다. 고비와 타클라마칸, 두 사막 사이에 한때 크게 번창했던 옛 왕국 누란을 삼켜버린 그 가없는 모래바다, 모든 것이 죽고 모래폭풍과 인광들만이 살아 움직이는 곳이었다. 폭풍이 몰아쳐 거대한 바퀴 모양의 깊은 궤적을 파놓으면 흰 뼈들이 드러나고, 밤에는 무수한 인광들이 불티처럼 날아다녔다.

 도시에 들이닥친 짙은 황사의 장막을 보면서, 허무성은 누란의 옛 땅, 무풍의 고요한 그 사막에 돌연 폭풍이 몰아치는 장면을 상상하곤 했다. 청천 하늘을 삽시에 누렇게 가리면서 천지간을 가득 채운 황사, 허공에 떠올라 흘러가는 사막, 그것이 제트 기류를 타고 동쪽으로 무섭게 날아오는 광경이 눈에 보이는 듯했다. 경작지와 초원과 숲을 향해, 문명을 향해 낮은 포복으로 이동하는 사구떼들. 하늘을 뒤덮고 흘러가는 황사는 초록의 땅을 순식간에 초토로 만들고 까맣게 날아오르는 성경 속의 황충(메뚜기)떼들과 그리고 파죽지세로 유럽땅을 유린하는 훈족 기마군단의 무한질주를 연상시켰다. 그 거침없는 질주가 떠오를 때마다 허무성은 자신도 그 무리에 끼어 내달리는 듯하여 몸을 부르르 떨고는 했다. 그 선두의 마상에서 칼을 휘두르는 아틸라왕, 전신에 활활 타는 불갈기를 단, 그 무서운 형용이 눈에 보이는 듯했다. 유럽인들을 공포에 떨게 한 불가사의한 존재 아틸라. 먼 지평선, 어느 순간 지평선이 힘줄처럼 푸들거리고, 거기에서 피어오르는 낮은 구름떼, 그것이 시시각각 커지는 황색 먼지구름으로 변하여 마침내 천지간을 가득 채울 때, 지축을 흔드는 말발굽 소리와 함께 황색 먼지 속에서 드러나는 것은 무섭게 달려오는 이십만 기마병들의 모습이었다. 방화의 붉은 불길과 살육의 비명소리가 낭자한 가운데 거침없이 유린하며 내달리는 그 황색 폭풍을 유럽의 기독교인들은 '신의 채찍'이라고 불렀다. 타락한 자신들을 후려치는 신의 채찍이라고. 그리고 지난해의 9·11테러, 그것도 신이 내린 벌이라고 하지 않았는가. 그 사건이 발생했을 때 그곳의 텔레비전 전속 목사들이 화면에 나와 '신의 징벌'이라고 설교했다. 미국사회의 부패와 도덕 문란에 하나님이 분노한 것이라고, 아마겟돈의 전쟁이 시작되었다고. 그 사건을 텔레비전에서 보던 날, 허무성은 오관이 꽉 막히는 압도적인 충격에 종일 술에 취해 있었다.

이백 미터 상공에서 세계무역쎈터의 두 빌딩이 뭉클거리는 거대한 오렌지색 불길과 검은 연기로 휩싸여 있었다. 그것은 섭씨 천도의 항공유 불길이었고, 그 불길 속에서 삼천의 인간 생체들이 타고 있었다. 거대한 오렌지색 분노, 너무도 기상천외하고 불가사의한 것이어서 그것이 모슬렘의 분노라기보다 하나님의 분노처럼 생각되었다. 그 지옥의 유황불을 피해 창밖으로 투신한 사람들이 고공에서 덧없는 지푸라기처럼 나부끼고 있었다. 그렇게 지옥의 불속에서 삼천의 인간들과 이십만 톤의 강철이 파편화되고 녹아내리고 말았다. "내 딸 앨리스야! 그 불속에서 얼마나 뜨거웠니?" "하나님은 너무 무자비했어요. 나에게 하나님은 언제나 강했고, 내가 의지할 수 있는 분이었어요. 그런데 그 강함이 무지막지한 잔인함으로 나타났어요. 아, 그것이 하나님의 계획이었나요?" 그러나 신은 무섭다. 참으로 무섭다. 죽은 딸 때문에 처음엔 신을 원망하다가도 결국엔 그 엄청난 무서움에 굴복하고 만다. 그것이 하나님의 계획이었다고, 하나님이 자기 딸을 원해서, 당신 곁에 데리고 있고 싶어서 부르신 거라고, 엎드려 흐느낀다. 믿을 수 없는 신을 믿을 수밖에 없고, 믿을 수 없는 대통령 부시를 믿을 수밖에 없는 기막힌 슬픔. 끝모를 탐욕으로 치솟은 두 마천루가 무너져

내려 파편화되고 녹아흐르고 먼지로 변할 때, 뒤따라 엄청난 황색 폭풍이 일어났다. 후폭풍이었다. 고층의 빌딩과 빌딩 사이의 공간들을 가득 메우고 도시에 엄습한 화산 쇄설류처럼 뭉클거리면서 무섭게 돌진하는 거대한 먼지구름떼, 먼지를 뒤집어쓴 채 필사적으로 도망가는 사람들, 갑자기 어두워진 세상, 짙은 먼지 속에서 잿기둥처럼, 영화 쎄트처럼 뿌옇게 서 있는 고층빌딩들과 자유의 여신상, "신이 내려올 것이다. 신이 내려와 머저리 같은 인간들을 박살내고 말 것이다"라고 외치는 아마겟돈 전쟁을 예언하는 텔레비전 전속 목사들의 목소리…… 그러나 그 목소리들을 깔아뭉개며 폭풍처럼 아우성이 일어난다. 믿을 수 없는 국가를 믿어야 하는 절망 속에서 피의 보복의 아우성이 일어난다. 성조기 물결, "모든 선량한 미국인들은 성조기와 대통령 앞으로!" "USA! USA! USA!" 꼬리를 물고 이어지는 지원 입대의 젊은이들…… 그리하여 맨해튼의 후폭풍은 즉각 아프가니스탄으로 이동하여 휘몰아쳤다. 사막의 폭풍 작전, 엄청난 물량의 폭탄세례였다. 곳곳에서 뭉클거리는 오렌지색 불길과 검은 연기와 함께 마침내 석기시대로 돌아간 아프간 땅, 흙무덤들과 돌과 먼짓구덩이로 변한 땅, 메마른 먼지를 뿌옇게 뒤집어쓴 풀포기를 찾아다니며 가축처럼 맨입으로 풀을 뜯어먹는 난민들, 포격과 지뢰에 팔다리가 날아간 부상자들, 굶어죽어가는 사람들, 그리고 한쪽 뺨을 마른 땅바닥에 대고 쓰러진 채 카메라를 응시하며 흙으로 돌아가고 있는 노인들……

그런데 아방가르드 미학주의자 송난주는 9·11의 그 참극을 스펙터클 예술이라고, '최고의 형식 파괴의 예술'이라고 말해 허무성을 놀라게 했다. "최고의 예술이야! 장엄한 오케스트라, 위대한 퍼포먼스야! 그렇다고 세상에다 소리치고 싶어 죽겠어. 그랬다간 아마 맞아죽겠지?" 그리고 그는 동네 골목길에서 유치원 아이들 몇명이 장난감 칼을 쳐들고 "빈 라덴! 빈 라덴!"을 연호하면서 행진하는 광경을 보기도 했다.

허무성에게 서울은 탐욕의 썩은 도시였다. 그래서 서울의 황사는 고비나 타클라마칸이 아니라, 정반대방향인 멀리 태평양 건너에서 날아온 것처럼, 육개월 전 맨해튼을 뒤덮었던 그 황색 폭풍의 연장인 것처럼 느껴졌다. 누런 사막이 도시의 허공에 드리워져 있었다. 아침에 떠오르는 태양은 황사바람 속에서 불길한 죽은 핏빛이었다. 예언서 『정감록』이 '핏빛 혜성이 하늘에 떠서 세상을 어둡게 비친다'라고 말한 바로 그 핏빛, 토오꾜오에서 검은 까마귀떼와 함께 보았던 일출의 불길한 탁한 핏빛, 조부모와 어린 삼촌이 흘린 지리산의 그 핏빛이었다. 황사 속에 지리산의 그 수많은 떼주검들이 일제히 일어나 벌거벗고 피를 흘리며 허공을 내달리고 있었다. 한낮에도 도시의 거리들은 마치 핵겨울이 덮친 것처럼 을씨년스러웠다. 황사의 미세한 분말은 점묘화법의 그림처럼 건물들을 부식시키고 윤곽을 허물어뜨려 야릇한 가공의 세계를 만들어놓았고, 그 살풍경 속에서 차량들은 물에 뜬 듯이 출렁거렸고, 뿌연 씰루엣의 행인들이 마스크를 쓰고 봄이 와도 칙칙한 겨울옷을 그대로 입은 채 어깨를 숙이고 좀비떼처럼 종종걸음치며 오가고 있었다. 미세먼지 농도는 평소의 삼십배였다. 노약자들은 집 안에 갇히고, 초등학교에 휴교사태가 벌어지고, 찾는 사람이 드물어진 공원에는 신록의 나무들과 봄꽃들이 버려진 채 제 빛을 잃고 황사를 뒤집어쓰고 있었다. 미세먼지는 끊임없이 스며들어 입안에서 서걱거리고 코 점막에 달라붙었고, 장사치들은 눈병, 기관지염, 천식, 비염 등을 들먹거리면서 불안과 공포를 팔았다. 식탁의 흰밥 위에도,

흰 빨래 위에도, 침대위 뜨거운 알몸들에도 그것은 핵낙진처럼 소리없이 내려앉았다.

그러한 불길한 분위기 속에서 허무성이 밤마다 듣는 발정기 고양이들의 울음소리는 정말 끔찍한 것이었다. 불임수술, 성대수술을 피해 가출한 고양이들이었다. 거의 열흘간 그악스럽게 계속된 그 짝짓기의 울음소리는 거세된 그를 비웃는 것 같았고, 또 그것은 처량한 아기 울음소리 같아서, 죽은 아기를 늘 생각하는 아내를 정신적 공황에 빠뜨렸다. 어느날은 한밤중에 그 소리에 견디다 못한 그가 으악 소리를 지르며 현관문 밖으로 튀어나가 마당가에 세워둔 삽을 집어들고 고양이 한마리를 때려죽인 일도 있었다. 머릿속이 하얘지고 이성이 마비되는 그런 저돌적 감정은 그로서는 처음이었다. 내 몸속에 그런 무서운 원시성이 숨어 있었나. 벽초의 『임꺽정』에 등장하는 쇠도리깨질의 명수 곽오주, 열병에 걸려 밤낮으로 울어대는 어린 자식을 그 처량한 울음소리를 견디다 못해 창밖으로 내던져 죽여버린 그 사내의 어처구니없는 행동을 그제야 이해할 수 있을 것 같았다.

3월 중순경에 허무성은 한동안 행방불명이던 대학동창 이종구로부터 편지 한통을 받았는데, 놀랍게도 그는 자신이 노숙자임을 밝히고 있었다.

6월항쟁 때, 가두투쟁의 선두에서 전투소조를 이끌던 친구였다. 특이하게 해병대 출신 복학생이던 그는 가두투쟁 때마다 얼룩무늬 군복인 개구리복을 즐겨입고서 맹렬한 전투력을 발휘하곤 했다. 징역을 일년 반가량 살고 나온 그는 재학시절에 운동권 학생들의 사랑방 역할을 하던 학교 앞 서점을 인수하여, 후배들에게 책을 읽히고 토론장도 마련하면서 급격히 사그라드는 운동의 불씨를 어떻게든 일구어보려고 노력했다. 그러나 급경사로 구르기 시작한 거대한 바퀴를 미약한 사마귀의 힘으로 막아낼 수는 없는 노릇이었다. 달라진 세상에서 학생운동은 급속도로 몰락해갔고, 그것은 그대로 서점의 몰락으로 이어졌다. 서점들이 줄줄이 도산하고, 그 대신 비디오가게들이 들어섰다. 그렇게 그는 별 보람 없이 고생만 하다가 결국 오년 만에 손들고 말았다.

그후에도 그의 생활은 좌절의 연속이었다. 서점을 잃고 경제적으로 빈털터리가 된 그는 그후 시민운동 활동가로 몸을 바꿔, 한때 지상에 이름이 오르내릴 정도로 활동이 적극적이었으나, 거기에서도 조직 내의 심한 분파행위에 치여 좌절당하고 말았다. 그리고 그다음은 간암 말기였다. 졸지에 말기 간암 진단을 받은 그는 즉시 가출하여, 지금까지 거의 이년 동안 가족도 모르게 행방을 감추는 중이었다. 가족과 친구들에게 이따금씩 전화를 걸어오긴 했지만, 짤막하게 몇 마디만 하고는 일방적으로 끊어버렸다. 아직 죽지 않았다고 확인해주는 전화였다. 아직 죽지 않았으니 조금도 걱정 말라고, 지금 생활이 매우 재미있다고, 절대 찾을 생각 말라고 했다. '매우 재미있다'는 그 생활이 어떤 건지, 아는 사람은 아무도 없었다. 아무튼 그는 신기하게도 의사가 선고한 삼개월 시한을 비웃으면서 일년 반을 더 사는 중이었다. 허무성도 그에게서 그런 짤막한 안부전화를 한번 받은 적이 있었다. 그런데 이번 편지에는 놀랍게도 자신이 노숙자임을 밝히고 있었다.

무성아.
잘 지내고 있겠지? 난 아직도 죽지 않고 살아 있지. 이렇게 짱짱하게 살아 있어.

좀 언짢게 들리겠지만, 단도직입적으로 말할게. 돈이 좀 필요해서 이 편지를 쓰는 거야. 내가 좀 쓸 데가 있어서 그러니까, 얼마라도 좋으니 성의껏 송금해주게. 다른 친구 다섯 명한테도 동시에 부탁하는 중이야. 한일이, 규태, 만식이, 석민이, 그리고 용태형에게도 이것과 똑같은 내용의 편지를 쓸 거야. 이백만원 정도가 필요하니까, 적당히 알아서 신경써줘. 물론 너희가 내 청을 거부 못하리라는 걸 나는 잘 알고 있지. 대학시절의 우린 피로 맺은 동지였으니까. 아닌가? 맞지? ㅎㅎㅎ. 그리고 이런 아쉬운 소리 하려면, 아무래도 그동안 내가 살아온 얘기를 들려주어야겠지? 각설이도 동냥하려면 장타령을 부르니까. ㅎㅎㅎ.

내가 왜 돈이 필요하냐 하면, 노숙자 친구 하나가 다리가 썩어가는 괴저병에 걸렸는데 당장 절단수술을 받지 않으면 죽게 돼 있어.

그래, 지금 난 이곳에서 노숙자들 속에서 생활하고 있어. '이곳'이 어딘지는 말하지 않겠네. '이곳'은 서울일 수도 있고, 부산일 수도 있고, 아니면 다른 도시들 중에 하나일 수도 있지. 사실 나는 어느 한 도시에 머물러 있지 않고 이 도시 저 도시로 옮아다닌단다. 아마 언젠가는 너희 눈에 띄게 될지도 몰라. 그렇지만 난 결코 다시는 너희한테 돌아가지 않을 거야. 왜냐하면 난 이곳 생활이 더 좋으니까. 그러니 혹시 날 보더라도 알은체하지 말기를!

왜 하필이면 노숙자 생활이냐고? 나만 그런 게 아니야. 이곳에 와보니 나처럼 치명적인 병을 앓고 그 때문에 가출한 노숙자들을 더러 만날 수 있었어. 말기 암이란 곧 죽음이잖아. 의사가 나에게 말기 암이라고 말했을 때, 그것은 진단이 아니라 선고였어. 삼개월

후에 처형될 사형선고 말이야. 삼개월이라는 그 무서운 유예기간 동안에 내가 할 수 있는 일이 뭐겠어. 아무 가망 없는데, 뒤늦게 항암치료를 받아본들 무슨 소용이 있겠어. 아, 죽는 건 두렵지 않은데 죽어가고 있다는 것이, 그런 사실을 알고 있다는 것이 두려웠어. 삼개월간의 유예, 그것은 당사자인 나뿐만 아니라 내 식구들까지도 지옥 같은 시간이 될 게 뻔했지. 죽어가는 자를 매일 보아야 하는 그 우울한 고통 말이야. 어느날 난 텔레비전에서 치명상을 입은 코끼리가 제 죽을 장소를 찾아 홀로 무리를 떠나는 장면을 보았어. 충격적인 장면이었어! 그걸 보고 얼마나 눈물을 흘렸는지 몰라. 그러고는 결심했지, 노숙자들 속에 들어가 마음편하게 아무렇게나 뒹굴다가 객사해버리자고. 그래서 부산으로 내려가 노숙자 생활을 시작했어. 비렁뱅이 노릇 하자면 아무래도 날 알아볼 사람이 없는 낯선 객지가 낫지 않겠나.

그런데 참 희한한 일이 생겼지 뭐냐. 아니, 기적이지. 삼개월밖에 못 산다고 한 내가 지금까지 퍼렇게 살아 있으니. 물론 앞으로 어떻게 될지, 마냥 안심할 일은 아니겠지. 하지만 내 몸속의 암이 지난 일년 반 동안 얌전하게 침묵을 지키고 있다니, 놀라운 일 아냐? 무슨 약을 먹기는커녕, 비위생적 환경에서 몸을 함부로 굴리면서 될 대로 되라고 방치하고 있는데도 말이야. 혹시 내가 사용한 부적의 효과가 아닐까, 생각은 하지. 그 부적은 해병대 군복이야. 6월항쟁 때 가두투쟁에 얼룩무늬 위장복 입고 선두에서 싸우던 내 모습 생각나? 나 이종구는 일생에서 그때가 가장 강하고 빛났지! ㅎㅎㅎ. 그래서 노숙자 생활을 시작할 때, 난 그 군복을 다시 꺼내 입었어. 파쇼 무리와 싸우던 그 군복, 내 몸속의 암을 이기기 위해 나는 그걸 부적 삼아 입었던 거야. '귀신 잡는 해병'이란 말 들어봤지? 귀신 잡는 해병은 암도 잡을 수 있다고, 나 자신에게 최면을 건 거지. 허무성, 너 지금 어이없다고 웃고 있지? 웃지 마. 사람이 궁지에 몰리면 별생각을 다 한단다. 아무튼 난 지금도 얼룩무늬 위장복을 입고 있지. ㅎㅎㅎ.

부적 얘기가 너무 황당하게 들린다면 좀 과학적으로 얘기해볼까? 비위생적 노숙자 생활이 오히려 암을 다스리기에 좋은 환경이라고 말하면 너는 또 황당한 소리 하고 있다고 웃겠지. 그러나 무성아, 그게 그렇지 않아. 내 말 좀 들어봐. 6월항쟁 때 서울역 앞 전투, 시위대 일부가 백골단에게 쫓겨 역 대합실로 뛰어들었을 때의 일, 생각나지? 그때 너와 나는 맨 후미에서 쫓기고 있었는데 자칫 잡힐 판이었지. 대부분의 학생들은 대합실을 통과, 개찰구를 훌쩍 훌쩍 넘어 계단 아래 플랫폼으로 후퇴할 때, 우리 둘은 미처 따라가지 못하고 급한 김에 대합실에 앉아 있는 사람들 틈에 몰래 끼어들었어. 그런데 공교롭게도 우리가 숨어든 곳이 노숙자들 속이었잖아. 네 사람의 노숙자가 나란히 앉아 있었지. 나는 얼른 위장복 상의를 벗어 엉덩이 밑에 숨기고, 러닝셔츠 바람으로 노숙자처럼 꾸몄지. 내가 노숙자의 실체를 만난 것은 그때가 처음이었어. 너도 기억날 거야. 그 지독한 최루가스 속에서 앉아 있던 그 태연한 모습들 말이야. 대합실의 사람들은 모두가 자욱한 최루가스에 기침하고 몸을 비틀면서 몹시 괴로워하는데, 그 네 사내만은 아무렇지도 않은 듯 태연했지. 아마도 독성에 면역이 되었나봐. 매연과 탁한 공기를 일상으로 마시며 살다보니 그 독한 최루가스에도 면역이 된 거지. 태연하다기보다는 바보같이 멍한 표정이었어. 무표정한 얼굴, 당장 눈앞에서 학생들이 우르르 쫓기고 백골단이 날뛰는데도 전혀 관심이 없다는 표정이었어. 초연한 돌부처 같은 모습이었지.

그 네 사내의 모습이 내가 말기 암 선고를 받았을 때 다시 생각나더구먼. 결국 그 기억이 날 노숙자로 만든 거야. 최루가스의 지독한 독성도 이겨내는 그 강한 면역력, 그리고 속세의 인간들이 벌이는 어떤 지랄발광에도 무관심할 수 있는 그 초연함이 내 마음을 이끈 거야. 나도 이젠 그런 면역력을 가진 노숙자가 되어 있단다. 그 면역력은 또 노숙생활의 무사태평함 속에서 만들어졌을 거야. 욕망이 암의 원인이지. 머릿속의 비곗덩어리인 욕망들, 온갖 잡스런 지식쓰레기들, 걱정거리들을 나는 깨끗이 비워버렸어. 아주 바보천치가 되어, 일 안하고 빌어먹는 거지. 시간은 참으로 느리게 흘러가고 나는 그 속에서 마냥 빈둥거리는 거야. 그렇게 해서 나는 암을 극복하고 있는 거야. ㅎㅎㅎ. 내가 일 안하고 빈둥거리니까, 내 몸속의 암도 일 안하고 빈둥거리는 거지. 어때, 내 말이 그럴듯하지? ㅎㅎㅎ.

여기도 살아보면 살 만한 곳이야. 영판 딴세상이지. 너희는 날 타락했다고 생각할 테지. 그러나 타락은 아니고 추락이야. 지상에서 지하로 추락한 거야. 시민권을 박탈당한 채 유배된 거지. 시민들이 몸담고 살아가는 그곳이 지상세계라면, 시민이 아닌 우리가 처한 곳은 맨 밑바닥, 지하세계라고 할 수 있지 않겠나. 사회 속에 또 하나의 사회가 존재하는 거야. 여기는 지상에서 추락한 인간들, 구조조정당하고 퇴출당하고 왕따당하고 발길에 차인 인간들이 모여 서식하는 곳이야. 지상은 소유하기 위해 혈안이지만, 이곳은 무소유야. 사람들이 바삐 오고가는 역전광장, 지하도, 그리고 공원 같은 곳에서 우리는 굼벵이떼처럼 느리게 꿈틀거리지. 그래서 혐오스럽다고 발길질당하기도 하지. 그러나 우리는 지상에서 구원의 밧줄이 내려오기를 기다리는 연옥의 사람들은 아니야. 우리를 불쌍한 사람들이라고 말하지 마라. 지하 사람들은 지상 사람들의 우월감, 자존심을 위해 불쌍한 척하고 있을 뿐이야. 비위를 맞춰야지 미움을 사면 불행해지거든. 우리가 지상세계에 기생하여 살아가기 때문이야. 그렇지만 지상은 지하 때문에 지탱되는 거야. 지상의 삶이 계속적으로 구조조정하지 않고는 살 수 없는 것이라면, 그 삶은 구조조정당한 사람들의 희생 덕분에 지탱된다고 말할 수 있지. 그러니 노숙자들을 고맙게 생각해야 하는 거야. 일자리는 죄다 저희가 차지해놓고선 우리보고 일 안한다고 욕해선 안되는 거잖아. 그리고 얼마나 많은 양의 음식이 먹다 남아 쓰레기로 버려지고 있나. 음식을 함부로 버리는 것은 죄야. 그런데 버려지는 그 음식의 일부를 우리 노숙자들이 먹음으로써 그 죄를 어느정도 탕감해주고 있단 말이야. 그것도 고마워해야 할 일 아닌가. 아무렴, 노숙자를 욕해선 안되지.

우린 비럭질하고 쓰레기 뒤져서 먹고, 유통기한 지난 음식을 먹으면서 바삐 오고가는 사람들 속에서 슬로우비디오처럼 한없이 느리게 움직이지. 무엇이 그리 바쁜지 급하게 발을 옮기는 사람들을 향해 구걸의 손을 내밀면 그들은 질겁해서 더 빨리 달려가거나, 발길질이 날아오지. 우린 만사에 슬로우비디오야.

무성아, 나는 여기서도 책을 읽는단다. 맨바닥 아무데나 골판지 박스를 둘러치고 앉아 책을 읽어. 책 읽는 내 곁으로 책을 읽지 않는 무수한 인간 군상들이 짐승떼처럼 발굽을 구르며 급류처럼 빠르게 흘러가지. 내가 좋아하는 건 여전히 사회과학서야. 지상에서 버림받은 책들, 버림받은 사상들, 이젠 아무도 거들떠보지 않기 때문에 더욱 애착이 가는 것들…… 나처럼 틈만 나면 책을 잡는 노숙자 유식쟁이들이 더러 있지. 이 유식쟁이들은 지상에서 열리는 무슨 학술 씸포지엄 같은 행사에 불청객 청중이 되기도 해. 특히 여름과 겨울 씸포지엄이 인기있어. 더운 여름엔 시원한 에어컨 바람 속에서, 추운 겨울엔 따뜻한 난방 속에서 끄덕끄덕 졸며 소일할 수 있기 때문이야. 아하, 학술 씸포지엄? 처참할 정도지. 정말 인문사회과학이 죽었다는 게 실감나. 청중이 열댓 명도 되지 않는 행사가 대부분이야. 한 사람의 청중도 아쉬운 터라, 우리가 노숙자인 줄 알면서도 내쫓지 못해. 발표 내용도 엉성하기 짝이 없어. 시늉만 내고 있을 뿐이야. 그렇지만 노숙자인 우리는 날카로운 질문으로 발표자를 난처하게 만드는, 그런 주제넘은 짓은 하지 않아. 우린 더운 여름날엔 에어컨이, 추운 겨울날엔 따뜻한 난방이 아쉬운 노숙자니까. 아무튼 쓸모없는 인간인 노숙자처럼 인문교양 서적도 쓸모없어지고 말았어. 퇴출이지. 그런 책들이 무더기로 쓰레기처분되고 있어. 아주 소수이긴 하지만 그런 책을 갖다가 읽는 노숙자들이 있지. 지상의 씸포지엄의 청중이 되어 졸고 있는 것도 그들이야.

 난 가끔 노숙자들을 대상으로 인문학 강의를 해. 노숙자와 인문학이라니, 웃기는 소리라고 생각들 할지 몰라. 그런데 그게 그렇지 않아. 노숙자들 중에는 아이엠에프 구제금융 사태로 퇴출당한 고졸 이상 출신들이 적지 않거든. 지난해 9·11사태 이후론 종말론 강의가 인기있어. 세상을 원망하는 그들이니까 충분히 그럴 만도 하지 않겠나. 욕망의 노예가 되어 언제나 바쁜 지상의 주민들은 9·11테러의 의미가 무엇인지 파악할 여유가 없을 거야. 『타임』지의 통계에 따르면 미국인 반수 이상이 「요한계시록」이 9·11사태를 예고하고 있다고 믿는다는구먼. 「요한계시록」에 하늘의 분노가 불을 일으켜 음부 깊은 곳까지 사르고, 땅의 소산을 삼킨다고 씌어 있어. 몰사죽음. 지구와 인간이 한꺼번에 전멸하는 최후의 날, 그날이 이제 막 저 모퉁이를 돌아 이쪽으로 오고 있다,라고 나는 낮은 목소리로 무섭게 말하지. 그 말을 들으면 노숙자들의 흐리멍덩하던 눈빛이 확 되살아나. 내 얘기를 두려워하면서도 좋아해. 자기도 죽는 몰사죽음인데도 환장하게 좋아한단 말이야. 공원의 노인들도 내 청중이야. 매번 같은 얘기지만 다시 해달라고 졸라대곤 해. 이 좆같은 세상, 너도 죽고 나도 죽고, 싸그리 망해버려라, 살아서 불평등한 삶이었지만 죽음만은 평등해지고 싶다는 거지. 대전쟁, 원폭 폭발, 소행성 충돌, 화산, 지진, 쓰나미, 홍수, 모래폭풍, 황사, 가뭄, 산불, 괴질, 요한계시록, 다니엘서, 노스트라다무스, 후천개벽 등등……난 그런 것들을 잘 짜깁기해서 그럴듯한 공포물을 만들어놓았어. 지금 세상은 어떤 지혜도, 어떤 변혁이론도 소용없는 치명적인 불치병을 앓고 있지. 지구 종말의 무서운 공포만이 처방이야. 9·11테러 정도로는 안되지. 원폭이 크게 터지든지 해서 세계 인구 절반쯤 죽어야 인간들은 정신차릴 거야.

ㅎㅎㅎ. 이상 말한 것이 노숙자 이종구가 살아가는 방식이야. 지상의 너희는 이해가 잘 안될 거야. 아무튼 난 이렇게 사는 게 정말 마음편해. 그러니, 너희는 나를 불쌍히 여겨서는 안되는 거야. 불쌍한 건 도리어 너희가 아닐까? ㅎㅎㅎ.

그럼, 이만 펜을 놓겠네. 아래에 기록한 것은 내 명의로 된 은행 계좌번호야. 부디 송금하는 거 잊지 말다오. 왕년의 나의 친구들아, 안녕히!

문정선은 마침내 직장을 그만두었다. 구조조정의 수모를 당하기 전에 먼저 사표를 낸 것이다. 형, 난 지금 꿈꾸고 있는 것만 같아. 지금이 꿈인지, 80년대 그때가 꿈이었는지…… 가투에서 화염병 상자를 나르던 그 씩씩한 여학생, 그녀가 과연 나였을까? 직장을 그만둔 후, 그녀는 집 안에 틀어박힌 채 밤이나 낮이나 멍하니 텔레비전만 바라보고 있었다. 늘 껌을 씹고 있었는데 껌이라도 씹지 않으면 목구멍이 말라 숨이 막힐 것 같다고 했다. 목구멍이 마르다고 수시로 콜라도 벌컥벌컥 마셨다. 텔레비전 화면을 바라보는 그녀의 시선은 전처럼 정보사냥을 위해 이 채널 저 채널로 바쁘게 건너뛰는 게 아니라, 주로 연속극에 고정되어 있었다. 공허한 눈, 공허하게 벌어진 입, 윤기없이 부스스한 머리칼…… 휑하니 비어 있는 그녀의 얼굴에서는 아무것도 찾을 수 없었다. 그 얼굴에는 허무성도 없었고, 그녀 자신도 없었다. 그리고 우중충한 회색 추리닝, 잠잘 때도 벗지 않고 마트에 장보러 갈 때도 그대로 입고 가는 그 낡은 추리닝, 꽁초 가득한 재떨이, 반쯤 비워진 1.5리터짜리 콜라병과 새우깡 봉지들…… 텔레비전의 전류가 그녀의 두뇌 속 전류와 연결되어 뇌수를 쫙쫙 빨아들이고 있었다. 밤낮으로 텔레비전 앞에 붙어 앉아 있고 잘 때도 전원을 끄지 않은 채 그 자리에 아무렇게나 쓰러져 잠들기가 일쑤였다. 직장을 그만둔 한 달 새에 그녀의 뱃살은 눈에 띄게 불어나 있었다. 살이 찌고 늘 껌을 씹는 여자, 그러한 모습은 그녀가 불안에 시달리고 있음에도 불구하고 어이없게 낙천적으로 보이게 했다.

어느날 허무성이 거실을 거쳐 자기 방으로 들어가다가 뭐라고 중얼거렸다. 아마도 "재떨이나 좀 비우지그래"하고 말하고 싶었을 것이다. 문정선이 돌아보며 쓴웃음을 지었다.

"형, 지금 뭐라고 그랬어? 날 흉본 거지?"

"아무것도 아냐. 그냥 생각없이 나온 소리, 말이 아니라 소리, 허허, 요즘 난 혼자 중얼거리는 버릇이 생겼어."

"거짓말 마. 강부자와 이순재가 싸우는 따위 저질 드라마나 본다고 비웃었겠지, 뭐."

"그게 아니고……"

"형, 나 그렇게 되어버렸어. 난 그렇게 저질이 되어버렸다고. 저 드라마가 저질인 줄 알면서도 왜 끊지 못하는지 모르겠어. 그냥 이유없이 좋은 거야. 뻔한 스토리, 대사도 엉터리인데 말이야. 아, 콜라도 그렇고, 저질 식품인 줄 알면서도 못 끊어. 자꾸 손이 간단 말이야."

"아, 정선아, 좀……"

"아무래도 난 안되겠어. 여길 떠나야겠어. 한국을 떠날 거야! 정말이야. 날 얽어매는 이 모든 걸 벗어버리고 싶어."

12

　입학과 개학의 계절을 맞아 활기를 띠어야 할 대학캠퍼스는 황사 속에서 누렇게 주눅들어 있었다. 여기저기에 어지럽게 나붙은 해외어학연수, 배낭여행 안내포스터들과 함께 총학생회장 후보들의 포스터들이 황사바람에 반쯤 뜯긴 채 을씨년스럽게 펄럭거리고 있었다. 작년 11월에 실시한 선거가 학생들의 무관심 속에 투표율 미달로 취소되어서, 이번에 재선거한다는 것이었다.
　그런데 그 우중충한 황사 속에서 허무성은 어느날 뜻밖에도 매우 발랄한 동작을 발견했다. 학생들 왕래가 빈번한 교문에서 멀지 않은 장소에서 학생 두 명이 한창 목공작업중이었는데, 해마다 그렇듯이 그곳에 학생회장 후보의 연설용 간이무대가 세워질 모양이었다. 굵은 각목들을 전기톱으로 절단하고 묵직한 패널들을 끌어다 쾅쾅 못질해서 연결하고 있었는데, 연장을 능숙하게 다루는 걸로 보아 그들은 그런 일에 이골이 난 조소과 학생들이 분명했다. 그런데 그중 한 학생은 놀랍게도 여자였다. 검정 레이밴을 썼기 때문에 눈여겨보지 않으면 남자로 오인할 정도로 톱질과 망치질이 능숙하고 행동도 거칠어 보였다. 그녀의 남성적이고 발랄한 동작은 지나가는 사람들의 시선을 끌기에 충분해서, 십여명의 학생들이 마치 그것이 무슨 퍼포먼스인 양 둘러서서 구경하고 있었다. 짧은 꽁지머리, 허벅지에 포켓이 있고 헝겊 끈들이 주렁주렁 달린 카키색 카고바지와 검정 스웨터, 골반 위로 느슨하게 두른 가죽벨트에 권총처럼 꽂혀 있는 망치와 펜치, 드라이버 같은 공구들, 발목까지 올라오는 투박한 갈색 작업화, 못이나 목편이 튈까봐 착용한 검정색 레이밴, 그리고 작업중 내내 입에 꼬나물고 있는 담배 등 전부 남성 패션이었는데, 불룩한 가슴과 팡팡한 엉덩이는 여자의 것이었다. 그리고 작업 도중 짧은 스웨터 밑으로 살짝살짝 드러나는 그녀의 흰 허리에는 나비 문신이 있었다. 한창 작업에 열중하던 그녀는 잠시 쉴 요량으로 절단된 각목과 쇠파이프 들을 구둣발로 걸어차 한쪽으로 몰아놓고는 잠시 땀을 닦으며 레이밴을 벗었는데, 오똑한 코와 짙은 눈썹의 곱상한 용모가 눈에 익었다. 그의 교양국사 시간에 수강하고 있는 학생이 분명했다.

간이무대가 완성된 다음에는 배경 벽에 패널 한장 크기의 야릇한 그림이 그려졌는데, 그것도 선거에 냉담한 학생들의 시선을 끌기 위한 의도인 모양이었다. 그 무대에 세 명의 학생회장 후보들이 날짜별로 번갈아 올라가 지지자들과 함께 호들갑을 떨며 갖은 자기 피아르를 했지만, 지나가는 학생들의 관심을 끈 것은 그들의 연설이 아니라,

배경 벽의 그로테스크한 그림이었다. 뒤틀린 알파벳 글자들과 아라비아 숫자들이 서로 얼크러져 험한 가시나무 가지들 같았는데, 거기에서 주황과 진홍의 강렬한 색채가 폭발하듯 터져나오고 있었다. 무슨 뜻인지 알 수 없지만, 거기엔 어떤 반항의 몸짓이 있는 듯했다. 허무성은 전에 그런 종류의 그림을 본 적이 있기 때문에 그것이 그라피티라는 걸 금방 알아봤다. 삼년 전 제자들과 함께 떠난 유럽 배낭여행에서 본 그 낙서 그림들.

무대 배경화가 그렇게 인상적이었음에도, 선거 결과는 이십 퍼센트도 되지 않는 저조한 투표율이었다. 세 명의 후보 중에서 실용주의 슬로건을 내건 학생이 당선되었고, 그의 공약은 그라피티의 반항적 제스처와는 전혀 관계없이 '제가 당선되면 비엔나 호프의 맥주 값과 라메르 레스토랑의 음식 값을 반드시 이십 퍼센트 할인받도록 하겠습니다'였다.

학생회장 선거가 끝난 직후인 어느날, 허무성이 오전 강의를 마치고 사람들로 붐비는 운동장 옆길을 돌아 식당으로 걸어가고 있는데, 등뒤에서 쌕쌕거리는 가쁜 숨소리가 들려왔다. 돌아보니 바로 뒤에 웬 여학생이 바싹 다가와 두 손을 가슴에 모은 채 종종걸음치고 있는 것이 아닌가. 자세히 보니 얼마 전 학교 정문 근처에 간이무대를 만들면서 본때있게 망치를 휘두르고 전기톱을 들이대던 꽁지머리의 그 여학생이었다. 그때처럼 헝겊 끈들이 주렁주렁 달린 카고바지 차림이었다. 그와 시선이 마주친 그녀는 금세 얼굴이 빨개지더니 머뭇거리면서 교양국사를 수강하고 있는 조소과 학생이라고 자신을 소개하고는 단도직입적으로 말했다.

"교수님, 어쩌면 그렇게 느리게 걸으세요? 교수님을 감히 앞질러 갈 수가 없었어요. 너무 이상해요. 너무 이상해서 감히 추월할 수가 없었어요."

허무성은 가슴 뭉클한 감동을 느꼈다. 그러나 이 여학생의 말이 무슨 뜻인지, 그 말이 진정인지 어쩐지 알 수가 없었다. 그렇게 거칠고 거침없는 남성적 행동을 보이던 여자가 수줍음으로 얼굴이 빨개진 것도 알 수 없는 일이었다. 도대체 발랑 까진 이 세상에 수줍음이란 것이 남아 있었나?

그 여학생이 바로 조소과 오용미였다. 선거유세용 간이무대의 배경 벽 그림도 자기가 그린 것이라고 했다. 하얀 치열이 만들어내는 그녀의 웃음은 하얗고 청결했는데, 고른 치열 밖으로 조금 도드라진 송곳니 두 개가 묘한 매력을 주었다.

그가 오용미에게 호감을 갖게 된 것은 그녀의 그라피티에 대한 열정 때문이었다. 삼년 전 제자들과 함께 간 유럽 여행에서 처음 보고 매료되었던 그라피티를 국내에서 다시 볼 수 있다는 것이 우선 기뻤다. 서구 문명의 음습한 뒷골목에 짙은 원색의 독성을 발산하면서 서식하는 바이러스떼, 그라피티. 유럽 여행에서 찍은 그 그라피티 사진들이 그제야 생각나서 서가를 한참 뒤져서 찾아내 이튿날 연구실로 찾아온 그녀에게, 이 사진들이 이제야 임자를 만났구먼, 하면서 건네주었다. 서른 장 넘는 사진들을 얻은 그녀는 퍽 좋아했다. 아, 정말 뜻밖이네요. 그라피티를 벌써 알고 계셨다니! 지금 대학생들도 잘 몰라요. 그래픽과 그라피티, 이 두 단어를 구별할 줄도 모른다니깐요. ─난 대학생 때, 그러니까 십오년 전에 벌써 그라피티를 알고 있었는걸, 후후후. ─아니, 십오년 전이라고요? ─거짓말 아냐. 노동자들과 연대투쟁할 땐데, 공장 담벼락에다, 우리도 사람답게 살고 싶다,라고 붉은색 스프레이로 대서특필했었지. 그건 그라피티 아닌가? ─ 맞아요! 그것도 그라피티죠! ─ 6월항쟁 때는 거리의 아스팔트 바닥에다가, 또 달리는 버스 옆구리에다가 스프레이로 독재타도,라고 썼지. ─ 하하하, 맞아요, 맞아요! 바로 그거예요. 저항적 그라피티! 하지만 진짜 그라피티는 글자가 아니라 그림이어야 해요. 전 그림에 저항적 메씨지를 담고 싶어요. 한국의 그라피티는 얌전하기만 하고 아직 저항성이 없거든요. 제가 해낼 거예요. 아직 본격적으로 시작도 안했는데 벌써부터 두려워요. 저항이 뭔지 구체적으로 잘 모르겠어요. 지금은 십오년 전과는 다르잖아요. 무엇에, 어떻게 저항해야 할까요? 선생님이 도와주셔야 해요. 도와주실 거죠, 네? 선생님은 다른 사람들과 다르게 말씀하세요. 선생님이 옳아요. 강의시간에 선생님이 학생들하고 부딪치는 걸 보고 정말 속상했어요. 선생님 말씀대로 대학생이라면 뭔가 달라도 달라야죠. 그래요, 비판이 있고 저항이 있어야죠!

세번째 만나는 날, 두 사람은 그녀의 동아리가 그린 그라피티 벽화를 보기 위해 망원동 근처 한강가로 갔다. 버스에서 내려 굴다리를 찾아가는 길에 오용미는 스스럼없이 허무성의 팔에 자신의 팔을 걸었다. 맑은 웃음소리. 작은 그림은 혼자 그리지만 큰 벽화는 언제나 동아리 작업으로 이루어지는데, 세 명으로 구성된 그 동아리에서 둘은 남학생이라고 했다. 한강 둔치 공원으로 통하는 어둠침침한 그 굴다리 안, 양쪽 벽에 음울한 색채의 벽화들이 그려져 있었다. 입구 쪽에 그려진 것은 야릇하게 부풀린 알파벳 글자들이었다. 글자들이 거대한 애벌레처럼 둥글둥글한데, 낯설고 역겨운 느낌을 주었다. 반항의 제스처. 세상 사람들을 그 역겨움으로 당혹스럽게 만들겠다는 의도가 분명했다. 그런데 팔짱을 풀고 한발짝 앞서가던 오용미가 갑자기 아, 하고 짧게 탄식을 토했다. 거기, 내부 벽 한가운데 흰색 페인트로 험하게 훼손된 벽화 하나. 페인트 롤러를 종횡으로 마구 굴려 그림을 짓이겨놓았는데, 롤러 자국 틈틈이 지워지지 않은 그림 조각들이 깨어진 스테인드글라스처럼 흩어져 반짝였다. 마치 그 흰색 페인트 롤러가 자신의 얼굴 위로 굴러가기라도 한 듯이 그녀의 낯빛이 창백해졌다. 아연실색한 표정이었다.

"정말 죄송해요."

"아주 짓이겨놨구먼. 누가 그랬을까? 공원 관리인이 그랬다면 남김없이 깨끗이 지웠을 텐데……"

우두망찰 서 있던 그녀가 입술을 잘근 씹으며 화난 목소리로 말했다.

"그애가 한 짓이 틀림없어요. 저기 흔적을 남겼네요. 나쁜 새끼!"

지워진 그림의 하단부에 흑색 페인트로 능숙하게 휘갈겨쓴 싸인이 있었다. 알파벳 몇자를 철조망 토막처럼 날카롭게 엉클어놓았다. 그 앞으로 성큼 다가선 오용미는 한쪽 어깨에 메고 있던 카키색 작은 배낭을 열고 책들 틈에서 스프레이 캔을 꺼내들더니, 곧장 그 흑색 싸인에다 청색 페인트를 쏘아댔다. 징그러운 바퀴벌레를 향해 살충제를 쏘듯이. 칙칙, 치이익, 치익 칙칙. 확 끼치는 페인트 냄새와 함께 청색에 의해 흑색이 지워지고, 그 대신 그 옆에 찢어진 거미줄 같은 야릇한 형상이 나타난다. 민첩하고 능숙한 솜씨다. 그녀가 허무성을 돌아보면서 생긋 웃었다.

"이젠 됐어요. 이게 제 태그예요. 영역표시죠. 저흰 싸인을 태그라고 해요."

두 사람은 굴다리를 통과해서 강가에 위치한 작은 매점 옆의 비치파라솔 밑으로 갔다. 황사 때문에 산책객은 드물었고 풍경도 낯설어 보였다. 짙은 황사 속에서 오후의 태양은 구릿빛이고 강건너의 아파트 건물들은 뿌연 잿기둥들처럼 서 있었다. 강바람에 추위를 느끼는지 몸을 움츠렸던 오용미가 자판기를 발견하고 달려가더니, 커피 넉 잔을 뽑아가지고 왔다. 일인당 두 잔씩?

"죄송해요. 이 커피 석 잔은 제가 먹을 거예요. 너무 화가 나서요. 전 몹시 화나면 커피를 연달아 서너 잔 마시는 버릇이 있거든요."

갈증난 사람처럼 뜨거운 커피를 후후 불면서 연거푸 석 잔을 마시고 난 그녀는 그제야 굳은 표정을 풀면서 밝게 웃는다. 웃을 때 드러난 가지런한 치열, 그 눈부신 흰빛에 허무성은 가슴이 뜨끔해진다. 그리고 쌍꺼풀의 검고 큰 눈…… 저것들은 과연 무슨 뜻일까? 허무성은 몰래 한숨을 토했다.

"그애가 제게 보복한 거예요. 박병두라고, 한 달 전에 동아리에서 축출해버렸는데, 그 그림작업을 자기도 같이했다고, 저렇게 지랄쳐버린 거죠. 꽤 괜찮은 그림이었는데…… 좋다고 소문나서 다른 동아리 멤버들이 일부러 구경오기도 했거든요. 엄청난 포스가 뿜어져나온다고 칭찬해줬어요. 그렇지만 또 있어요. 도림천 다리 밑에도 저희 그라피티가 있거든요. 그애가 그 그림에는 참여하지 않았으니까 감히 손대지 못했을 거예요. 선생님, 내일 그거 보러 가요, 네? 그앤 저보다 두살 어려요. 동아리 중에 가장 나이어린 신입 멤버였는데, 그림 재주는 있어요. 그런데 절 좋아한다고 함부로 치근거리고, 막무가내로 덤벼드는 거예요. 스토커 비슷한 행동을 했어요. 얼마나 시달렸는지…… 참다못해 동아리에서 내쫓아버렸죠. 지금은 다른 남학생이 대신 들어와 있어요. 그 때문에 앙심 품었나봐요. 생각하면 가여운 아이죠. 어릴 때 가정환경이 저랑 비슷했어요. 저도 직장 다니는 엄마와 단둘이 살았거든요. 어려서 늘 외로웠어요. 지금은 씩씩해졌지만, 그땐 그랬어요. 방 안에서 혼자 뒹굴면서 만화를 그리고 낙서하는 것으로 외로움을 달랬는데, 그애도 똑같이 그랬다는 거예요. 그때 생긴 낙서 버릇이 지금의 그라피티로 이어진 것도 똑같고요. 첨엔 오누이 같은 느낌이었어요. 동생처럼 생각했죠. 그앤 지금도 외로움을 잘 타거든요. 걸핏하면 강아지처럼 낑낑대는 거예요. 그런 주제에 갑자기 돌변해서 그 이상의 정을 요구하는 거예요. 이성으로서 사랑을 달라고, 쳇, 젖비린내나는 주제에, 기가 막혀서! 그래서 내쫓았죠, 뭐. 하지만 그림 재주 하나는 끝내주죠. 만화를 아주 잘 그렸어요."

그녀의 양볼에는 석 잔의 커피가 만들어놓은 불그레한 홍조가 보기 좋게 떠올라 있었다. 그녀의 이야기를 듣는 동안, 허무성은 가슴속에서 야릇한 감정의 동요를 느꼈다. 그녀의 말 속에 그 남학생에 대한 적의가 없다는 불만이 은근히 생긴 것이다. 내가 질투하고 있나? 아, 내가 왜 이러지? 그는 나직이 한숨을 토하면서 담배를 피워물었다. 그러고는 문득 생각난 듯이 그녀에게도 담배를 한대 뽑아주었다.

"참, 용미도 골초지. 한대 피우지그래."

그녀의 두 눈이 회동그래진다.

"제가 담배 피우는 거 어떻게 아셨어요?"

"저번 간이무대 작업할 때 봤지, 작업하는 내내 담배 물고 있었잖아."

"아, 그랬군요. 그렇지만, 선생님 앞인데……"

"나 때문에 담배를 여태 참았냐? 어유, 세 시간이나 참았군그래. 어려워할 것 없어. 뭐 어때, 담배도 음식인데, 스승과 제자가 같이 나눠먹으면 좋지."

"아이, 좋아라!"

담배를 오래 참아 갈증이 있었는지, 그녀는 첫 모금을 깊이 빨아들인 다음 새로운 입맛으로 진지하게 말했다.

"솔직히 저희가 지금까지 그린 그라피티는 그냥 낙서에 불과해요. 이 굴다리처럼 외지고 음습한 곳이 아니라 도시 한복판으로 나가고 싶어요. 그래야 의미가 있죠. 언젠가 제가 저희 동아리를 끌고 저 거리 한복판으로 나아갈 거예요. 뱅크씨처럼요."

"뱅크씨? 그라피티 작가?"

"영국 출신인데, 되게 유명해요. 그가 이렇게 말했어요. '세상에서 가장 큰 죄악은 규칙을 어기는 자들이 아니라, 규칙을 지키는 자들이 저지른다'라고요. 저도 규칙을 깨고 싶어요. 제 용기를 시험해볼 거예요. 저한테 용기를 주셔야 해요. 선생님은 운동권이셨잖아요. 뽐내고 으스대는 도시 건물들의 벽에다 낙서를 할 거예요. 파괴적인 그림!"

"어떻게?"

"아무렇게나! 그냥 괴발개발 낙서하기도 하고, 원색의 색채를 폭탄처럼 터뜨리기도 하고, 또 뭉클뭉클 징그럽게 생긴 것들을 그리기도 하고요."

"징그러운 것, 예를 들면 어떤 거지?"

"거대한 애벌레나 살찐 백돼지 한마리를 그려넣는 거죠. 아주 무식하게, 무지막지하게 그리는 거예요."

"오호, 그렇지, 무식하게!"

"그럼요! 터무니없고 어처구니없게!"
"도무지 이해불능인 낙서!"
"그렇게 해서 모욕을 주고, 역겹게, 불쾌하게, 불안하게 만드는 거죠."
"그러다가 잡히면?"
"조심해야죠. 게릴라식으로 한밤중에 기습적으로 해치워야죠."
 세번째 만난 그날, 두 사람은 대취하도록 술을 마셨다. 술을 같이 마시지 않고는 사람을 사귀지 못하는 것이 허무성의 버릇이었다. 용미는 그날부터 그의 새로운 술벗이 되었다.

 황사바람 속에는 산불의 매캐한 냄새도 섞여 있었다. 큰 산불들이 여기저기 산발적으로 일어나면서 한 달이 넘도록 꺼지지 않고 있었다. 한때는 동부전선 북측 비무장지대에서 발생한 큰 산불이 적의 화공작전처럼 빠르게 남하하여 남방 한계선을 침범하자 군이 비상사태에 돌입하기도 했다.
 김해의 돗대산 정상에 추락한 여객기의 찌그러진 동체와 129명의 승객 시신들이 항공유 불에 태워지는 지독한 냄새도 황사바람에 실려왔고, 하루 뒤 현장에 달려온 유족들의 비통한 곡성들도 그 속에서 들려왔다. 무너져내린 쌍둥이빌딩의 폐허, 그 시체 발굴 현장에서 터져나오던 것과 똑같은 곡성들이었다. "엄마가 왔는데 왜 부르지 않니?" "쇠도 녹인 그 뜨거운 불속에…… 아아, 내 딸아, 얼마나 뜨거웠니? 얼마나……" 황사바람이 몰아치는 풀밭, 시퍼런 풀밭에 무섭게 팬 누런 황토의 생생한 상처. 쓰러진 나무들과 진흙에 처박힌 여객기, 짐승 내장처럼 터져나와 동체를 휘감은 코일 꾸러미, 미친 듯 펄럭거리던 주황색 불길.

그리고 뒤따라 구제역 공포가 왔다. 민심이 흉흉해졌다. 황사바람에 실려왔던가, 그 바이러스는? 화생방전의 전쟁터처럼, 안성·제천의 축산 농가들이 방역 소독약 안개가 자욱한 통제선 안에 완전히 고립된 가운데 돼지 수만 마리가 도살당하여 혹은 산 채로 구덩이에 매몰되고 있었다. 축산 농민들이 울었다. 전재산을 잃은 것도 슬프지만, 대학살의 그 떼죽음이 너무 두렵고 슬프다고. 구덩이에서 썩어가는 돼지 사체들이 부풀어올라 밖으로 튕겨나오고 악취가 진동한다는 신문기사를 읽으면서 허무성은 토악질까지 했다. 황사에 가득 실려 출렁이는 구제역 바이러스의 불안한 흐름이 바로 눈앞에 보이는 듯했다.

돼지 몇만 마리가 구덩이에 매몰되고 있던 그 무렵, '미미'에서 만난 그와 차호진은 오늘만은 술집을 바꿔보자고 의기투합하여, 거기를 나와 근처의 돼지삼겹살집을 찾아갔다. 이열치열처럼 구제역 공포는 돼지고기를 먹어야 퇴치할 수 있다고 허풍떨면서. 그 조그마한 소줏집은 구제역 비상 때문에 손님이 거의 없다시피 했다.

"아줌마, 여기 구제역 일인분 추가! 살맛 안 나는 세상, 까짓 것, 먹고 죽지, 뭐. 허형, 안 그래?"

"아무렴, 먹고 죽은 사람은 때깔도 곱다잖아요, 허허!"

"독한 소주에 생마늘 먹는데 그까짓 바이러스 얼씬이나 하겠어? 그것 참! 남 안 먹을 때 먹으니까 되게 맛있네. 사람들이 구제역이 무섭긴 무서운 모양이야. 하지만 며칠 못 참고 다시 삼겹살을 찾을걸."

"구제역 공포에도 불구하고 돼지고기를 먹으니까, 뭐랄까, 구제역 때문에 매몰당한 십육만 마리 돼지들에게 속죄하는 기분도 들어. 차

선배, 내가 한 말, 말이 돼?"

"물론, 말이 안되지. 돼지고기 먹으면서 돼지에게 속죄한다? 별걸 다 생각하네, 아서라, 고기맛 떨어질라. 저것 봐, 저 포스터, 저 계집애 몸값이 요즘 부쩍 올랐어. 광고 모델료가 육개월에 삼억이라네!"

"쳇, 별걸 다 알고 있네!"

"역시 이효리는 쎅시해. 건강하게 그을린 피부, 팡팡한 가슴, 늘씬한 허리, 무엇보다 매력적인 것은 저 배꼽, 기막힌 구멍이지. 저 구멍을 보면 정신이 아찔해져, 훗훗훗!"

"속물 같은 소리 그만허슈, 말 돌리지 말고 좀 생각해보자고요. 요한 달 새 십육만 마리 돼지가 생매장당했단 말이야. 산 채로, 통째로 말이야. 십육만 마리가! 너무 참혹하다는 생각 안 들어요?"

"물론 끔찍하지. 끔찍하니깐 그 말 그만하자고. 우리 식탁에 오르기 위해 돼지 수만 마리가 매일 도살되는데, 우린 그걸 끔찍하다고 생각 안하잖아."

"바로 그거야. 식용으로 도살당하는 돼지들은 아무렇지 않은데, 땅속에 매몰된 그 돼지들은 왜 참혹하게 느껴지느냔 말이야. 돼지 입장에서 생각하면 어느 쪽이나 똑같이 참혹한 대량학살일 텐데……"

"심란하게 돼지 입장 따지지 마. 돼지는 인간의 식도락을 위해 존재하는 식자재일 뿐이라고 생각하는 것이 속편해. 그러니까 '참혹한 대량학살'은 말이 안돼. '대량학살'이 아니라, '대량소비'가 맞지."

"식자재일 뿐이다? 하긴 돼지가 공장에서 만들어지는 대량생산의 공산품처럼 느껴지기도 해. 대량소비를 위한 대량생산의 공산품…… 그러나 돼지는 식자재 이전에 하나의 생명체잖아."

"돼지가 늙어죽는 거 봤어? 늙기 전에 도살되거든. 돼지는 식용 외에 다른 의미가 없어. 그래서 영혼이 없는 걸로 간주하는 거야."

"선배, 왜 돼지에게 영혼이 없어?"

"아아, 골아프게, 그만 따져. 그렇게 생각하는 게 속편하다는 거지."

"그럼, 대량소비를 위한 대량생산을 돼지 입장에서 생각해보자고. 자연상태라면 돼지의 개체수가 훨씬 줄어들었을 테지. 모든 생물의 최대 관심사가 종족 번식인데, 돼지들이 인간의 식용이 됨으로 해서 개체수가 대량으로 늘어났잖아. 종족이 엄청 늘어났는데, 돼지 입장에서 보면 그게 행인가, 불행인가?"

"아아, 고기맛 떨어지게 자꾸 돼지 입장 따지네······"

"사람들이 그 피비린내나는 도살 장면을 직접 눈으로 본다면, 돼지에게 영혼이 없다는 소리 못할 거야. 그 처절한 비명소릴 듣는다면!"

"아니, 왜 나한테 화내? 자네가 채식주의자라면 모를까, 지금 돼지고기 씹으면서 무슨 헛소리야? 내 말은 돼지에게 영혼이 없다는 게 아니라 그렇게 생각하는 편이 우리의 정신건강을 위해서 좋다, 이거지. 우리의 정신건강을 위해 도살장을 우리의 의식 밖에 숨겨두는 것은 당연한 거 아냐?"

"그렇게 해서 사람들이 날마다 일어나는 그 피비린내나는 대량학살들을 속편하게 잊어버릴 수가 있는 거지. 그런데 난 지금 돼지에 대해서 말하는 게 아니야."

"그럼?"

"돼지가 아니라 인간에 대해서 말하고 싶은 거야. 인간은 그렇게 돼지처럼 죽어서는 안되잖아!"

"아아, 허무성이 취했구나! 또 그 일을 생각하는 거지? 지리산의 떼죽음들, 그 산골마을, 조부모님과 어린 삼촌······"

"지리산, 한라산만이 아니라고! 전국 도처에서 수십만의 양민들이 아무 죄 없이 학살당했잖아. 저 십육만 마리 돼지들처럼. 그 시신들이 산과 들 여기저기에 집단으로 버려진 채 까마귀밥이 되거나 흙구덩이에, 폐광의 갱도에 매몰되었어. 반세기가 넘은 지금까지 사건들의 비밀은 밝혀지지 않고, 유골들마저 수습되지 않은 채 버려져 있어. 아, 저 수만 돼지처럼 도살되었어. 아, 돼지는 먹기 위해서 도살하지만 사람은 먹지도 않으면서 왜 도살하느냔 말이야! 이해할 수 없어. 도대체 상상이 안돼."

"야, 허무성, 울지 마!"

"차선배, 당신은 그 엄청난 죽음을 이해할 수 있어? 우리는 한 사람의 죽음 혹은 두 사람의 죽음은 어느정도 이해할 수 있어. 그러나 그 수십만의 죽음은 상상이 불가능해. 그런 엄청난 사건들이 지금도 역사의 음지 속에 묻혀 있단 말이야. 지금은 그 무섭던 금기의 시대도 아니잖아. 그런데 왜 언론들도, 세상 사람들도 그 문제에 대해 발언을 하지 않느냔 말이야. 왜 무관심하냔 말이야!"

"그거야 뭐, 메이저 언론들은 언제나 그쪽 편이고 나머지 언론들도 좋은 게 좋다는 식이니까…… 야, 술이나 들자. 너무 속상해하지 말고……"

"언론이 썩었으니 여론도 따라서 썩을 수밖에 없지!"

"언론의 관심은 전혀 딴 곳에 있어. 어떤 여가수가 촬영 도중 바지가 찢어져 속옷이 보였는데, 그걸 어느 신문이 대서특필했지. 그걸 한 독자가 불평했는데, 그들의 답변이 정말 가관이었어. '그 가수는 그냥 배우가 아니라 이미 공인입니다. 대중은 공인의 사생활을 알고 싶어해요. 대중의 알 권리를 충족시켜줘야죠. 그래서 사생활을 사진 찍고

보도하는 거죠. 대중에 봉사하는 것이 우리의 임무입니다'라고, 헛헛헛!"

"허, 좆까고 있네! 여론을 선도해야 할 언론이 여론을 호도하고 있어. 내가 가르치는 학생 녀석들이 나한테 뭐라고 그러는 줄 알아? 즐거운 일도 많은데, 왜 하필 그런 대량학살 같은 끔찍한 사건에 신경쓰느냐는 거야. 여론이란 게 죄다 그런 식이 되어버렸어. 그 대학살 문제도 돼지 도살처럼 우리의 정신건강을 위해서 우리의 의식 밖으로 영원히 숨겨놔야 하는 건가? 개같은 세상! 도대체 이것이 사람 사는 세상이여, 뭐여? 엉? 차선배, 대답 좀 해봐!"

"어이, 허형! 슬픈 이야기 이젠 그만하자. 너무 그 일 자주 생각하면 병들기 쉽다야. 음음, 내가 재미있는 퀴즈 하나 낼 테니까 맞혀봐. 내 처남 녀석이 기잔데, 걔한테 들은 건데, 음, 남성 몸에서 분비되는 정자와 신문기자의 공통점이 뭐냐? 정자와 기자의 공통점 말이야. 젊은 기자들이 저희끼리 자조적으로 하는 농담이라는데······"

"아아, 개같은 세상!"

"정답 몰라? 음, 정답은 기자와 정자의 공통점은 둘 다 사람 될 확률이 희박하다는 거야, 흐흐흐! 우습지? 왜 안 웃어?"

새벽 네시경. 허무성은 요란한 오토바이 소리에 화들짝 놀라 잠에서 깨어난다. 신문배달 오토바이다. 지난 4월초부터, 원치 않는 신문배달이 그런 식으로 새벽 단잠을 깨우면서 들이닥친다. 육개월 동안 공짜로 넣을 테니 그냥 보라고 한다. 보는 신문이 따로 있으니 더이상 넣지 말라고 애원조로 말해도 듣지 않는다. 제이치를 지지하는 유력 신문이다. 그 신문은 제이치 시절은 물론 지금도 변함없이 잘 먹고 잘

살건만 자꾸 더 많이 먹으려고 한다. 먹성이 너무 좋아 멈출 수 없는 왕성한 식욕으로 초라한 소시민 허무성까지 집어삼키려고 한다. 아무리 거절해도 막무가내로 달려드는 그 신문배달은 마치 폭탄공격 같다. 오토바이 짐받이에 신문지 대신 엘피지 가스통이 실려 있는 듯한 착각이 든다. 투투투투투투. 새벽의 정적을 여지없이 깨뜨리면서 그의 집 대문을 향해 어두운 골목길로 돌진하는 폭탄 오토바이, 마치 대문을 부수고 현관 안까지 쳐들어올 기세다. 세 명의 기관원이 까치발로 소리없이 뒤쫓아왔던 그 골목길을 오토바이가 폭탄처럼 요란하게 달려든다. 번번이 무방비 상태에서 당하는 폭력이다. 뒤통수를 얻어맞은 것처럼 정신이 멍해진다. 대문 안으로 던져진 신문뭉치가 툭 떨어지는 소리. 무조건 읽어! 짜식, 무슨 잔소리가 많아! 그러고는 투투투투투투, 금방 사라져버린다. 그래서 허무성은 새벽 네시의 그 폭력을 물리칠 수 없다. 전화로 수차례 거절했지만 막무가내다. 육개월 동안 공짜로 넣어드리겠으니 보고 안 보고는 그때 가서 결정하세요, 하고 말한다. 사뭇 간청조로 말하지만 그 어조 속에는 상대를 반드시 자기 포로로 만들어버리고 말겠다는 집요함이 있다. 그 집요함이 점점 파고드는 칼끝처럼 께름칙하다.

새벽 네시경, 오토바이 소리에 잠이 깬 허무성은 더이상 잠이 오지 않아 뒷동산으로 산책을 나간다. 해뜨기 전인데도 동산 위에는 벌써 체조반 사람들이 여남은 명 나와 카드뮴 불빛 아래에서 가볍게 몸을 푸는데, 그 한쪽에 조금 떨어져서 웬 사내가 같이 운동도 않고 무릎을 두 팔로 껴안은 채 웅크리고 있다. 그자가 옆을 지나가는 허무성을 불러 세우고 가까이 다가와 얼굴을 들여다보더니 뜬금없는 질문을 던진다.

"내 아내를 알고 있죠?"

엉뚱한 질문에 어안이 벙벙한데, 그자가 대답을 기다리지 않고 대뜸 콧구멍을 찌를 듯이 손가락질해댄다.

"알잖아요. 김집사, 김진숙!"

"아니, 모르는데요."

"아침마다 여기서 체조하는 척하고 서로 만나지 않았소. 내가 모르는 줄 아쇼?"

"아니, 이 사람이! 당신 미쳤소?"

"아닌가요? 아, 화내지 마슈. 그년이 가출했단 말이오, 아아아!"

언젠가 바로 그 장소에서 어떤 여자를 본 적이 있기는 했다. 서른댓 살쯤의 곱상하게 생긴 여자였다. 체조반 사람들이 막 운동을 끝내고 해산하는 중이었는데, 거기에서 바람에 날린 감색 벙거지모자가 굴러오고, 그것을 쫓아 한 여자가 황급히 달려왔다. 모자는 자칫 계단 옆 고인 물에 빠질 판인데, 마침 그쪽으로 올라가던 허무성이 잽싸게 낚아채서 건네주었다. 모자를 받아든 여자는 고맙다고 상냥하게 웃어 보이더니 뜬금없이 귀를 빌려달라고 하면서 앞으로 다가왔다. 아찔한 화장품 냄새. 허무성이 서로 몸이 닿을까봐 뒤로 주춤거리는데 바싹 다가선 그녀가 그의 귀에다 대고 이렇게 속삭였다. "참 선량하게 생기셨네. 예수를 믿으세요?" 허무성이 떠듬거리면서, "아, 아, 아닌데요. 믿지 않는데요"라고 하자, 그녀가 뜨거운 입김을 귓속에다 불어넣으면서 이렇게 말했다. "그럼, 예수를 믿으세요. 꼭 예수를 믿으세요. 알았죠?" 생글생글 웃던 그 알 수 없는 미소. 혹시 그 여자가 김집사는 아닐까? 그 여자가 바람났나?

허무성은 울먹거리는 사내를 뒤로하고, 거기서 얼마 떨어지지 않은 야트막한 봉우리로 올라간다. 큰 바윗덩이 세 개가 모여 봉우리를 이룬 곳. 그중 평평한 바위에 올라선 그는 미명 속의 주택가를 내려다본다. 벗은 팔에 와닿는 서늘한 새벽공기의 감촉에도 불구하고 마음은 우울하다.

산밑에서 저쪽 한강가까지 퍼져 있는 주택가는 아직도 새벽 미명에 잠겨 있다. 홍수를 두 번 만나 물에 잠겼던 가난한 마을. 홍숫물처럼 주택가를 삼킨 어둠 위로 가깝고 멀게 띄엄띄엄 떠 있는 교회의 붉은 네온 십자가들. 김집사와 그 사내는 저것들 중 어느 교회의 신자일까? 그 사내는 끝내 미쳐버린 걸까? 나는? 나도 미쳐가고 있는 걸까? 나는 서서히 미쳐가고 있다,라고 말한 사람은 누구였나? 그 십자가들 사이로 똑같은 붉은색 네온의 모텔 광고들도 보인다. 어둠속에 불도장 찍고 있는 강렬한 붉은색. 교회와 모텔의 기묘한 공존. 저 많은 십자가들이 과연 모텔 속의 방황하는 영혼을 구할 수 있을까? 네온 십자가들의 저 붉은색은 무슨 뜻인가. 저것이 과연 예수가 흘린 피의 붉은빛인가. 아니다. 예수가 흘린 피는 저런 색깔이 아니었을 것이다. 이제 허무성의 우울한 눈에 산밑에 펼쳐진 어둠속 주택지는 죽어 있는 공동묘지이고 아홉 개의 붉은 십자가는 거기에 세워진 십자가들처럼 보인다. 동편 하늘에 어둠이 쳐들리며 붉은 새벽빛이 떠오른다. 거기에 토오꾜오의 그 불길한 아침놀이 떠오른다. 까마귀들이 그곳을 향해 날아가던 그 불길한 핏빛 노을……

그 무렵 허무성은 동네 뒷동산으로 오르는 길목의 아파트 벽에 나란히 붙어 있는 벽보 두 장을 보았다. 한장은 붙인 지 오래되어 빗물이 번져 있었고, 다른 한장은 요 며칠 사이에 붙인 것이었다.

경고문

4월 29일 밤 10시 30분경, 나를 성추행하고 도망간
두 남학생은 보아라. 너희가 장난으로 던진 돌에
개구리 배터져 죽는다는 걸 알아라. 그들의 흰색
후드티와 청재킷을 사준 부모님들 보시오. 두 아이의
욕구불만은 당신들 탓이오. 그리고 사건 당시 목격자
행인들은 들으시오. 도움의 손길은커녕 냉정한 시선 감사하오.
내가 당신 가족 중 하나일 수 있소.
앞으로 약한 여성들은 가스총이나 송곳을 갖고
다녀야 하겠소. 이 경고문을 떼는 자는 반드시
내가 처벌하겠음.

호소문

이 벽보를 언제까지 붙여놓으실 건지요? 벌써 보름이
지났어요. 우범지대로 소문나면 집값이 내려가요.
나 집 내놨어요. 이젠 제발 떼어주세요.

 벽보가 붙은 그 아파트 앞에서 시작된 가파른 오르막길은 조그만 공원이 조성된 뒷동산을 향해 곧게 뻗어 있었는데, 그 연도에 줄줄이 주차해놓은 승용차 다섯 대의 바퀴가 밤사이 예리한 송곳에 의해 펑 크난 것도 그 무렵의 일이었다. 그중에는 문정선의 차도 있었다. 며칠

뒤 허무성은 이웃에 사는 대학생이 야릇하게 변해 있는 것을 보았다. 몹시 침통한 모습이었다. 머리통을 면도로 퍼렇게 밀어버린 그는 폐타이어를 굵은 쇠사슬로 얽어 양어깨에 메고 시시포스처럼 힘겹게 끌며 뒷산으로 올라가고 있었다.

13

 이렇게 두 달 가까이 황사와 구제역 공포로 불길한 기운이 세상을 덮고 민심이 흉흉해 있었는데, 그 살기가 마침내 허무성에게 미쳤다. 아파트 벽에 붙은 두 장의 벽보를 본 지 사흘쯤 지나서 그는 한밤중에 테러를 당했다. 광화문 근처에서 고교동창 둘과 밤늦게까지 술을 마시고 집으로 돌아가는 길이었다.

 자정이 훨씬 지난 시간. 가게들이 철시하여 어두워진 그 삼거리. 모퉁이에 위치한 우체국 옆에 불을 환하게 밝힌 조그만 편의점 하나가 어두운 상점가를 배경으로 마치 무대 쎄트처럼 을씨년스럽게 떠올라 있다. 상점가 건물들의 검은 씰루엣 위 반공에 날카롭게 굽은 초승달이 박혀 있고, 가로등들이 누런 카드뮴 불빛을 뿌리고 있는데, 이따금씩 택시들이 스쳐지나갈 뿐, 늦은 시간이라 인적이 드물다.

이렇게 밖은 괴괴한 정적인데, 편의점 안에는 텔레비전의 심야방송이 떠들썩하다. 가게 주인은 머리숱이 많아 머리통이 커 보이는 중년 사내다. 텔레비전 화면에는 저녁에 있었던 월드컵 대비 평가전 한국과 중국의 경기가 재방영되는 중이다. 손님은 열예닐곱살쯤 되어 보이는 두 아이뿐이다. 한 녀석은 검은색 야구모자를 쓰고 다른 녀석은 부스스한 노랑머리인데, 지금 한창 라면을 먹으면서 화면을 보고 있다. 뜨거운 라면발을 후후 불어 삼키면서, 화면 속의 축구선수들을 향해 연방 욕을 해댄다.

"씹새들, 똥뽈 차고 있네, 똥뽈! 이천수, 저 시키 뽕 먹었나, 왜 빌빌해? 설기현은 왜 또 저래? 플레이 메이커라는 시키가! 얼라 얼라, 잘 논다. 또 패스 미스야?"

"야, 싸이코, 이젠 나가자."

"씨바, 열받네! 중국도 못 이기면서 뭐, 월드컵? 저 시키들, 그냥, 팍!"

노랑머리가 제풀에 화가 나서 유리탁자를 내리칠 듯이 주먹쥔 오른손을 부르르 떤다.

"야, 싸이코, 또 발작이야? 정신차려! 또 사고치려고 그래? 야, 밖으로 나가자!"

야구모자한테 떠밀려 밖으로 나온 노랑머리가 편의점 앞의 가로수를 걷어차며 화풀이한다.

"씨바, 중국 따위 약팀한테 쩔쩔매다니, 말이 돼? 나쁜 시키들!"

우체국을 끼고 돌아 주택가로 향하는 동안 그들은 언제 화를 냈느냐는 듯이 깔깔대고 웃는다. 밤의 정적을 깨는 요란한 웃음소리.

"얼라, 오늘 무슨 날이야? 이 늦은 시간에 불켠 집들이 있네!" 하면서 노랑머리가 주택가 쪽을 가리킨다. 삼사층짜리 다가구주택의 밀집지역인 그 어두운 주택가에는 아직도 소등 않고 불 밝힌 창문들이 더러 있다.

"야, 싸이코, 역시 넌 형광등이라 늦게 켜지는구나. 축구중계 본다고 저 지랄이지 뭐야."

"빙신들, 그따위 졸전을 뭐 하러 봐."

"저 빙신들도 열받아, 부글부글 냄비 뚜껑 열리고 있을걸."

야구모자가 지금 막 산 담뱃갑을 꺼내 한 개비 뽑아물자, 노랑머리가 불쑥 손을 내민다.

"나도."

"싸이코, 넌 거지같이 만날 달라기만 하냐?"

"야이 씹새, 치사하게 나올 거야, 정말?"

"형편 안되면 담배 끊지 그러냐? 낄낄."

"야, 당분간 이 가난한 성님한테 담배 좀 대주면 안되냐, 엉?"

"성님? 웃기고 있네. 성님은 나야. 나한테 '성님, 담배 한 까치만 주세요' 해봐, 그러면 주지."

"욜라 지랄하고 자빠졌네. 이 시키, 쌍코피 나기 전에 얼릉 못 내놔?" 하면서 노랑머리가 상대방의 손에 들린 담뱃갑을 번개같이 낚아챈다.

"아카카카! 요 양아치 시키 봐!"

야구모자가 담뱃갑을 도로 빼앗으려고 달려드는 것을 노랑머리가 한손으로 펀치 먹이는 시늉을 하면서 능숙하게 이리저리 피한다. 야구모자가 달려들다 말고, 두 손으로 나발을 만들어 입에 갖다대고는 어두운 주택가를 향해 느닷없이 소리를 질러댄다. 공포에 질린 듯 다급한 목소리를 흉내낸다.

"사람 살려어! 강도야, 강도! 사람 살려어!"

날카로운 비명소리가 밤의 정적을 산산이 깨뜨린다. 야구모자가 잠깐 뜸들였다가 다시 똑같은 비명을 질러댄다. 그 소리가 텅 빈 거리에 음산한 메아리를 남기면서 사라지자 두 아이는 서로 오른손바닥을 마주쳐 하이파이브하면서 깔깔깔 웃어댄다. 깔깔대던 야구모자가 이내 시무룩해져서 침을 퉤 뱉는다.

"씹새들! 들은 척도 하지 않잖아, 사람 살려달라는데. 씹새들, 아무도 내다보지 않아."

"저치들 네가 거짓말하는 줄 다 알고 있는 거지."

"그럼, 난 양치기 소년?"

"허걱! 웬 양치기? 넌 웃겨. 넌 양아치야, 비행청소년……"

"난 아니야. 싸이코, 너나 양아치 해라."

"어쭈구! 이젠 양아치 안하겠다고? 그럼 너 배신 때리겠다 이거야?"

"난 양치기야."

"씹새, 쌩까고 있네."

야구모자가 다시 한번, "사람 살려!" 하고 소리친다.

"거 봐, 아무도 듣는 놈 없잖아. 어디, 내가 한번 해볼까?"

이번엔 노랑머리가 "강도야, 강도!" 하고 소리지른다. 그러고는 귀 기울여 듣는 시늉을 하다가, 벌컥 화를 내며 신호등 기둥을 걷어찬다.

"씨바, 들은 척도 않아. 저 꼰대들! 아무도 우리한텐 신경 안 쓴단 말이야!"

"좋다, 이거야! 우리도 신경 끈다, 이거야! 신경 안 쓴다, 이거야!"

"우리가 우리한테도 신경 안 쓰는데, 좆도, 우리가 왜 꼰대들 말에 신경써? 웃겨!"

"씨바, 정말 콱 꾸겨버리고 싶어! 찢어버리고 싶어! 아, 짱나! 야, 싸이코, 내 담배 빨랑 내놔!"

"성님, 한 까치만 주십시오, 하면 주지, 낄낄낄."

야구모자가 덩달아 낄낄 웃다가, 또 아까처럼 두 손을 입에 대고서 소리를 질러댄다.

"엄마야아! 엄마야아! 승철이가 내 담배 뺏어갔어! 빨랑 와서 이 시키 때려주라고!"

그 소리가 다시 한번 인적 없는 거리를 요란하게 흔들어놓는다.

"거 봐, 네 엄마도 못 들은 척하잖아. 네 엄마도 이젠 신경 껐어. 누구도 너한테 신경 안 써. 네 엄마 주정뱅이잖아. 요새도 술 먹고서 울어쌓니? '아이고, 아이고 내 팔자야' 하면서?"

야구모자가 발끈 화를 내면서 노랑머리의 가슴팍에다 아프게 스트레이트 펀치를 먹인다.

"너 이 시키 우리 엄마 욕하지 마! 아무리 그래도 엄마는 엄마야. 내가 속썩여서 그래. 공부는 안하고 만날 말썽만 피우니까 그렇지. 우리 엄만 정말 불쌍해. 밤늦도록 시장에서 고생하시고…… 엄마가 불쌍한 줄 알면서 내가 왜 그러는지 몰라. 엄마만 보면 왠지 화가 나서 마구 욕하게 돼. 아, 엄마!"

야구모자가 모자를 벗어서 신호등 기둥을 마구 휘갈기더니, 거기에다 이마를 대고 끅끅 흐느낀다. 노랑머리가 그 옆에서 깝죽대며 조용필 노래로 놀린다. 엄마야 나는 왜 자꾸만 기다리지 엄마야 나는 왜 자꾸만 보고 싶지.

"야, 새꺄, 그따위 구닥다리 노래 부르지 마! 아, 엄마, 엄마!"

"야, 씹새, 울지 마! 니가 그러면 나도 눈물나잖아! 에이, 게임 망쳤어. 자, 네 강아지 도로 가져가" 하면서 노랑머리는 담배 한 개비만 뽑아 입에 물고는, 담뱃갑을 야구모자에게 던져준다. 둘은 우울한 표정으로 담배를 피워문다. 입김에 섞인 다량의 연기가 분노처럼 두 입에서 쏟아져나온다. 차도를 건너기 시작한다. 빈 아스팔트를 가로질러 두 개의 그림자가 기다랗게 내던져진다.

"씨바, 구겨버리고 싶어!"

"찢어버리고 싶어!"

"너네는 진짜 웃겨!"

"너네들이 좆같은지 왜 몰라!"

거칠게 서로 어깨를 부딪쳐대다가, 아예 차도 한가운데 멈춰서서 복싱 연습하듯이 느린 동작으로 상대방에게 펀치 먹이는 시늉을 한다. 잽을 먹이고 피하면서, 상체를 상하 좌우로 깝죽깝죽 더킹 모션을 하다가, 그것이 어느덧 갱스터 랩 동작으로 바뀐다. 번갈아 내뻗는 두 팔의 동작에 맞춰 툭툭 내지르는 사나운 목소리가 광물성으로 얼어붙은 네거리 공간을 음산하게 울려퍼진다. 교회 십자가와 모텔의 붉은 네온빛이 아스팔트 위에 피처럼 번져 있다.

아임 루킹 퍼러 트레인 루킹 퍼러 핫 루킹 퍼러 저스트 씨 아이 돈 니드 유어 룰스, 아이 저스트 원 투 브레이크 프리

누가 좆같다 안 가르쳐도 다 좆같은 게 좆같은 거지

그렇게 관심없이 멋대로 굴다간 좆 되지, 솔직히 까고 말해
너네들 우리 비행청소년들의 미래 관심있기나 해
까놓고 상관이나 해? 그렇게 사회라는 조직 위에
편히 숨어서 남에게 해끼치기만 해 돈 벌려면 벌어
근데 딴거 해서 벌어 벌어 벌어

급히 달려오던 택시 한대가 그 앞에서 급커브를 튼다. 스칠 듯이 비켜 지나가는 차를 향해 노랑머리가 "개새끼!" 하면서 발로 걷어차는 시늉을 한다.

길을 건넌 두 아이는 계속 노래를 부르면서, 우체국 옆 교회건물을 돌아 어두운 주택가로 사라진다. 멀어지는 노랫소리. 아임 루킹 퍼러 트레인 루킹 퍼러 핫······
네거리 근처는 다시 조용한 부동의 풍경으로 돌아간다. 교회 앞 아스팔트 위에 핏물처럼 번진 붉은빛. 교회 첨탑의 십자가와 길 건너 모텔의 간판이 뿜어내는 붉은 네온빛이 거기에 함께 어우러져 있다. 저쪽 어두운 상점가 허공에도 또다른 붉은 십자가가 떠 있다.
그러고서 약 삼십분 후인 새벽 두시경, 축구중계로 늦게까지 켜져 있던 주택가 불빛들이 마저 꺼져버린 시간에, 택시 한대가 스르륵 미끄러져와 편의점 앞에 멈춰선다. 그 차에서 술취한 허무성이 내린다. 엄습하는 차 밖의 냉기에 진저리치면서 버버리코트 주머니에 두 손을 찔러넣고, 비척거리며 편의점으로 들어간다. 주인사내가 자울자울 졸다가 문 열리는 차임벨 소리에 눈을 뜬다. 그러나 허무성은 그쪽으로 눈길조차 주지 않은 채, 곧장 주류 진열장으로 가서 킹싸이즈의 맥

주 한 병을 집어든다. 술에 만취해 이렇게 귀가가 늦어지는 날이면 가끔씩 이 가게에서 더도 아니고 맥주 딱 한 병을 사는 것이 그의 버릇이다. 카운터에서 맥주병을 비닐봉지에 넣어주면서 주인사내는 허무성의 모습을 몰래 살핀다. 이 가게에 종종 들르긴 하지만 물건값 묻는 것 말고는 달리 말 걸어온 적이 없는 손님이다. 말을 걸기는커녕 눈 마주치기조차 꺼리는 기색이다. 안경 너머로 눈빛이 어둡다. 뭔가 고민이 있는 모양이다. 그렇지만 왜 맥주를 한 병만 살까? 큰 키에 마른 몸매, 알코올로 표백된 얼굴은 희다 못해 핼쑥하게 푸른 기가 돌고 양 미간은 괴롭게 찡그려 있다. 그 모습이 마치 언젠가는 터져버릴 시한폭탄처럼 위태로워 보인다.

그러나 실은 킹싸이즈의 그 맥주병이 시한폭탄이라는 걸 가게 주인은 모른다. 허무성이 맥주 한 병을 사는 이유는 언제나처럼 그것을 매개로 해서 이 늦은 밤에 아내를 깨워놓고 무슨 이야기를 하고 싶기 때문이다. 아내는 오늘도 거실의 텔레비전을 끄지 않은 채 그 앞에서 잠에 곯아떨어져 있을지 모른다. 텔레비전을 끄면 너무 조용해서 잠이 안 와. 정적이 무서워. 방송이 끝나 영상이 사라진 텔레비전은 탁한 음색의 소음과 함께 화면 가득히 전자입자들이 세균 무리처럼 뒤엉켜 빠글거린다. 아니, 정자들의 무리 같다. 난자를 찾지 못해 빠글거리는 일억 마리의 정자들. 그것은 허무성의 체내에 갇혀 있는 정자들이다. "정선아, 우리 이러지 말고 어떻게 좀 해보자고! 마냥 이런 식으로 살 수는 없잖아, 응? 그 아이를 잊는 확실한 방법은 새로 아이를 갖는 거야." 사람 형태를 갖추고 움직이던 영상들이 부서져 빠글거리는 전자입자들로 변한 그 화면과 그 곁에서 입을 딱 벌린 사나운 몰골로 잠에 곯아떨어져 있는 아내의 모습은 언제나 그에게 죽음의 이미지를 떠올리게 한다. 허무성은 이 깊은 밤 그 음산한 장면을 깨뜨리고 싶어한다. 영상은 죽고 전자입자들만이 타깃을 찾지 못한 정자떼처럼 빠글거리는 그 텔레비전 화면을 끄고, 아내를 깨워서 뭔가 절실한 이야기를 하고 싶은 것이다. 그러나 그 '절실한' 이야기란 오랫동안 미해결 상태인 채 똑같은 내용을 똑같은 표현방식으로 반복해온 것이어서, 이제는 별로 절실하지 않은 상투어가 되어버렸다.

한밤중이면 이따금씩 그렇게 그 방에서 분노의 불꽃이 사납게 일곤 했다. 아마도 보름에 한 번꼴은 될 것이다. 그러나 그렇게 관성적으로, 요식행위처럼 치러지는 그 해프닝을 어떻게 분노라고 부를 수 있겠는가. 그것은 분노라기보다는 증상이었다. 단 삼사분 동안에 집중적으로 벌어지는 그 격렬한 광증의 소용돌이 속에서 말하고 행동하는 것은 오로지 허무성뿐이다. 문정선! 뭔가 어떻게 좀 해보자고! 마냥 이런 식으로 살 수는 없잖아, 응? 그러나 아내는 기운없이 눈을 내리깐 채 언제나 묵묵부답이다. 그 모습이 멍청하게 비어 있는 텔레비전 화면 같다. 달래고 애원해보지만 소용없다. 그의 목소리는 오래 참지 못하고 어느덧 사납게 변한다. 맥주를 병째 나발 불면서 소리지른다. 텔레비전 꺼! 왜 끄지 않고 자는 거야, 도대체! 정신이 죽어버린 거야? 정말, 더이상 이대로는 안돼! 이 집은 죽어 있어, 어떻게든 뭔가 해봐야 할 거 아냐, 엉? 그러나 아내는 무릎을 감싸안고 그 위에 머리를 얹은 채 미동도 하지 않는다. 어떤 때는 그런 자세로 잠이 들어 옆으로 비틀하기도 한다. 눈을 떠! 눈을 뜨고 나를 보란 말이야! 너 죽었니? 죽었느냐고? 왜 대답 없어? 왜, 왜, 왜? 그 순간, 광기의 벼랑 끝에서 악성을 지르면서 허무성은 맥주병을 내던진다. 깨지는 것은 주로 창문과 책장의 유리들이지만, 값비싼 텔레비전이 표적이 된 적도 두 번이나 있었다. 하기는 텔레비전이 과열로 폭발하든 맥주병 맞아 박살나든 마찬가지 아닌가. 전자입자들이 빠글거리는 화면이 맥주병에 맞아 펑! 하는 폭음과 함께 박살날 때도, 아내는 그 순간만 몸을 움찔할 뿐 여전히 눈을 내리깐 채 요지부동이었다. 목석처럼 표정 없이, 아니 수난을 견뎌내는 성녀처럼.

편의점을 나온 허무성은 우측으로 꺾어돌아 어두운 주택가 길로 접어든다. 가로등 두 개의 희미한 불빛, 길게 드러누운 전선주의 그림자, 길가에 주차한 자동차들 밑에 우글거리는 그림자, 그리고 비척거리는 자신의 그림자, 평소라면 그 어둠과 그림자에 불안을 느껴 주위를 두리번거리면서 발걸음을 빨리할 텐데, 오늘 그러기에는 그가 너무 취해 있다. 고개를 떨군 채 알코올에 묵직해진 두 다리를 끌며 비척비척 걸어간다. 오른손 끝에 매달려 흔들거리는 검은 비닐봉지 속의 맥주병. 다가구주택 일색인 길가의 집들은 대부분 소등한 채 짙은 그늘 속에 우중충하게 서 있고, 그 사이로 뻗은 콘크리트 포장길이 가로등 불빛에 희게 바래 있다. 인적이 없는 그 흰 길을 자신의 그림자를 내려다보며 혼자서 걸어간다. 그의 머릿속도 알코올에 하얗게 바랬다. 아무것도 생각 못한다. 무거워진 머리를 가슴에 푹 떨군 채 단한 번도 뒤를 돌아다보지 않는다. 그의 의식이 아니라, 그의 발이 습관적으로 그를 집으로 데려간다. 역시 아무 의식 없이 습관적으로 응얼응얼 흘러나오는 노래. 사랑한단 말할까, 좋아한단 말할까. 아니야 아니야 난 못해 나는 여자이니까. 사랑한단 말 대신에 웃음을 보였는데, 모르는 체하는 당신, 미워 미워 정말 미워……

두번째 가로등이 서 있는 골목 어귀, 삼층짜리 연립주택이 불 한점 없이 컴컴하게 서 있다. 거기까지 와서도 그는 여전히 고개를 쳐들지 않는다. 어둠속에서 괴한 셋이 그의 뒤를 밟고 있다. 짙은 그늘에 몸을 숨기고, 주차한 승용차 뒤에 달라붙으면서. 십삼년 전, 김일강의 부하들에게 급습을 당했던 바로 그 골목. 그날 밤 그는 수배를 피해 잠행한 지 거의 두 달 만에 병중인 부친을 뵈러 가는 중이었다. 골목 안으로 발을 들여놓는 순간, 바로 앞에서 불을 끈 채 주차하고 있던 승용차의 뒷문이 벌컥 열리더니, 세 명의 괴한이 튀어나와 그를 에워쌌다. 얼굴에 쏟아지는 플래시 불빛과 "너, K대 허무성 맞지?" 하는 날카로운 목소리와 함께 그는 차 안으로 떠밀어넣어졌다. 아무도 그의 연행을 목격하지 못했다. 제 집을 바로 눈앞에 둔 채, 거기에 홀로 누워 있을 아버지도 뵙지 못한 채, 그렇게 납치되었다. 그러나 그 옛일이 지금 이 순간 그의 취한 뇌리에 떠올라 지금 막 벌어질 사태에 경종을 울려주지는 않는다.

이제 그가 들어가고 있는 어두운 골목 초입에는 흰색 승용차 한대가 지붕에 뿌옇게 황사를 뒤집어쓴 채 주차해 있다. 거기에서 불과 오십 미터 거리에 그의 집이 있다. 다가구주택 두 채 사이에 끼어 있는 낡은 단층 슬라브집이다. 지난 십여년 사이에 그의 아버지는 지병인 위궤양으로 세상을 뜨고, 그 대신 문정선이 오년 전 그의 아내가 되어 들어와 있는 그 집. 그녀는 지금 방영이 끝나 전자입자들만 빠글거리는 텔레비전 화면 앞에서 입을 딱 벌린 채 사나운 잠을 자고 있을 것이다. 그리고 또 한식구인 마당가의 발바리 암캐가 있다. 털빛이 희어서 이름이 희영인데, 요즘 못된 버릇이 생겼다. 술취해 늦게 귀가할 때마다 주인을 낯선 사람 대하듯 사나운 적의를 가지고 짖어대곤 하는 것이다. 술취해서 이따금 아내한테 벌이는 한밤중의 소동을 저 개도 싫어하는 것이다. 지금도 저년은 귀를 쫑긋 세우고 내 발소리를 기다리고 있을 테지. 곧 터져나올 개 짖는 소리에 미리 진저리치면서, 허무성은 바로 눈앞의 집 대문을 향해 비척비척 걸어간다. 꾸부정하게 등을 숙인 채. 그러나 개 짖는 소리를 듣기 전에 일이 벌어진다.

그의 무심한 등뒤로 검은 그림자 셋이 빠른 걸음으로 소리없이 접근한다. 허무성이 인기척을 느끼고 몸을 휙 돌리는 순간, 놈들이 와락 달려들어 덮친다. 허무성이 반사적으로 담벼락에 등을 붙이면서 맥주병을 부딪쳐 깬다. 그러나 그들이 더 빠르다. 순간적으로 뭔가 둔중한 물체가 옆얼굴을 강타한다. 비명을 지르며 맥없이 모로 쓰러진 그의 몸 위로 사나운 발길질이 달려든다. 사람 살려! 사람 살려! 소리를 지르려고 사력을 다해보지만, 그것은 고통 속에 갇힌 힘없는 목소리일 뿐이다. 한놈이 무섭게 낮춘 음성으로 다급하게 명령을 내린다. 이 새끼 소리 못 지르게 더 밟아버려! 그 말과 함께 무서운 발길질이 양쪽 갈비뼈를 번갈아 강타한다. 갈비뼈들이 부러진다. 범 아가리에 물려 아드득 씹히는 순간이다. 정신을 마비시키는 혹독한 고통에 허무성은 아뜩 까무러친다. 의식 잃은 상태로 모로 쓰러져서, 달막달막 가쁜 숨을 내쉰다. 얼굴 반쪽은 피투성이고, 다른 쪽 뺨은 차가운 씨멘트 포석 위에 놓여 있다. 의식의 단절. 죽음의 그림자가 바로 옆에서 얼쩡거린다. 그때 희영이가 맹렬히 짖어댔지만 그는 듣지 못한다. 아마 두세 번만 더 가격한다면 그의 목숨은 끊어질 것이다. 그러나 폭력은 시작처럼 갑자기 거기에서 끝난다. 쓰러진 그의 몸 위로 지갑을 찾는 손들이 민첩하게 훑고 지나가더니, 곧 그림자들이 사라진다. 급히 사라지는 발걸음 소리에 그는 기절상태에서 흠칫 깨어난다. 이제 골목에는 얼굴 반쪽이 피투성이인 채 넝마처럼 짓이겨진 허무성 외에는 아무도 없다. 순식간에 일어났다가 순식간에 사라진 그 무자비한 폭력을 아무도 본 사람이 없다. 방금 거기서 무슨 일이 있었는지 아무도 모른다. 소등한, 골목 안의 집들은 컴컴한 어둠의 절벽처럼 요지부동이다. 아무도 불을 켜지 않는다. 희영이가 맹렬히 짖고 있지만, 아내는 아직도 깨어나지 않고 있다. 그녀가 잠들어 있는 거실의 들창문은 불과 삼 미터 전방에 있다. 그 창문에 텔레비전 화면의 흰빛이 떠올라 있다. 허무성은 드러누운 채 바닥을 더듬어 안경을 찾아 쓰고는 등밀이로 몸을 움직인다. 간신히 몸을 밀고 가서 누운 채로 철제대문을 주먹으로 쿵쿵 두드린다. 가슴이 망가진 탓에 목소리를 낼 수 없다. 희영이가 더 맹렬히 짖어댄다. 그러나 텅 빈 텔레비전 화면 곁의 문정선은 좀처럼 잠에서 깨어나지 않는다.

그날 밤의 테러로 허무성은 오른쪽 관자놀이뼈가 함몰되고 갈비뼈 다섯 개가 나가는 중상을 입었다. 먼저 벽돌로 얼굴을 쳐 쓰러뜨려놓고, 사정없이 짓밟아버린 것이다. 그렇게 중상을 입혀놓고 그들이 갈취해간 것은 신용카드도 없는, 만원권 석 장과 신분증밖에 들어 있지 않은 얄팍한 지갑이었다. 겨우 삼만원을 갈취하려고 멀쩡한 사람을 그렇게 넝마처럼 구겨버렸나? 아내의 신고를 받고 파출소에서 사복 경찰관 두 명이 병원으로 찾아왔다. 그때 허무성은 그들과 눈이 마주치는 순간, 화들짝 놀라면서 숨을 헐떡거리는 이상증세를 보였는데, 그들이 가해자로 보인 때문이었다. 큰 부상으로 마음이 약해진 탓이었다. 그중 한 명이 눈꺼풀 처진 거적눈이었는데, 꽁무니께 점퍼 밑으로 권총 총구가 비어져나와 있었다.

두 경찰관은 흔히 겪는 일이어서 그런지 심드렁한 표정이었다. 반쪽이 퍼렇게 멍들고 탱탱 부은 탈바가지 같은 얼굴을 하고 누운 허무성을 보고 혹시 원한관계에 있는 사람이 있느냐고 묻고는, 없다고 하니까, 그럼 원한에 의한 청부테러는 아닐 테고, 비행청소년의 소행이 분명하다고 했다. 동네 아파트 벽에 붙어 있던, '나를 성추행하고 도망간 두 남학생은 보아라'라고 한 공고문도 들먹거렸다.

"어휴, 교수 양반, 정말 크게 다치셨어. 그래도 그만하기 다행이지, 하마터면 목숨 잃을 뻔했잖소. 이런 테러에서 죽는 사람이 한둘이 아니오. 요새 이런 범죄가 부쩍 늘었거든. 밤늦게 귀가하는 취객의 지갑을 강탈하려고 그런 끔찍한 폭행을 저지르는 거요. 요새 어린것들 참, 말할 수 없이 흉포해졌어. 정말, 말세야, 말세. 우리 구역만 따져도 지난 한 달 사이에 선생이 당한 것까지 포함해서 모두 세 건이 발생했죠. 일단 걔네들한테 걸려들면 저항해서는 절대 안돼요. 얼굴을 쳐다봐도 안되지. 어떤 가해자가 자신의 인상착의가 알려지길 좋아하겠수? 무조건 고개를 푹 숙이고 있어야 해요. 하여간에 선생은 너무 경솔했수. 맥주병 깨고 덤비려고 했으니, 허참, 고분고분했으면 맞아도 이렇게 심하게 맞진 않았을 겝니다. 하여간 조사는 해보겠지만, 너무 기대하지는 마슈. 순식간에 후닥닥 해치우고 달아나기 때문에 놈들을 붙잡기가 쉽지 않아요. 우리 구역에서 일어난 사건이지만 가해자가 우리 구역이 아닌 타지역에서 원정온 놈들일 공산이 커요. 아무튼 술에 너무 취하지 말고 조심하는 수밖에 없어요. 재수없으면 당하는 거지, 뭐."

14

큰 부상으로 기동할 수 없게 된 그는 아내의 간호를 받으며 밤낮으로 쏘파에 누워서 지냈다. 화장실에 갈 때만 몸을 일으켰는데, 천장의 들보에 걸어 내려뜨린 헝겊 끈을 잡아당겨 몸을 일으킬 때마다 몸이 부서지는 듯한 고통을 느껴야 했다. 조금만 깊이 숨을 쉬어도, 오래 울고 난 아이의 딸꾹질 같은 것이 울먹울먹 일어나 다친 가슴에 통증을 주었다. 그 심란한 딸꾹질은 보름 이상이나 계속되었다.

사나흘 후 파출소에서 전화 통보가 왔는데 역시 예상한 대로 성과 별무라는 내용이었다. 단서를 발견할 수 없어 수사를 포기할 수밖에 없노라고 했다. 그들이 수사한답시고 한 일이라곤 그 편의점을 찾아가보고, 사건 삼십분 전에 거기에서 라면을 먹고 나간 고교생 두 명을 의심해보는 정도였다. 그들은 근처에 사는 불량소년들이긴 했으나, 알리바이가 있었다. 요컨대 그런 범죄는 경찰로서도 어쩔 수 없는 불가항력이라고, 팔자소관으로 치부하라는 것이었다.

얼굴 없는 가해자들. 어둠속의 그 얼굴들은 단 한 번 깜박 명멸한 영상처럼 전혀 기억에 없었고, 택시 안에서도 술취해 졸았기 때문에 어떤 얼굴들과 합승했는지도 알 수 없었다. 목격자도 없고, 경찰도 그 얼굴들을 밝혀낼 수 없는 사건이었다. 피해자는 피를 흘리는데, 가해자가 없다니! 그래서 그 테러는 사람에 의한 것이 아니라, 죽음 그 자체의 습격처럼 느껴지기도 했다. 그 상황에서 허무성이 경험한 것은 생의 끝, 죽음 그 자체였으니까. 기절했다는 것은 죽음 근처까지 갔음을 뜻했다. 두어 번만 더 발길질당했더라면 아마 죽고 말았을 것이다. 집앞의 골목 길바닥에 피투성이 얼굴로 너부러진 자신의 시체가 자주 뇌리에 떠올랐다. 생생한 죽음의 감각이었다. 무서웠다.

쏘파에 누운 채, 관자놀이의 함몰된 뼈와 부러진 다섯 개의 갈비뼈가 아물기를 기다리는 동안, 그는 밤마다 신열 속에서 야릇한 꿈을 꾸었다. 꿈에 「은하철도 999」가 반복해서 나타났던 것이다. 중3 때 일요일 아침이면 반드시 그를 텔레비전 앞에 붙어 있게 만든 만화영화였다. 훗날 대학생이 되어, 그것이 일본 만화라는 걸 알았을 때의 배신감은 얼마나 쓰디썼던가. 그런데 화가 나서 폭력적으로 기억에서 지워버린 그 만화 속 등장인물들이 신열에 뜬 그의 수면 속에 나타나고 있었다. 메텔의 느닷없는 출현은 적이 당혹스러운 것이었다. 도대체 나이가 몇인데 아직도 메텔인가. 메텔뿐 아니라 그 만화를 볼 때마다 먹었던 새우깡이 생각났고, 그걸 당장 사다 먹고픈 충동이 강하게 일었다. 마음이 한없이 약해진 그는 퇴행적이라고 느끼면서도 어머니처럼 절실한 표정을 띠고 나타나는 그녀를 거부할 힘이 없었다. 테러를 당한 후 심한 피해의식에 사로잡힌 그였다. 자신이 고립무원의 어린 고아처럼 느껴졌다. 안색이 창백한 금발의 메텔, 긴 옷은 상복처럼 검고, 금방 눈물이 떨어질 듯 두 눈에 우수가 가득 찬 메텔, 외로운 철이, 죽음이 없는 나라 기계제국으로 데려가면서 수많은 전투를 치르는 강한 여전사 메텔. 그랬다. 그녀는 일년 전 췌장암으로 엄마를 잃고 풀죽어 있는 어린 중학생인 그에게 위안을 주는 어머니의 이미지였다. 그런데 메텔의 모성은 따뜻함이 아니라 차가움이고 슬픔이었다. 어린 그는 그 슬픔이 좋았다. 그리고 그 슬픔과 함께 먹었던 새우깡…… 기차가 어둠을 헤치고, 은하수를 건너서, 우주 정거장에 햇빛이 쏟아지네. 아, 죽음이 없는 나라! 햇빛이 쏟아지는, 그림자 없는 하얀 우주공간……

그 사건 이후 허무성은 죽음의 그림자가 주위에 바싹 가까이 얼씬거리는 듯한 피해의식에 사로잡혔다. 그것은 십여년 전 그 지하실의 지옥체험에 의해 더욱 증폭되어 나타나 있었다. 냉혈 잔혹, 고문자 김일강의 본색이 바로 그것이었다. 얼굴 모르는 그 가해자들은 그후 김일강과 그 두 부하의 모습으로 꿈속에 나타나곤 했다. 그 가해자들의 얼굴을 알 수 없기 때문에 허무성은 가해자 없는 피해자가 된 셈이었는데, 그 옛날의 고문사건에서도 그는 공식적으로는 가해자는 없는 피해자였다. 김일강은 공식적으로 가해자가 아니었다. 아무리 항변하더라도 증거도 증인도 제시할 수 없기 때문에 '가해자 김일강'이란 허무성이 만들어낸 허구에 불과했다. 허무성 자신도 그런 착각에 빠질 때가 종종 있었다. 그자를 너무 오랫동안 오직 혼자만 알고 혼자만 생각해온 탓일 것이다. 그의 상상력을 먹고 살아가는 실체 없는 허구적 존재…… 의식 속의 검은 까마귀, 그날 밤과 십여년 전의 그날 밤 똑같이 그 골목길에서 인기척을 느끼고 뒤돌아본 순간 와락 덮쳐들었던 검은 그림자들, 저승 까마귀들…… 이렇게 상상 속에서 두 사건이 하나로 연결되면서 허무성은 그 테러가 사람에 의한 것이 아닌, 어떤 비현실적인 사나운 기운의 타격처럼 느껴졌다. 죽음의 촉수, 죽음 바로 그것이 어두운 밤길에 그를 덮치려고 미행한다고 생각했다. 집앞의 어두운 골목길에 기절한 채 너부러진 자신의 피투성이 얼굴이 수시로 떠올랐고, 벌건 대낮에도 갑자기 선지피 한바가지가 눈앞에 확 뿌려지는 환영이 나타나기도 했다. 그리고 때때로 파노라마처럼 줄지어 나타나는 또다른 피의 영상들…… 남산의 지하실에서 군복바지에 흘린 자신의 피, 군 트럭을 막아섰던 아버지의 피, 조부모와 어린 삼촌의 피, 문정선 딸아이의 피, 할복한 미시마 유끼오의 피…… 어둠에 섞여 있던 그 피들이 생생한 빛을 띠고 줄지어 되살아나곤 했다.

어찌된 일인지, 그의 피투성이 모습에 겁을 먹었는지, 그날 이후 발바리 개 희영이는 어디론가 사라져 보이지 않았다.

그동안 사학과 동료 교수들에게 전화가 걸려왔다. 하나같이 의례적인 위로의 말만 전할 뿐, 그들에게 당장 닥쳐올 구조조정에 대해서는 일절 언급이 없었다. 적어도 세 명은 퇴출될 텐데, 누구, 누구일까? 그래서 열 명의 교수들은 졸지에 서로가 적대적 관계에 놓여버렸다. 송난주와 오용미에게서도 안부전화가 한번씩 걸려왔는데, 잠자는 중이라 아내가 대신 받았다.

테러당한 지 보름쯤 지나 헝겊 끈을 잡아당기지 않고도 몸을 일으킬 수 있게 된 어느날, 정선이 이별을 통고해왔다. 오래전부터 예상한 일이기에 허무성은 별로 놀라지 않았다. 아직 매장 절차만 남았을 뿐 오래전에 죽어버린 것이 둘의 관계였다.

"형, 아무래도 우린 헤어지는 게 낫겠어. 오래전부터 생각해왔어. 잘해보려고 천번 만번 다짐해봤지만 허사였잖아. 고정관념이 그렇게 무서운 건 줄 몰랐어. 떨어지지 않아. 죽은 아기가 이젠 악귀처럼 생각돼. 도저히 벗어날 수 없어. 정신과에 다녀도 소용없었고. 벌써 떠났어야 했는데…… 형이 테러당하자 정신이 바짝 났어. 더이상 꾸물거리지 말고 이제는 떠나야겠다고. 형이 바로 코앞에 쓰러져 피흘리며 사경을 헤매는데, 난 그것도 모른 채 무심히 잠만 잤잖아. 희영이가 사납게 짖어도 못 듣고…… 도대체 말이 안되잖아. 그래도 명색이 부부간인데! 무슨 예감은 없더라도, 충분히 들을 수 있는 소리도 못 듣고 잠만 잤다니, 어떻게 그럴 수가 있어? 난 아무것도 아니야. 형한테 난 아무것도 아니야. 이젠 떠날 테야. 미안해."

"정선아, 내가 미안해. 남편이란 사람이 도움을 주기는커녕 되레 마음에 상처만 주었으니……"

"아냐, 내가 더 나빴어. 난 지쳐버렸어. 사랑의 능력을 잃고 말았어. 우린 둘 다 병자야. 같이 있으면 서로 상처만 주게 돼 있어."

"그렇지만 다시 한번 생각해봐. 그래! 우리 안나푸르나 트레킹 가자. 누구한테 들었는데, 어떤 여자가 너랑 똑같은 증세로 여러 해 고생하다가 안나푸르나 트레킹 다녀오고는 아기 생각이 깨끗이 없어졌다는 거야. 정선아, 우리 같이 가자!"

"아냐, 우린 헤어져야 해. 난 인도에 갈 생각이야. 잠깐 다녀오는 게 아니라 아주 오래 떠나 있을 거야. 가끔 편지는 할게. 그러나 기다

리진 마. 절대로 기다리진 마. 거기 가서 한 삼사년 푹 썩어볼 생각이
야. 영영 안 돌아올 수도 있고."

 허무성은 보름 만에 골절된 뼈들이 거의 아물어 다시 출근하기 시
작했다. 월드컵 축구대회 개막 일주일 전이었다.
 두 달 가까이 계속된 황사의 우중충한 분위기가 끝날 무렵, 붉은 티
셔츠 무리가 이 도시 저 도시에서 나타나기 시작했다. 그는 황사 속에
서 붉게 번지던 산불이 여러 도시로 옮아붙는 꿈을 꾸었는데, 그것은
붉은 티셔츠 무리의 대량증식 현상으로 나타났다. 붉은색만 보면 마
음이 불편해지고, 심하면 속이 느글느글 토악질나기도 하는 그였다.
그 붉은색은 잉글랜드, 프랑스와 차례로 친선경기를 치르면서 홀연
바람 탄 산불처럼 급속도로 번져나갔다. 방송과 신문 들이 다투어 '붉
은 열정' '붉은 환희'라고 대서특필하면서 개막일을 카운트다운했다.
그것을 보면서 허무성은 자신의 운명 또한 다급하게 카운트다운되고
있음을 느꼈다.
 출근을 시작한 이튿날 오전에 먼저 송난주가 찾아와 위로해주었다.
 그날 오후 늦게 오용미가 찾아왔다. 앓고 있던 지난 보름 동안 한번
스쳐지나간 그림자처럼 허무성의 뇌리에서 지워져 있던 그녀가 다시
나타난 것이다. 연구실로 찾아온 그녀는 테러당한 정황을 듣고는, 눈
물을 평평 쏟으면서 그동안 얼마나 걱정했는지 모른다고, 댁으로 전
화를 드리고 싶어도 사모님 무서워 한번밖에 못했노라고, 했다.
 "그럴 때 휴대폰이 필요한 거예요. 이젠 고집 그만 부리시고 휴대
폰을 사야 해요. 그리고 앞으로 우린 서로 자주 연락해야 하잖아요.
어서 사요. 지금 당장요."

예기치 않은 그녀의 눈물에 어리둥절해진 허무성은 그래서 졸지에 휴대폰을 구입하게 되었는데, 그러나 퇴출의 벼랑에 서 있는 그로서는 그녀의 출현이 무슨 뜻인지 여전히 알 수 없었다. 어떤 철벽이라도 뚫을 것 같은 저 발랄한 젊음, 왜 저것이 여기에 와 있는가? 저것이 내가 나갈 출구일까? 퇴출 후에도 저것이 내 옆에 남아 있을까? 그날 오용미는 그의 연구실을 청소해주었다. 그가 간섭받기 싫다고 말렸지만 그녀는 막무가내였다. 허무성을 방 밖으로 몰아내고 반시간 동안 쓸고 닦고 했는데, 이 구석 저 구석에서 라면봉지, 빈 소주병, 빈 커피통 들이 잔뜩 쏟아져나왔다. 그녀는 라면국물이 눌어붙어 있는 핫 플레이트와 커피 자국으로 얼룩진 커피포트, 책상, 초록색 리놀륨 바닥 등을 공들여 깨끗이 닦아놓았다.

15

 허무성이 출근을 시작하고 이틀이 지나서 문정선이 인도로 떠났다. 잠시 곁에 머물렀던 시냇물처럼 그렇게 다시 먼데로 흘러가버렸다. 좀처럼 몸 담그는 걸 허락하지 않던 그 시냇물이……
 그러고서 다시 이틀 후, 마치 운명에 예정된 수순처럼 김일강이 눈앞에 나타났다. 검은 승용차, 검은 정장, 그 불길한 검은색과 함께 그가 다시 나타났다. 전화통화는 가끔씩 있었지만, 그렇게 몸으로 만나기는 칠년 만에 처음이었다. 아무 예고도 없이 연구실 문을 밀고 불쑥 들어선 김일강, 의식 속에서 원근법의 소실점으로 멀어져 있던 그가 줌렌즈로 잡아당긴 것처럼 그렇게 와락 닥쳐온 것이다. 그를 보는 순간, 천적 앞의 희생물처럼 반사적으로 몸이 경직되면서 숨이 꽉 막혔다. 드디어 올 것이 오고 말았구나! 옛날의 고통과 공포가 생생하게 되살아났다. 그의 등장은 테러 직후였기 때문에 마치 그 테러에 이은 연속 장면처럼 느껴졌다. 가슴이 바짝 오그라들고 술에 대한 갈증이 맹렬히 일어났다. 오후 네시, 아직 이른 시간이었지만, 우선 술부터 마셔야 했다. 맨정신으로는 도저히 그를 대면할 수 없을 것 같았다. 김일강이 그 말을 기다렸다는 듯이 좋아라고 따라나섰다.

"좋지! 우린 옛날부터 그랬지! 만나면 으레 술이었어. 술 마시는 거 말고 뭐 할일이 있어야 말이지. 허교수 단골집이 어디여?"

그래서 두 사람은 기사가 모는 김일강의 검은 승용차를 타고 까페 미미에 갔다. 운전기사는 경호도 겸하고 있는지, 덩치가 엄청 큰 헐크였다.

까페로 들어가 자리에 앉자마자 허무성은 가슴을 짓누르는 불안감을 씻어낼 요량으로 맥주에 소주를 섞어 마시기 시작했다. 눅눅한 실내 공기에 배어 있는 시큼한 맥주 냄새, 늘 맡는 그 냄새와 귀에 익은 첼로 곡, 그리고 미미의 밝은 얼굴도 격려가 되어 불안이 다소 가시는 듯했다. 가까이서 본 김일강은 예전과는 상당히 달라진 모습이었다. 반백의 머리칼은 정수리까지 벗어지고, 날카롭던 눈매는 눈가에 잔뜩 늘어난 잔주름 때문에 맥없이 풀어져 노쇠현상이 뚜렷했다. 얼굴을 뒤덮었던 시퍼런 면도 자국도 흰 터럭 때문에 퇴색해 있었다. 그는 당장 혀라도 베어줄 듯이 사뭇 살갑게 굴었다. 연방 반갑다고 웃어댔고, 그동안 얼마나 보고 싶었는지 모른다고, 정말 보고 싶었노라고 했다. 그리고 테러당한 일을 며칠 전에야 들어서 알았노라고, 그렇게 크게 다쳤느냐고 하면서 진심인지 시늉인지, 뜻밖에 눈물을 글썽거리기까지 했다. 말씨가 어찌나 살가운지 눈앞의 김일강과 의식 속의 두려운 고정관념인 김일강이 완전히 별개의 인물처럼 느껴질 정도였다. 허무성은 빨리 취하려고 소주 섞은 맥주를 연거푸 석 잔 마셨다. 불안감이 누그러들면서, 젖어드는 취기 속으로 충청도 억양의 부드러운 음성이 스며들어왔다.

그러나 아무리 말씨가 부드럽게 들린다고 하더라도 그는 다른 사람이 아닌 김일강이었다. 그 부드러움 속에 비수가 숨겨져 있었다. 껄껄 웃다가도 문득문득 쏘아보는 날카로운 눈빛! "난 내가 만든 자를 결코 버리지 않을 것이다. 앞으로 너는 내가 될 것이다"라고 그는 그 지하실에서 말했었다.

김일강은 사촌형인 재단이사장에게서 조만간 발표될 사학과 구조조정 계획을 듣고 깜짝 놀라 달려왔노라고 했다. 재임용 탈락 후보자 세 명의 명단 중에 허무성의 이름이 올라 있다는 것이었다. 예의 그 논문이 문제가 되었다. 단 한 명만 탈락하더라도 그것은 자신일 거라고 예상한 그였지만, 막상 당한다고 생각하니 적이 심란했다. 세 명이나 탈락시킨다니, 실로 야만적인 통폐합이었다. 고대사, 고려사, 조선사가 하나로 뭉뚱그려지고, 근대사와 현대사, 그리고 정치사와 경제사상사가 합쳐져서 기존 강좌 과목이 거의 반으로 줄어든다고 했다.

그런데 거기에서 김일강이 허무성을 위한 구제책을 내놓았다. 이사장과 의논해서 이참에 현대사 특강으로 '박정희와 그의 시대'를 신설하기로 했으니 그 강좌를 맡으라는 것이었다. 그는 전에도 그랬듯이 박정희를 제이치라고 불렀다. 좌파가 득세한 뒤로 그동안 우리가 많이 위축되어 있었지. 파콜로지를 꺼내기 어려웠어. 그런데 이제는 아니야. 좌파의 몰락이 명백해졌어.

그 말을 듣는 순간, 허무성은 숨이 꽉 막히면서 아뜩 현기증이 일었다. 드디어 올 게 오고 말았구나! 거부가 통하지 않는 완강한 벽이 거기에 있었다. 허무성은 자신이 도무지 빠져나올 수 없는 숙명의 관계 속에 포박되어 있음을 새삼 실감했다. 어찌할 수 없는 무력감, 지푸라기 만난 해삼처럼 심신이 흐물흐물 무너져내려 물로 변하고 있는 듯한 느낌, 그것은 차라리 야릇한 감미로움이었다. 십여년의 유예기간을 끝내고, 드디어 단호하게 눈앞에 나타난 이 작자 김일강, 어떻게 그를 거부할 수 있단 말인가! 어쩌면 나 자신도 이 시간을 기다려온 것은 아닐까? 십여년간 괴롭게 앓아온 트라우마를 앗아가줄 사람은 원인 제공자인 김일강밖에 없었다.

까페 미미. 침침한 실내는 버스 다니는 길 쪽 면을 출입문만 남기고 막아놓아서, 밖의 빛도 소음도 들어오지 못하는, 좁고 닫힌 공간이다. 손님 자리라곤 서너 명 앉을 수 있는 목로와 붉은 벽돌로 나지막하게 칸막이한 공간 세 개가 전부다. 그 세 공간은 커튼 대용으로 굵은 삼 밧줄들이 늘어뜨려져 있다. 두 사람은 그중 맨 안쪽 공간을 차지하고 마주 앉아 찝찔한 굴비를 뜯으면서 맥주를 마신다. 마담 미미는 목로 뒤에서 책을 읽고 있고, 그 옆에 놓인 카세트라디오에서 무반주 첼로 곡이 흘러나온다. 두 사람이 마주 앉은 지 벌써 두 시간이 지났다. 저녁시간이 훨씬 지났는데도 손님은 아직 둘뿐이다.

허무성은 주로 이야기를 듣는 쪽이다. 상대방을 마주 바라보기가 어려워 자주 눈을 내리깔면서 이야기를 듣는다. 그래도 술은 언제나 그렇듯이 이 두려운 만남에도 불안감을 효과적으로 누그러뜨려준다. 양해를 구하고 담배도 피운다. 흐린 불빛 속에서 느린 음악과 함께 담배 연기가 길고 질긴 섬유 가닥처럼 흐느적거리며 환풍기 쪽으로 흘러가고 간다. 지내온 이야기를 꽤 오랫동안 우스개 섞어 늘어놓던 김일강이 마침내 혈압약을 삼키면서 화제의 본론으로 들어간다.

"난 자네의 몰락을 방관할 수 없네. 일단 재임용에서 탈락하면 꼬리표가 붙어서 다른 대학에도 못 간다는 거 알지? 팔리지 않는 불량상품이 되는 거야. 한의대에 다니는 누이동생도 돌봐야 할 사람이 어떻게 직장을 함부로 버릴 수 있나. 아암, 말이 안되지. 안되고말고. 허교수, 자넬 구제할 방법은 이것밖에 없어. 자네가 아니더라도 누군가는 이 강좌를 맡아야 해. 이 특강은 갑자기 떠오른 아이디어가 아닐세. 난 자네 학교 이사야. 사촌형과 오래전부터 그 강좌의 개설을 꿈꿔왔어. 다른 탈락 후보자들에겐 알리지 않을 작정이야. 그들에게 경쟁시키면, 서로 자기가 하겠다고 피터지게 싸우며 덤벼들면 골치아파. 아니, 이 강좌는 애초 자네 거잖아. 허교수, 그렇게 하기로 우린 벌써 십여년 전에 약속하지 않았나. 이제 때가 왔어. 자네가 움직일 때야. 설마 거부하지는 않겠지? 그동안 우리가 자네한테 투자한 돈이 얼마냐, 대학 취직이 누구 덕분이냐, 그런 따위는 시시하게 따지지 않겠어. 하지만 지금에 와서 거절은 말이 안되지. 그럴 것 같으면 아예 첨부터 거절했어야지, 안 그래? 아냐, 아냐, 그런 시시한 이야기는 그만하자. 우리 둘 사이의 관계가 그런 건 아니잖아. 새삼스럽게 이런 말 할 필요가 없지. 흠, 설령 자네가 싫다고 하더라도 말이지, 난 반드시 설득하고 말겠어. 강좌 제목은 '박정희와 그의 시대'가 가장 좋지만, 그게 너무 튄다고 생각하면 당분간은 그냥 현대사 특강이라고 해도 되겠지. 우리는 앞으로 십년내에 박정희 붐을 일으키려고 준비중에 있어. 언론은 물론 대학에서도 제이치를 재평가하려는 활동이 눈에 띄게 늘고 있다는 사실을 자네도 익히 알고 있겠지? 화려하게 커밍아웃하기 위해서 준비중인 거야. 올해 안에 적어도 두 개의 대학에서 박정희 강좌가 생겨날 거야. 그중 하나가 자네 대학이지. 그리고 언론계, 법조계, 학계의 엘리트들로 구성된 싱크탱크를 만들 생각인데 자네도 거기에 참여하게 될 거야."

사뭇 진지한 표정이다. 상대방의 몸속으로 파고들듯이 상체를 앞으로 숙이면서 나직한 음성으로 간곡하게 말한다. 천근 무게에 짓눌린 허무성은 고개를 꺾고 담배연기와 함께 긴 한숨을 탁자 밑으로 토해낸다.

"막상 일을 맡으려니까 좀 고민스럽긴 할 거야. 사람 사는 게 다 그런 거거든. 인생엔 정답이 없어. 그저 미망 속에 살다가 가는 거지. 허교수, 말 좀 해봐. 그렇게 담배만 죽이지 말고, 응? 자넨 여전히 담배 피우는 모습이 멋있어, 어디 한대 줘봐, 오래간만에 맛 좀 보게. 난 담배 끊은 지 이년째야. 코미디언 이주일이 폐암으로 입원중이라는구먼. 다들 담배 끊는다고 야단인데, 자넨 어때, 끊을 생각 없나보지?"

그러나 허무성은 멍한 표정으로 눈만 끔벅거릴 뿐 말이 없다.

"이 사람, 말 좀 해! 벙어리가 됐나."

허무성이 그제야 흠칫 정신을 차린다. 말을 하기 위해 입술을 여는데, 테러를 당한 뒤 오랫동안 우울한 침묵 속에 말을 잃고 있던 터라 첫말이 어렵게 나온다. 훗, 쓴웃음을 날리며 짧게 말한다.

"제가 대학선생 노릇 하면서 돈 버는 이유 중에 하나가 담배를 멋있게 피우고, 술을 맛있게 먹기 위해서인걸요."

김일강이 담배 한 개비 뽑아 입에 물었지만 불붙일 생각은 없다.

"맞아, 사내들이 담배를 끊으면서 영 멋대가리가 없어져버렸어."

"그래요, 교수 폼 좀 내면서 담배 멋있게 피우고 술 맛있게 먹는 게 제 소원이었죠. 썩은 세상, 그런 재미도 없이 어떻게 살아요? 그런데 저번에 한밤중 테러를 당하고 나선 밤에 술 먹기가 겁나요. 서울이라는 도시 자체가 무서운 흉기로 변해버렸어요. 솔직히 교수 노릇도 신물나고 서울을 떠나 어디 두메산골에 들어가 박히고 싶은 생각뿐입니다."

"허어, 약한 소리! 두메라면 서울에도 있지. 청와대 근처에 부암동이라고 있어. 정말 테러가 무서워 술 먹기가 겁난다면, 부암동 같은 데로 이사가도 되잖아. 거긴 청와대 근처라 치안 방범도 잘되어 있으니까. 집값도 싸고, 산이 가까워 공기도 좋지, 허허!"

"농담이 아니에요. 솔직히, 서울에 몸담고 살기가 싫어졌어요."

"괜한 엄살 말게. 왜 그런 약한 소리를 하나. 그러니까 강력한 권력을 만들자는 거 아냐. 철의 법집행으로 그런 폭력배들 때려잡고 폭력 없는 세상 만들어야지. 학교를 그만두겠다고? 괜한 소리 말게. 교수 자리가 얼마나 귀한지 알잖아. 저번 국문과 교수 한 명 공모하는 데 이십여명의 박사들이 응모했다는데! 그건 그렇고, 다시 본론으로 들어갑시다. 강좌 개설을 앞두고 자네의 솔직한 의견을 듣고 싶네. 부정적 의견도 도움이 될 테니 기탄없이 개진해주소. 요즘 이삼년 동안의 계속된 여론조사에서 국민 대다수가 제이치를 좋아하는 걸로 나타났어. 마치 숨어 있던 제이치가 돌연 나타난 느낌이야. 우리 국민들이 이제야 비로소 자신이 바라는 게 무엇인지 깨달은 것 같아. 현명해진 거지. 민주화 운운하는 좌파들의 선전에 잠시 한눈팔았지만 이제는 아니야. 제이치 치하 십팔년, 그게 짧은 시간인가. 세뇌되기 충분한 시간이지. 국민은 지금, 그때가 좋았다는 걸 새삼 깨닫고 있는 걸세. 아닌가? 대답해보게."

제이치 치하 '십팔년'이 '씹할년'으로 들려 허무성은 쓴웃음을 짓는다. 그러나 넘어온 공을 받지 않을 수 없어서 마지못해 말문을 연다.
"글쎄요, 그렇게 볼 수도 있겠죠."
"남은 무척 공들여서 얘기하는데, 그런 성의없는 답변이 어디 있노."
"제 입이 워낙 싸가지없어서요. 말해봐야 뭐……"
"아니야, 반대의견도 중요하지. 나도 제이치가 모든 면에서 다 좋았다고 생각하지는 않아. 물론 결점이 있지. 그런데 사람들은 기특하게도 그의 결점까지 사랑한단 말이야, 허허허!"
"전 더이상 민중을 믿지 않아요."
"왜 그런가? 자넨 한때 민중주의자였지 않은가?"
"민중의 속성이 워낙 그렇다는 걸 우린 몰랐죠. 80년대 우린 민중을 너무 신비화했어요."
말문을 열자, 갇혔던 취기가 솟구치면서 자신도 모르게 목소리에 힘이 들어간다. 자포자기로 흐리멍덩하던 눈에도 무게가 실린다. 김일강은 내내 듣기만 하던 허무성이 모처럼 입을 열자, 반색하면서 추임새를 먹인다.
"그럼, 그럼! 그래서?"
"지금의 저 사람들은 민중이 아니에요. 민중이긴커녕 시민도 못 되고, 이리저리 몰려다니는 변덕스러운 군중이고 천박한 소비자일 뿐이죠. 그런 줄도 모르고 우리는 그들을 저항하는 도덕적 힘으로, 역사의 주인으로 생각한 겁니다. 아니, 민중이 어리석다는 걸 미처 몰랐던 우리가 더 어리석었던 셈이죠. 박정희가 살았을 땐 우리가 선이고 박정희가 악이었는데, 박정희가 죽으니까 거꾸로 우리는 악이 되고 박정희는 선이 되어버렸습니다. 민중의 변덕이죠."

"어허! 거 듣기 거북한데, 이젠 자네도 그분 함자를 부르지 말고 제이치라고 해! 그래, 얘길 계속하자. 민중이 어리석다고? 일면 맞는 말이긴 한데 그것만은 아니야."

"어리석지 않으면 교활한 거죠."

이층 화장실에 다녀온 김일강이 앉자마자 다시 기염을 토한다. 완강하게 두드러진 대머리뼈 위로 조명 불빛의 반사광이 번들거리며 미끄러져내리고 있다.

"강성 노조, 그 새끼들을 이젠 좀 밟아줘야 해. 그걸 흉내내서 별어중이떠중이들이 날뛰잖아. 날이면 날마다 데모로 날을 지새우고 있어. 나라꼴이 이게 뭐야. 망하지 않는 게 이상하지. 국민들이 얼마나 분노하고 있는지 아나? 걸핏하면 데모하는 그 버릇, 그것도 좌파가 가르친 거야. 데모로 정권을 잡았지만, 이젠 그게 도리어 부메랑이 되어 자신이 공격당하고 있단 말이지. 그렇게 해서 좌파정권이 망하는 건 좋지만, 그러나 우리가 정권 잡으면 절대로 데모꾼들을 좌시하지 않을 거야. 때려부숴야 해! 법! 법! 강철의 법! 법치주의! 강력한 법을 만들어 집행해야 해. 강철의 법이어야 해! 하여간에 국민은 좌파에 대해 실망하고 있어. 바로 그러한 실망에서 박정희에 대한 향수가 나타난 거야. 자연스런 현상이지. 오죽 좌파가 죽쑤고 있으면 그렇겠나. 결국 구관이 명관이라는 걸 뼈저리게 느낀 거지."

"글쎄요, 전 그들이 좌파라고 생각하지 않아요. 좌파는 없어요. 신자유주의를 신봉하는 좌파가 어디 있습니까? 이 정권이 좌파가 아니라 우파와 다름없다는 걸 의원님도 잘 아시잖아요? 좌파는 없어요.

소수가 있긴 하지만 없는 거나 다름없다는 거죠."

"어허, 그들이 좌파가 아니라니, 큰일날 소리 하네! 물론 골수 좌파는 무시해도 될 정도로 아주 극소수이지. 그자들 정치권 밖에 떠돌며 완전히 지리멸렬이더군. 무기력하고, 술담배에 찌들고 똥배나 나오고, 뭐 제대로 하는 일이 있어야지. 자네도 전에는 골수였지? 지금은 아니지만."

"지금의 저야 뭐, 이렇게 좆돼버렸죠. 좌도 우도 아니고, 중도도 아니고, 그냥 좆돼버렸어요! 아니, 좆도 아녜요, 좆도 못돼요, 후후후!"

"아하, 허교수, 왜 이러나, 응? 너무 자학하지 말게. 기운차려야지."

자조적으로 허탈하게 웃던 허무성은 상대방이 유도하는 대로 어느새 토론의 구조 속에 빠져버린 자신을 발견하고는 한숨을 내쉰다. 미미는 여전히 부채꼴로 쏟아지는 램프빛 아래 그림처럼 앉아 책을 읽고 있다. 미미야, 날 좀 도와다오. 이자가 강한 완력으로 내 심장을 틀어쥐고 있어. 도저히 벗어날 수 없어. 어떡하지?

"내 말은 이 정권을 좌파정권으로 몰아야 우리가 대처하기 쉽다는 거야. 하여간에 좌파 새끼들, 백해무익한 집단이야. 좌파정권이 기껏 한다는 짓거리가 북의 김정일 좋은 일만 하고 있잖아. 식량, 비료를 마구 퍼주고 있어!"

"그거야 뭐, 잘하는 일 아닙니까?"

"이 사람아, 그게 잘하는 게 아냐! 좀 다른 방식으로 말할까? 적의 위협은 늘 필요한 거야! 그건 있어야 한다고! 적의 위협을 없애버리는 게 잘하는 일이 아니란 말이야. 적은 반드시 있어야 해. 사회가 평온해지려면 역설적으로 어느정도의 공포와 불안은 있어야 하지. 없으면 만들어야지. 일본사회가 왜 평온한 줄 알아? 일본 국민들이 왜 데모도 하지 않고 고분고분한지 알아? 언젠가 일어날지 모르는 대지진에 대한 두려움 때문이야. 믿을 데라곤 정부의 안전대책뿐이거든. 그래서 고분고분한 거지. 그래서 우리에겐 북한의 위협이 필요한 거야. 북한이 선제공격으로 서울을 순식간에 불바다로 만들어버릴지 모른다는 공포, 그런 위기의식이 필요한 거야. 그래야 국민이 정부에 고분고분해지지."

"아, 어린 동생들을 늘 등에 업어 키운 몽실이라는 계집아이 모습이 떠오르는군요."

"뜬금없이 몽실이라니?"

"모르세요? 권정생이 지은 『몽실 언니』. 언젠가 연속드라마로 방영되기도 했는데……"

"그런데?"

"그 몽실이에게 묻는다면, 등에 업은 동생이 짐스럽지 않으냐고, 그러면 아마도 '이 아이는 짐이 아니라 제 동생이에요'라고 대답할 겁니다. 북한은 우리의 아픈 동생이에요."

"비유가 아주 멋지군. 하지만 그 동생이 자기를 업은 언니의 등에 칼을 꽂을 준비를 하고 있다면? 북은 사탄의 정권이야."

"아, 만날 듣는 똑같은 소리!"

"하지만 사실이 그렇잖은가. 일반사람들의 생각이 다 그래."

"그런 생각을 갖도록 누가 공작했죠? 칠팔년 전 어느 대학총장이 '고정간첩 오만' 발언으로 큰 물의를 일으킨 적이 있는데, 그런 황당한 거짓말이 지금도 사람들한테 그냥 먹혀들어가고 있어요. 우리 대학 채플 목사는 지금도 '고정간첩 오만' 운운하고 있고요."

"그때만 해도 우리 회사는 힘이 셌지. 하여간에 그런 말들이 지금도 먹혀들고 있다는 건 자네 말처럼 그만큼 대중이 어리석은 거고, 또 우리 회사의 공작이 그만큼 성공했다는 걸 뜻하겠지. 지금은 좌파정권 밑에서 찬밥 먹는 신세가 됐지만 말이야. 하지만 이젠 더 참을 수 없어, 자리 차고 일어나야지. 우린 곧 일어날 거야. 대세가 그렇게 굴러가고 있어. 이 땅에 좌파가 있는 한 우리 회사, 우리 조직은 불멸이야. 영원해! 대중은 좌파다, 빨갱이다, 하면 헤까닥 눈이 뒤집히거든, 핫핫핫! 쉿, 목소리 좀 낮추세. 좋아! 지금 이 시간은 우리 두 사람이 서로에게 솔직해지자고 만나고 있는 것 아닌가, 맞지? 솔직히 말할게. 빨갱이는 없으면 만들어야 하는 거야. 국민의 정신건강을 위해서지. 그리고 빨갱이는 없다고 선언해버리면, 우리 회사가 망하는데 직원들이 가만있겠어? 대량실직이 발생할 텐데. 관제 빨갱이든 뭐든, 뭘 만들어도 만들고 말지 않겠어?"

허무성은 속으로 중얼거린다. 그렇겠죠. 당신들은 고문에 중독된 쌔디스트들이니까 다시 나 같은 사람 잡아다가 매 때리고 싶어 몸이 근질근질하겠죠.

"그렇겠죠. 게다가 관음증도 그 회사의 생리인데…… 훔쳐보고, 미행하고, 도청하는 것 말이죠. 거기에 완전히 중독되어 거의 본능처럼 되어버렸을 텐데, 빨갱이가 없으면 도청할 수도 없고 훔쳐볼 수도 없어 곤란하겠네요."

"관음증? 어허, 그거 듣기 거북한데! 관음증은 우리만이 아니지. 요새 사람들치고 관음증 환자 아닌 사람 어디 있어. 그렇지 않은가? 포르노 세상인데!"

"정보맨들은 관음증을 만족시키기 위해서라도 용공조작은 부득이한 것 아닙니까? 우리는 도청한다, 고로 존재한다?"

"뭐이야?"

화가 난 김일강이 눈을 무섭게 부릅뜬다. 수더분해 보이던 얼굴이 갑자기 일그러진다. 허무성이 그 날카로운 눈빛에 질려 대번에 고개를 떨군다.

"죄송합니다……"

어르고 뺨치는 격으로, 그의 목소리가 다시 부드러워진다.

"야야, 너무 때리지 마! 아프다야! 하하하! 괜찮아. 워낙 비꼬는 게 자네 특기잖은가. 새로운 일을 맡게 되어서 자네의 심정이 좀 착잡할 거야. 송아지도 첫짐 질 때는 버둥거리는 법이니까. 그렇게 이해하겠네, 하하하! 하여간에 우리 조직은 불멸이야. 북한의 위협이 더이상 없더라도, 국내 저항세력이 없더라도, 우린 얼마든지 위협을 만들어낼 수 있지, 흐흐흐!"

너털웃음 속에 잔인한 완력이 느껴진다. 대번에 기 꺾인 허무성, 아무 말도 못하고 맥없이 고개만 가로흔든다. 그때 허무성의 바지주머니에서 휴대폰이 울린다. 정신이 바짝 난다. 명랑한 목소리, 오용미, 메마른 땅에 떨어지는 한가닥 빗줄기. 몸에 씌워진 이 덫그물을 찢고 여기를 탈출해 그녀에게로 달려가고 싶다. 어디 계세요? 아, 네, 네, 알았어요. 너무 많이 마시지는 마세요. 친구랑 대학로에 연극 구경 왔어요. 네, 네, 그럼 안녕.

"여잔가?"

"학생입니다."

"제자? 휴대폰 전화할 정도로 가까운 모양이지? 나도 자네 휴대폰 번호를 알아두어야겠네. 몇번인가? 내 번호도 알아두게."

두 사내는 서로 휴대폰 번호를 교환한다.

"참, 자네, 송난주 교수와 친하게 지낸다며?"

"아, 그것까지 조사하셨네요. 네, 그냥 술친구죠, 뭐."

"내 사돈이야. 사촌형수의 조카딸이지. 형수가 말하는데, 결혼도 안하고 좀 바람기가 있다고 하던데, 그런가?"

"글쎄요, 그건 잘 모르겠는데요."

"허어, 혹시 자네하고 애인관계 아냐?"

"천만에요, 그냥 술친구일 뿐인걸요."

"맹랑한 애야. 나하고는 별 거래가 없었는데, 어쩌다 작년에 나랑 좀 다툰 일이 있었지. 이름은 말할 수 없지만, 국문과에 내가 취직시킨 젊은 교수가 있는데, 그 친구가 한 여학생에게 실수를 좀 했던 모양이야. 그걸 성추행이라고 송난주가 문제삼더라고. 학내 여성위원회 이름으로 고발하려는 걸 내가 이사 자격으로 개입해서 조용히 해결했지. 처음엔 완강히 거부하더라고. 교수가 학점을 미끼로 약자인 제자를 성추행한 것은 용납할 수 없는 일이라고, 자기는 여교수로서 학내에서의 여권을 보호할 의무가 있다고 말이야, 쳇!"

"그거야 맞는 말 아닙니까?"

"맞는 말? 홍, 불알 달린 자들까지 저런 소릴 하니, 페미니스트들 오죽 기고만장하겠어? 그건 그렇고, 토론 좀 쉬었다가 하지. 나 화장실 갔다 올 테니까."

막간의 짧은 휴식, 허무성은 지끈거리는 이마에 손바닥을 댄 채 심호흡으로 긴장을 가라앉힌다. 한참 멍하니 허공을 바라보다가 시선을 돌리니, 수건으로 손을 훔치면서 씽크대에서 나오는 미미가 보인다. 큰 젖가슴이 출렁거린다. 젖가슴이 크지만 그녀는 사뭇 금욕적이다. 삼십대 초반의 눈빛 맑은 처녀. 그가 몸살나게 조르고 보채서 딱 한

번의 키스를 허락해준 착한 여자. 그녀도 이 타락한 도시를 떠나고 싶어한다. 내년엔 꼭 수녀가 되어서 이 타락한 속세를 떠나고 싶다고, 신의 존재를 별로 믿지는 않지만, 정결과 청빈의 생활이 맘에 들어서 수녀가 되겠다고, 특히 비만 걱정 필요없는 소박한 식사가 맘에 든다고, 짓궂게 웃으면서 말한다.

16

"그런데 고민이야. 빨갱이가 없으면 만들어야 하는데, 요즘 대학생 조직 한총련도 완전 지리멸렬이고 말이야. 검거 대상이 꽉 줄어들어 버렸다고. 대신 마약밀매범들이 부쩍 늘었지. 우리 회사가 정말 할일 없어서 마약사범이나 동성애자, 서태지 같은 아이돌 가수 따위나 사찰하는 걸 주업무로 삼아서야 되겠어? 안되지! 안 그래?"

허무성은 불쾌한 감정이 눈빛에 나타날까봐 숫제 눈을 감아버린다. 김일강이 대답을 기다리지 않고 이야기를 계속한다.

"그런데 아까 말한 거, 좀더 따져보자고. 용공 조작 말이야, 그것이 꼭 나쁜 것만은 아니거든. 대중의 정신건강을 위해서라도 빨갱이는 꼭 필요한 존재니까. 인간은 집단을 이루면 반드시 공격할 적이나 왕따가 필요해. 그 욕구를 충족시켜줘야 한다고. 요즘 학교에서 왕따현상이 극성인데, 그걸 퇴치하겠다고 야단이지만 그게 가능한 일이 아니야. 왕따현상은 인간본성이거든. 그 집단이 정신적으로 안정되려면, 반드시 적이나 왕따가 있어야 한다는 거지. 안 그런가, 허교수? 그런데, 허허, 그런데 말이야, 이 좌파정권이 우리의 숙적 북한과 화해해버렸단 말이야! 햇볕정책? 그런 빌어먹을 망동이 또 어디 있나. 남한 대중이 졸지에 적을 잃어버린 거야. 그래서 정신적으로 혼란이 온 거지, 안 그런가? 허교수, 대답 좀 해봐."

"그러니까 요컨대 국민의 정신건강을 위해서라도 빨갱이는 있어야 하고, 북한은 적화통일 음모의 사악한 집단으로 계속 남아 있어야 한다는 거죠?"

"이를테면 그렇다는 거지. 사람들은 공동의 적, 공동의 왕따를 잃어버려서 우울하단 말이야. 명백한 적을 적이 아니라니, 달리 어디서 적을 찾나?"

"왜 없어요. 미국 주도의 신자유주의야말로 우리의 명백한 적이죠. 의원님이 좋아하는 미시마 유끼오, 그리고 그를 위시한 일본의 파시스트들은 본질적으로 반미주의자들 아닙니까? 도대체 민족주의 아닌 파시즘이 어디 있습니까? 왜 한국의 파시스트들만……"

"어허, 허교수, 왜 이러나? 나도 모르진 않아. 나도 미국이 모든 점에서 옳다고는 보지 않아. 그렇지만 미국은 변함없는 우리의 신앙이야. 야훼께서도 야누스적 두 얼굴을 가졌지. 사랑과 용서의 얼굴 뒤에는 잔인과 복수의 얼굴이 있지. 미국은 이 세상 그 무엇도 범접할 수 없는 초월적 존재, 야훼 같은 존재야. 무섭지. 천사의 군대가 저기 아프간에 쏟아붓는 폭탄세례를 봐! 완전 석기시대로 만들어버리고 있지 않나. 무섭지, 무서워. 그러니 따라야지 어쩌겠나. 미국은 우리의 신앙이야."

"그러니까 무소불위의 막강한 힘을 가진 미국에서 신의 모습을 본다는 말씀이군요. 아아, 천사의 군대, 미국……"

허무성은 느닷없이 격정에 사로잡힌다. 목소리가 떨리고 눈에 눈물이 그득해진다.

"의원님, 우리가 언제까지 미국한테 끌려다녀야 하나요? 언제까지 미국 말 들어야죠? 천억짜리 F16을 언제까지 계속 사주어야죠? 언제까지죠? 네?"

허무성은 손등으로 눈물을 훔치고는, 맥주를 한잔 가득 채워서 단숨에 들이켠다. 어리둥절해진 김일강이 눈치보면서 그 빈잔에 맥주를 따라준다.

"아니, 왜 그래? 갑자기……"

허무성의 얼굴이 자조적 웃음으로 우그러진다.

"글쎄요, 저도 모르겠네요. F16 때문만은 아니에요. 그냥 걸핏하면 눈물이 나와요. 몇달 전부터 그래요. 저 노래 때문인지…… 저 비원에 찬 목소리를 들어보세요."

카세트라디오에서 헨델의 「라르고」가 흘러나오고 있다.

"어둠속에 기도하는 합장한 두 손이 눈에 보이는 듯해요. 이렇게 시시한 세상에 저렇게 아름다운 것이 있다니, 정말 불가사의하지 않아요? 천사가 좋아하는 노래죠. 천사가 저 노래를 좋아한다고 그 아비가 자주 들려준답니다."

"천사가?"

"아, 있어요, 날개 없는 천사! 술친구 차호진의 아들이죠. 다섯살,

아주 잘생겼죠. 용모뿐 아니라 하는 짓도 예뻐서 본명 대신에 천사라고 부른답니다. 그 아이가 아버지를 따라 몇번 이 술집에 왔었죠. 어른들의 술자리를 싫증도 내지 않고 생글생글 웃으면서 그림처럼 조용히 앉아 있다가 그 자리에서 그냥 스르르 잠이 들곤 하는데, 정말 천사 같아요. 이 세상의 것이 아닌, 천상의 아름다움이죠. 그 아이는 인간의 말을 하지도 않고 듣지도 않죠. 세상은 그 아이를 자폐아라고 부르지만, 우린 천사라고 부릅니다."

"허참! 자폐아……"

"천상의 것이 어쩌다 지상에 내려왔을까요? 날개를 잃고 추락한 걸까요? 차호진은 하늘이 주신 선물이라고 여간 귀여워하지 않아요. 그 아이를 보면 정말 신이 존재하는 것처럼 느껴져요."

"뭐, 귀엽고 예쁜 어린이들이야 세상에 많지."

"아니죠, 귀엽고 예쁜 게 아니라 슬프고 불행한 어린이들이죠. 지금 어린이들에겐 더이상 천사 같은 순수함이 없어요. 어른들이 빼앗아버린 거죠. 우리 어린이들이 고통스러워해요. 아직 젖도 덜 떨어진 어린것들인데 요즘엔 그 어린 머릿속에다 남의 나라 말, 영어를 우격다짐으로 쑤셔넣고 있잖습니까? 아이들이 영어공부 때문에 머릿속에 쥐난다고, 아프다고 울고 있어요."

"쓸데없는 소리! 허참, 어쩌다 우리 얘기가 이렇게 삼천포로 빠졌나?"

이렇게 술을 마시며 이야기를 주고받는 동안, 취기가 깊어져 허무성은 몸도 정신도 점점 둔중해진다. 에라, 될 대로 되라. 정신을 옥죄고 있는 불안 초조를 취기 속에 몽땅 풀어버린다. 두 사람밖에 없어서 썰렁하던 실내는 밤이 이슥해지면서 손님들이 하나둘 꼬여들기 시작한다. 본격적인 이야기는 지금부터라는 듯이 김일강은 목소리에 힘을 준다.

"하여간 좌파정권이 만들어놓은 세상 꼬라지 봐! 유신정권 때는 기강이 잡혀 세상살이가 눈에 환히 보이고, 손으로 만질 수가 있었는데, 이건 완전 이해불능이야. 이게 민주화인가! 온통 뒤죽박죽, 뭐가 뭔지 알 수 없어. 상하도 없고 좌우도 구분이 안돼. 자유? 민주? 정말 웃기지도 않지. 세상의 권위란 권위는 모두 자빠뜨려버리고 무정부 상태로 만들어놨단 말이지. 대중을 그냥 놓아먹이는 꼴이야. 완전 방목! 완전 가축떼라고! 아닌가? 대답해보게. 이거야 원, 아비가 아비 노릇을 할 수 있나, 남편이 남편 노릇을 할 수 있나, 선생이 선생 노릇을 할 수 있나. 노조 새끼들은 만날 데모나 해쌓지. 도대체 이게 뭐냔 말이야. 법과 질서가 어디로 갔어? 지금의 자유방임적 상황이 과연 진보인가 말이야. 진보이기는커녕 타락이잖아. 좌파, 나쁜 새끼들! 거리마다 미쳐 돌아가는 꼴 좀 봐. 치안 부재 상황이 극에 달했어. 이 사회가 극도로 타락하고 극도로 위험해졌어. 심지어 어린애들이 공격 대상이 되어 납치, 살해, 성폭행이 자행되고 있잖아. 자네도 저번에 한밤중 테러를 만나 죽을 뻔했잖아. 때려잡아야 해! 철권으로 때려잡아야 해! 민중이 그걸 원해! 민중은 강력한 파시즘을 원하고 있어. 사회가 기강이 무너져 무질서의 극치야. 도대체 역사상 우리나라가 이런 적이 있었나. 이건 사람이 살 수 있는 세상이 아니야! 위험사회지! 자네 대답해보게. 내 말이 틀렸나?"

"글쎄요…… 물론 지나친 자유가 문제이긴 해요. 자유의 이름으로 자유를 잡아먹고 있죠. 남의 자유를 함부로 잡아먹고 있어요. 그래서 전 학생들에게 자유에는 반드시 자율이 따라야 한다고 말하죠. 맹목적 욕망에서 벗어나야 한다고, 자신이 가진 너무 많은 자유, 자신의 지나친 욕망을 자율적으로 통제 못하면, 언젠가는 반드시 무서운 타율적 제재를 받게 된다고, 너희 스스로 다스리지 못하면 국가가 대신 해주겠다고 하면서 파쇼세력이 다시 일어난다고 말입니다. 그 괴물이 다시 나타나 국민을 향해 열중쉬어 차렷, 호령하기 전에 정신차려야 한다고."

그 말에 김일강이 벌컥 화를 낸다.

"뭐, 괴물? 허무성, 정말 계속 그렇게 빈정거릴 거야, 엉?"

"죄송합니다."

"아아, 아냐, 내가 참지. 지금 자네 심정을 알아. 좀 착잡할 거야. 낯선 일을 맡게 되면 누구나 처음엔 바동거리는 법이니까, 하하하! 그래, 그렇게 말하니까 학생들이 뭐라고 하던가?"

"학생들 중에는 그런 애들이 더러 있긴 해요. 제발 그 괴물이 다시 나타났으면 좋겠다고요. 스스로는 통제 안되니까 대신 통제해줄 외부의 강력한 힘이 필요하다는 거죠. 자신의 욕망, 욕심이 두렵다는 겁니다. 펀드로 대박을 꿈꾸는 자신이 두렵고, 자신의 성욕이, 자신의 좆부리가 무슨 실수를 저지를지 몰라 두려운 거죠. 뭔가 무섭고 강력한 것이 나타나 호령해주었으면 좋겠다고 그렇게 자학적으로 말해요."

"소수가 아니라, 대부분의 학생들이 그렇게 생각할 거야. 민중 대다수가 그렇게 생각하고 있어. 유신시대에 대한 향수이지. 그들을 조직하는 것이 자네와 내가 할 일이야. 자네가 말했듯이, 너무 많은 자유는 스스로도 골치아픈 거지. 민중은 무질서를 두려워해. 자네 말처럼 너무 많은 자유를 두려워해."

실내는 에어컨 바람이 있어 별로 덥지 않은데도 김일강의 벗어진 머리엔 땀줄기 두 가닥이 기름처럼 끈끈하게 흘러내린다.

"자네 술을 너무 급하게 먹지 마라. 중요한 얘길 하는데 너무 취하면 안되지. 좀 천천히 들게. 화장실도 갔다 오고 말이야. 보니까, 자넨 내가 화장실에 네 번 가는 동안 딱 한 번밖에 안 가더군. 허허, 남보다 오줌보가 큰가보지?"

이층 화장실에 올라가 오줌을 누면서 허무성은 사각의 창틀에 떠오른 달을 본다. 반쯤 이지러진 달이 도시의 검고 각진 스카이라인 위에 슬픈 빛을 뿌리고 있다. 아, 내가 점점 취해가는구나. 정선아, 너도 혹시 저 달을 보고 있니?

"요는 파콜로지야! 7, 80년대식이 아닌 세련된 파시즘! 좌파는 벌써 늙고 낡아버렸어. 파콜로지야말로 새로움이지. 통제불능의 타락과 무질서에서 대중을 구할 수 있는 유일한 대안이지. S대 경제학 교수 이진수, 있지? 최고 엘리트야. 아마 자네 또래일걸. 그 친구를 최근에 우리 그룹 멤버로 포섭했지. 자네도 곧 그 명단에 이름을 올리겠지만 말이야. 그 친구가, 제이치는 대한민국 최고의 경제학자이자, 20세기 마지막 계몽군주라고 선언함으로써 자신이 파시스트임을 세상에 알렸지. 진짜 용기있는 친구야. 좌파가 득세하는 상황에서 그러한 커밍아웃 발언은 쉽지 않지. 진짜 용기는 그런 거야! 그 친구를 포함해서 대여섯 명의 젊은 교수들을 싱크탱크 요원으로 확보해놓고 있지. 이진수 그 친구, 자네도 알지?"

"신문에서 봤어요. 하지만 계몽군주란 말은 잘 맞지 않는데요. 생전에 독서라곤 위인전, 영웅전, 비스마르크나 히틀러의 나의 투쟁 같은 거밖에 읽지 않은 사람보고 계몽군주라고 하면 우습죠."

"또 딴죽 걸긴가. 그래, 그래, 그것도 참아주지. 이 자리에선 부정적 의견도 듣기로 했으니까. 제이치에게 결점이 있다면 우리가 미리 찾아내서 막아야 하니까. 그러나 무인으로서 독서를 싫어하는 건 결점일 수 없지. 대중은 착한 지도자를 원하지 않아. 대중은 가혹한 카리스마를 오히려 더 좋아해! 죽이기도 하고 살리기도 하는 강력한 카리스마를 좋아해. 위대함은 본질적으로 가혹한 것이라고 히틀러가 말했어. 무인으로서 제이치의 정치적 삶은 카리스마가 넘치는, 한 편의 위대한 드라마였어. 눈부신 절대권력! 한국현대사에서 누가 그만큼 풍부한 내용의 이야기를 만들어낸 적이 있나? 그 드라마에는 총도 있고, 탱크도 있고, 모험과 음모와 살인, 고독과 슬픔도 있고, 궁정동의 여인들도 있고, 그리고 최후로 자신의 죽음이라는 비극적 결말이 있지. 대중의 상상력을 충분히 사로잡을 만한 드라마야! 대중은 그의 카리스마뿐 아니라, 말년의 약한 모습까지도 좋아해. 검사 시절에 난 그분과 악수를 한 적이 있는데, 손이 여자 손처럼 부드럽더라고. 말년에 그는 아내 잃은 슬픔과 고독에 휩싸여 있었지. 궁정동에서 술에 취해서 일본 군가를 부르기도 하고 경호원에게 업어달라고도 하던 그의 슬픔을 생각하면 가슴이 미어져. 「로에이노유따(露營の歌)」, 그가 좋아한 일본 군가야. 군가인데도 곡조가 슬퍼. 눈물과 함께 두 주먹을 불끈 쥐게 만들지. 아아, 마침내 찾아온 그의 비극적 최후! 순교자의 피를 흘렸지. 아름다운 피! 미시마 유끼오처럼!"

슬픔에 목이 멘 김일강이 잠시 말을 멈추고 가쁜 숨을 몰아쉰다. 그의 두 눈에 눈물이 그렁그렁해져 있다. 야릇하게도 그 눈물이 전염되어 허무성도 콧날이 시큰해진다. 자신의 의지와 상관없이 솟아나는 어이없는 눈물이다. 그러한 자신에게 화가 난 허무성이 피우던 담배를 모질게 비벼끈다.

"하바드 출신 현각스님도 아마 그랬다죠? 우리 애국가를 처음 듣는 순간, 눈물이 핑 돌면서 주먹이 불끈 쥐어지더라고, 전생에 조선독립군이었던 것 같다고."

"현각, 그자는 예수를 배신한 유다일 뿐이야! 미국 일류대 출신이 그럴 수 있어? 아내가 교회 친구들과 함께 그자를 찾아가 개종시키겠다는 걸 내가 말렸지."

그의 목소리가 갑자기 고즈넉해지면서 감상적이 된다.

"아, 일본 군가는 슬퍼! 파시즘이 워낙 그래. 파시즘은 거룩함과 비장함이 함께 어우러진 아름다운 예술이지. 육천여명의 카미까제 도꼬다이들이 허공에 날리는 벚꽃들처럼 아름답게 산화했지. 그중 수백명이 일류대 재학생들이었다는 거야. 허교수! 우리 학생들에게 바로 그걸 가르쳐야 하는 거 아냐?"

"그래서 민중이 어리석다는 거죠. 그렇게 천황을 위해 목숨까지 바칠 각오가 되어 있던 그 나라 국민들이 나중에 어떻게 됐습니까? 천황이 항복을 선언하자마자, 교활하게도 안면을 싹 바꿔 점령군 미군들을 쌍수로 열렬히 환영했잖습니까?"

"자네 말대로 민중은 어리석고 교활해. 작은 충격엔 반항해도 큰 충격에는 벌벌 기는 것이 민중이야. 강한 카리스마에는 복종하게 되어 있어. 인간에겐 원래 복종의 피가 흐르지. 겁없이 민중을 경멸할 수 있어야 진짜 지도자인 거야. 제이치! 그가 이제 민중 앞에 나타났어. 민중이 복종하고 충성을 바쳐야 할 대상을 다시 찾아낸 거야. 권력이 권력다워야 하지 않겠나. 사회가 안정되려면 권력이 한 곳에, 한 사람에게 집중되어 있어야지 않겠나. 지금 저 대통령이란 자를 봐. 권력도 없고, 권위도 없고, 완전 지리멸렬, 누더기꼴이잖아. 민중이 기댈 곳이 어디냔 말이야. 강한 카리스마의 권력을 민중은 갈구하고 있는 거야. 이제 민중은 잃어버렸던 신앙을 다시 찾기 시작한 거라고."

달변의 목소리, 울림좋은 그 목소리에서 반드시 설득하고 말겠다는 집요함이 느껴진다.

"그렇지만 신앙이라면 교회가 있잖습니까? 의원님, 지금도 교회 나가시죠?"

"이젠 집사가 아니라 장로야. 나이롱 장로이긴 하지만 말이야. 주일에도 바쁘거나 피곤하거나 해서 못 나가는 경우가 많아. 그 대신에 아내가 무척 열심이지. 아내 덕분에 나도 신의 총애를 받았으면 좋겠어. 얼마 전에 아내가 서류를 갖고 왔기에 기록해서 보냈더니, 장로 임명장이 왔더군, 하하하! 그런데 자넨 어떻게 된 건가? 최근에 학교 채플에도 참석 잘 안한다면서? 그리고 자네의 그 문제의 논문 말이야, 교회를 비판한 그 논문 말일세. 거기에 대한 반성문 한장 써줘야겠어. 대학이사회를 달래려면 그게 꼭 필요하거든."

그 말에 허무성은 고개를 꺾고 한숨을 토한다.

"아무것도 아냐. 시늉만 해. 반성한다는 말, 큼직한 활자로 서너 줄만 써줘. A4용지 한장만! 하하하, 인생을 왜 그렇게 어렵게 사는가. 그냥 대충대충 살아가는 거야."

눈을 내리깔고 침울한 표정으로 듣기만 하던 허무성은 느닷없이 목로의 미미를 가리킨다.

"저 처녀 말이죠, 수녀가 되겠답니다. 신의 존재는 믿지 못하겠지만 정결과 청빈의 생활이 좋아 수녀가 되겠대요."

"허어! 신을 믿지 않는 수녀도 있나?"

"교회는 썩었지만, 그래도 수녀만큼은 여전히 아름답다는 뜻일 테죠."

"참, 별종이네. 하긴 부패한 교회가 더러 있기는 하지. 하여간 사회질서를 유지하는 데는 국가의 힘만으론 안돼. 정치와 종교의 합일, 그리고 정치와 기업의 합일, 그러한 복합체가 우리의 최종 목표야. 교회에겐 칼이 없어. 칼을 가진 카리스마가 필요하지. 교회와 파콜로지는 그렇게 함께 가야 하는 거지. 천사의 칼! 무장한 카리스마, 총과 칼, 탱크!"

"무장 안한 카리스마도 있죠. 서태지 등등……"

"서태지, 그따위 놈들 때문에 우리 회사 아이들이 되게 골머리를 앓아. 은퇴한다고 선언하고선 미국으로 꺼졌던 녀석이 또 나타났잖아. 나쁜 새끼! 울트라맨이라고 자칭하면서 말이야. 울트라맨과 슈퍼맨, 둘 중 어느 게 더 등급이 높은 거여? 서태지만이 아니잖아. 에쵸티니 뭐니 하는 것들도 있고, 하여튼 그놈들이 아이들의 신앙이 되어버렸다니까. 광신도처럼 무조건 믿는 거야. 하여간 그놈의 동향을 살피는 것이 우리 회사의 주요업무가 되어버렸다니까, 글쎄! 무기력한 좌파 대신에 이제는 아이돌 가수, 춤꾼 따위가 사찰 대상이 되었단 말이야. 아하, 세상이 참 요상해졌어."

"하지만 청소년들의 울분과 절망도 이해해야 하지 않겠습니까? 그 아이들은 서태지를 통해서 울분을 터뜨리고 발언하고 싶은 거죠. 달리 믿을 데가 없어서 그런 거죠."

"서태지가 뭐라고 하는 줄 알아? 젊은 우리 힘들이 모이면 세상을 바꿀 수 있다고, 의심 말고 무조건 오빠를 믿어야 한다고. 이건 교회에서 말하는 것과 똑같잖아. 하나님의 존재를 의심 말고 무조건 믿으라고 하듯이 말이야."

"믿십니까? 예, 믿십니다, 이거죠, 뭐."

"서태지, 에쵸티, 나쁜 놈들이야! 그놈들이 내 딸년도 홀려갔어! 아아, 분통 터져! 어린 계집애들을 홀려다가 골을 빼먹고 있단 말이야. 혹세무민의 불온세력이야. 법치주의! 법으로 강력하게 다스려야 해! 강력한 철의 법집행! 아이들을 홀리는 가수, 춤꾼들을 처단해야 해! 아, 화를 내면 안되는데…… 혈압이 있어……"

김일강이 화를 가라앉히려고 숨을 몰아쉰다. 땀이 번진 그의 대머리가 전등빛을 받아 금속성으로 번들거린다. 허무성이 자기 쪽을 바라보는 시선이 느껴져 고개를 돌리자, 언제 왔는지 목로 끝에 앉아 있던 차호진이 벌쭉 웃으며 눈인사를 보내온다. 허무성도 손을 들어 아는 체한다. 목로의 술손님은 어느새 네 사람으로 늘어나 있다.

"누군가?"

"동네 술친굽니다. 천사의 아버지죠."

"천사의 아버지?"

"아까 말한 천사 아이, 그 아이의 아버지입니다."

17

"아까 말한 그놈들 말이야, 서태지 놈들, 정말 빨갱이보다 더 위험한 놈들이야. 권력도 막강해. 함부로 다루기 힘들단 말이야."

"장차 파시즘 운동을 생각한다면, 그들에게서 배울 점이 많지 않겠습니까? 지금은 박정희 시대처럼 흑백 이분법의 단순한 시대가 아니니까요."

"그건 그래. 정치하기는 그때가 좋았지. 모든 게 구별이 명확했으니까. 모든 걸 흑백, 일도양단으로 처리할 수가 있었어. 그런데 지금은 뭐야, 모든 게 뒤죽박죽이잖아. 카오스야."

"그때는 텔레비전도 흑백이고, 공공장소 어디에나 붙어 있던 박정희의 근엄한 얼굴사진도 흑백이었죠. 흐린 날처럼 우울한 시대였어요."

"그래도 그땐 규율이 잡힌 사회였어. 그래, 지금은 텔레비전도 흑백에서 컬러로 바뀌고, 온갖 잡색들이 나타나 세상을 똥칠하고 있지. 뭐, 다양성의 사회? 웃기는 말이지. 온갖 잡새가 우짖는 세상, 얼마나 혼란스러운가."

"그래도 흑백보다는 컬러풀한 것이 좋죠. 다시 흑백시대로 돌아갈 수 없는 바에야 파콜로지도 그 위에서 생각해야 하지 않을까요?"

"컬러풀한 파콜로지? 그럴듯한데! 그래, 서태지한테 배울 점은?"

"서태지는 팬들이 만들어낸 거죠. 팬들이 자발적으로 네트워크를 만들고, 조직을 만들어서 즐겁게 노래부르면서 우상을 만들죠. 피켓 들고, 무대 위의 서태지처럼 기저귀가방 같은 등가방을 메고, 서태지 얼굴의 티셔츠를 입고, 그의 색안경을 쓰고, 강아지에게 서태지 포스터를 입히고, 그가 좋아하는 음식을 먹으면서, 그렇게 즐겁게 우상을 만들어요."

"맞아, 바로 그거야! 파콜로지도 아래로부터 자발적으로, 신바람나게 일어나는 대중운동이어야 하지!"

"그렇겠네요. 장차 파콜로지의 선전선동 집회는 서태지 공연무대와 비슷한 것이 되겠죠? 박정희 얼굴의 수많은 피켓들과 티셔츠들, 그리고 브로치와 펜던트! 너도나도 그의 색안경을 쓰고, 포스터를 입힌 강아지들도 데리고요. 강력한 싸운드와 라이트의 무대! 커다란 룰렛 구멍들에서 크림처럼 끈끈한, 붉고 푸른 원색의 빛줄기가 서로 엇갈려 쏟아지고, 안개가 피어오르고, 쾅쾅 천둥처럼 가슴을 울리고 심장을 때리는 강한 비트, 격렬하고 파괴적인 전자 싸운드, 무대 배경막 한가운데는 우상의 대형브로마이드가 걸리고, 수천 수만의 군중들, 요란한 환성과 눈물바다 속에 저마다 뜨겁게 열등감을 녹이면서 극적인 오르가슴을 맛보는 것이죠. 문제는 스펙터클이죠, 스펙터클!"

김일강이 그 말에 격앙되어 두 주먹을 불끈 쥔다. 냉방된 실내인데도 벗어진 앞머리와 이마에 진땀이 번들거린다. 건강하지 못하다는 증거다. 말이 길어지면 숨가빠하는 것도.

"맞아! 역시 자넨 예리해! 바로 그거야! 스펙터클!"

"대중은 스펙터클을 좋아해요. 사람들이 대형쇼핑몰에 몰리는 것도 상품과 사람들이 뒤섞여 만들어내는 엄청난 물량과 화려한 색채의 스펙터클 때문이죠."

"그렇지!"

"집단 스펙터클! 그 마력에 저항할 수 있는 사람은 아무도 없어요!"

허무성은 자학적이 되어 쓰디쓰게 입술을 비튼다.

"그래! 집단 스펙터클을 이용한 통치술! 며칠 후면 월드컵이 시작될 텐데, 수만 수십만 군중이 몰려들어 엄청난 집단 스펙터클을 만들어낼 거야. 분명한 것은 우리나라 사람들이 구경을 좋아한다는 점이야. 스펙터클, 블록버스터를 좋아하지! 그래, 이번 기회에 그걸 잘 연구해봐야겠네. 우리, 월드컵 기간 동안에 자주 만나 연구해보세!"

맞장구치기가 난처해서 허무성은 얼른 말을 바꿔본다.

"박정희는 박정희를 바라는 사람들 때문에 존재한다고 하셨죠? 서태지도 똑같이 말합니다. 서태지는 서태지를 바라는 사람들 때문에 존재한다고. 그리고 자기 팬들을 '수천 수만의 태지들'이라고 불러요."

"그래, 수백만 수천만의 박정희들!"

"하지만 서태지 무대보다 북한 김정일 무대가 더 배울 게 많지 않겠어요?"

"북한? 악의 축, 사탄이 지배하는 나라를?"

"딴게 아니라 그들의 집단 스펙터클을 배워보자는 거죠. 오만명 청소년들이 벌이는 집단체조, 집단군무, 십만의 횃불시위, 배경대의 화려한 카드쎅션. 디자인이 아주 훌륭해요. 파시즘의 예술화란 바로 그런 거 아닙니까? 대중이 참여한 집단창작이죠. 아마도 장차 북의 아리랑 축제는 금강산과 더불어 세계적 관광상품이 될 겁니다."

"아암, 예술이지! 장엄한 아름다움이지. 우리도 그걸 배워야 해. 파시즘은 장엄과 아름다움을 연출하는 극장이어야 해. 단상의 한 사람을 향하여 어른, 아이 할 것 없이 모두 한덩어리가 되어 길길이 뛰면서 열광적으로 환호성을 지르는!"

"초등학생 땐데요, 학교에서 단체로 영화 구경 갔었어요. 본영화 상영 전에 돌리는 뉴스에 북한의 대규모 군사 퍼레이드 장면이 나왔는데요, 어찌나 화려하고 장엄하던지 감격한 나머지 저도 모르게 자리에서 벌떡 일어나 손을 번쩍 쳐든 적이 있어요. 단상의 김일성처럼 말입니다. 제 옆의 놈도 얼떨결에 덩달아 벌떡 일어났어요. 얼른 정신 차리고 도로 주저앉았지만, 어린 맘에도 '빨갱이'라고 할까봐 두렵더군요, 하하하. 순간적으로 완전히 매혹당한 거죠."

"핫핫핫, 그것 봐, 자넨 태생적으로 파시스트 소질이 있었던 거야."

"단상의 한 사람, 그건 우상이죠. 물론 사람들이 원치 않는다면 우상도 없겠죠. 우상의 얼굴은 수많은 보통사람들의 얼굴로 구성되어 있죠. 사람들은 그 우상에 투영된 자신의 모습을 사랑한다는 겁니다. 우중이 우상을 만들죠."

"그래, 자네 말이 맞아. 민중은 어리석어. 민중은 그냥 사고 없는 집단일 뿐이야. 머리 없는 수족에 불과하지. 사고하는 두뇌는 오직 저

높은 단상의 한 사람뿐이야. 황장엽이가 말했잖아. 북한 주민은 제정신으로 사는 게 아니라 김정일 정신으로 산다고."

"그건 박정희도 마찬가지였죠. 그도 매사에 '나 아니면 안된다'고 했어요. 내가 판단하고 내가 결정한다, 이거였죠."

"그게 옳지 않은가. 그래야지! 근데 자네 지금 날 비웃고 있는가? 왜 자꾸 입술을 비틀어대?"

"아닌데요. 아까 안주로 먹은 굴비 잔가시가 잇새에 껴서요. 죄송합니다."

"하여간 극과 극은 좀 통하는 데가 있지. 김정일한테서도 배울 건 배워야지. 박정희, 김정일, 서태지의 좋은 점들만 뽑아 합성한다면 새로운 파시즘이 될 수 있을 거야, 안 그래? 파시즘 체제에선 민중이 개인적으로 골치아프게 생각하고 판단하고 결정할 필요가 없어진단 말이야. '열중쉬어, 차려'만 잘하면 되니까."

"그렇지만 서태지 팬들이 서태지를 사랑하는 방식은 달라요. 그 아이들은 자기가 애써 만든 우상이 마음에 들지 않으면 언제든지 버릴 준비가 되어 있거든요. 서태지도 조만간에 버려질 겁니다. 그 아이들은 자기가 만든 우상이 맘에 들지 않으면 가차없이 비판하고, 그래도 맘에 들지 않으면 걷어차버리고선 다른 우상을 만듭니다. 우리가 정치적 지도자를 선택하는 것도 그런 방식이었으면 좋겠어요."

"어허, 그러면 안되지! 대중은 서태지 같은 물거품이 아니라 세월이 흘러도 변치 않는 존재, 시간을 이겨내는 초월적 존재를 갈구하고 있는 거야. 그가 박정희야. 제이치! 초시간적 영원의 상징이지!"

"그렇지만 파콜로지가 득세하려면 우선 서태지 같은 아이돌 가수들과 경쟁하지 않으면 안될걸요. 솔직히 청소년들에게 박정희와 서태지, 둘 중에 고르라면 누굴 고를 것 같으세요?"

"뭐, 경쟁? 저 기저귀가방 멘 어린것들이 경쟁상대라고? 자네 누굴 놀리나? 저놈들은 나쁜 바이러스들이야, 빨갱이만큼이나! 박멸해야지!"

"그럼, 세계화를 배격하시는 건가요?"

"뜬금없이 뭔 소리여?"

"사실이 그렇잖습니까? 민족주의 아닌 건 파시즘이 아니죠. 서태지는 세계화의 소산 아닙니까? 세계화, 신자유주의를 폐지하지 않고서 서태지, 에쵸티를 이기기는 불가능한 일이죠. 지금의 모든 타락현상도 그 때문에 생긴 것인데…… 북한보다 무서운 것이 세계화죠."

"그건 나도 모르지 않아. 세계화는 나도 반대야. 하지만 어떻게 하나. 이미 판은 벌어져버렸는데 어쩔 수 없잖아. 미국이 주도하는 일인데, 어떻게 거부할 수 있나. 그래서 세계화 속에 건실한 민족주의, 건실한 파시즘을 세우자는 것 아닌가."

"글쎄 그게 가능한 일일까요? 공상일 뿐이죠."

"이 사람, 매사에 부정적이야! 해보지 않고서 그런 소리 하면 되나! 좌우당간 안되면 되도록 해야지. 자넨 전부터 너무 이론적이어서 탈이야. 80년대 운동권은 이론을 너무 좋아해서 망한 거 아냐. 박정희 담론에 이론은 그리 중요하지 않아. 직정(直情)적이어야 해. 막말로 선정적 통속소설이어야 한다고. 그런 점에서 서태지를 배워야 한다는 거야. 아이돌 가수들을 우리 쪽으로 포섭해버리는 거지!"

"글쎄요, 그게 쉽지 않은 일이죠. 금방 제가 말했지만, 요즘 청소년들은 저희끼리 우상을 만들고 자기가 만든 우상이 맘에 들지 않으면 가차없이 버리거든요. 그들을 붙잡아두기가 쉽지 않을 것 같은데요."

허무성은 자신의 눈에 드러나는 불쾌한 감정의 빛을 지우려고 자꾸만 눈을 깜빡거린다.

"왜 안돼? 제이치의 카리스마가 훨씬 더 강력한데, 왜 안돼? 자네 제자들도 자기 페니스를 두려워한다고 했잖아. 자신의 욕망을 통제해줄 강력한 카리스마를 원한다고 말이야. 안되면 되게 해야지!"

그가 갑자기 상체를 숙이고 목소리를 낮춘다. 그 지하실에서 듣던 소름끼치게 느글느글하고 야비한 말투가 되살아난다.

"까짓 것, 씨발! 국민들을 얼차려시킬 수 있는 최상의 방법은 전쟁이지! 속전속결의 국지전! 희생을 이삼십만명쯤으로 최소화하기 위해서 치밀하게 계획된 국지전 말이야! 물론 국민은 전쟁을 원치 않지. 그러나 그들을 전쟁으로 끌고 가는 건 아주 쉬워. 적이 먼저 도발해왔다고 말하면 그만이거든! 그렇게 국민을 집합해서 되게 얼차려를 시켜봐야 해. 인명피해가 생긴다고 해서 전쟁을 두려워해선 안되지. 죄악으로 물든 이 사회를 정화하려면 어느정도의 희생 제물은 불가피해. 그리고……"

허무성이 참을 수 없어 말꼬리를 자른다.

"의원님, 그건 아니지 않습니까? 어떻게든 전쟁만은 피해야죠."

"뭐가 무서워서? 언제까지 김정일 핵폭탄 무서워서 만날 쩔쩔매면서 퍼주기나 해야 하나! 김정일의 핵폭탄 위협에 굴복해서 공산화 통일되어 칠천만명이 김정일의 폭정에 고통당하다가 죽는 것보다 좀더 긴 안목에서 보면, 차라리 이삼십만명 죽더라도 김정일의 핵폭탄과 미사일을 깨뜨리는 게 더 낫다고 생각해. 그게 우리 쪽 생각이야."

"아, 그건 정말 아닌데요!"

"무엇이 두렵나. 인명피해? 씨발, 그까짓 이삼십만의 인구 손실, 대한민국의 젊은 남녀가 하룻밤 즐겁게 자고 나면 복구될 거 아냐. 남한 총인구에 결손 부분이 생긴다면 출산을 장려해서 땜질하면 되는 거야. 아니야? 애를 낳으면 될 거 아니냐고. 안 그런가, 허교수?"

시무룩하게 고개를 수그린 채 듣기만 하던 허무성이 한숨을 푹 내쉰다.

"그렇게 과격하게 말씀하시면, 전 기운빠져서 말 못해요."

"자넨 너무 걱정이 많아서 탈이야. 그런데 자넨 왜 애를 안 낳나?"

"글쎄요, 어쩌다보니……"

"자넬 비난하는 게 아니야. 자네 같은 엘리트가 애를 갖지 않고 있다면, 거기엔 분명히 그럴 만한 이유가 있겠지. 문제는 별 이유 없이 애를 낳지 않으려는 요즘 젊은 것들의 풍속이 문제라는 거야. 뭐, '화려한 씽글' 어쩌고 하면서 독신이 유행하고 결혼해도 마지못해 아이 하나만 가지려 하고 말이야."

허무성은 속으로 중얼거린다. 나도 이젠 씽글인데요. 다시 씽글로 돌아왔어요. 아까부터 요의를 심하게 느끼고 있지만, 자학하듯이 그냥 앉은 채 버틴다. 배와 오줌통이 맥주로 가득 차 탱탱하게 부풀었다.

"문제는 사회 씨스템이죠. 구조조정의 사회가 문제죠. 제 한몸 추스르기도 어려운 터에 애를 낳고 키운다는 게 얼마나 어려운 일인지 잘 아시잖아요. 무엇보다 사교육비가 큰 문제죠."

"그렇다고 출산율이 세계 최하위가 되어야 하겠어? 어쩌다 우리나라가 이 모양이 되어버렸나! 장차 국방 인력을 생각할 때, 이거야말로 큰 문제야. 애 안 낳는다는 것은 나라에 반역이야. 동성애자들과 별 이유 없이 독신하는 자들한테는 국방세를 신설해서 무겁게 물려야 해. 그중에도 골수 페미니스트들! 송난주 같은 족속들 말이야. 자유

운운하면서, 씽글이 무슨 대단한 삶의 방식인 양 선전해대고 있어. 남자 씽글들은 여자가 무서워서 결혼 안하는 거잖아. 남자들은 약해빠지고 여자들은 설쳐대고, 이런 것 모두 페미니스트 때문이야! 꼴통 페미니스트들에겐 중벌을 내려야 한다고, 안 그래? 이혼율도 세계 두 번째라지? 그년들의 선동 때문에 이혼율은 계속 올라가고, 남녀가 서로 적처럼 대치하는 지금의 상황이 벌어졌단 말이야. 에이, 싸가지! 저것들 보기 싫어서라도 전쟁은 일어나야, 전쟁이 일어나서 남자가 진짜 뭔지, 수컷이 뭔지 보여줘야지, 안 그래?"

"하지만 인간을 소모품으로 간주하는 건 너무합니다. 식용을 위해 동물을 강제 번식하는 것처럼 인간도 전쟁용으로 쓰기 위해서 강제 번식해야 한다는 말인가요?"

"이봐! 말을 왜 그따위로 해? 나라를 지키는 애국행위를 꼭 그따위로 악담해야 직성이 풀리겠어? 아냐, 아냐, 괜찮아. 토론하는 자리니까 그런 말도 할 수 있지. 이야기 계속하게."

허무성은 상대방의 눈초리를 피해 눈을 내리깔고 다시 입을 연다. 착 가라앉은 부드러운 목소리, 마치 주문을 외우는 것 같다. 그 이야기를 듣는 김일강의 눈빛이 홀린 듯 멍해진다.

"저출산에 대해서 저는 좀 다르게 생각하는데요. 이젠 출산을 장려해도, 강제해도 안 먹혀들어갈 것 같아요. 밥도 먹고 싶어야 먹는 거죠. 저 자신을 봐도 그래요. 아이를 갖고 싶다고 생각한 것은 결혼 초 잠깐이었을 뿐이에요. 어찌된 건지, 지난 십여년 동안 제 분신을 만들고 싶은 마음이 별로 생기지 않았어요. 아이가 딸린 제 모습이 상상이 안돼요. 왜 그럴까, 생각해봤습니다. 어떤 불가사의한 힘이 저를 그렇게 살도록 암암리에 작용하는 것 같아요. 최근 급격히 늘어난 씽글족들, 그들은 왜 번식에 흥미가 없어졌을까요? 결혼한 젊은 부부들도 대개가 자식 욕심이 별로 없어요. 자식 키우는 비용이 엄청나서 그렇기도 하고, 무엇보다 번식 욕망이 없어서 그렇죠. 그리고 아이를 낳고 싶어도 임신이 안되는 일도 부쩍 많아졌고요. 남성의 정자가 무기력해지고 그 수도 팍 줄어들었다는 겁니다. 직장 스트레스, 다이옥신 같은 것들 때문에 그렇대요. 최근 젊은이들 사이에 급증한 호모쎅스의 경우도 불임이 아닙니까? 한마디로 불임의 시대죠. 도대체 어째서 전에 없던 이런 불임현상이 벌어지고 있을까, 하고 생각해봤어요. 제가 보기에 아무래도 자연의 섭리 같아요. 자연의 불가사의한 힘 말입니다. 그래서 씽글족도 호모쎅스도 어찌할 수 없는 자연적 현상이므로 죄를 물어서는 안된다고 생각해요. 자연이 그렇게 시키고 있는 거죠. 자연은 인류에게, 이제는 더이상의 번식은 안된다고 말하는 것 같아요. 지상의 양식과 에너지는 제한되어 있는데, 더이상의 번식은 재앙을 가져올 뿐이라고요. 그러나 때는 이미 늦었을지 몰라요. 지상의 양식은 부족할뿐더러 독으로 심하게 오염되어 있어요. 물도 공기도 심하게 오염되었어요. 더럽혀진 땅은 결국 인간들을 토해낼 거라고 성경에도 씌어 있어요. 고통받는 지구가 몸부림쳐서 벼룩 같은 인간들을 털어내버리는 거죠. 재앙은 이미 시작되었을 거예요. 대나무가 꽃 피운다는 말 들어보셨죠? 위기에 처한 대나무가 꽃을 피운다는 것 말입니다. 뿌리로 번식하는 대나무숲은 땅속의 양분이 고갈되면 일제히 하얗게 꽃을 피워 씨만 남긴 다음 스스로 말라죽는답니다. 후대를 위한 자살이죠. 그래서 죄다 망해버린 폐허에 남겨진 그 씨들이 싹을 틔워 새로운 시작을 하는 거죠. 레밍 쥐도 그래요. 양식은 한정되었는데 번식이 너무 많아지면 바다를 향해 대이동하여 집단자살을 한답니다.

자연의 법칙, 자연의 섭리인 거죠. 우리 인류도 그와 같이 되지 않을까요? 인류가 지금 자신도 모르게 자살충동에 사로잡혀 있는 건 아닐까요? 자연의 섭리에 따라 그 길로 가도록 예정되어 있는 건 아닐까요? 우리 인간도 그처럼 약간의 종자만 남겨놓고 집단자살한 다음에 다시 시작하는 건 아닐까요? 총체적 소멸을 통한 재생이죠. 인간 종자가 지구상에 해충처럼 창궐하고 있어요. 한반도에 전쟁이 터지면, 그게 아무리 국지전을 생각했더라도 전면전이 될지 몰라요. 아니, 더 나아가 핵전쟁의 세계대전이 될지도 모르죠. 핵전쟁으로 집단자살하거나, 다른 묵시록적 대재앙을 만나거나 할 거예요. 깊은 상처로 신음하는 이 지구가 언제까지 가만있겠어요. 분명히 조만간에 크게 몸부림쳐서 우리 인간쓰레기들을 모조리 지표 밖으로 털어버릴 겝니다."

허무성이 몸부림치는 지구를 표현하려고 격렬하게 몸을 흔든다. 그러고는 지그시 눈을 감으면서 낮게 중얼거린다.

"총체적 소멸! 이 말이 맘에 들어요. 인류의 소멸이 지구에게는 축복이 되겠죠? 9·11테러, 그게 그냥 테러가 아닌 것 같아요. 인류의 자살행위의 시작이라는 생각이 들어요."

김일강이 마침내 참다못해 눈을 부릅뜨고 맥주컵으로 탁자를 찍는다. 허무성이 자기최면에서 깨어난 듯 화들짝 놀란다.

"그만해, 쓸데없는 소리! 도대체 누가 그따위 엉터리 종말론을 말했나?"

"아, 죄송합니다. 누가 말한 것이 아니라 그냥 제 생각입니다. 제 느낌이죠. 본능적으로 그렇게 느껴요."

"허교수, 참 못됐다! 왜 여기에 말세론을 끌어들여? 아무튼 자네는 그 비관적 태도가 탈이야."

"죄송합니다."

간신히 화를 참은 김일강이 지친 듯 털썩 상체를 등받이에 기댄다. 종이냅킨으로 땀투성이가 되어 번들거리는 얼굴과 벗어진 앞머리를 닦는다. 정맥 두 개가 툭툭 불거진 대머리.

"아, 열받으면 안되는데…… 정말 화나지만 참겠네. 혈압이 높다는 거야. 난 쉬지 못하는 사람이야. 난 쉬지 않았어. 쉬지 못하게 저주받았나봐. 거 뭐냐, 시시포스, 내가 시시포스처럼 저주받았어. 불철주야로 좌파 놈들과 싸우느라고 쉴 틈이 없었어. 두 달 전에 잠시 머리 식힐 셈으로 우리 교회 선교팀을 따라 아프가니스탄에 갔는데, 거기서도 별로 쉬지 못했어. 거기에 진출한 해외공관, 상사 책임자 들과 거의 매일밤 술을 마셨지. 그러다가 쓰러졌어. 혈압이 높다는 거야."

"아, 아프간……"

"그럼, 아프간에도 우리 교회가 발을 내딛기 시작했지. 해외에 우리 기업이 진출하고 있는 곳이면 어디든 교회도 따라가야 해. 자본만 가서야 되나, 자본주의 정신도 따라가야지 않겠나. 교회도 기업의 마케팅 전략을 배워서, 대담하고 교활하게 외국의 보호장벽을 뚫고 들어가고 있어. 이제 적지 꾸란 땅에 우리의 찬송가가 들리기 시작했어."

만족을 모르는 교회, 먹어도 먹어도 허기지는 그 무서운 탐욕도 기업의 생리를 닮았다,라고 허무성은 반박하고 싶지만, 눈을 질끈 감고 참아버린다. 다시 고개를 떨구고 낮게 한숨을 토한다. 잠시 침묵. 그 침묵을 타고 전화받는 미미의 목소리가 들려온다. 장시간의 신경전과 취기에 지친 허무성은 그녀의 명랑한 목소리에 잠시 구원을 청해본다. 목소리가 고와 노래도 잘 부르고, 남도 쪽 사람을 만날 때면 거침없이 나오는 사투리도 예쁘다. 허무성과 눈이 마주치자 찡긋 윙크를 보낸다.

"오매, 어지께 올라왔다고라? 오빠 집에 댕기러? 아이고, 보고 잪다! 하모, 여그까장 왔는디 날 안 보고 감 안되제. 징한 년, 그새 어찌고 살았냐. 응, 응, 그려, 그려, 어서 온나. 보고 잪다. 그려, 가게로 온나. 우리 가게 위치 알지라? 아이고, 징한 년!"

18

 김일강이 잠시 허물어졌던 표정을 고치고 다시 말을 잇는다. 표정이 딱딱하게 굳었다.
 "아까도 말했지만, 제이치가 좋은 사람이었다고는 말하지 않겠어. 물론 결점이 있지. 비정하다는 것, 잔인하다는 것, 그것이 바로 그의 결점이야! 그런데 희한하게도 그것이 민중에게는 결점이기는커녕, 오히려 다른 누구도 가질 수 없는 장점으로 보인단 말이야. 잔인하다는 것, 가차없다는 것, 그것이 권력의 속성이야. 구약의 신, 야훼가 무섭고 잔인하다고 해서 아무도 그걸 결점이라고 보지 않듯이 말이야. 민중은 그 무서운 카리스마에 현혹되는 거지. 인간은 누구에게나 복종의 피가 흐르지."

허무성은 그 말에 반박하고 싶지만, 엄두를 내지 못하고 입속으로 중얼거린다. 하기는 인간백정 스딸린도 복권되고 있는 세상이니까. 격하운동으로 사라졌던 스딸린 동상들이 다시 세워지고 있단다.

"영화를 보면, 조직폭력배도 잔인성이 결점이긴커녕 오히려 매혹적인 카리스마가 되고 있죠."

"왜 조폭을 들먹거려?"

"그게 아니고요, 제 말은 조폭영화를 좋아하는 대중의 취향이 파콜로지의 좋은 온상이 될 거라는 거죠. 충성과 복종과 의리. 작년에 조폭영화 「친구」가 팔백만 관객을 동원했죠. 놀라운 숫자 아닙니까?"

"그렇지! 나도 그 영화 봤지. 아주 좋은 영화였어. 고교 교복 입은 모습도 좋고. 검은 제복, 얼마나 멋있나! 그걸 바보같이 전두환이가 벗겨버렸단 말이야. 교복자율화 운운하면서 말이야. 제가 무슨 자유를 안다고, 군화나 지켜야 할 주제에 나와서 지랄 엠병한 거지, 안 그런가. 아무튼 그 영화엔 진짜 사나이들이 나오지. 우리가 잃어버린 진짜 사나이들. 팔백만 관객이 바로 그걸 그리워하는 거야."

"게다가 우리나라 남자들은 거의 모두가 졸병으로 군복무를 했기 때문에 충성과 복종의 정서에 익숙하죠."

"아암, 잘 봤어! 국민 개병제가 곧 파콜로지의 온상이야."

허무성이 쿠션의자에 파묻혀 있던 상체를 앞으로 당기면서 목소리에 힘을 준다.

"그리고 요즘 젊은 애들은 조폭영화뿐만 아니라, 공포영화도 좋아하지 않습니까? 공포물을 좋아하는 대중의 취향도 역시 파콜로지에 잘 들어맞을 것 같네요. 공포는 워낙 파시즘의 도구이지 않습니까? 공포영화에 익숙하면 공포정치에도 익숙해질 것 같거든요. 요즘 영화와 인터넷 싸이트를 통해 공포에 중독된 청소년들이 적지 않답니다. 일용할 양식처럼 그들은 수시로 한 사발의 피와 한 사발의 공포를 들이켜요. 요새 젊은 애들이 좋아하는 스너프 필름이란 거 아세요? 우리 학생들이 좋아하기에, 그게 어떤 건가, 하고 한번 보러 갔다가 혼났어요. 영화관을 나온 다음에도 헛구역질이 멈춰지지 않았어요.「나이트메어」나「시계태엽장치 오렌지」같은 영화 보셨나요? 화면에 피가 철철 넘쳐흘러요. 낭자한 피와 소름끼치는 비명소리! 몽땅 죽여버리는 겁니다. 닥치는 대로, 죽여요! 시체들이 줄줄이 누울 자리 찾아 다퉈요. 아아, 떼죽음들!」

"허교수, 왜 그래? 왜 갑자기 흥분해?"

"아, 떼죽음들! 그 공포를 사람들이 좋아한다니까요. 아, 그들에게 공포는 쾌락이랍니다. 전 정육점 앞도 피해다니는 겁쟁이 환자가 되어버렸는데 말예요. 붉은 피를 보면 옛날의 공포가 되살아나요!"

그 순간 허무성은 자신이 고문의 기억을 지우지 못하는 것도 그 공포에 중독되어 있기 때문이 아닐까, 하는 생각이 든다.

"옛날의 공포라니, 무슨 말이야? 자네 취했나보군."

"예, 취했어요. 되살아나는 공포, 그것이 무엇인지 정말 모르세요? 좋아요. 한번은 프랜씨스 베이컨의 화집을 보고 발작난 적이 있어요. 사람의 것인지 동물의 것인지 모를, 도살당한 시뻘건 사체의 그림들이었죠. 그런데 공포가 쾌락이라니! 폭력, 붉은 피가 쾌락이라니! 저에겐 무서운 고통인데. 할복한 미시마 유끼오의 피! 그걸 의원님은 좋아하시잖습니까? 두려워하면서도 쾌락을 느끼시잖아요."

"자네 취했군, 취했어."

허무성은 갑자기 밀려드는 취기에 일순 현기증을 느낀다. 정수리에 찌르르 자극이 오면서 두피가 벗겨지는 듯한 느낌이다.

"전 병을 앓고 있어요. 죽음의 공포가 절 따라다녀요. 그 공포가 견디기 어려워요. 아, 미치겠어요. 너무 두려워서 자살하고 싶은 충동까지 일어나곤 해요."

"도대체 무슨 소리야? 왜 그렇게 됐어? 무슨 병이야?"

"제가 왜 이렇게 됐는지 정말 모르세요?"

허무성은 부지중에 높아진 자신의 목소리에 흠칫 놀라 얼른 시선을 돌린다.

"무서워요. 저 죽음을 피해 어딘가에 숨어버리고 싶어요. 파콜로지를 지지하면 안식을 얻을 수 있을까요? 저 집단, 저 군중 속에 숨으면 죽음이 날 찾지 못할까요? 집단 속에 있으면 불안, 공포가 사라질까요?"

"자네, 왜 그래? 우울증인가? 무얼 복잡하게 생각하는 모양인데…… 복잡한 것도 단순하게 생각하라고. 필요한 건 행동이야. 단순해야 해. 의심해선 안돼. 무조건 믿어야 돼. 아무 의심 말고 몸과 마음을 의탁해야지. 예수를 믿고, 제이치를 믿고, 미신을 믿고, 신화를 믿어야지. 대중이 무식한 만큼이나 그들을 지도하는 엘리트 그룹도 단순무식해야 하는 거야. 필요한 건 생각이 아니라 행동이야. 그게 파시즘이야."

"그래요, 전 환잡니다. 단순한 우울증이 아니에요. 트라우마가 무슨 병인지 아시죠? 저에게 그 병이 왜 생겼는지 아시잖아요. 아, 그 지하실, 그 지하실의 기억이……"

김일강이 무슨 말인지 알아듣고 얼른 허리를 곧추세우며 긴장한다. 갑자기 사나워진 눈빛. 대머리의 억센 두개골 위에 지렁이처럼 꿈틀거리는 두 개의 핏줄. 그래서, 어쩌겠다는 거야? 하는 고함이 그의 입에서 터져나올 것만 같다. 허무성은 상대방의 사나운 눈빛을 더이상 견디지 못하고 눈을 감아버린다. 김일강이 이내 긴장을 풀면서 아무 일도 아니라는 듯이 너털웃음을 웃는다.

"허허허! 혼자서 생각을 너무 많이 해서 그런 망상이 생기는 거야."

"아, 공포가 쾌락이라니……"

"그럼, 공포가 쾌락일 수도 있지. 문화국민이라는 프랑스인도 그렇잖아. 그들은 단두대 공포정치의 상징인 로베스삐에르를 지금도 좋아한다는구먼. 물론 공식적으론 그렇게 표명하지 않지만, 본심이 그렇다는 거야. 인간은 소름끼치는 공포일수록 두려워하면서도 좋아하는 것 같아. 그 공포가 자기한테 닥치지 않는다면 얼마든지 환영할 준비가 되어 있지. 그래 폭력이 없고 공포가 없으면, 권력도 카리스마도 없는 거야. 물론 시대가 바뀌었으니까, 거기에 맞게 세련된 파시즘이어야 하겠지만 말이야. 아까 말한 S대 이진수 교수 있잖아. 그가 나한테 한 말인데, 박정희를 연구하면서 깊이 들어갈수록 그 인물에 매혹된다는 거야. 뭐라고 했더라? 으음, 박정희를 연구한다는 것은 그 시대를 산다는 것과 같다고 했어. 그 시대의 공포를 온몸으로 느낄 수 있고 그 생생한 감각을 좋아한다고 했지. 학생 때 경험 못한 거 지금에야 경험한다고. 그럴 정도로 대학생 때 지독한 공부벌레였던 모양이야."

허무성이 분노로 뜨거워진 입술을 혀로 핥는다. 아랫입술 밑의 실 핏줄들이 마구 불끈거린다.

"그 공포시대에 우리가 공포를 먹고 살던 그때에 이진수, 그자는 책만 파먹고 살았군요. 우리 몰래 숨어서 공부만 했겠죠. 아, 우린 늘 체포와 고문의 두려움에 시달리고, 그자는 붙잡혀가는 우릴 보면서 짜릿한 안도감을 느꼈겠죠. 그리고 어느날, 허무성은 한밤중에 납치되어 남산의 그 지하실로 끌려갔죠!"

그 위험한 말이 드디어 입밖으로 튀어나온다. 그 말이 튀어나온 순간, 허무성은 스스로 깜짝 놀라 온몸이 경직된다. 경적음처럼 고막을 찢을 듯이 귓속에 가득 차 울리는 이명. 김일강도 놀라서 눈이 휘둥그레진다. 거친 호흡. 공기를 급히 빨아들여 두 사람 사이의 공간은 이내 진공상태가 된다. 허무성은 속에서 들끓는 자신의 절규를 듣는다. 야, 이 새끼야! 그 말을 참느라 온몸에 소름이 쫙 끼친다. 김일강의 얼굴이 서서히 일그러지면서 눈빛에 무서운 독기가 점화된다. 벗어진 앞머리에 두드러진 두 개의 핏줄이 지렁이처럼 꿈틀거리고 이 위로 입술이 잔인하게 말려올라가 있다. 그 지하실의 고문자, 포식자, 천적, 바로 그 얼굴이다! 치밀어오르는 생생한 공포! 허무성은 상대방의 부릅뜬 눈에 맞서지 못하고 맥없이 시선을 떨구고 만다. 그렇다. '야, 이 새끼야!'라고 말할 수 있는 사람은 그가 아니라, 김일강이다. 그가 다른 사람이 듣지 못하게 목소리를 낮춘다.

"야, 이 새꺄! 그래서? 그래서 어쨌다는 거야? 이 씹새꺄!"

뱀의 뱃바닥같이 낮고 차가운 목소리. 그 차가움에 허무성은 진저리친다.

"이 새꺄! 눈떠! 눈뜨고 날 똑바로 쳐다봐! 내가 누구야? 내 이름이 뭐야? 내가 누군지 똑바로 보란 말이야!"

김일강이 탁자를 넘어 당장 덮칠 듯이 상체를 일으킨다. 부릅뜬 눈에서 독기가 철철 넘친다. 가르릉가르릉, 목구멍에서 무섭게 화가 끓어오르는 소리! 옛 고통, 그 죽음의 감각이 생생하게 되살아나 허무성의 심장을 움켜쥔다. 입안에 와락 쳐들어온 콜트 45권총! 육군 대위 이석구, 그리고 그 앞에 너부러진 시체들의 영상이 번개같이 스쳐간다. 즉각 항복한다. 고개를 떨군다. 불가항력의 천적. 순식간에 오관이 마비되고 의식이 아득해진다. 천적 뱀이다. 뱀 아가리 앞에 완전히 넋을 잃어버린 들쥐, 야릇한 황홀상태, 그처럼 심신이 마비상태가 되어 먹혀들어갈 준비가 된다. 그의 몸속에 먹혀들어간다. 먹혀들어가 그 몸의 일부가 된다. 암수 동체, 그와 나는 하나가 된다. 감긴 눈에서 눈물이 소리없이 흘러내린다. 오른쪽 귀에 뜨거운 입김과 함께 무섭게 속삭이는 소리가 들려온다. 난 내가 만든 자를 절대 잊지 않아! 난 널 만든 사람이야! 눈물이 하염없이 흘러내려 머리끝까지 뻗친 긴장을 녹여낸다. 몸이 축 늘어진다. 취기와 탈진의 피로가 한꺼번에 밀려들면서 들끓던 분노는 그렇게 맥없이 가라앉아버린다. 죽음이다. 정신의 모세혈관까지 서서히 번지는 죽음의 독. 야릇한 쾌감의 죽음……

그런데 뜻밖에 김일강의 눈에서도 눈물이 흘러내리고 있다. 그가 조용히 일어나 허무성의 옆자리로 건너가더니 그의 어깨를 감싸안고 흐느낀다.

"허무성, 아, 자네가 괴로우면 나도 괴로워. 날 봐. 나도 울고 있어. 우린 한몸이야. 자네 머릿속에 내가 박혀 있듯이, 내 머릿속에 자네가 박혀 있어. 아, 그동안 얼마나 자넬 보고 싶었는지 몰라. 물론 바쁘긴 했지. 좌파 새끼들과 싸우느라고 말이야. 내 공격을 받은 새끼들이 내 약점을 적발해내려고 여간 혈안이 아니었어. 물론 자넬 못 만날 정도로 바쁜 건 아니었지. 솔직히 자네 만나기가 두려웠던 거야. 자네가 내 적들에게 가담해서 날 공격할까봐 두려웠어. 자네가 결코 날 고발 못하리라는 걸 잘 알면서도, 이상하게 불안했어. 내 손에 치도곤당한 자가 한둘이 아닌데, 유독 허무성, 자네만이 꿈에 나타났어. 자주 꿈에 나타났어. 자주 꿈에 나타나 날 고문했다고! 고문당했던 자가 꿈속에 나타나 고문자를 고문하는 거야. 정말 무서웠어. 그 지하실에서, 자네가 네 손에서 몽둥이를 뺏고 사정없이 날 때렸어. 날 고문하고, 그리고 날 고발했어."

그의 눈물이 허무성의 눈물에 섞여든다. 허무성은 제 몸이 이미 암컷으로 변해 있음을 느낀다. 김일강의 얼굴에 박정희와 미시마 유끼오의 얼굴이 겹친다. 눈을 감은 채, 몽롱한 의식상태에서 중얼거린다.

"그래요, 의원님도 제 꿈에 자주 나타났어요. 제 입안에 콜트 권총을 넣고 방아쇠를 당겼어요. 격투 벌이는 꿈도 자주 꿨어요. 하지만 아무리 주먹질해도 당신 얼굴을 맞힐 수 없었어요. 허탕만 치는 거예요. 마치 물에 빠진 사람이 죽어라고 팔을 휘두르며 헤엄치는 느낌이었어요."

"아냐, 자네가 날 때렸어. 정말 무자비하게 날 때렸어. 꿈속이지만, 그 고문의 고통이 얼마나 혹독한지 자넨 모를 거야. 악몽에서 깨면 등줄기에 식은땀이 흥건해. 아, 그런 악몽이 한두 번이 아니야."

"정말 꿈속에서 제가 그랬나요?"

김일강이 숨가빠 헐떡거리는데, 술취한 눈에 광기가 붉게 떠올라 있다.

"정말이야. 자네가 날 몽둥이로 때리고 물고문했어. 하아, 그리고 요즘엔 딸년까지 날 괴롭혀. 막내딸 은지가! 며칠 전에 아주 끔찍한 꿈을 꿨지. 집으로 큰 나무상자가 배달되었는데, 열어보니까 가출한

은지가 뱀 문신이 휘감긴 끔찍한 알몸으로 그 안에 웅크리고 있는 거였어. 아, 이럴 수가! 내 딸년이 가출했단 말이야! 이번이 두번째야. 중3짜리가 말이야. 처음 가출했을 땐, 아이들이 잘 간다는 명동과 동대문 쇼핑몰에 찾으러 갔었지. 쇼핑몰 앞 야간무대 주위에 아이들이 잔뜩 몰려 있었는데, 그 속에 들어가 기웃거리며 찾노라니까, 불량배 세 놈이 어깨를 으쓱거리면서 다가와서는 '가출한 아이 찾으시나요? 집에 가 계시면 내일 택배로 배달될 겁니다' 하고 깔깔대는 거였어. 소름이 끼치더라고. 그후로 나무상자가 배달되는 악몽을 꾸게 된 거야. 그 아이 때문에 날마다 어미가 새벽기도 다녀. 그래도 소용없었어. 때려도, 달래도 소용없었어. 언젠가 그애가 날 죽일 거야. 날 노려보는 살기등등한 눈초리라니! 허무성, 우린 같은 꿈을 꾸고 있어. 우린 닮은꼴이야. 내가 널 만들었고, 네가 날 만들었어. 너의 머릿속에 내가 박혀 있는 것처럼, 나의 머릿속에 네가 박혀 있어. 누가 고문자이고 누가 피고문자이지? 우린 같은 사람이야. 샴쌍둥이, 운명적으로 한사람이야. 제이치! 박정희 장군! 그분 안에서 우리는 하나야. 아, 그분이 죽은 게 아니라 어딘가에 살아 있는 듯이 느껴져! 그렇지 않고서야 이렇게 느낌이 생생하고 강렬할 수가 없어! 몸속에 그분이 느껴져! 짜릿한 관능으로 느껴져! 난 암컷이야, 육중한 수천 톤의 탱크가 날 깔아뭉개는 것 같아. 그 포신이 거대한 페니스처럼 내 몸을 뻥하고 구멍 뚫어놓는 것 같아! 으드득, 깔아뭉개야 해! 그래! 강성 노조를 까부수고, 외설, 포르노, 좌파 새끼, 성범죄자, 동성애자들, 깡그리 깔아뭉개야 해! 아아, 막돼먹은 세상, 가차없이 처단하고 탱크로 깔아뭉개야 해!"

"전 트라우마를 앓고 있어요. 죽음이 두려워요. 군중 속에 숨으면 죽음이 절 찾지 못할까요? 의원님, 박정희 군중 속에 숨으면 정말 괜찮을까요?"

그때 운전기사 헐크의 큰 키가 불쑥 나타난다.

"의원님, 벌써 열시인데요. 다음 약속에 가셔야죠?"

19

 그 이튿날, 일요일의 늦은 아침, 허무성이 간밤에 김일강과 마신 술로 숙취를 앓으면서 거실의 쏘파에 누워 있는데, 송난주가 전화를 걸어왔다. 김의원이 전화로 알려주더라고 하면서, 재임용 문제가 잘 해결되어 기쁘다고 했다. 그리고 오후 늦게 큰오빠와 살고 있는 병약한 노모를 뵈러 닷새 휴가를 얻어 시카고에 간다고 했다.
 허무성은 쏘파에 모로 누워 텔레비전 화면을 멀거니 바라본다. 거기에 문정선이 다 못 보고 간 홈드라마가 방영되고 있다. 텔레비전 앞에 앉은 채 1.5리터짜리 콜라를 입 떼지 않고 반이나 꿀꺽꿀꺽 들이켜는 그녀의 뒷모습이 떠오른다. 화면에는 어리석고 우스꽝스런 몸짓과 대사 들이 어지럽게 춤춘다. 오늘도 강부자와 이순재가 말다툼하고 있다. 아마 영원히 다툴 것이다. 제목과 배우들만 바뀔 뿐 똑같은 이야기가 끝도 없이 계속될 것이다. 오늘이 어제 같고, 어제가 그제 같고, 오늘이 내일 같고, 내일이 모레 같고…… 마냥 같은 이야기, 마냥 느러터진 템포로 영원히 계속될 것 같은 이야기들. 마치 인생에는 영원히 계속되는 삶만 있고 죽음은 없다고 말하는 것 같다. 그녀를 종일 텔레비전 앞에 붙어앉게 만든 것은 바로 그런 환상이 아니었을까? 시간을 초월한 텔레비전 속 세상, 거기에서 죽는 것은 없다. 죽은 엘비스 프레슬리가 되살아나 격렬하게 엉덩이춤을 추고, 제임스 딘이 살아나 다시 낭떠러지를 향해 차를 몬다. 잠잘 때도 그녀는 텔레비전을 끄지 않았다. 텔레비전을 끈다는 것은 곧 죽음이라고, 버튼을 누르자마자 펄펄 살아 있는 화면이 급격히 중앙의 한 점으로 응축되면서 죽음의 블랙홀로 빨려들어가는 그 순간이 두렵다고, 그녀는 말했다. 블랙홀, 블랙아웃. 죽음이란 그런 것일까?

　죽음의 환상에서 벗어나기 위해 인도로 도망친 그녀는 이 집을 '죽어 있는 집'이라고 했다. 그럼 나는 혼자서 이 죽음의 집에서 어떻게 될까? 한국에서 퇴출당한 그녀는 아마도 인도에서 다시 살아날 것이다. 나는 어떻게 되나? 과연 나는 김일강에게 굴복한 것일까? 김일강의 모습과 함께 수시로 엄습하는 죽음의 공포는 그에게 굴복해야만 사라질 것이다. 김일강과 함께 파시스트 군중 속에 들어가야 죽음을 잊을 수 있을 것이다. 그러나 그자의 노예가 되기는 싫다. 문득 한 할머니의 얼굴이 떠오른다. 그러느니 차라리 독립군 직계인 그 할머니의 노예가 되고 싶다. 지난겨울 어느날, 텔레비전 화면에서 본 조선족 할머니. 만주의 최북단 흑룡강 근처, 눈속에 파묻혀 살고 있는 그 할머니의 얼굴이 떠올랐다. 텔레비전 화면 속에서 바깥세상은 온통 눈인데, 그 할머니의 조그만 부엌은 따뜻했다. 마른 수숫대를 태우는 따뜻한 아궁이불과 버글버글 밥물이 넘치면서 뿜어대는 푸짐한 흰 수증기…… 그러나 할머니는 몹시 추워했다. 외아들은 결혼해서 도시로 나가고, 영하 이십도의 혹한 속, 집채같이 쌓인 눈구덩이, 혼자 힘으로는 눈도 못 치우고, 눈구덩이 속에 홀로 남아, 너무 춥고 외로워죽겠다고, 부모 따라 여덟살 나이에 떠나온 남한땅, 그 따뜻한 고향에 돌아가고 싶다고, 데려가달라고 하면서 할머니는 흐르는 눈물을 손등으로 닦았다. 피디도 눈물을 흘렸고 그 장면을 보던 허무성도 눈물을 주체할 수 없었다. 같이 텔레비전을 보던 아내가 돌아다볼 정도로 훌쩍거리며 울었다. 그때 그는 속으로 이렇게 외쳤다. 할머니, 여기에 오지 마세요,라고. 이제 허무성은 눈가에 자글자글한 잔주름으로 잔정이 많아 보이는 그 얼굴을 떠올리면서 다시 그때의 그 말을 중얼거린다. 할머니, 여기 오지 마세요. 눈물이 뜨겁게 솟구친다. 더 큰 소리로 중얼거린다. 할머니, 여기 오지 마세요. 따뜻한 고향? 여긴 그런 데가 아니에요. 여기 오지 마세요. 그 순결한 흰눈이 중요해요. 오지 마세요. 여긴 독립군 직계 따위는 안중에도 없다고요. 여긴 따뜻한 게 아니라 너무 뜨거워요. 거긴 너무 춥지만 여긴 너무 더워요. 더러운 욕망과 색정이 들끓는 열기로 너무도 뜨거운 곳이에요. 엄청 먹어대고 엄청 싸발기는 곳이에요. 제발 오지 마세요. 제가 갈까요? 제가 가서 할머니의 노예가 되어드릴까요? 아, 오지 마세요. 여기 오면 눈에 피눈물날 거예요. 뜨거운 프라이팬 속에 미꾸라지들을 산 채로 집어넣은 것처럼, 사람들이 자신의 뜨거운 욕망에 겨워 미친 듯이 팔딱팔딱 뛰는 곳이 서울이랍니다. 오지 마세요. 제발 오지 마세요.

허무성은 계속 중얼거린다. 나는 퇴출이 두려운 것일까? 나도 흑룡강이든 어디든 간에 떠나야 하지 않을까? 이 죽음의 집을 떠나지 않으면, 김일강의 노예가 된 나는 혼자 술취해 텔레비전 앞을 기어다니며 중얼거리다 파국을 맞고 말 테지. 나는 죽어 너부러져 있는데, 죽은 지 여러 날 지난 시체가 되어 푹푹 썩어가는데, 저 텔레비전은 혼자 깔깔대며 생의 기쁨을 노래할 테지. 텔레비전은 죽음을 모른다. 영원히 산다. 죽음을 모르는 화면 속의 사람들, 방영시간이 끝나는 순간, 수만 개의 입자들로 분쇄되어 하루살이떼처럼, 정충떼처럼 빠글거리다가 아침 일찍 방영시간의 시작과 함께 그 무수한 점들이 순식간에 모여들면서 되살아나는 화면 속의 사람들. 전자와 광자의 무수한 점들로 이루어진 사람들…… 죽음은 무엇이고 불사는 무엇일까?

강부자의 수다를 끊고 채널을 다른 데로 돌린다. 거기도 연속극이다. "거두절미하고 말할게. 이혼해줘. 내가 지금 알고 있는 것은 두 가지뿐이야. 하나는 더이상 당신을 속이고 싶지 않다는 것, 또하나는 지영이와 헤어질 수 없다는 것……" 또다른 채널로 옮겨간다.「아침마당」이란 이름의 프로그램, 이산가족의 만남, 일곱살 때 잃어버린 딸을 이십여년 만에 만나고 있다. 서로를 확인하는 순간, 울컥 터지는 울음소리. 네 사람이 서로 얼싸안고 엉겨붙어 떨어지지 않는다. 비 오듯 흘러내리는 눈물, 눈에서 눈물이 상처의 피처럼 흘러내린다. 시청자 허무성의 눈에서도 눈물이 주르륵 흘러내린다.

이어서 나타난 장면은 스웨덴 입양아의 모습을 보여준다. 단아한 용모의 여대생. 생모를 찾아서 지난번 텔레비전 프로그램에 나왔던 그녀는 이제 아무 소득 없이 이틀 후면 출국한다고 한다. 지금 그녀는 생후 한 달 된 갓난아기로 버려졌던 이십삼년 전의 그 자리에 서 있다. 허름한 단층 벽돌집의 대문 앞인데, 그 집 주인인 중년사내와 통역을 맡은 땅딸막한 수녀가 함께 서 있다. 이십삼년 전 자기 집 대문 앞에 버려진 아기를 안고 파출소에 갔다는 그 사내가 말한다.

"울고 있는 아기를 안아들었는데, 얼핏 저쪽 길모퉁이로 몸을 숨기는 여인이 보였어요! 그때 저는 고3이었죠."

벅찬 감동에 사뭇 떨려나오는 목소리다. 생후 한 달 된 갓난아기였던 그 처녀는 그러나 감정에 휩쓸리지 않고 침착하게 서 있다. 그때 마침 한 젊은 여인이 아기를 안고 지나가다가 멈춰서서 촬영 장면을 구경한다. 처녀가 그 여인에게로 다가간다. 아기를 잠깐 안고 싶어한다고, 수녀가 통역해준다. 아기를 넘겨받아 가슴에 안은 처녀는 잠시 눈을 감고 상념에 잠긴다. 눈물을 참는 기색이 역력하다. 그녀 대신에 허무성이 대신 울어준다. 눈물이 주체할 수 없이 줄줄 흘러내린다. 그녀가 침착하게 말한다. 그녀의 영어를 수녀가 통역한다.

"버려진다는 것은 선택되지 않음입니다. 아기는 스스로 선택할 수 없는 무력한 존재이죠."

그래, 버려진다는 것은 선택되지 않음일뿐더러 사회적 퇴출이다. 그녀의 막막한 슬픔, 무엇으로도 달랠 수 없는 그 슬픔이 느껴진다.

그는 텔레비전을 끄고 주방으로 들어간다. 아침 겸 점심이다. 밥으로 슬픔을 누를 셈이다. 씽크대에서 눈물로 얼룩진 얼굴을 씻고는 전기밥솥에서 엊저녁에 먹다 남은 밥을 퍼내고, 냉장고에서 플라스틱 용기에 든 반찬 몇가지를 꺼내 식탁에 올린다. 그녀가 떠나기 직전에 만들어주고 간 반찬들이다. 연근조림, 깍두기, 갓김치, 돼지고기장조림. 그것들을 보자 다시 눈물이 솟는다. 입맛이 쓰고, 맥풀린 손은 숟갈을 들 힘도 없다. 저도 모르게 숟갈이 떨어지고 맨손이 밥사발 위로 간다. 다섯손가락에 와닿는 따뜻한 밥의 온기. 인도에 간 정선도 이렇게 손으로 밥을 먹고 있겠지. 델리에 도착한 그녀는 아직도 거기에 머물고 있을까? 카레 냄새가 매캐한 어느 뒷골목에서 오른손으로 밥에 반찬을 섞어서 집어먹는 그녀의 모습이 떠오른다. 허무성은 자신의 오른손 다섯손가락에 전해지는 밥의 온기에서 그녀의 따뜻한 손을 느낀다. 테러 후 끙끙 앓는 그를 마지막으로 따뜻하게 간호하고 떠난 정선이. 따뜻한 그 손. 대학시절 그 손을 처음 잡았을 때의 감동이 떠오른다. 땀기 서린 따뜻한 손의 감촉. 그후 여러 날 여운처럼 애틋하게 그의 손에 남아 있던 그 황홀한 감촉……

20

　월드컵 축구대회 개막식이 있던 날, 허무성은 목동에서 조그만 논술학원을 운영하면서 그 학원의 간판 강사 노릇도 겸하고 있는 강한일을 찾아갔다. 그날, 칠년 만에 나타난 김일강에게 자포자기 상태에서 영혼을 팔기로 약속한 그는 그래도 혹시 빠져나갈 구멍이 없을까 하는 막연한 생각에 학원을 찾은 것이다. 퇴직할 경우 학원강사는 어떨까? 그러나 그것은 단지 생각일 뿐, 이미 그에게는 결단의 힘이 빠져나가고 없었다. 그래서 미리 약속도 하지 않고, 근처에 볼일 있어 왔다가 들른 것처럼 꾸몄다. 강한일은 마침 부친이 입원중인 병원에 가려고 막 사무실을 나서는 참이었다.
　"무성이, 너 정말 오랜만이야! 작년 양천수 모친상에서 보고 이게 첨이잖아. 어떻게 지내?"

"글쎄, 나야 뭐, 그럭저럭…… 넌 어때? 학원 잘되냐?"

"열심히 뛰긴 하는데, 언제나 제자리야. 러닝머신에서 뛰는 것과 같지, 하하하! 열심히 뛰지 않으면 현상유지도 힘들어. 근데 우리 오랜만에 만났는데, 한잔해야지? 같이 병원에 잠깐 들르고 나서 한잔하자."

"아버님 병환은 어떠셔?"

"심장병이야. 상태가 안 좋으셔. 워낙 고령이어서……"

"연세가 어떻게 되시는데?"

"여든다섯, 내가 다섯 남매 중 막내거든."

두 사람이 탄 승용차는 정체가 심한 성산대교 길목을 벗어나 강변도로로 진입했다. 자동차들을 가득 실은 강변도로는 느리게 움직이는 거대한 컨베이어벨트처럼 보인다. 강바람이 시원하게 불어온다. 허무성은 열린 차창 안으로 세차게 밀려드는 강바람을 마시면서, 눈앞에 탁 트인 공간에 시선을 풀어놓는다. 버릇처럼 늘 긴장하고 있는 탓에 딴딴하게 당겨진 뱃살도 몇번 심호흡을 하고 나자 슬며시 풀어진다. 강의 넓은 수면 위에는 물비늘이 가득 일어나 수없이 반짝거린다. 운전석의 강한일이 카세트를 밀어넣으면서 말했다.

"존 레넌이야. 난 아직도 그의 노래를 좋아해. 그리고 여전히 사회과학서를 탐독하고 있고…… 난 학생 때와 별로 달라지지 않은 것 같아. 넌 어때? 너도 존 레넌 좋아했잖아."

"글쎄, 난 어쩐지 음악을 잘 안 듣게 돼. 바보가 됐나봐. 책은 좀 읽는 편이지."

"무성아, 네가 옆에 있으니까 기분이 묘해지는구나. 그 시절이 생각나. 이따가 삼겹살에 소주 몇병 까보자!"

　존 레넌의 「이매진」이 흘러나온다. 강한일이 핸들에 놓인 오른손을 까딱거리며 박자를 맞춘다. 화상입은 손, 그 시절이 남긴 상처다. 허무성이 칠면조 볏처럼 손등의 우툴두툴한 살갗을 보면서 키들키들 웃는다.

　"왜 웃어?"

　"그래, 삼겹살에 소주 몇병 까자고! 오랜만에 네 오른손을 보니까 북창동 삼겹살집이 생각나는구나, 후후후!"

　"후우, 북창동 삼겹살집! 손에 화상입은 날 삼겹살집에 데려간 놈은 허무성, 바로 너렷다! 하하하!"

　"그럼, 화상에는 참기름에 소금을 개어 바르는 게 좋지!"

　6월 10일 그날, 남대문 앞의 가투는 최루탄과 화염병이 무섭게 쏟아진 치열한 격전이었다. 초저녁의 어두워가는 허공에 화염병의 불꽃들이 화려하게 수놓고 있었다. 그런데 거기서 강한일이 화염병을 던지다가 사고를 당했다. 던지려는 순간, 전경대 쪽에서 날아온 돌멩이에 화염병이 깨져 그 불이 손등에 옮아붙은 것이다. 한창 격전을 치르고 있는 거리는 철시상태여서 문을 연 병원도 택시도 없었다. 그래서 할 수 없이 최루가스가 가득한 뒷골목을 뒤져 삼겹살집을 찾아가 응급조치로 기름소금을 얻어서 상처에 발랐다.

　"허무성, 그때 네가 한 말 걸작이었어! 야, 내 살이 돼지삼겹살이냐. 구워서 기름소금 찍게!"

　강한일이 손등의 화상 흉터를 코에 갖다대고 냄새 맡는 시늉을 하면서 웃는다.

　"하하하, 그래, 맞아, 내가 그렇게 말했지. 기름소금 바르니까 정말 고소한 냄새가 났어. 구운 삼겹살을 참기름 소금에 찍은, 그런 고소한 냄새였다고, 하하하."

"그때 우리가 삼겹살집에 간 김에 고기 좀 먹었던가?"

"아냐, 전투중인데 그럴 여유가 어딨어. 주인한테서 화염병 만들 빈 소주병만 한 박스 얻어갖고 금방 전투조로 돌아갔지."

"그래, 그날 전투는 정말 대단했어! 6월항쟁이 시작되던 날이었지. 6월 10일!"

"허무성, 네가 먼저 뛰어나갔지. 넌 달리는 버스를 세우고 그 지붕에 올라가 열광적으로 선동연설을 했지! 버스 차체가 미끄러운데 어떻게 거길 올라갔지?"

"밑에서 엉덩이를 밀어줘서 간신히 올라가긴 했는데, 너무 애쓴 나머지 한쪽 다리에 쥐가 났지 뭐냐, 하하하! 그걸 참고 선동연설을 하자니 정말 죽을 맛이더구먼."

"그땐 정말 두려운 게 없었어."

"선동연설이라면 한일이, 네가 잘했지. 정연한 논리를 구사하는 네 언변을 들으면 저절로 감탄사가 나왔지. 넌 참 대단한 놈이었어. 언변도 좋고 머리도 좋고. 일학년말 수학과에서 제적당하고, 단 두 달 공부해서 그보다 더 어려운 경제과에 합격했잖아. 입시귀신이라고, 모두들 놀랐지."

눈물까지 글썽이며 깔깔대던 강한일이 갑자기 웃음을 끊고 담배를 피워문다.

"입시귀신? 글쎄…… 재수가 좋았던 게지. 시험 보는 요령도 좀 있었을 거야. 그 요령으로 지금은 논술을 가르쳐 밥벌어먹고 살고 있지만 말이야. 그래, 입시귀신이 되어버렸어. 그때나 지금이나 입시에 매달려 있으니……"

"벌써 6월이야."

"벌써 항쟁 십오주년이구나."

"하지만 아무도 그때를 기억하지 않아. 기념식도 없고……"

"최루탄가스가 묻은 아카시아꽃, 그 지독한 꽃냄새! 학교 뒷동산의 아카시아숲, 그 꽃냄새 생각나지?"

"그 숲의 꿀벌들, 최루탄가스 땜에 떼죽음했지."

두 사람의 눈빛이 침울해지고, 상상 속에서 떠올랐던 아름다운 화염병 불꽃들도 슬며시 스러진다.

"하지만 넌 적어도 나나 한석민처럼 변절이란 걸 하지는 않았잖아. 학원이란 직업을 택한 것도 변절하지 않으려고 한 것 아냐? 학원계의 상당 부분은 너처럼 운동권 출신이 차지하고 있다면서?"

"너 지금 누굴 놀리냐?"

"왜 그래? 대견스러워서 하는 소린데……"

"뭐, 대견스러워? 빈정거리지 마. 우리가 몸담고 있는 사교육시장이 빈부 양극화를 조장하는 데 일조하고 있다는 걸 너도 알잖아. 우리 역시 어쩔 수 없는 신자유주의의 포로인 거야, 후후후. 하지만 내가 할 수 있는 게 이것뿐인 걸 어떡허냐."

"하지만 논리 부재, 논리 파탄의 한국사회에서 논리교육은 정말 중요하지."

"하긴 논술 가르치는 게 적성에 맞기는 해. 학생운동할 때 사회과학서, 이론서를 읽으면서 밤새워 토론하던 경험이 논술 가르치는 데 도움이 되고 있지. 아이들과 같이 있는 게 난 좋아. 논술을 가르치면서 아이들과 토론이 잘될 때면, 문득 그 시절로 돌아간 듯한 만족감을 느끼기도 한단다, 후후후. 난 별로 변하지 않은 것 같아. 난 여전히 이론을 좋아해. 모두들 이론을 혐오하는 세상이 되어버렸지만, 난 여전히 좋아해. 이 혼탁한 세상에 이론은 나에게 유일한 숨구멍 같은 거야. 괴테가, 모든 이론은 잿빛이고 중요한 건 현실의 푸른 나무라고 했지만, 난 정반대로 말하고 싶어. 현실은 죽음의 잿빛이고 이론만이 아름답다고 말이야. 이론 속에는 아름다움과 거룩함이 있어. 나에게 있어서, 이제 이론은 현실변혁의 언어가 아니라 현실도피의 언어로 전락해 있는 셈이지, 후후후."

"그렇구나! 하지만 난 너보다 더 상태가 안 좋아. 현실도 이론도 어느 쪽도 싫거든. 무기력 상태야. 한일아, 조만간에 내가 너한테 강사자리 하나 부탁하게 될지 몰라."

"네가 왜? 무슨 일이 있니?"

"아직은 아니지만…… 나중에 얘기할게."

병원에 다다르자 두 사람은 엘리베이터를 타고 곧바로 그 건물의 오층으로 올라갔다. 중환자실 앞에서 강한일은 누군가와 휴대폰으로 통화하더니, 한쪽 벽에 붙어 있는 쏘파들 중 하나를 가리키며 말했다.

"지난 보름 동안 내가 네 번이나 밤샘했던 쏘파야. 위독하다고 연락올 때마다 달려와서 이 쏘파에서 밤을 지새우곤 했지. 여기서 좀 기다려라. 아버지 잠깐 뵙고 나올 테니까."

그 옆의 쏘파에는 비니 모자를 쓴 한 젊은 여자가 다리를 꼬고 앉아 책을 읽고 있었다.

"나도 같이 가자. 나도 병문안 드려야잖아."

"그럴래? 워낙은 가족 외에 면회는 안되게 되어 있어. 그럴 정도로 중환자실은 삼엄하지. 아버지가 저기에 감금되어 있지. 철저히 살균되어 있는 폐쇄된 공간, 소름끼칠 지경이라니까, 후후후. 기분이 영 안 좋을 텐데, 그래도 들어갈래?"

고문당한 후 과도한 피해의식에 사로잡히기 쉬운 허무성에게 병원은 공연히 싫은 곳이지만, 오늘은 친구와 동행이어서 다소 마음이 놓였다. 언젠가 한번 심한 기침 때문에 병원에 갔다가, 의사의 무표정한 얼굴과 딱딱한 질문이 고문실 취조처럼 느껴져 진땀을 흘린 적이 있었다. 허무성은 통제구역이라고 쓰인 출입문을 통해 친구를 따라 안으로 들어섰다. 선입견 때문인지 어쩐지 기분이 으스스했다. 무표정한 얼굴의 두 간호사, 흰 옷, 흰 모자 차림에 얼굴마저 형광등 불빛에 희게 바래 있고, 그중 한 여자가 안내하는데, 목소리도 낮게 억눌려 있었다. 두 사내는 세면대에서 손을 씻은 다음, 선반에서 흰 가운을 꺼내 입고 또다른 문을 열고 환자실로 들어섰다. 코끝에 와닿는 알싸한 소독약 냄새. 허무성의 허약한 신경이 과민하게 반응하여 환각작용을 일으켰다. 북극 빙산의 흰빛, 혈압계를 들고 다른 침대로 이동하는 한 간호사의 움직임만 있을 뿐, 실내 전체는 흰색의 무거운 적막에 잠겨 있다. 환자도 침대도 벽도 움직이는 간호사도 모두 흰색이다. 그 흰색 공간에 링거 약물 주머니들만이 누런색으로 둥둥 떠 있다. 낯선 싸이버공간에 들어온 느낌이다. 여덟 명의 중환자들, 양팔에 링거줄이 주렁주렁 꽂힌 채 죽은 듯이 누워 있다. 전깃줄을 몸 여기저기 혈관에 꽂은 싸이보그들 같다. 고장난 싸이보그. 얼굴은 유령처럼 창백하고, 푹 꺼진 두 눈에는 거무끄름한 어둠이 고여 있다. 죽음이 거기에 고여 있다! 북극의 빙산, 냉동실, 그 백색의 혹독한 냉기, 허연 서리를 뒤집어쓴 포장육들. 허옇게 스멀거리는 프레온가스 속에서 뭔가 살아 있는 듯 낮게 지글거리고 서걱거리는 소리들, 하지만 거기에는 죽음밖에 없다. 죽음의 검은 날개 끝이 가슴에 와닿는 느낌이다. 숨이 막히고 속이 메슥거린다. 죽음 같은 무거운 적막 속에서 삑삑거리는 소리가 어렴풋이 들려온다. 수명 다한 늦가을 여치의 울음처럼 힘이 없다. 친구의 뒤를 따라 그 소리나는 곳으로 다가갔다. 거기에 그의 부친이 있었다. 가슴에 연결된 심장모니터가 힘없이 삑삑거린다. 입에는 산소호흡기, 양팔에는 링거줄이 꽂혀 있고, 가슴에는 심장모니터, 푹 꺼진 눈자위, 해골에 가까워진 창백한 얼굴……

강한일이 환자의 귀 가까이에 몸을 숙이고 낮게 속삭였다.

"아버지, 저 왔어요. 막내예요."

눈을 감고 있던 환자가 눈꺼풀을 힘겹게 밀어올렸지만, 눈에 촛점이 없었다.

"여긴 제 친구예요. 대학동창인데, 오랜만에 만났어요."

아무런 반응이 없다. 표정이 없는 몽롱한 눈빛. 죽음. 허무성의 입에서 끄윽, 헛구역질이 나왔다. 더 참을 수 없어진 그는 출입문 쪽으로 초조하게 뒷걸음쳤다. 휴대폰을 꺼내들고서 거짓말한다.

"한일아, 전화 온 것 같아. 나 먼저 나가 있을게."

중환자실을 빠져나온 그는 참았던 숨을 길게 토하면서, 복도의 쏘파에 몸을 내던졌다. 단 오분도 되지 않은 그 짧은 시간에 심신이 완전히 녹초가 되어버린 느낌이다. 이마에 솟은 식은땀을 손바닥으로 문지르고는, 여러번 심호흡을 했다. 두근거리던 가슴이 차츰 진정되면서 확대되었던 검은 날개도 슬며시 사라진다. 그의 거친 숨소리가 귀에 거슬렸는지, 옆 쏘파에서 책을 읽던 비니 모자의 여자가 힐끗 돌아다봤다. 긴 머리에 검정 비니 모자. 중환자실에 면회 온 가족이 분명한데, 죽음과 고통과는 동떨어진 그 무심함, 평안함이 너무 낯설다.

오분쯤 지나 강한일이 중환자실에서 나왔다. 말없이 병원 밖으로 나온 두 사람은 거의 동시에 담배를 피워물면서 주차장으로 걸어갔다. 강한일이 말했다.

"내일 아버지를 일반병실로 옮길 작정이야. 의사가 안된다고 해서 한바탕 다퉜어. 아버지를 빼앗다시피 해서 일반실로 옮기는 거야. 일반병실이 만원인데, 내일 자리가 난댔어. 중환자실에선 사람꼴이 아니야. 죄수도 그런 죄수는 없지."

"중환자실 정말 으스스하더라!"

"아버진 지난 한 달 동안, 저렇게 감금된 채 약물 주사와 복용, 산소마스크로 연명해왔지. 계속 의식불명 상태야. 병세가 낫기는커녕 계속 악화되어온 거지. 정신이 몽롱한 상태로 천천히 죽어온 거야. 말하고 싶어도 못하고, 죽고 싶어도 못 죽어. 병원은 돈 벌 생각만 하고 있는 거지."

"강요된 생존……"

"그래, 바로 그거야, 강요된 생존! 임종이 닥쳐왔는데, 돌아가시기 전에 제정신을 찾아드려야 하잖아. 약물에 취해서, 인사불성인 상태로 돌아가시게 할 수는 없어. 그건 추한 죽음이야. 제정신으로 돌아가셔야지. 뒤에 남기고 떠나는 자식들을 차례로 둘러보면서 작별의 말씀을 들려주셔야지. 얘들아, 잘 있어라. 예, 아버님, 안녕히 가세요. 인간의 죽음은 그래야 하잖아. 그런데도 의사란 작자는 아직도 가능성이 있다고 빡빡 우기는 거야. 임종이 닥친 것이 분명한데도 말이야. 제기랄, 일 퍼센트의 가능성이라도 포기하면 그건 불효라고, 엄포까지 놓는 거야. 웬만하면 참으려고 했는데 불효란 말에 벌컥 화가 났지. 게다가 한술 더 떠서, 환자가 벌써 죽었을 건데 지금까지 살아 있는 것만도 다 병원 덕분인 줄 알라는 거야. 그 말 듣고 화 안 나겠냐? 아니, 그게 살아 있는 거야? 죽은 거지! 나쁜 새끼! 그래서 한바탕 욕을 해줬어."

"의사들은 단 몇달, 아니 몇시간, 몇분의 생명연장도 대단한 성공으로 생각하는 모양이더라. 여든다섯살이면 자연사로 생각해야 하는데……"

"그렇지? 바로 그거야! 그런데 그들은 자연사를 인정하지 않아. 자연사의 경우에도 무조건 장기입원시켜 사고사처럼 취급하거든. 마치 죽음이 실수나 과오에 의한 것처럼 곧 회복되리라는 근거없는 환상을 환자에게 불어넣고 있단 말이야. 그래서 환자는 가족도 면회가 잘 안 되는 저 중환자실에서 약물에 젖 몽롱한 상태로 혼자서 외롭게 유언도 못한 채 세상을 떠나가고 있다고! 내가 그런 말로 공격해대니까 의사는 아무 말도 못하고 날 잡아먹을 듯이 노려보더니, 휭 돌아서 가버리더라."

"잘했어! 나 같으면 의사가 무서워서 입도 벙긋 못했을 거야."

"물론 의사들은 무섭지. 최대한 많은 환자들을 확보하기 위해 그들은 죽음의 공포를 퍼뜨리거든. 사람은 누구나 몸속에 암의 씨앗을 갖고 있잖아. 누구나 죽음의 씨앗을 갖고 있는 거지. 그런데 그걸 의사들은 한껏 부풀려서 겁을 주는 거야. 죽지 않으려면 우리 말 들어라, 하고 엄포를 놓지. 겁주지 않으면 사람들이 방종해져서 건강을 해칠 수 있다는 거야. 의사의 눈엔 모든 사람들이 환자야. 그런데도 사람들은 자신이 환자인 줄 모르고 병원에도 오지 않고 방종한 생활을 한다는 거지."

"교회 목사도 그런 말을 하잖아. 사람들은 자신이 죄인인 줄 모르고, 교회에도 오지 않고 방종한 생활을 한다고 말이야. 병원도 교회도 죽음의 공포를 퍼뜨리면서 사람들을 끌어모으지."

"그런데 무성아, 얼마 전에 아버지한테 어처구니없는 일이 발생했단다. 기가 막혀서! 중환자실에 입원한 처음 열흘 동안은 정신이 그리 나쁘지 않았는데, 그때 나한테 이런 말씀 하셨어. 네 큰형수가 무섭다, 임종 전에 예수를 믿으라고 자꾸 독촉해서 못 견디겠다,고 말이야. 아버지가 싫으면 끝까지 거절하세요, 하니까, 힘들어, 힘들어, 그게 힘들어, 하셨거든. 그런데 어느날 불쑥 형수가 전화로 나한테 아버지가 개종했다고 일방적으로 통고하는 거야. 아버진 이미 의식불명 상태라 과연 허락하셨는지 확인해볼 수도 없었어. 아, 아버지의 일생, 팔십오년 세월이 일시에 차압당한 것 같았어. 영혼을 빼앗긴 거야. 정말 몸이 오싹하더라."

영혼을 빼앗긴 거야, 차압당한 거야. 그 말에 허무성은 뜨끔 가슴 깊이 통증을 느낀다. 김일강의 모습, 며칠 전 눈물흘리며 자기를 껴안던 그의 모습이 떠올랐다. 과연 나는 영혼을 팔게 될 것인가?

그날 두 사내는 다시 목동으로 돌아가 강한일의 학원 근처 삼겹살 집에서 소주를 마셨다. 기름소금에 찍은 삼겹살, 강한일의 오른손 화상, 우툴두툴한 손등의 상처가 술기운으로 칠면조 볏처럼 빨개졌는데, 그 손이 술 따르려고 소주병을 쥘 때마다 그날의 화염병이 떠올랐다. 그들은 십오년 전 6월의 신세계백화점 앞과 서울역 앞 전투에 대해서 이야기했다. 뿌연 페퍼포그 연막 속에서 타타타 무섭게 쏘아대는 다발탄, 지랄탄과 그에 맞서 날아가는 화염병의 화려한 불꽃들이 술취한 두 사내의 눈동자에 일렁거렸다. 선두에서 전투소조를 이끌던 이종구, 그의 절망, 그의 종말론에 대해서도 이야기했다. 그렇게 이야기하고 있는데, 난데없이 웬 폭발음이 연속적으로 터졌다. 그날의 다발탄, 지랄탄 폭발음과 같은 타타타 소리. 그것은 술집 안쪽에 놓인 텔레비전에서 화려하게 솟구치는 빛줄기들과 함께 터져나오는 소리였다. 월드컵 경기장의 폭죽 불꽃이었다. 같은 소리가 밖에서도 들려왔다. 창밖을 보니, 멀지 않는 곳, 상암동 월드컵 경기장의 밤하늘에 화려한 불꽃놀이가 펼쳐지고 있었다. 폭죽이 터질 때마다 관객들의 함성도 함께 들려왔다. Be The Reds! 꿈은 이루어진다! 축제가 시작되었다! 슬퍼하지 마라! 절망하지 마라!

21

　월드컵 축구대회 한국의 첫 경기인 대 폴란드 전이 있던 날, 전국 도시들 거리 곳곳에 엄청난 군중현상이 일어났다. 영국, 프랑스와 친선경기를 벌이면서 번지기 시작한 붉은 인파는 이날 칠십만명으로 급증했다.
　그날 오후 늦게까지 학교에 남아 학생들이 제출한 리포트를 채점하던 허무성은 미국 여행에서 막 돌아온 송난주의 전화를 받았다. 지금 공항에 도착했는데, 할말이 있으니까, 지하철 타고 집에 가는 도중에 잠깐 만나야겠다고, 그러나 나쁜 일은 아니니까 걱정은 말라고 했다. 그 전화를 받고 허무성은 기분이 좀 께름칙했다. 그날 새벽잠에 그녀와 쎅스하는 황당한 꿈을 꾼 것이다. 그녀를 성적 대상으로 생각해본

적이 없는 그로서는 어처구니없는 꿈이었다. 그러나 본의아니게 꾸어지는 꿈도 있나? 혹시 내가 무심중에 그녀를 원하고 있었던 것은 아닐까? 아니면 그녀가 나의 꿈속으로 강제로 뚫고 들어온 것일까?

일몰 무렵에 허무성은 버스를 타고 약속장소로 갔다. 지하철 서대문역 출구에 송난주가 먼저 와 기다리고 있었다. 몸에 찰싹 달라붙는 얇은 검은색 티셔츠에 녹두색 스커트를 받쳐입고 야구모자까지 삐뚜름하게 쓴 차림인데, 길가에 여행가방을 뉘어놓고 그 위에 퍼질러앉아 있는 것이 꽤나 지친 모습이었다.

"후웃, 그 꼴이 뭐냐. 무작정 상경한 불량소녀같이."

"완전 녹초야. 만원 지하철에서 이 트렁크를 빼지 못해 얼마나 애먹었는지 몰라! 퇴근시간에다 광화문에 응원 가는 붉은 악마들까지 잔뜩 탔어."

"나한테 할말이 있다면서?"

"야, 넌 만나자마자 무슨 말투가 그러냐. 나한테 사무 보러 나왔냐?"

"너 빨리 들어가야잖아. 장거리여행에 피곤할 텐데. 시카고에서 직항으로 온 거니?"

"응, 하루종일 걸렸어. 지겨워죽는 줄 알았다 야."

"거봐, 어서 들어가서 쉬어라. 나도 어젯밤 잠 못 자서 죽겠다."

"너야 만날 불면증이지. 모처럼 근사하게 만났는데 싱겁게 헤어질 순 없잖아, 안 그래? 지금 저녁시간인데 뭐 먹고 들어가야겠다 야. 소주에 삼겹살!"

"뜬금없이 웬 삼겹살이야? 더운 날씨에……"

"비행기에서 기내식 먹고 속 버렸어. 속이 느글느글해."

"근데, 나한테 할말이 뭔가?"

"그건 이따가 말할게. 즐거운 얘기야."

두 사람은 근처 뒷골목을 뒤져 어느 허름한 삼겹살집으로 들어갔다. 중년사내가 앉아 있는 카운터 위의 소형 텔레비전 화면에도 붉은 인파가 출렁거리고 있었다. 맨흙바닥에 드럼통 탁자 네댓 개 놓인 실내는 축구경기 때문인지 손님은 그들 둘밖에 없었다. 아마도 경기가 끝나는 열시 반경이나 손님이 몰려들 모양이었다. 드럼통 하나를 차지하고 앉자 송난주가 트렁크에서 양주 한병을 꺼내 여행선물이라면서 허무성에게 건네주었다. 이때 허무성의 바지주머니에서 휴대폰이 울린다. 김일강이다. 허교수, 지금 어디 있는가? 아까부터 전화했는데 안 받더군. 아, 그래? 한데, 그 양반한테 양해 좀 구하고 여기 올 수 없을까? S대 이진수 교수도 마침 와 있어. 시청 앞 Y호텔 오층 객실이야. 503호실! 광장 전체가 한눈에 내려다보여. 경기 두 시간 전인데도 벌써 광장에 사람들이 꽉 찼어. 저걸 보기 위해 미리 예약했지. 흐음, 대단해! 대단한 스펙터클이야! 군중 스펙터클! 저것이 바로 우리의 연구테마가 아닌가! 여기 오라고, 허교수! 503호실이야. 양해 구하고 여기 좀 와라. 여기가 더 중요하잖아. 이교수도 만나고…… 안되겠다고? 야, 이거, 실망인데! 유감천만이야. 주인사내가 벌겋게 이글거리는 조개탄을 들고 왔다. 누구냐는 송난주의 질문에 허무성은 심드렁하게 대답했지만, 속은 쓰리다. 코에 꿴 고삐가 쓰리게 느껴진다. 실내를 감도는 식은 돼지기름의 역한 냄새. 그런데 그 냄새는 화덕에 불이 들어오자 금방 사라졌다. 고기가 지글지글 익기 시작하자 송난주의 얼굴에 화색이 돈다. 그녀는 소주 한잔을 급히 입안에 털어넣고는 삼겹살을 맛있게 씹어댔다.

"바로 이 맛이야. 삼겹살, 생마늘에 쇠주! 이제야 속이 뻥 뚫리는 것 같다. 비행기에서 주는 기내식 먹고 종일 속이 느글느글했거든. 포테이토 치킨, 바닐라 커스터드, 애플파이 따위, 달고 느끼한 것들뿐이었어. 아, 그리고 초콜릿을 너무 먹었어. 두 상자나!"

"초콜릿을 두 상자나?"

"기분이 더러워서 그랬어. 그건 조금 있다가 말할게. 정말 쇠주 생각이 간절하더라. 그리고 무성아, 아무리 삼겹살에 쇠주가 좋아도 맘에 드는 친구가 같이 먹어주지 않으면 안되겠지? 허무성, 이힉! 나와주어서 고마워, 히히히!"

"무슨, 개 풀 뜯어먹는 소리 하는 거야? 중요하게 할말이 있다고 해서 나왔는데……"

"우선 삼겹살 좀 먹고. 내 술잔 받아놓고 뭘 해? 어서 돌려."

"별꼴이네! 지금 막 비행기에서 내린 여자가 집에 갈 생각은 않고, 트렁크를 끼고 앉아 술타령이나 하고 있다니!"

이때 송난주가 덥다고 야구모자를 벗는데, 어깨 위로 치렁치렁 늘어진 머리칼에 금빛 염색이 섞여 있다.

"왜, 내 머리 모양이 이상하니?"

"머리칼에 지푸라기들이 잔뜩 붙었군그래."

"헤어 블리치야. 지푸라기라니, 호호, 역시 비꼬기 잘하는 너다운 표현이구나. 그거 우울해서 한번 해본 거야."

"우울하다니, 너답지 않은 소릴 하는구나!"

"무성아, 내 말 좀 들어봐. 미국에 가서 그렇게 기분나빠보기는 첨이야. 이번 여행은 정말 우울하고 불쾌했어! 시카고 공항에서, 가고 오면서 두 번이나 당했지 뭐냐. 9·11사태 이후 외국인 입국자에 대한 보안검색이 강화됐다는 말은 들었지만, 그 정도로 야만적일 줄은 정말 몰랐어. 황색경보라는 거야. 기가 막혀! 아, 글쎄, 날 테러 위험국 국민으로 분류해서 추가 보안검색을 하더라니까! 골수 친미국가인 한국 국민이 왜 그런 의심을 받아야 하는 거니? 게다가 난 미국 유학생 출신이잖아. 기분이 이런데, 술 안 먹게 됐냐! 속풀이해야지!"

"혹시 네 용모를 의심한 게 아닐까? 아랍 여자. 새까만 머리칼, 짙은 눈썹, 쌍까풀에 큰 눈망울, 가무스름한 낯빛, 의심하려면 할 수도 있겠네."

"네 눈에도 그렇게 뵈니? 그래서 거기서 출국할 때는 좀 달리 보이려고, 이렇게 머리칼에 금색 블리치를 넣어본 건데, 그런데 그게 아니었어. 아랍 여자로 의심을 받았다면 차라리 덜 억울했을 거야."

"네 용모를 의심하지 않았다면, 그럼 네 배 속에 든 생각을 의심한 게지, 하하! 넌 쌍둥이빌딩 붕괴를 최고의 형식파괴예술이라고 했잖아. 위대한 스펙터클, 위대한 퍼포먼스라고."

"후후후, 그냥 한 말이었는데 그걸 기억하고 있었구나. 아무튼 기분 되게 나빴어. 나만 당했으면 또 몰라, 나 말고 다른 한국사람들도 똑같이 그 꼴을 당했다니까! 왜 한국사람이 테러 위험국 국민으로 의심받아야 하니?"

"혹시 북한 테러리스트가 남한인으로 위장했을까봐서 그런 거 아냐? 부시가 북한을 악의 축 중에 하나라고 지목했으니까."

"하여간 남한사람인 우리가 졸지에 빨갱이로 분류됐단 말이야. 그런 수모가 어딨어!"

"우아, 빨갱이? 아까 오다가 봤지? '레즈'는 빨갱이란 뜻도 되잖아. 거리 응원하는 젊은이들의 붉은 티셔츠, 거기에 비 더 레즈,라고 씌어 있더라. '빨갱이가 되자' 그런 뜻도 되지."

"너, 별생각을 다 하는구나. 색은 색일 뿐이야. 빨주노초파남보 중 하나야. 이데올로기를 빼고 생각하라고."

맞는 말이다. 색은 색일 뿐이다. 그렇지만 트라우마 환자인 허무성에게 붉은색은 여전히 고통을 주는 색이기도 했다. 레드콤플렉스.

"걸핏하면 용공조작인 세상에 살면서 신경 안 쓰게 생겼냐. 흠, 워런 비티의 영화 「레즈」가 생각나는군. 너도 봤지?"

"봤지. 인터내셔널가 합창이 기억나."

"그래서? 시카고 공항 얘기 계속해봐."

"시카고 공항 새끼들 정말 너무했어! 무장경찰을 세워놓고 공포 분위기였다고! 나쁜 새끼들! 멀쩡한 사람들을 의심해서 삼엄하게 추가 보안검색을 하는 거야. 별도의 통로로 이동시켜서, 노란 안전띠가 둘러쳐진 공간에 우릴 가둬놓고, 무장 보안요원이 강압적으로 신발, 양말 벗기고, 아니, 그것까진 좋아, 심지어 허리띠, 바지 단추까지 풀게 하는 거야! 그런 수모가 어딨어! 정말 성질나데. 그래서 출국할 땐 참을 수 없어 반발했지. 이건 보안검색이 아니고 인권유린이라고, 멀쩡한 사람을 반미주의자로 만들지 말라고 항의했어."

"잘했어! 그랬더니?"

"아, 그랬더니 영어를 잘하는 걸 보니 도리어 더 의심스럽다고, 다시 한번 첨부터 검색하면서 골탕먹이는 거야. 하! 기가 막혀서! 안전띠가 둘러쳐진 공간에 나만 혼자 한참 동안 가둬놓고 말이야. 백인 승객들이 지나가면서 흘끔흘끔 쳐다보는데, 정말 창피해서 죽을 뻔했어. 이러다간 정말 너처럼 반미주의자가 될까봐 두려워."

"저런, 우라질놈들이 있나!"

"그 때문에 오늘 하루종일 기내에서 기분이 나빴어. 기분나빠서 초콜릿 두 상자를 한꺼번에 다 먹어버렸다고. 조카 주려고 산 선물이었는데 다 먹어버렸단 말이야. 하여간 내 기분이 이런데 술 안 마시게 생겼냐? 그래서 널 부른 거야."
"그런데, 나한테 할말이 있다는 거는?"
"지금 말했잖아."
허무성이 어이가 없어서 한숨을 내쉬자, 송난주가 짓궂게 웃으면서 술잔을 부딪쳐왔다.
"오오, 화내지 마. 화내면 안되지. 여자친구가 그런 수모를 받았는데 네가 가만있을 수 없잖아? 너한테 위로받고 싶었어."
허무성이 한숨을 내쉬었다.
"그래, 송난주, 고생했다. 자아, 위로의 술잔, 받아라."

소주 두 병을 마시고 삼겹살집을 나온 두 사람은 언제나 그랬듯이 이번엔 호프집을 찾아간다. 경기 시작이 가까워진 시간, 행인들로 붐비던 길거리에는 어느새 인적이 드물어졌다. 큰길가여서 일층에 위치한 술집을 찾기가 어렵다. 이층까지 무거운 트렁크를 끌고 계단을 올라갈 수는 없는 노릇이니까. 큰길을 벗어나 샛길로 접어든다. 술기운에 기분좋아진 송난주는 연방 웃음을 터뜨린다. 트렁크를 끌고 가는 허무성 옆으로 그녀가 바싹 다가와 팔짱을 낀다. 얇은 티셔츠 위로 불룩 솟은 젖가슴이 그의 팔뚝에 뭉클 부딪힌다. 날 위로해줘서 고마워. 무성아, 맥주는 좀 분위기 있는 데서 마시자. 그럼, 미미에 갈까? 거긴 좀 멀잖아. 요 근처에서 빠를 찾아보자. 빠? 갑자기 분위기는 왜 찾아? 야, 허무성! 왜 말이 그리 퉁명스럽냐! 난주야, 우리 그러지 말고 그냥 생맥주 먹자. 어디 홀이 널찍한 데 없나, 찾아보자고. 생맥주는 손님 많은 집의 것이 맛있어. 빨리빨리 소비되니깐 그만큼 맥주가 신선하지.

그렇게 천천히 거닐면서 호프집을 찾아가는데, 갑자기 사방에서 큰 함성이 터져나왔다. 상점 거리와 길 건너의 아파트에서 한꺼번에 터져나온 소리였다. 아파트 전체를 뒤흔드는 함성, 아파트 창 여기저기에 우쭐우쭐 춤추는 그림자들. 바로 옆 슈퍼마켓 안에서 텔레비전 앞의 두 사내가 온몸을 들썩이며 소리지르고 있다. 와아, 골이다! 골! 골! 골! 만세! 와아! 황선홍! 황선홍! 허무성이 투덜거린다. 쳇, 별꼴이야. 뭐, 호떡집에 불났나! 그 말이 재미있다고 송난주가 그의 등을 치며 깔깔댄다. 오호! 호떡집에 불났나! 호떡집에 불났나!

그렇게 해서 찾아간 호프집은 홀은 널찍한데, 스물댓 명쯤의 젊은 남녀 손님들이 모두 대형 텔레비전 앞으로 의자를 끌고 가 앉아 있기 때문에 뒷부분이 텅 비어 있었다. 축구경기 중계로 뜨거워진 텔레비전 화면은 연방 열정적인 컬러와 소리를 요란하게 내쏘고 있었다. 초록 잔디의 그라운드를 엇갈려 누비는 선수들의 눈부신 동작들과 일어나는 함성과 굽이치는 붉은 물결. 텔레비전 앞에 진을 친 손님들도 그 중 반수는 붉은 티셔츠. 그 붉은 바탕에 쓰인 로고, Be The Reds!

우두커니 선 채로 텔레비전을 바라보는 그를 송난주가 잡아끌었다.

"뭘 봐! 호떡집에 불났나, 하고 비웃더니! 야, 그깐 거 뭐 재미있냐. 저기 가서 나하고 놀자."

두 사람은 뒤쪽 구석에 자리잡았다. 허무성은 소주 한병 먹어도 꿈쩍하지 않는 가슴속 우울한 체증의 그늘을 쫓기 위해 맥주 한잔을 단숨에 들이켰다.

"와아! 그걸 단숨에 마시다니! 역시 넌 탁월한 술꾼이야!"

둘이 똑같이 취하려면 허무성이 송난주보다 두 배 이상 마셔야 한다. 배 속에 들어간 맥주는 곧, 이미 마신 소주와 섞여 짜릿한 화학작용을 일으키면서, 울울한 가슴속을 서서히 녹여준다. 굳었던 혓바닥도 부드럽게 풀리는 것 같다.

"왜 남자들은 축구를 좋아할까?"

"남자는 무조건 발로 차는 걸 좋아해. 길바닥의 깡통도 걷어차고, 화가 나면 돌멩이도 걷어차고 더 화가 나면 마누라 궁둥이도 걷어차지, 호호. 전쟁중에도 축구하고 포로수용소에서도 축구하지."

텔레비전은 연방 함성과 탄성을 터뜨리고, 그 앞에 진치고 있는 손님들도 거기에 맞춰 마구 소리를 질러댄다.

"야, 허무성, 내 얘기 듣는 거야? 텔레비전 보지 마."

"아, 그게 말이야, 저 사람들 봐. 저 텔레비전 앞에서 소리지르는 사람들, 우리에게 등돌리고 앉아 있잖아. 온 국민이 저 장면을 보고 있단 말이야. 어쩐지 우리만 왕따당하고 있다는 느낌 안 들어?"

"아니, 난 전혀 아닌데. 너, 저 앞에 가서 텔레비전 보고 싶은 모양이구나."

"아하, 그게 맘대로 안돼. 집단적 스펙터클에는 무서운 마력이 있어. 싫지만 거부할 수 없는 마력이……"

그렇게 말해놓고 허무성은 입맛이 씁쓸해진다. 집단 스펙터클, 그 마력에 저항할 수 있는 사람은 아무도 없어. 그렇게 말한 것은 김일강이었다.

"텔레비전 보지 말고, 나하고 좀 놀아주라. 너의 걸프렌드 송난주가 천신만고 끝에 무사히 생환했잖아! 위로 좀 해주어야 하지 않겠어?"

"아무래도 찝찔해. 총동원령 내린 것처럼 온 나라가 지금 저기 한 곳에만 시선을 집중하고 있단 말이야. 그 전체에서 우리 둘만 빠져나와 있는 것 같아."

"전체? 이 나라가 전체주의 국가냐? 파시즘 시절은 지나갔잖아. 월드컵, 그거 안 보는 사람도 있어야지, 그래야 정상적인 민주사회지."

"그렇지만 사람들 생각이 어디 그러냐? 저 앞에 앉아 있는 사람들 봐. 저 사람들이 갑자기 우리를 돌아보며 소리지를 것 같아. 야, 너희들 뭐 하고 있어? 너희는 대한민국 국민이 아니야? 간첩 아냐? 빨갱이 아냐? 하고 말이야."

"너, 레드콤플렉스는 여전하구나!"

경기는 어느덧 전반전을 끝내고 후반전으로 들어갔다. 그런데 후반전이 시작되자마자 갑자기 실내에 폭탄 터진 듯 엄청난 함성이 터진다. 텔레비전과 텔레비전 앞의 사람들이 동시에 터뜨리는 함성이다. 마주 보고 이야기하던 송난주와 허무성이 깜짝 놀라 동시에 의자에서 튕겨나온다. 우아, 우아! 만세! 골인, 골인! 만세! 만만세! 두번째 골이 터진 것이다. 두 팔을 활짝 펴고 날아오르는 유상철 선수의 눈부신 동작이 화면을 가로지르고 있다. 둘은 즉시 텔레비전 앞으로 달려간다. 이때 허무성의 바지주머니에서 미친 듯 휴대폰 소리가 자지러진다. 오용미다. 아, 이겼네요, 이겼어요! 정말 기뻐요! 선생님, 거기 어디세요? 누구하고요? 네? 아이참! 저랑 같이 계셔야 하는데…… 네…… 네…… 네…… 알았어요. 또 전화할게요. 송난주가 묻는다. 누구 전화야? 여자 목소린가본데. 제자야. 사학과 제자? 응.

열시 반경, 축구경기가 끝나자 호프집은 갑자기 쳐들어온 아파트 주민들로 북새통을 이룬다. 승리의 기쁨을 주체할 수 없어 아파트 방을 뛰쳐나온 사람들이다. 실내는 금세 떠들썩하니 취기와 흥분으로 가득 차버린다. 맥주가 사방에 뿌려지고 술잔 부딪는 소리가 낭자하다. 그 북새통 속에서도 허무성과 송난주는 그대로 눌러앉아 있다. 허무성은 자신의 몸이 취기로 둔중해 있음을 느낀다. 난주야, 이젠 집에 가자, 하고 입속으로 중얼거려보지만, 취기 때문에 이미 엉덩이가 무거워져버렸다. 김일강의 전화로 인해 생긴 불안감도 어느새 가라앉았다. 송난주는 더 취해 연방 몸을 흔들며 웃음을 터뜨린다. 손님들이 시끄럽게 떠드는 소리에 말이 들리지 않는다는 핑계로 그녀가 어깨가 맞붙을 정도로 의자를 끌고 와 바싹 다가앉는다. 버릇대로 다리를 꼬고 앉는데, 스커트가 밀려올라가 허연 허벅다리가 반쯤 드러난다. 술기운으로 요염하게 발그레해진 얼굴, 강한 휘발성의 화장품 냄새, 그것이 살냄새로 착각되어 허무성은 일순 빈혈기처럼 정신이 아뜩해진다. 새벽꿈에 껴안았던 관능의 알몸…… 정신차리려고 얼굴을 잔뜩 찡그렸다 놓으면서 안면근육운동을 하는데, 그녀가 어깨로 툭 부딪쳐오면서 말한다. 술에 취해 코먹은 소리다.

"무성아, 제발 술 천천히 마셔라, 응? 취하면 안되지."

"취하자고 먹는 술인데……"

"너무 취하면 나하고 오래 못 놀잖아."

취한 목소리, 나긋나긋 끌어당기는 달콤한 말이다. 도대체 어떻게 놀자는 걸까? 이 술자리가 끝나면 어떻게 될까? 넌 언제 먹어도 내가 먹을 떡이야, 알았지? 그녀가 취중에 한 말이 떠오른다. 그 '언제'가 오늘일까? 그것을 나도 바라고 있는 걸까? 이 여자의 유혹에 마음이 흔들리기는 이번이 처음이다. 아, 이러면 안되는데……

"늦었는데 이제 집에 갈까?" 하고 허무성이 자신없이 어정쩡한 어투로 말한다.

"벌써? 그렇게는 안되지. 와아, 열한시 반이야. 벌써 그렇게 됐나? 오래 앉아 있었네. 오래 앉아 있으면 엉덩이가 납작해진댔어. 학문은 엉덩이로 한다고 했는데, 난 학문을 잘하긴 글렀나봐. 책상에 오래 앉기 싫거든. 여자는 엉덩이가 생명이잖아. 아암, 탱탱한 엉덩이가 모든 걸 지배하지, 후후후!"

다리를 꼬고 앉아 더욱 튀어나온 그녀의 엉덩이는 과연 도발적으로 탱탱하다. 탱탱한 엉덩이는 물 좋고 기름진 논처럼 아기 잘 낳을 근본인데도, 그녀는 아기 낳기를 거부한다. 그래서 아이 둘 낳고 또 임신한 자기 올케를 쎅스와 생식을 구분 못하는 씨받이 암퇘지라고, 흉본다.

"그래, 일어나자. 그렇지만 마지막 술은 내 오피스텔에서 하는 거야, 알았지?"

오피스텔! 뜻밖의 대담한 제의에 허무성은 일순 정신이 멍해진다.

"무성아, 그렇게 하자, 응?"

"그냥 여기서 끝내지, 뭐."

"야, 허무성, 네 여친이 술에 취했는데 집에 바래다주는 것도 못하니?"

"취하긴, 멀쩡하구먼."

"아냐, 난 취했어."

송난주가 흐느적거리며 상체를 탁자 위로 숙인다. 은팔찌를 낀 오른팔을 세워 턱을 고고 바라보는데, 얼굴과 얼굴 사이가 불과 한뼘 반이다. 아기자기하게 주름진 입술이 바로 눈앞에 있다. 그녀와의 관계에서 이처럼 가까운 거리에 있은 적은 없다. 눈은 취기와 피로로 붉어져 있다.

"수염 많이 자랐네. 면도 안한 지 얼마나 됐니?"

"닷새쯤……"

"넌 면도 안해도 멋있어."

가늘게 뜬 그녀의 눈에서 야릇한 광채가 일렁거리고, 눈두덩에 엷게 화장한 분홍색도 진달래 꽃잎처럼 파르르 떨고 있다. 마음이 싱숭생숭해진 허무성은 다시 술잔을 잡으려는데, 그녀의 손이 먼저 다가와 제지한다. 할 수 없이 담배를 피워문다. 푸른 연기가 수염 꺼칠한 입 주위에 엉기면서 푸짐하게 번져나간다. 그녀가 붕어처럼 뾰족하게 오므린 입술로 빠끔거리며 연기 마시는 시늉을 한다.

"으음, 연기 냄새 참 구수하구나. 오른손 이리 줘봐. 담배 피우는 손. 나 육개월에 한 번꼴로 스케일링하러 치과에 가거든. 그 치과의사 미남인데, 손가락에 묻은 니코틴 냄새가 매혹적이야. 살냄새와 섞여 구수한 군밤 냄새가 난다고."

군밤 냄새? 한일의 화상입은 손에선 삼겹살 냄새가 났는데…… 허무성이 머뭇거리며 오른손을 내밀자, 송난주는 그 손을 끌어다 부드럽게 자기 코밑을 비빈다. 섬세하게 주름잡힌 입술, 분홍색 루주…… 그 입술이 뜨겁게 손등에 닿더니, 곧장 오른쪽 귓바퀴로 올라온다. 그녀가 속삭인다.

"흐음! 바로 이 냄새야, 군밤 냄새!"

귓속에 불어넣은 뜨거운 숨결, 그 뜨거움이 찌르르 전류처럼 흐르면서 목구멍을 태운다. 허무성은 꿀꺽 침을 삼킨다. 오래 배출 못한 몸속의 정액이 끓기 시작한다. 금방 허물어질 것만 같은 위기의 순간, 그러나 허무성은 안간힘을 쓰며 견뎌낸다. 인도에 간 문정선의 얼굴을 떠올린다. 경쾌함과는 너무도 대조적인 백치처럼 텅 빈 표정의 얼굴을. 물론 이 여자와 한두 번쯤 자줄 수는 있다. 그야말로 경쾌하게, 끝나자마자 샤워로 몸을 씻어버리면, 그 즉시 없었던 일이 되어버리는 그런 쎅스. 이 여자도 그걸 원할 것이다. 사랑보다 자유를 더 중요시하는 이 여자는 사랑으로도 쎅스하고, 사랑이 없어도 쎅스할 수 있는 경쾌한 사람이다. 바로 그러한 경쾌함이 나는 싫다. 허무성은 고개를 흔들면서 주었던 손을 슬그머니 도로 찾아간다.

"야, 허무성, 분위기 좋은데 왜 깨고 그래? 너 바보 아냐? 예쁜 게 뭔지도 모르고 말이야. 미인이 바로 네 코앞에 있는데, 뭐 하는 거니? 날 보고 예쁘다는 말 한번 해봐."

허무성이 씁쓸하게 웃으면서 농담조로 말한다.

"예쁘다는 말, 함부로 할 게 아니더라. 난 어린애들을 참 좋아해. 자식을 못 낳아서 그런지, 어린아이들을 보면 예뻐죽겠는 거야. 그래서 길가다가 아이들이 노는 걸 보면 손으로 머리를 쓰다듬어주곤 했는데, 그러다가 한번은 봉변을 당했지 뭐냐. 예쁘다고 머리를 쓸어주는데, 갑자기 애엄마가 달려와서 애를 빼앗듯이 안으면서 나를 노려보는 거야. 납치범이나 성추행범으로 의심한 거지. 허유, 그거, 예쁘다는 말, 함부로 하면 안되겠더라고, 흐흐흐!"

"야, 허무성! 너 정말 엉뚱한 소리 할 거야?"

"미안, 미안! 하지만 미인보고 꼭 미인이라고 불러줘야 맛이냐? 널 따르는 예찬자들 많잖아. 물론 나도 그중 하나지만."

그 순간 허무성이 날렵하게 술잔을 낚아채서 단숨에 마신다.

"야, 술 그만 먹으라고 했잖아!"

"후후후, 난 알중인가봐."

"알중?"

"알코올중독, 후후후" 하면서 그는 소주병을 집어들어 반쯤 남은 술을 단숨에 들이켜버린다.

"미안해. 난 취해야겠어. 취하지 않곤 못 견디겠어. 난 정말 죽음이 두려워. 저 군중 속에 숨으면 죽음이 날 찾지 못할까? 군중 속엔 죽음이 없다는데, 거기엔 개인적인 불안이 없다는데, 열광과 환희, 카리스마와 복종만이 있을 뿐이래. 월드컵 군중, 히틀러 군중, 김정일 군중, 서태지 군중, 박정희 군중, 그리고 훈족 아틸라 왕의 군중! 그래서 사람들이 저렇게 군중이 되길 원하는 거지. 조만간에 나도 저 군중 속으로 들어가게 될지 몰라. 파시스트가 될지 몰라. 아틸라의 이십만 군단, 그 군집의 한 분자가 되는 거야. 무한질주! 질주하는 말과 나, 나와 다른 병사들이 일체가 되는 거지. 그물처럼 연결된 하나의 거대한 군집, 전광석화같이 구석구석 전달되는 아틸라의 명령! 그 속엔 죽음이 없어. 불안, 고민이 없어!"

이때 참다못해 벌떡 몸을 일으킨 송난주, 두 눈에 분노가 철철 넘쳐 흐른다.

"미쳤어! 이 새끼야, 너 지금 나한테 무슨 짓 하고 있는 줄 알아? 넌 나를 모욕하고 있어! 나쁜 새끼!"

22

　이제 군중은 허무성을 사로잡은 심각한 화두가 되었다. 월드컵 축구대회 한미전을 사나흘 앞둔 어느날 그는 거리의 군중을 만나기 위해 종로로 나갔다. 평소에 직장과 단골 술집 미미밖에 모르는 그로서는 모처럼만의 도심 진출이었다. 거리의 군중과 쇼핑몰의 군중을 만나 거기에서 뭔가 새로운 느낌을 얻어볼 생각이었다. 지하철 종로4가 역에서 내려 지상으로 올라온 그는 서쪽으로 흘러가는 사람들의 행렬에 휩쓸려들었다.
　매연에 그슬린 6월의 태양이 후끈한 열기를 내리뿜는 한낮, 거리는 사람들과 차량들로 가득 차 붐빈다. 행인들의 수많은 구둣발이 보도블록을 쿵쿵 짓밟고, 아스팔트가 자동차 타이어를 물어뜯는다. 신발창, 아스팔트와 타이어, 그리고 차체의 금속들이 끊임없이 마모되면서 고무 가루, 중금속 가루를 공기중에 뿜어댄다. 뿌연 먼지와 매연 속에서, 들쑥날쑥 난립한 간판들이 서로 키재기를 하고, 내 재주를 봐달라고 곤두박질치면서 돈을 더 벌겠다고 아우성친다. 그 밑으로 인파가 흘러간다. 각양각색의 남방셔츠, 티셔츠 들이 뒤섞여 비비적거리고 그 위로 호박같이 누런 머리통들이 둥둥 떠 있다. 대개가 맨팔이고, 반바지 차림도 적지 않다. 허무성은 밀도가 빽빽한 사람들 틈에 끼인 채 보폭을 좁히고 주춤거리며 걸어간다. 뒷사람들에게 떠밀려 몸이 저절로 앞으로 나가는 느낌이다. 컨베이어벨트에 실려 있는 것 같기도 하다. 앞사람과 부딪치지 않기 위해서 고개를 꼿꼿이 세운 채 걸어가야 한다. 그러한 자세는 학생시절, 수배받은 몸으로 잠행할 때의 일을 생각나게 한다. 거리를 걸어갈 때는 급습당하지 않도록 반드시 고개를 꼿꼿이 세워 십 미터 전방까지 살피면서 걸어야 한다는 수칙이 있었다. 언젠가 이렇게 행인들에 파묻혀 걷는데, 앞에서 오던 한 중년사내가 갑자기 우뚝 멈춰서는 바람에 혼겁한 적이 있었다. 그런데 어이없게도 그자는 형사가 아니라 호모였다. 눈을 빛내며 다가와 낮고 수줍은 음성으로 속삭이던 그 사내…… 도대체 나의 그 무엇이 호모로 오해하게 만들었을까?

이제 허무성은 군중 속의 아주 작은 일부가 되어 함께 휩쓸려간다. 군중. 수많은 사람들이 자신의 몸 윤곽을 허물어뜨려 서로서로에게 섞여들면서 하나의 거대한 덩어리를 이루고 있다. 덩어리로 존재하는 이 군중은 오직 한 가지 목표, 즉 무심히 걷는 일에만 열중한다. 이 사람들은 어디로 가는 것일까? 나는 어디로 가는 것일까? 나는 과연 김일강에게로 가고 있는 것일까? 걷고 있는 그를 격려하면서 김일강이 이렇게 속삭이는 것 같다. 복잡한 생각을 버려라, 단순하게 생각하라, 무조건 믿어라! 유아적 단순성을 강조하는 그 말이 야릇하게, 감미로운 통증으로 가슴을 파고든다. 군중은 사고하지 않는다고, 어떤 똑똑한 개인도 군중에 섞이면 다른 사람들과 마찬가지로 평등하게 바보가 된다고, 김일강은 말한다. 스스로 똑똑하다고 생각하는 국회의원들도 마찬가지야. 물론 개개인들은 똑똑하지. 그런데 정당이란 무리에다 모아놓으면 말이야, 희한하게도 오합지졸의 바보가 되고 말거든. 군중을 가득 실은 이 컨베이어벨트는 어디로 가는 것일까? 수많은 구둣발이 쿵쿵 내디디며 타일바닥을 마모시키지만, 가는 곳은 다시 돌아올 제자리일 뿐 아닐까? (이 근사한 말을 누가 했더라?) 가도 가도 어디에도 닿지 않는 눈먼 자들의 느린 움직임, 그들은 이 거리에 늘 상주하는 엑스트라들처럼 보인다. 지향없이 흐르는 사람들, 어제도 그제도, 내일도 모레도, 단 한 시간의 휴식도 없이 영원히 흘러가는 사람들이다. 조직되지 않은 군중은 가축떼에 불과하다고, 이 영혼 없는 군중에 파시즘의 영혼을 불어넣어야 한다고, 같이 일하자고, 김일강은 말한다. 이 군중은 언제든 명령 내리기만을 기다리고 있다고.

  그러나 복종에 익숙한 우둔한 군중이 드물긴 하지만 발작적으로 집단행동을 감행할 때도 있지 않은가! 그해 6월의 시민들처럼 말이다. 그가 걸어가는 방향에 탑골공원 앞에서 벌어졌던 싸움이 생각난다. 근처에서 시위대 일부, 삼십여명이 전투경찰대에 포위되어 최루탄의 집중 포화를 맞을 때, 그도 그 속에 있었다. 모두 한덩어리가 되어 쪼그려앉은 채 눈도 뜨지 못하고 숨이 막혀 캑캑거리는 그들 주위로 연방 최루탄이 터졌는데, 이때 구경꾼 노릇만 하고 있던 연도에 운집한 시민들 속에서 거센 항의의 외침이 일어났다. 쏘지 마! 쏘지 마! 한두 목소리로 시작된 그 외침이 순식간에 거대한 합창으로 변하고, 그 서슬에 놀란 전경대가 포위망을 풀었던 것이다. 그가 걸어가는 방향 저쪽에 탑골공원이 있다. 거기만이 아니라 이 종로 전체가 격전지였고, 연도에 시민들이 운집해 있었다. 절망적인 싸움만 거듭해온 그들은 거기에서 처음으로 희망을 보았다. 시민들의 저 외침만 있으면 이길 수 있겠구나, 하는 희망을. 그리고 그 희망은 곧 현실이 되지 않았는가. 그랬다. 그해 6월, 도심의 군중은 영혼없는 우둔한 군중이 아니었다. 그런데…… 그런데 십오년이 지난 지금은? 월드컵 축구대회 6월의 군중은? 과연 이들도 그 엄청난 괴력을 내장하고 있을까? 허무성은 아니라고, 그럴 리가 없다고 고개를 흔든다. 그런 기적은 다시는 일어나지 않을 거라고. 물론 지금도 약자들의 항변이 있긴 하지만 너무도 지리멸렬하여 귀에 들리지 않는다. 관권이 아니라 이 사회에 팽배한 근거없는 낙관주의에 의해 간단히 묵살되는 것이다. 꿈은 이루어진다는 허무한 환상에 의해.

그때 문득 그 시절의 화염병 투척 장면이 떠오르면서, 거기에 오용미의 모습이 끼어든다. 그 시절의 전사처럼 눈밑을 손수건으로 가리고, 라텍스 장갑 낀 오른손에 화염병 대신에 스프레이 캔을 쥐고 벽을 향하여 날렵하게 페인트를 쏘아대는 모습이 떠오른다. 칙칙 치익 칙칙. 그리고 땡글거리는 믹싱볼 소리. 갑자기 가슴이 울렁거린다. 이 아이는 도대체 나에게 무슨 뜻일까? 그라피티는 과연 저항의 도구가 될 수 있을까? 바로 어제 그는 그녀의 그라피티 작업을 보기 위해 함께 도림천변에 갔다. 그런데 돌아오는 길에 들른 호프집에서 뜻밖의 일이 생겼다. 그녀가 그의 오른쪽 뺨에다 키스를 한 것이다. 그 일을 생각하자 속살이 화끈해지면서 저절로 발걸음이 멈춰진다. 더이상 인파 속에 멈춰서 있을 수 없어서, 차도 쪽으로 빠져나와 공중전화부스 곁에 선다. 담배를 피워물고 고개를 숙인 채 그녀에 대한 생각을 이어간다. 그녀가 키스한 오른쪽 뺨에 손바닥을 댄 채. 하기는 뺨에 입맞춤 한번 한 것이 뭐 그리 대수로운 일인가. 그애는 취중에 한 일이라 기억도 못할지 모르는데…… 그런데 허무성은 마음이 흔들리고 있다. 어려 보이기만 하던 그녀에게서 어제 뜻밖의 강렬한 매력을 발견했는데, 그것은 그녀의 그라피티였다. 도림천 굴다리 밑, 씨멘트 벽에 그려진 다섯 개 그라피티 중에 가장 돋보이던 작품, 블루와 블랙을 배색한 바탕 위에 검고 붉은 용암 같은 것이 걸쭉하게 뭉클거리며 흐르는, 음울한 힘이 강하게 표출된 그림이었다. 그것은 토오꾜오의 새벽 하늘에서 보았던 일출, 검은 바탕 속의 그 불온한 붉은색을 연상시켰다. 아직 나이어린 여학생이 검은 열정의 심연을 그렇게 깊이 들여다볼 수 있다니! 거기에 드러난 우울한 열정은 바로 허무성 자신의 것이기도 했다. 오용미는 세상에 대해 지독한 염증과 분노를 느끼지만, 정확하게 그것의 정체가 무엇인지 아직은 가닥을 잡을 수 없다고, 더 공부해야 한다고, 선생님이 도와주어야 한다고, 그렇게 말하면서 그의 뺨에다 쪽 소리나게 입을 맞췄던 것이다. 그는 길게 한숨을 내쉬고는 다시 인파 속으로 들어간다.

허무성은 군중에 몸을 맡긴 채 떠밀리면서 서쪽을 향해 계속 걸어간다. 이 산책은 백화점이나 대형 쇼핑몰의 군중을 만날 때까지 계속될 것이다.

이제는 빽빽하던 인파가 많이 성기어져 막혔던 시야가 트인다. 덩어리졌던 행인들이 낱낱이 제모습을 되찾는다. 행인들의 대부분은 젊은이들이다. 썬글라스들, 노랑머리, 갈색 머리, 히피 머리, 조기 탈모

증 대머리, 배꼽티, 어깨 노출 티셔츠, Be The Reds!의 붉은 티셔츠 등. 걸어가면서 휴대폰에다 악악 소리지르는 사람, 휴대폰도 없이 혼자 허공에다 뭐라고 중얼거리는 사람, 초콜릿 아이스크림콘을 핥아대는 사람, 배낭에다 빨간 풍선을 각각 하나씩 매단 커플도 있다. 그 빨간색 풍선에 쓰인 흰색 글씨, Be The Reds! 횡단보도 앞에서 신호등 바뀌기를 기다리면서 맛있게 프렌치키스를 교환하는 젊은 두 남녀.

행인들 중 특히 그의 시선을 끄는 것은 젊은 여자들이다. '한국 여자들은 화장품 모델 같아요'라는 평판 그대로, 짙은 화장의 얼굴들이다. 아무리 외면하려고 해도, 비판적인 눈이 되려고 해도 그게 잘 안된다. 그래서 흘금거리는 그의 눈빛은 자연히 치한의 그것이 된다. 멀쩡한 눈을 순식간에 치한의 눈으로 만들어버리는 저 여자들이 밉다. 왜냐하면 배꼽티가 앙증맞게 옴찍거리는 배꼽의 율동과 된장색 허릿살을 드러내고 있고, 속옷인 얇은 란제리가 겉옷이 되어 탱탱한 젖가슴을 아주 선정적으로 강조하고 있기 때문이다. 궁싯거리며, 얄기죽거리며 엉덩이들이 지나간다. 짙게 풍기는 고혹적인 화장품 냄새에 머리가 어쩔해진다. 몸속의 오래 묵은 정액이 부글거리면서 수컷 본능이 일어난다. 청바지, 핫팬츠, 보일락말락 똥꼬치마도 있다. 이런 것들을 보면서 허무성은 성적 호기심과 구토증을 동시에 느낀다. 그냥 '인생은 즐거워. 인생은 아름다워' 하면서 즐기면 될 텐데 그게 안되는 것이다. 궁싯거리는 엉덩이들, 찰싹 달라붙은 얇은 바지 위로 선정적으로 드러난 팬티금들. 언젠가 연예인들이 나온 텔레비전 토크쇼에서 팬티금을 팬티라인이라고 하는 걸 들었다. 팬티라인이라고 해야 덜 음란한 것일까? 섹시는 괜찮지만, 음란은 안되니까? 어디선가 '팬티 씹은 엉덩이'란 말도 들었는데, 그것은 음란일까, 섹시일까? 팬티

씹은 저 엉덩이들에게 팬티 씹는 맛이 어떠냐고 묻고 싶어진다. 그렇게 물었다간, 물론 치한이라고 귀뺨을 얻어맞을 것이다. 길가 노점상들 앞에는 허리 굽혀 물건을 고르느라고 자맥질하는 오리처럼 쳐들린 엉덩이들도 있다. 그 무심한 엉덩이들은 도발적이어서 손바닥으로 세게 갈겨주고 싶은 충동까지 느끼게 한다. 물론 그랬다간 역시 치한이라고 귀뺨을 맞을 것이다. 여자들은 언제나 그런 식으로 남자들의 지친 시선을 질질 끌고 다닌다. 쎅시 모드는 허영이나 타락이 아니다. 남자에게 사랑받기 위해서가 아니라, 남자를 지배하기 위한 전략이라고, 탱탱한 엉덩이가 모든 것을 지배한다고, 페미니스트 송난주가 말한다. 그것은 배고프지 않아도 먹게 만들고, 내키지 않아도 기어코 성욕을 발동시키고 마는 기업의 상품판매전략과 잘 맞물려 있다. 예컨대 배꼽티를 발명한 자가 세계를 지배하는 것이다. 치밀하고 집요한 이 판매전략을 어떤 남자가 이겨낼 수 있나. 저 군상 속에는 탱탱한 엉덩이와 젖가슴, 잘록한 허리를 계속 유지하기 위해 심지어 결혼까지 포기한 여자들도 있을 테지.

보도의 인파는 종묘공원 앞에 와서 다시 빽빽해진다. 붐비는 행인들 속을 알루미늄 철가방을 든 소년이 미꾸라지처럼 빠져나간다. 점심시간이구나. 아침을 거른 뱃속에 찌르르 허기가 느껴진다. 피튜니아꽃 화단 곁에서 은색 옷을 입고 얼굴도 은색으로 칠한 두 소녀가 경쾌한 댄스곡에 맞춰 율동하면서 휴대폰 신제품을 광고하고 있다. 뽕까 뽕까 뽕까…… 그런데 그 댄스곡을 뚫고, 가까운 데서 찬송가 소리가 들려온다. 노랫소리가 들려오는 곳은 빨간 우체통 앞, 거기에서 야릇한 퍼포먼스가 벌어지고 있다. 여섯 명의 남녀가 길바닥에 무릎 꿇고 둘러앉아 제각각 격렬하게 머리를 흔들면서 방언을 하고, 그리고 그 뒤에 서 있는 중년의 두 남녀, 사내는 마이크를 잡고 찬송가를 부르고, 여자는 그 앞에서 행인들에게 팸플릿을 나눠준다. 두 사람 모두 검은색 정장 차림에 빨간 글씨로 예수 천국 불신 지옥,이라고 쓰인 어깨띠를 두르고 있다. 은색 소녀들처럼 저들이 벌이는 것도 일종의 마케팅이다. 공포를 판다. 불신지옥의 공포를 파는 마케팅. 주의 팔에 안기세, 우리 맘 편안하리니. 항상 기쁘고 복되게 영원하신 팔에 안기세. 그 앞을 지나가는 허무성이 그 여자에게 붙잡힌다. 내미는 팸플릿을 거절하자 여자가 그의 팔을 붙잡고 설득하려고 든다. ─왜 안 받으세요? ─쎄일은 싫어요. ─쎄일이라니! 이거 물건 파는 게 아니잖아요. 여기에 좋은 말씀이 있어요. 자, 받으세요. ─싫습니다. ─어머, 왜 싫으세요? 천국이 싫으세요? ─받으면 곧 쓰레기가 될 것 같아서 못 받겠어요. ─뭐요? 쓰레기라니! 그런 말 하면 벌받아요! ─아, 죄송합니다. 저기 버스가 와서요. 허무성은 얼른 잡힌 손을 뿌리치고 거기에서 빠져나온다.

　종묘공원 앞 광장은 놀러 나온 노인들로 성시를 이루고 있다. 아마 저 속에는 노숙자들도 적잖이 끼어 있으리라. 이종구도 저 사람들 속에 있을지 모르지. 저기서 종말론을 강의하고 있을지 몰라. 그런 생각을 하다가 허무성은 작년 세모에 이 근처의 가로등 분전함 옆에서 동사한 노숙자에 대한 기사를 떠올린다. 삼십대 초반의 청년, 한쪽 귀를 쥐에게 뜯긴 채 꽁꽁 얼어붙은 시신, 수많은 사람들이 그 옆을 스쳐지나갔는데도, 무심히 일주일 넘게 방치되어 있었다는 그 주검…… 허무성은 그 장소를 찾아보기 위해서 차도 쪽으로 발을 옮긴다. 쓰레기가 넘치는 쓰레기통 두 개와 공중전화부스 하나를 지나친 곳에 분전함이 서 있다. 이것이 맞을까? 네모진 씨멘트 받침 위에 세워진 직육면체의 철제상자, 매연과 먼지의 더러운 때에 절어 있는데, 거기에 검정 매직펜으로 뜻모를 거미발 모양의 그라피티 낙서가 휘갈겨져 있다. 그 낙서 때문인지, 분전함은 죽은 노숙자를 표현한 추상 조각상처럼 보인다. 그 밑에는 담배꽁초 몇개, 그리고 치우다 남은 취객의 토사물 흔적이 눌어붙어 있다. 세모의 추위가 초여름의 더위로 바뀌어 있는 지금, 이 장소는 아무것도 보여주지 않는다. 지나가는 수많은 발자국들에 밟혀 모든 것은 그 즉시 지워져버렸을 것이다.

허무성은 근처의 미니슈퍼에서 소주를 사다가 반병쯤 분전함 주위에 뿌리고 나머지는 자신의 목구멍에다 꿀꺽꿀꺽 부어버린다. 노숙자 이종구가 근처 어디선가 이 장면을 보고 있을 것 같아 뒤통수가 따갑다.

이제 허무성은 길가 쪽에 붙어 상점들을 들여다보면서 걸어간다. 네온불이 꺼진 간판의 유리 대롱들이 피 빠진 혈관들처럼 을씨년스럽다. 영문 간판을 싫어하기 때문에 그것들이 더욱 눈에 띈다. BUGER KING, 랜드로바, addidas, Pizza Hut, KFC, Esquire, 스포츠 마싸지, PC방, Buy the way, Dunkin Donut, Roem, PASCUCCI, 테이크아웃 커피, OUTBACK, Baskin Robbins, Livart, Phone & Fun, 그러고 나서 풀숲의 뱀처럼 갑자기 나타난 것은 맥도날드, McDonald's! 허무성은 천적을 만난 것처럼 비딱한 눈으로 살핀다. 빨강머리의 풍선 마스코트가 우쭐우쭐 방정맞게 춤을 추고 있다. M을 형상화한 로고 간판이 있고, 유리벽에는 햄버거와 코카콜라가 사이좋게 어우러진 그림과 함께 런치타임에 모든 메뉴가 삼천원이라고 쓰인 브로슈어가 붙어 있다. 런치타임이라 그런지, 실내는 손님들로 가득하다. 통유리를 통해 만원 좌석들과 카운터 앞에 대기자들이 줄지어 서 있는 것이 보인다. 콜라를 곁들여 햄버거를 맛있게 먹고 있는 손님들, 얼굴을 가릴 정도로 큼직한 햄버거, 손님들은 마냥 즐거운 표정이다. 달콤함과 행복만이 있는 곳이다. 붉은 쇠고깃조각, 노란 치즈조각, 오이조각과 채썬 양배추를 가득 물고 있는 두툼한 입술 같은 두 개의 빵, 그 푸짐함이 비판자인 허무성의 마음까지 흔들려고 한다. 찌르르 배고프다는 신호가 온다. 그 푸짐한 것을 한입 덥석 베어물고 싶어진다. 추상명사처럼 관념적으로만 생각하던 맥도날드 가게를 실물로 보기는 이번이 처음이다. 그는 그것이 미국화·세계화의 상징이라고, 지구를 종횡무진 휘감은 거대한 네트워크라고 비판하지만, 그의 제자들은 들은 척도 하지 않는다. 세계화의 예찬자인 그들은 이렇게 말한다. 맥도날드에 가면 기분이 좋아요. 내가 세계와 직접 연결되는 것 같은 느낌이 들거든요. 세계의 모든 맥도날드 분점들이 똑같아요. 햄버거도 똑같고, 음악도 똑같고, 써비스도 똑같고, 실내장식도, 테이블, 의자, 종업원의 의상도 똑같아요. 그래서 세계인들과 더불어 같은 시간에 같은 장소에서 같이 식사하고 있는 듯한 기분이 드는 거예요.

허무성은 맥도날드를 지나 얼마를 가다가 전자오락실 앞에 온다. 유리창 가까이에 한 아이가 게임에 열중해 있다. 그 아이의 표정이 하도 험악해서 흠칫 걸음을 멈춘다. 여섯살밖에 안되어 보이는 어린이가 게임기 앞에 앉아 모형 기관총을 드르륵드르륵 맹렬히 쏘아대는데, 그 표정이 성인남자의 얼굴처럼 사납게 일그러져 있다. 야만인의 얼굴이다. 무섭게 찌푸린 얼굴근육이 전기충격을 받은 듯 푸들거리고, 두 다리도 간질환자처럼 덜덜 떨리고 있다. 제한시간 몇초 전, 더 많이 죽이고 더 많이 파괴하기 위해 아이는 거의 필사적이다. 드디어

게임 종료. 보병 구백명 사살, 탱크 이십대 파괴, 전투기 여섯 대 파괴. 대량학살! 늘비한 떼주검! 구토증이 치민 허무성은 얼른 그 앞을 떠난다.

허무성은 길가 물만두집에서 허기를 끈 다음, 다시 군중 속에 몸을 싣고 걸어가다가 교통사고 현장을 목격한다. 멈춰선 자동차들이 신경질적으로 경적을 울리고, 이어서 앰뷸런스가 급히 도착한다. 사람들 틈으로 삼십 미터 전방의 차도에 오토바이 한대가 나둥그러져 있는 것이 보인다. 피자배달 오토바이, 종이상자처럼 형편없이 우그러진 노란색 피자 케이스. 그 밑에 깔려 있는 반바지 차림의 하반신. 한쪽 허벅지에서 흘러내린 시뻘건 핏물이 검은 아스팔트를 적시고 있다. 검은 아스팔트 때문에 피는 어둡고 탁해 보인다. 아스팔트 위 낭자한 피, 지금 아스팔트는 피를 포식하고 싶어 헐떡거린다! 희생물을 달라고 요구하고 있다! 앞에서 구경꾼 두 명이 큰 소리로 떠든다. 그들도 희생물을 원한다. ─죽었나? ─글쎄, 꼼짝도 안하는구먼. 불쌍해. 아직 어린앤데…… ─불쌍하지. 하지만 재네들 죽어도 그만인 인생 아냐? 밤거리를 위험한 폭주로 난동질치는 게 쟤네들이야. 언젠가 밤늦게 차를 몰고 집에 가다가 큰 사고를 낼 뻔했어. ─부딪쳤냐? ─하마터면 부딪칠 뻔했지. 한 녀석이 계집애를 꽁무니에 태운 오토바이를 곡예운전하면서 달려오는데, 어우, 얼마나 혼났던지! 난 허옇게 겁에 질리고, 두 새끼는 꼴좋다고 낄낄대며 달아나는 거야. 정말 머리 뚜껑 열리데. 성질 같아선 팍 받아버리고 싶었어. ─야, 야, 참기를 잘했다 야. 네가 받지 않아도 쟤네들 운명 뻔하지. 저렇게 살다가 그렇게 가는 거지 뭐. ─아, 움직인다! 살았나봐! ─음, 살긴 살았구먼. 죽지 않았으면 병신 됐겠지, 뭐. ―에이씨! 상황 끝이야, 가자! 두 청년은 시시한 영화의 한 장면을 본 것처럼 금방 흥미를 잃고 자리를 떠난다.

오후 두시경 허무성의 산책은 명동 근처에 다다른다. 지하로 내려가 지하상가를 통과한다. 수많은 사람들이 버글거리는 그 지하공간은 마치 개미굴 같다. 먼지와 소음이 가득하다. 하지만 사람들의 표정은 대체로 밝다. 어느 옷가게 앞에 나이키 광고 포스터가 걸려 있다. 나이키 로고가 찍힌 흰 티셔츠와 반바지를 입은 아이돌 가수, 썬탠한 헤이즐넛빛 피부와 미소짓는 흰 이가 싱그럽다. 날 봐요. 날 느껴봐요. 날 만져봐요. 지나가던 여고생 네 명이 그 포스터를 보자 일제히 탄성을 지르고 그중 한 명은 달려가 그 포스터 속의 가수를 얼싸안는다. 문득, 버글거리는 군중의 소음 속에서 어렴풋이 기괴한 굉음이 들려온다. 땅이 흔들리는 것 같다. 지진? 허무성은 잔뜩 긴장한다. 소리가 점점 커진다. 어떤 무서운 괴물이 땅속 깊은 곳에 감금되어 으르렁거리는 듯한 불길한 소리, 지하상가의 벽과 바닥이 드르르 떨고 있다. 뭘까, 저 소리는? 나에게만 들리는 것일까? 쥐라기 공룡의 포효 같은 소리! 그 소리가 더욱 커지면서 가깝게 다가온다. 금방 발작이 일어날 것처럼 가슴이 무섭게 뛴다. 그러나 인파 속 사람들은 아무 일도 없다는 듯이 여전히 태연자약하다. 과연 그들의 믿음처럼 그 소리는 빠른 속도로 커지더니, 금세 꼬리를 끌며 멀리 사라져버린다. 허무성은 그제야 그것이 땅속을 달리는 지하철 소리임을 깨닫는다. 그래, 군중 속에선 모든 것이 무사하다. 근심도 불안도 없다. 죽음의 공포도 없다. 아무 일도 없을 것이다.

지하철 사물함 앞에서 춤 연습하고 있는 세 명의 비보이. 한 아이가 양팔을 번갈아 짚으면서 팔딱팔딱 몸을 허공에 띄우며 춤추고 있다. 뜨겁게 달궈진 프라이팬 속의 살아 있는 물고기처럼.

십이층 백화점의 높다란 벽면에 대형 광고 현수막이 붙어 있다. 푸른 여름바다를 배경으로 비키니 수영복의 여자가 활짝 웃으며 해풍에 날리는 머리칼을 쓰다듬고 있다. 써머 패션──여행을 준비하는 유쾌한 즐거움. 허무성은 머뭇거리면서 백화점 출입문으로 들어선다. 그에게는 백화점도 낯설지만, 자동문은 더욱 낯설다. 자동문이 저절로 스르륵 열리는 순간, 그는 진공청소기로 빨아들이는 듯한 느낌에 흠칫 놀란다. 시원한 에어컨 바람과 부드러운 조명 속에서 고급 상품들이 내뿜는 빛이 현란하다. 향수 냄새도 은은히 풍겨온다.

그런데 그가 안으로 걸어들어가자, 상품들이 일제히 합창으로 허무성에게 소리친다. 좌파가 왔다! 저놈은 우리의 고객이 아니라고! 저놈은 지저분하게 수염도 안 깎았어! 욕망이 너무 없어! 너무 욕구하는 게 적고, 너무 소비하는 게 적어. 저 새낀 자본주의의 적인 거야! 저 새끼가 여길 어디라고 감히 들어와! 여긴 고품격 고소득 쇼핑객들만 올 수 있는 곳이야! 그는 짐짓 느긋한 표정을 짓고 천천히 걸어가지만, 마음속은 불안하다. 감시의 눈이 따라붙는 것 같다. 그 시절 김일강 부하의 미행하는 눈길처럼. 보안실의 CCTV 화면에 그의 얼굴이 나타나 있을 것이다. 전방위에서 비치는 조명 불빛이 그의 몸을 남김없이 드러내고, 사각기둥들의 네 면마다 붙어 있는 거울에도, 유리제품과 크롬제품 들에도 그의 얼굴이 비칠 것이다. 전방위 감시체제다. 그러나 쇼핑객들은 오히려 그것을 즐긴다. 전방위에서 반사되어 나타나는 자신의 잘난 모습에 만족스러운 시선을 던지면서 걸어간다. 모두가 그늘 한점 없는 웰빙의 환한 얼굴들이다. 그래서 쇼핑객이 아닌 허무성은 마음이 불안할 수밖에 없다. CCTV의 의심하는 눈길에서 벗어나려면, 무언가를 사서 쇼핑백을 손에 든 선량한 쇼핑객이 되어야 할 것이다. 그러나 그럴 생각이 없다. 그래서 그는 에스컬레이터를 타고 오르내리면서 잠시 구경꾼 노릇만 한다.

백화점의 군중은 행복 그 자체의 모습이다. 바깥세계와는 전혀 다른 시간대가 존재하는 것처럼 느린 클래식 음악이 흐르고, 거기에 맞춰 쇼핑객들이 이리저리 시선을 던지면서 느리게 혹은 우아하게 움직인다. 음악소리 아래로 여러가지 소음들이 낮고 부드럽게 깔려 찰랑거린다. 즐겁게 흥정하는 말소리, 부드러운 발걸음 소리, 카트의 쟁글거리는 소리, 작은 종소리 등. 각양각색의 상품들, 모든 색채, 모든 디자인이 거기에 있다. 기쁨과 호기심에 빛나는 얼굴들, 반짝이는 눈빛, 모든 감각이 상품들을 향해 활짝 열려 있다. 상품들에 둘러싸여 그 자신이 상품처럼 보이는 여점원들, 미소도 말씨도 상품처럼 규격화되어 있다. 손님, 무엇을 도와드릴까요? 예, 닥스 가방 말씀이십니까? 고객이 만지고, 냄새 맡고, 세심히 살피면서 물건을 고르는 동안 점원은 쩔쩔매면서 바싹 따라붙는다. 다른 곳과는 차별화된 고급 써비스. 고객은 졸지에 매우 중요한 사람으로 격상된다. 고객은 연기하는 배우처럼 상냥하게 말을 건넸다가 갑자기 쌀쌀맞은 표정을 짓고 거드름도 피우면서, 하녀 부리는 주인 행세를 해본다. 자신의 존재감이 두 배로 확대되는 순간이다. 두 배의 만족, 두 배의 기쁨! 나는 쇼핑한다, 고로 존재한다. 전방위에서 비치는 부드러운 조명 불빛은 샤워처럼 몸을 통째로 씻어 우울한 그림자를 없애주고, 내장 속까지 비춰 근심,

불안을 말끔히 씻어준다. 여기에선 죽음도 추방된다. 상품이 인간을 충전시킨다. 그 엄청난 물량과 풍부하고 생생한 색채에 빨려들어 사람들은 상품들과 혼연일체가 된다. 상품들과 사람들이 한덩어리가 되어 만들어내는 엄청난 에너지가 백화점 내부를 가득 채운다. 모든 것이 준비되어 있다. 없는 게 없고 모든 것이 새것이다. 당신은 원하기만 하면 돼요. 세상은 당신 거예요. 모든 것이 새것이므로, 낡음도 늙음도 없다. 모든 것이 새것이고 젊음이요, 청춘이다. 시간마저 정지된 곳, 그래서 여기에는 죽음도 없다. 그것은 먼데서 들려오는 풍문이고 남의 일이다. 언제나 죽음은 백화점 고객이 될 수 없는 가난뱅이들의 몫이다. 웰빙, 토털 행복!

 허무성은 지하 식품매장의 복도에서 느닷없이 한 여자에게 붙잡힌다. 도둑으로 의심받나 했는데, 걸어오는 말이 엉뚱하다.
 "손님, 혹시 길을 잃으셨나요?"
 "예?"
 서른댓살쯤 돼 보이는 젊은 여자. 산뜻한 느낌의 엷은 노란색 원피스와 노란색 샌들.
 "손님이 아까부터 에스컬레이터를 타고 오르락내리락하시는 걸 봤어요. 이 백화점에선 길을 잃기 쉽답니다. 길 잃기 쉽도록 동선을 복잡하게 설계해놓은 거죠. 그래야 고객들을 오래 붙잡아둘 수 있으니까요."
 "아닌데요, 난 길을 잃지 않았습니다. 그럼 실례……"
 여자가 갑자기 당황해하면서 그의 팔목을 잡는다.
 "잠깐요. 잠깐 제 얘기 좀 들어주실래요?"

여자는 잡은 팔목을 놓지 않은 채, 책 읽듯이 단조로운 어조로 빠르게 말한다.

"잠깐 제 얘기 좀 들어주세요. 눈이 예쁘군요. 제 남편 눈하고 똑닮았네요. 쌍꺼풀에 긴 속눈썹…… 남편과 전 정말 잉꼬부부였어요. 우린 주말이면 자주 이 백화점에 와서 쇼핑을 했어요. 이젠 저 혼자예요. 아, 남편이 너무 불쌍해요. 오개월 전에 폐암으로 죽었거든요. 서른아홉 나이에, 인생의 절반도 못 살고 갔어요. 너무 불쌍해요. 팔레트를 만드는 조그만 공장 사장이었는데, 처음엔 잘나갔죠. 이 백화점에도 납품했는데…… 그런데 죽고 말았어요. 그렇게 건강하던 사람이, 절 그렇게 사랑해주던 사람이! 암이 그를 죽였어요. 전 그이를 죽인 암세포를 증오했어요. 복수하고 싶었어요. 암세포는 지독해요. 사람을 죽인 후에도 그 시신 속에 오랫동안 살아남아 있다는 거예요. 남편의 시신에 살아 있을 암세포를 생각하면 너무 끔찍했어요. 그래서 남편의 시신을 화장해서 그 암세포도 같이 태워 죽였죠. 그런데 그 암이 죽지 않고 이번엔 절 엿보는 것처럼 느껴지는 거예요. 암이 무서워요. 잠자다가도 부르는 소리에 깜짝 놀라 깨면 저쪽에서 죽은 남편이 손짓하고 있는 거예요. 어서 오라고 절 부르는 것 같아요. 죽음의 그림자가 어른거려 미치겠어요. 정말 무섭죠. 무서워서 집에 못 있겠어요. 그래서 이렇게 매일 밖에 나와 여기저기 백화점 구경을 하고 다녀요. 전 돈이 없어요. 그냥 물건 구경, 사람 구경만 하면서 다녀요. 이 많은 사람들과 물건들 속에 있으면 그래도 안심이 되어요. 여긴 죽음이 없거든요. 전 에스컬레이터를 타고 오르내리기만 할 뿐, 판매대 앞엔 얼씬도 안해요. 혹시 물건을 훔치고 싶은 충동이 생길까봐서요."

23

월드컵 축구대회 한미전이 있던 6월 10일, 허무성은 이날이 바로 십오년 전 6월항쟁이 시작된 날임을 상기했다. 화염병과 현수막·피켓을 들고 거리투쟁에 출정했던 학생들의 성난 물결 속에 그가 있었다. 이제 그는 자기보다 십오년쯤 연하인 학생들의 붉은 티셔츠, 붉은 두건, 울긋불긋 색칠한 얼굴을 보면서 그 세월이 만들어놓은 엄청난 풍화작용을 실감했다. 싸움터에 나선 그때의 학생들과 월드컵 축제에 나선 지금의 학생들…… 일교시 강의만 끝내고 오전 내내 연구실에서 책을 읽던 그는 대부분의 학생들이 캠퍼스를 빠져나간 오후 두시경에 그 응원 군중에 끼기 위해 지하철로 시청 앞에 갔다.

지하철에서 하차하자마자 그는 순식간에 격정의 물결에 휩쓸려든다. 객차 안에 미어터지게 가득 찼던 붉은 티셔츠들이 폭발하듯 밖으로 터져나오더니, 지상으로 나가기도 전에 우렁차게 대~한민국을 연호하기 시작한 것이다. 터널 속을 크게 울리는 그 함성은 대번에 또 다른 함성을 생각나게 한다. 십오년 전 이날, 그가 소속한 K대 학생 이백오십여명이 도심의 격전지로 진출하기 위해 지하철로 남영역에 도착했을 때의 그 함성. 지하철에서 쏟아져나온 즉시 학생들은 출구를 향해 계단을 오르면서 독재타도의 구호를 힘차게 외쳐대지 않았나! 그때도 지금처럼 함성은 터널 속 반향으로 크게 증폭되어 귀가 먹먹할 지경이었지.

계단을 가득 채우며 올라가는 사람들을 맨 뒤에서 주춤주춤 발을 끌면서 따라가던 그는 큰물이 빠지면서 나뭇가지에 남겨놓은 넝마 같은 한 중년사내를 발견한다. 벤치에 홀로 고개를 숙인 채 앉아 있다. 허름한 검정 겨울점퍼를 입은 행색이 노숙자임이 분명하다. 혹시나 했으나 이종구는 아니다. 잠들어 있는 걸까, 아니면 무슨 생각에 잠겨 있는 것일까? 분명한 것은 그가 월드컵에 아무 관심도 없다는 것이다! 그래, 월드컵에 관심 갖는 것만큼이나 월드컵에 대한 무관심도 중요한 것 아닌가.

경기 시작 사십분 전인데도 광장은 온통 붉은색 일색이다. 군중은 광장을 가득 메우고 넘쳐 차도 양쪽의 보도를 따라 광화문까지 뻗어 있다. 비가 조금씩 내리고 있어서 모두들 일어선 채 응원하는데, 붉은 티셔츠, 붉은 두건, 붉은 스카프 등등 수십만 군중이 온통 붉은색 일색이다. 광화문 쪽에도 붉은 인파로 가득하다. 붉은 바다! 아, 저래도 되나? 반사적으로 속이 느끼해지면서 헛구역이 일어난다. 송난주의 말. 넌 아직도 레드콤플렉스구나. 색은 색일 뿐이야. 그는 지나가는 행상에게서 팩소주를 사서 빨대를 꽂고 쭉 빨아 마신다. 술의 효과는 금방 나타나 마음이 다소 편안해진다. 광장 양쪽에 붉은 바탕에 흰색 글자로 대~한민국이라고 쓰인 거대한 현수막 두 개가 풍선들을 달고 높은 허공에 떠 있고, 남쪽에 위치한, 김일강이 임시사무실을 마련했다는 호화로운 Y호텔 양옆에 상업광고의 현란한 빛을 내뿜는 전광판이 있고, 그 가운데 설치한 가설무대에서 강한 비트음악이 울려퍼진다. 가수들의 열띤 가창과 샤우팅, 그리고 높은 데씨벨의 전자음향이 수십만의 심장을 한꺼번에 사로잡고 있다. 스펙터클, 블록버스터. 김일강은 광장의 군중을 내려다보면서, 저 무대에다 죽은 독재자의 대형 초상화를 걸어놓을 꿈을 꾸고 있을 것이다. 서 있는 사람들 틈을 누비며 행상꾼들이 붉은 티셔츠와 비닐 우비를 판다. 히딩크 가면, 팩소주, 쥐포, 누룽지를 파는 행상도 있다.

　허무성은 지하철 출구에 선 채 주위를 두리번거리면서 오용미를 찾는다. 거기에서 만나기로 약속한 것이다. 아직 도착하지 않았는지 모습이 보이지 않는다. 비가 조금씩 내리기 시작한다. 김일강과 그의 패거리들은 지금 저 호텔에 와 있을까? 지금 그들은 오층 높이에서 광장의 군중을 내려다보며 유쾌하게 떠들어댈 것이다. 어제 아침에 그로부터 전화가 왔다. 오늘, 자기 호텔방에 와서 함께 광장의 군중현상을 지켜보자고, 이진수 등 세 명의 교수도 초청했으니 이참에 서로 인사를 나누는 게 좋겠다고 했다. 그러한 제의를 허무성은 완곡하게 거절했다. 사학과 제자들과 경기를 같이 보기로 선약이 되어 있다고 둘러대면서, 군중현상을 그렇게 밖에서 보는 것도 좋지만 그 속에 들어가서 피부로 느껴보는 것도 좋지 않겠느냐고 핑계를 댔다. 이진수 등을 언젠가는 만나게 되겠지만 지금으로선 영 내키지 않는다. 오용미와의 약속이 없었더라도 다른 핑계를 댔을 것이다. 과연 나는 어떻게 될 것인가? 나는 과연 변신하게 될까? 이런 생각을 하자 마음이 천근같이 무거워진다. 십오년 전 이 광장을 가득 메웠던 항쟁의 군중을 생각한다. 그 엄청난 함성에 소름이 끼치더라고, 언젠가 김일강이 솔직히 말한 적이 있었다. 그런데 그 분노의 함성이 지금은 저렇게 쾌락의 소리, 엑스터시의 샤우팅이 되고 말았다. 이제 그해 6월은 아득하다. 오래전에 보았던 영화의 한 장면처럼 흐릿한 기억.

바로 앞에 고1로 보이는 아이 셋이 서로 툭툭 치면서 까분다. ─야, 김멀뚱, 너 오늘 또 늦었어. 이따가 술은 네가 사는 거야, 알았지? 저번 폴란드 전 때도 늦었잖아. 화아, 황선홍의 발리 슛, 정말 멋있어! ─난 거미손 이운재가 좋았어. 이운재가 낀 장갑 무슨 색이었지? ─무슨 색이었는데? ─평신! 그것도 몰라? 푸른색, 코발트 블루였어. ─난 김남일이 제일 멋있더라. 찌익, 침뱉는 거 봤지. 참 침도 멋있게 뱉더라. ─근데, 김멀뚱, 술 낼 거야, 안 낼 거야? ─알았어. 내면 될 거 아냐. ─오늘은 왜 늦었어? ─씨바, 교무실에 붙잡혀갔다고! 담탱이 그 자식이 욜라 지랄해서 짱 화났어. 쌍코피 나게 면상을 까버릴까 하다가 참았지. ─별수 있냐, 참아야지, 사고 잘못 쳤다간 신세 조지니까. ─참으라고? 이 시키가! 담탱이가 하는 소리가 만날 그 소리야. 참으라고, 공부 못하면 참는 거라도 배우라고! 정말 못 참겠어. 씨바, 언젠가는 꽉, 터지고 말 거야. ─호호호, 나도 그래. 수업시간엔 아예 귀에 이어폰 낀 채, 책상에 엎드려 시간을 죽이지. ─수업시간은 정말 지겨워. 어떻게 살아야 할지, 그런 방법은 가르쳐주지 않고, 시험 보는 방법만 가르친단 말이야. 나처럼 수업시간에 엎드려 자는 놈 여럿이야. 꼰대들은 보고도 못 본 척해. 우리를 있어도 없는 존재처럼 취급하지. 우린 유령이야. ──우린 좀비야. 야, 너 뭐 먹냐? 오도독 소리. ──초코볼. 먹을래? 24시에서 슬쩍했어.

 오, 필승 코리아! 군중은 굽이치는 붉은 물결을 만들면서 무대의 가수를 따라 응원가를 열창하고 있다. 광화문 쪽에서도 군중의 함성이 연달아 터진다. 혹시 문자메씨지가 와 있나, 하고 바지주머니에서 휴대폰을 꺼내는데, 드르륵, 진동음이 울린다. 오용미의 목소리, "저 용민데요, 여기, 을지로입구역에서 하차했어요. 거기 시청 앞 광장, 만원이라면서요? 그래서 지하철이 거기에 안 멈추고 그냥 지나친대요. 그러니까……" 말이 다 끝나기도 전에 전화가 끊긴다. 아닌게아니라, 조금 있으니 사람들이 가득 올라오던 출구 밑 계단이 휑하니 비어버리고, 여기저기서 휴대폰 불통사태도 벌어진다. 수십만 군중 속에서 통화 폭주로 인한 마비현상인 모양이다. 빗발이 점점 거세진다. 그는 행상에게 비옷을 사서 입는다. 비옷을 입은 사람들도 있지만, 비를 그냥 맞고 있는 사람들이 더 많다. 군중은 노래가 끝나자 북소리에 맞춰 일제히 짜작짝짝 박수치고 양팔을 뻗으면서 대~한민국을 연호한다. 대~한민국을 외치고, 벗은 상체에 그려진 커다란 태극기, 뺨과 콧등의 조그만 태극기, 태극기 치마, 태극기 망또, 태극기 브래지어도 등장했지만, 애국심보다는 단지 패션일 뿐, 축구는 축구, 게임은 게임일 뿐이다. 수십만개의 입이 일제히 토해내는 우레 같은 함성, 전 종목 주가지수의 급상승 그래프처럼 일제히 위로 뻗는 수많은 팔들, 그리고 또 그것은 붉은 『모택동어록』을 쥐고 일제히 힘차게 내뻗은 홍위병의 그 수많은 팔들을 연상시키기도 한다. 격정의 붉은 물결은 우울한 표정으로 서 있는 허무성의 발밑까지 빠르게 밀려온다. 그러나 그는 그 물결에 선뜻 휩쓸리고 싶지 않다. 군중 속에 자신을 녹여버리고 싶어 온 것인데, 십오년 전의 기억으로 기분이 울적하다.

이때 그의 휴대폰이 터진다. 용미인가 했는데, 뜬금없이 김일강의 목소리가 튀어나온다. 가슴이 철렁 내려앉는다. 허교순가? 아, 휴대폰이 이제야 터지는군! 어디야? 나 지금 망원경을 들고 있는데, 위치가 어디여? 한번 찾아보게. 허무성은 그의 망원경에 잡히는 게 싫어서 엉뚱한 장소를 말한다. 웬 망원경일까? 아마 가출중인 딸을 찾으려고 망원경을 갖고 나왔나보다. 김일강이 말을 다시 잇는다. 하여간 굉장한 스펙터클이야! 삼십만이 넘는다는구먼. 경기 끝나거든 여기 잠깐 들르라고 전화했어. 지금 여기에 동지 네 명이 와 있어. 싱크탱크 준비요원들이야. 이진수 교수 등 모두 젊은 교수들이지. 바로 코앞이니까, 잠깐 들러. 제자들에게 양해 구하고, 잠깐 인사만 하고 가라고, 알았지? 허무성은 그의 망원경에 잡힐까봐 허리를 굽힌다.

타타타타, 프로펠러 소리, 십오년 전 오늘, 시위 군중 위에 떠 있던 정찰 헬기를 연상시키면서, C신문사 로고가 박힌 헬기가 광장 위를 한바퀴 돈다. 사진 촬영하는 모양이다. 걸핏하면 사상이 의심스럽다고 붉은색 칠하기를 잘하는 저 신문은 내색은 안하지만 아무래도 이 광장의 붉은색이 불편할 것이다. 헬기가 떠난 다음, 이번에는 허무성이 서 있는 지하철 출구 가까이에 방송 카메라가 나타난다. 카메라 기자가 광화문 쪽에 모인 사람들까지 합쳐서 적게 잡아도 삼십만 군중이라고 공언하자, 주위 사람들이 "와아! 삼십만!" 하고 탄성을 올린다. 인터뷰를 시작한 카메라는 사람들에게 한국이 승리할 것 같으냐고 묻는다. ─ 한국이 승리하리라고 생각하십니까? ─ 물론이죠. 반드시 승리할 겁니다. 이 대 일로 반드시 승리할 것입니다. 대한민국, 파이팅! ─ 한국이 승리하리라고 생각하십니까? ─ 물론이죠. 이 대영으로 이길 겁니다. 두 골 중 하나는 설기현이 넣을 겁니다. 대~한민국! 카메라는 두 사람을 연이어 인터뷰하고 나서 곧장 허무성에게로 건너올 기세다. 그는 뭐라고 대답하면 좋을지 몰라 당황스럽다. 팩소주에 꽂은 빨대를 급히 빤다. 난 과연 김일강에게 영혼을 팔아버린 것일까? 방송 카메라는 그의 전향 여부를 캐물으려는 듯이 위협적으로 다가온다. 할 수 없이 좋은 게 좋다는 식의 답변을 준비하고 있는데, 이때 구원투수처럼 바로 옆에서 사람들 틈을 비집고 오용미가 나타난다. 붉은 티셔츠와 청바지, 그 위에 비옷 차림인데, 서둘러 왔는지 얼굴이 온통 땀투성이다. 그녀를 보자 우중충하던 머릿속이 개면서 으쓱 용기가 생긴다.

"한국 팀이 승리하리라고 생각하십니까?"

"인터뷰에 응하고 싶지 않습니다."

"왜요? 우리 팀이 이기는 걸 원치 않습니까?"

"물론 이기기를 원하죠. 그렇지만 내 얼굴이 텔레비전에 나오는 건 싫다는 거죠. 난 텔레비전을 미워하는 사람입니다."

"미워하는 이유가 뭐죠?"

"몰라서 묻나요? 이왕 말이 나왔으니 욕 좀 합시다. 텔레비전을 보고 있으면, 도대체 이 세상에 슬픈 일이라곤 하나도 없는 것처럼 보인단 말이오. 허구한 날, 부자 얘기와 엔터테인먼트밖에 모르는 텔레비전!"

"뭐, 이런 싸가지가!"

"싸가지? 좋아요. 그럼 인터뷰에 응하죠. 질문하세요. 한국 팀이 승리할 것 같으냐고 물으셨죠? 글쎄요, 우리 팀의 승리를 원하지만, 미국이 무서워서 맘껏 응원하지 못하겠네요. 신문, 방송 들이 떠들어대고 있잖습니까? 반미감정 운운하면서 지나친 흥분은 금물이라고, 미국 팀을 자극하는 지나친 응원은 자제해달라고 말입니다. 그렇게 소극적으로 응원해가지고 어떻게 이기겠어요? 도대체 그게 말이나 되는 소리입니까?"

용미가 옆에서 브라보를 외치며 그의 한쪽 팔을 얼싸안는다. 사뭇 화가 난 기자가 눈을 부릅뜨고 노려보더니, 이내 안면을 수습하고 다른 사람을 찾아 물러난다.

"정말 선생님은 멋쟁이야! 짱이야!"

"괜찮았어?"

허무성이 웃으며 말하는데, 갑자기 목쉰 소리가 나온다. 한순간이지만 긴장했는지 목이 바싹 말라 있다.

"그럼요! 완전 승리, 케이오승이죠!"

허무성은 마른 목을 축이기 위해서 팩소주에 꽂힌 빨대를 빤다.

"머리 모양이 달라졌네! 왜 갑자기 바꿨어? 새꽁지머리도 좋던데."

앞머리를 눈썹 바로 위에서 가지런히 커트한 단발머리다.

"아이, 속상해! 왜 말을 그렇게 하세요? 그러니까 안 예쁘단 말이에요? 선생님께 예쁘게 보이려고 미장원까지 갔는데!"

용미가 샐쭉 곱게 눈을 흘기는데, 허무성은 그 매혹적인 전파에 찔려 가슴이 뜨끔해진다.

"어어어, 그게 아니고…… 물론 예쁘지."

"근데 선생님, 이런 자리에 와서 흰 와이셔츠 차림이 뭐예요? 붉은 두건이라도 쓰셔야지."

그녀는 얼른 행상을 불러 비 더 레즈 붉은 두건을 사서 그의 머리에 씌운다. 그러고는 가장자리에 서리 내린 듯 허연 턱수염을 슬쩍 만져

본다.

"이히이, 멋있어! 턱수염하고 잘 어울리는데요. 후크 선장의 똘마니 해적 같아요, 호호호!"

"허어, 똘마니 해적? 허허허!"

드디어 경기가 시작된다. 북쪽에 위치한 두 개의 전광판이 동시에 상업광고를 끝내고 월드컵 경기장의 붉은 물결 일렁이는 영상을 띄우자, 광장의 군중이 거기에 호응하여 엄청난 함성을 질러댄다. 펄쩍펄쩍 뛰면서 응원하는 사람들도 많다. 조금씩 내리던 빗줄기도 때맞춰 세차게 쏟아지고, 수십만의 뜨거운 열기가 그 빗물을 데우고 증발시킨다. 허무성이 자리잡고 있는 곳이 광장의 맨 끝인데다가, 빗줄기 장막에 가려 영상이 흐릿하다. 그는 흐릿한 전광판을 건성으로 보면서, 군중의 응원 모습을 관찰한다. 십오년 전 오늘의 기억이 더 소중하기 때문에 그는 그 응원의 열기에 휩쓸리지 않기로 결심한다. 바로 앞의 고교생 세 명이 팩소주를 번갈아 빨며 펄쩍펄쩍 뛰면서 소리지른다. 서너 사람 건너 앞쪽에 한 청년이 무릎 꿇고 두 손 모아 꼭 이기게 해달라고 간절히 기도하고 있다.

쏟아지는 빗속에서도 자리를 뜨는 사람은 없다. 수십만의 몸들이 강렬한 아드레날린을 내뿜는다. 오줌을 참은 탱탱한 아랫배들, 정액이 끓어오르고, 온몸의 모공에서 뜨거운 땀이 뿜어져나온다. 북소리, 꽹과리 소리, 대~한민국! 지구온난화의 주범인 방귀도 함부로 뿡뿡 뀌어댄다. 방귀, 트림, 체온, 땀, 입냄새 등이 빗물에 뒤섞여 어떤 야만적인 고약한 마취성 체취를 만들어낸다. 사람들은 그 냄새에 취하고 자신이 내지르는 함성에 취해 있다. 허무성도 취해 있긴 하지만,

응원 열기에 취한 게 아니라 소주에 취해 있다. 아니, 술보다는 용미의 존재가 더 그를 즐겁게 해준다. 김일강에게 가지 않고 오용미 편이 되고 싶다. 그녀의 그라피티를 돕고 싶다. 주룩주룩 내리는 빗줄기들, 그 빗줄기들이 끓는 물에 미끄덩거리며 떨어지는 국숫발 같다고 그가 말하자, 용미는 온통 붉은색 일색인 광장을 붉은 팥죽이 펄펄 끓는 가마솥에 비유한다. 히야, 붉은 팥죽솥, 정말 멋있는 비유야! 이 가마솥 속에서 모든 사람, 모든 것이 용해되고 있는 것이지. 모두가 사방팔방에서 군중으로 용해되기 위해 모여든 사람들이지. 아이쿠! 그때 광장을 울리며 군중의 큰 탄식이 터진다. 미국의 선취 골이 터진 것이다. 한대 호되게 얻어맞아 멍해 있던 군중은 곧 정신을 수습하고 "괜찮아! 괜찮아!"를 외쳐댄다. 그때 앞쪽에서 무릎 꿇고 기도하던 청년이 벌떡 일어나 소리친다.

"난 재수없는 놈이오. 재수없는 나 때문에 한 골 먹은 거요. 난 삼년 연속 취직시험에 낙방한 재수없는 놈이란 말이오. 나 때문에 한국팀이 패배하면 안되니까, 난 여기를 떠나겠소."

청년은 빈틈없이 앉아 있는 사람들 속을 휘청휘청 발을 내디디며 장외로 나간다. 그 뒷모습을 눈으로 좇던 용미가 얼굴을 돌리는데 갑자기 걱정스러운 표정이다.

"저 청년일지 몰라요, 제 휴대폰에 메씨지를 보낸 사람이!"

"응? 무슨 말이야?"

그녀는 휴대폰을 꺼내더니 거기에 저장된 문자메씨지를 보여준다.

"잘못 전달된 거예요. 아침에 모르는 사람한테서 이런 메씨지가 왔어요. 지워버리기가 겁나요. 무서워요. 보세요."

영란아, 잘 있어라. 오빠가 죽는다. 실패의 연속인 나의 인생, 오늘로 끝내련다.

"제발 죽지 말라는 말을 하고 싶었는데, 그래서 몇번 통화를 시도했는데 안 받는 거예요. 이 메씨지를 지우면 그가 꼭 죽을 것만 같아요. 어떡할까요?"

허무성은 그녀의 휴대폰을 받아 두어 번 발신해보다가 메씨지를 지워버린다.

"신경쓰지 마. 별거 아닐 거야. 아마 장난전화일 테지."

광장이 갑자기 조용해지더니 다음 순간 다시 큰 탄식이 터진다. 아이쿠! 절호의 찬스인 페널티킥을 실축한 것이다. 일시에 일그러진 얼굴들. 그러나 이에 실망하지 않고 다시 격려의 함성을 보낸다. "괜찮아! 괜찮아!" 빗줄기가 가늘어져 다소 맑아진 전광판에 혼신의 힘으로 뛰는 한국선수들의 모습이 보인다. 매혹적인 전사의 모습이다. 그라운드의 푸른 잔디와 잘 어울리는 핑크 레드 유니폼도, 말갈기처럼 날리는 머리칼도 아름답고, 화면에 클로즈업된 굵은 땀방울, 불끈거리는 근육, 축구화에 찍혀 튀어오르는 붉은 흙도 아름답다. 이윽고 빗줄기가 다시 굵어지면서 전광판도 흐릿해진다. 전반전이 끝난다. 그와 동시에 들끓던 광장의 열기는 찬물을 끼얹은 듯 낮게 잦아든다. 서 있던 사람들이 끼리끼리 쪼그리고 앉아 휴식을 취하면서, 소주를 마시고 치킨을 뜯고 누룽지를 씹는다. 허무성과 오용미도 쪼그리고 앉아 서로 주고받으면서 팩소주의 빨대를 빤다. 카메라들이 포토제닉한 장면, 특히 에로틱한 것을 찾아 여기저기 들쑤시고 다닌다. 롱렌즈들도 있고 히딩크 가면을 쓴 자도 있다. 부끄러움을 과감하게 벗어던져버린 이 축제에 그들이 노릴 만한 짜릿한 소재들은 아주 많다. 의도적인 노출도 있고, 방심해서 들킨 노출도 있다.

후반전이 시작되면서, 북소리와 대~한민국 함성과 함께 광장은 다시 깊은 최면상태에 빠져들어간다. 타타타타, 헬기가 군중 위에 떠서 한바퀴 돈다. 이번에는 D신문사의 헬기다. 타타타타, 프로펠러 소리가 그 시절의 최루탄 폭발음처럼 들린다. 타타타타, 빗발치듯 쏟아지는 최루탄, 순식간에 붉은 광장이 뒤죽박죽 혼란에 빠지고, 바로 앞에서 한 청년이 최루탄을 얼굴에 맞고 피를 흘리며 쓰러지는 환영이 떠오른다. 붉은 악마가 피흘리는 이한열 학생을 끌어안고 있다. 빗물이 번들거리는 차도를 굴러가면서 택시들도 환호의 경적을 울린다. 대~한민국을 흉내낸 빵빠바빵빵. 그 시절에도 택시들은 저렇게 경적을 울려 시위대의 투쟁을 응원했었지! 우비를 때리면서 비는 계속 내리고 있다.

술기가 오른 허무성은 메마른 입술을 혀끝으로 축이면서 눈을 크게 뜨고 오용미를 바라본다. 옛 싸움의 기억에 사로잡힌 그의 눈이 열정적으로 빛난다. ─용미야, 아까 그 청년 말이야. ─네? 빗소리 때문에 잘 안 들려요. ─아까 난 재수없는 놈이라고 울부짖으며 퇴장한 그 청년 말이야. ─아, 네. ─그 청년이 설령 바로 오늘 죽기로 결심했더라도, 적어도 오늘만은 죽지 않을 거야. ─왜요? ─지금 이 시간, 온 나라에 오직 축구만 살아 있고 모든 게 중단상태니까. 죽음도, 울음도 내일로 연기되어 있는 거야. 어제 절망했고 내일도 절망할 자들이 오늘만은 웃기 위해 이 광장에 모여든 거지. 이미 구조조정당한 자들과 곧 구조조정당할 자들이 함께 여기에 나와 있어. 가난의 대물림 때문에 태어나면서부터 구조조정당한 자들과 그렇게 될까봐 늘 걱정인 자들, 끝도 시작도 없이 공부에 매달려 있는 자들, 실패가 분명한 헛공부에 매달려 있는 아이들, 청년들, '노력은 배신 안한다'를 철석같이 믿으면서, 그렇지만 끝내는 배신당하고야 말 그들이 여기에 모여들어 있어. 성공시대가 아니라 실패시대야. 일하고 싶다고 그들은 외치고 있어. 정말 일하고 싶다고, 일하다가 죽고 싶다고, 과로사라도 하고 싶다고 말이야. ——그래요, 이 사회는 승자독식의 사회죠. ——장땡 잡은 놈만 판돈을 싹쓸이해가지. 피말리는 경쟁 속에 수많은 사람들이 스트레스로 죽어가고 있어. 스트레스가 암을 만들고 자살을 일으켜. 스트레스가 전쟁보다 더 많은 사망자를 낸다는구먼. 자살률이 세계 최고래. 총소리 대포소리도 없는데, 수많은 사람들이 죽어가. 무조건 웃으라는 강요 속에 울음이 짓눌린 채 소리없이 죽어가. 아니, 죽어가는 자에게 왜 소리가 없겠어. 고통의 신음소리, 비명소리가 왜 없겠어. 그런데 그게 다른 사람들 귀에 들리지 않는단 말이야. 아니, 들리지만 아예 무시해버리지. 죽어가는 자는 무덤에 들기도 전에 잊혀지는 거야. 그래서 그들은 저렇게 미친 듯 소리지르는 거지. 저 함성 속에 자신의 슬픔, 원한, 분노, 외로움을 토해내는 거지. ——그래요! 나도 소리지르고 싶어서 여기 왔어요. 칸막이 속에서 인터넷으로만 세상과 소통하던 외로운 그들이 여기 나왔어요. 울분을 토하려고! ——그래, 맘껏 울어보지도 못하고 소리질러보지도 못한 그들이 아우성치는 거야. 이 광장은 용미가 말한 대로 펄펄 끓는 팥죽솥이야. 사람들은 군중 속에 외로운 자신을 녹여버리고 싶은 거지. 개인의 소멸! 군중 속엔 개인이 없고, 그래서 외로움도 슬픔도 죽음도 없어. 도취와 열광만이 존재해. 그렇지만, 용미야, 이 열광은 단지 일시적인 카타르씨스일 뿐, 아무것도 해결 못해. 암, 아무것도 해결 못하지.

  군중 속에서 다시 큰 함성이 일어나 그의 말을 지운다. 그러거나 말거나, 용미의 귀에 들리거나 말거나, 그는 열정적으로 잇따라 말을 토해낸다. ─저것 봐, 사람들의 표정이 똑같지? 축구공과 선수들의 움직임에 따라 수십만의 팔과 눈과 입이 똑같이 움직이고 있어. 일제히 함성을 터뜨리는 저 입을 봐. 똑같이 커졌다 찌그러지는 저 눈과 입들, 일제히 내뻗는 저 팔들! 그렇지? 똑같은 표정의 얼굴 수십만개를 가진 하나의 거대한 생명체야. 수십만의 촉수를 가진 거대한 해파리, 그런데 지능이 낮아. 군중은 영혼이 없어. 생각이 없어. 결국 여론이란 어리석은 생각의 집합일 뿐이야. 그저 환상에 넋빠지고, 스펙터클·블록버스터에 환장하지. 꿈은 이루어진다고? 홍! 축구는 축구일 뿐이고, 꿈은 꿈일 뿐이야. 용미야, 내 말 들리니? 그런데 용미야, 큰일이야! 이러한 군중을 정치적으로 이용하려는 음모자들이 있다고! 그런 자들이 이 광장 어딘가에 나와 있을 거야. 저기 저 호텔, 아마 저 호텔 어느 창가에 자리잡고 앉아 킬킬거리며 이 군중을 내려다보고 있을 거야. 이 군중에게 장차 어떤 환상을 먹여줄까, 어떤 영혼을 불어넣을까, 궁리하고 있을 거야. ─그래요! 그 파시스트 새끼들이 분명히 이 광장에 와 있을 거예요. ─영혼이 없기 때문에 이 군중은 스스로는 아무것도 못해. 금방 터져나갈 듯 엄청난 에너지로 충전되어 있지만, 아무것도 못해. 그냥 구경꾼일 뿐이잖아. 심지어 자기 운명에 대해서도 구경꾼일 뿐이야. 그러니까 음모자들에게 이용당하기 딱 좋지. 용미야, 그날의 군중은 이렇지 않았단다. 구경꾼이 아니라 참여자였어. 자기 운명의 창조자였어! 아아아, 그땐 안 그랬어! ─그래요! 그때 얘기, 해주세요! ─또? ─또 듣고 싶어요. 그 얘기를 하는 선생님의 열정적인 모습이 좋아요. ─십오년 전 오늘이 바로 6월항쟁이 시작된 날이지. ─그렇군요. 6월 10일, 바로 오늘이죠! ─그날 우리는 무섭게 아스팔트 위를 질주했단다. 하루종일 맹독성 최루가스 속에서 눈물 콧물을 마구 쏟으며 필사적으로 달렸지. 정말, 죽느냐 사느냐의 한판 승부였지. 전투조 소속 이학년 후배가 최루탄 파편을 눈에 맞았어. 실명 직전에 피흘리면서 들것에 실려갔는데, 그애가 이렇게 말했어. 끝까지 싸우지 못하고 부상당해서 정말 미안합니다. 학우여러분, 나 대신 열심히 싸워주십시오. 그래, 그때는 그랬어! 그날, 도시의 아스팔트 위에서 역사가 이루어지고 있었지. 최루가스 안개가 자욱한 허공에 최루탄과 돌멩이와 화염병이 까맣게 서로 엇갈려 날아갔어. 보도블록을 깨서 던지고, 화염병을 던졌지. 선두의 전투조 학생들이 격전을 벌이는 동안, 뒤에선 열정적인 연설로 연도의 시민들을 선동했어. —그때, 허무성 학생이 달리는 버스를 정차시키고 그 지붕으로 올라가 연설했죠, 그렇죠? 그 장면이 눈에 선히 보이는 것 같아요. —선동연설은 주로 강한일과 내가 맡기로 했으니까. 그런데 참 재미있는 현상이 벌어졌어. 예정에도 없이 다른 학우들도 자발적으로 선동활동에 참여한 거야. 여기저기, 자기가 서 있는 자리에서 핸드마이크도 없이, 연도의 시민들을 향해 열정적으로 연설을 했어. 모두가 혼신의 힘을 쏟았던 거야. —아, 그런 때가 있었다니! 믿어지지가 않아요. —그런 가두투쟁이 그후 거의 날마다 계속되었지. 우리를 응원하는 시민들이 점점 많아졌어. 택시들도 버스들도 빵빵 경적을 울리면서 우리를 응원했어. 그리고 고층건물들 여기저기서 근무중인 회사원들이 눈물 콧물을 닦으라고 두루마리 화장지들을 떨어뜨려주었는데 말이야, 그 두루마리들이 높은 허공에서 풀리면서 떨어졌는데, 꼭 그것들이 흰 꼬리를 길게 끌며 낙하하는 축제의 테이프처럼 보였지! 정말 아름다웠어. 그러한 장면들을 보면서, 우리는 이제는 이길 수 있다는 확신이 생겼지. 한번은 맨 뒤에서 도망치다가 골목으로 획 꺾어들었는데, 마침 밖에 나와 있던 미용실 아줌마가 얼른 우리 셋을 셔터문 안으로 끌어들여 숨겨주더라고! 공포정치에 찌든 시민들이 그 공포를 떨쳐버리기 시작한 거지. 우리는 노래도 늘 부르던 투쟁가 대신에 시민들도 함께 부를 수 있는 「아리랑」과 「우리의 소원은 통일」을 띄웠지. '통일'을 '민주'로 바꿔서 '우리의 소원은 민주'라고 했어. 우리는 민주와 자유뿐만 아니라, 민중의 가난도 문제삼았어. 평등을, 평등사회를 요구했어. 그렇게 해서 시민들과 시위 학생들은 열광적으로 혼연일체가 되었지. 모두들 매운 가스 때문에 눈이 충혈되고 눈물 콧물이 줄줄 흘러내리고, 목구멍이 불을 삼킨 듯, 가슴이 빠개지는 듯 고통스러웠으나, 투쟁을 포기하는 사람은 없었어. 차도를 점거했다가 쫓겨나고 다시 점거하는 싸움이 반복되었지. 화염병 공세에 닭장차가 불타고, 서울역 앞에서 지방으로 발송하기 위해 쌓아놓은 신문 무더기들이 '관제언론 자폭하라!'는 함성 속에 불에 탔지. 전투경찰이 체포조 백골단을 앞세우고 최루탄을 퍼부으며 총공격으로 돌진해오면, 우리는 차도를 비우고 고층빌딩의 뒷길, 뒷골목으로 내달렸지. 필사적인 질주였어. 맹수들에게 쫓긴 가젤 무리, 텔레비전에서 봤지? 혹은 강풍에 날린 가랑잎떼, 그걸 상상해봐. 안경이 떨어지고, 신발이 벗겨지고, 수많은 신발창들이 일시에 닳는, 고무 타는 그 매캐한 냄새가 코를 찌르는 것 같았어. 그렇게 쫓겨갔다가도 우리는 반드시 돌아왔지. 이 골목 저 골목에서 어느 순간 와아! 함성을 지르며 다시 차도로 물밀듯이 쳐들어갔던 거야. 그렇게 우리는 온몸이 부서지게 싸웠어. ──아, 부럽네요! 나도 그렇게 온몸이 부서지게 싸워봤으면! 그런 열정의 시대가 있었다는 게 정말 믿어지지 않아요. 그래요, 거대한 것은 거부되어야 해요. 거대권력, 거대영웅은 물론 거대자본,

거대제국 미국도 거부해야 해요. ──그래, 십오년 전 오늘, 역사는 아스팔트 위에 새롭게 쓰이고 있었지! 역사가 만들어지고 인간 자신이 새롭게 태어나고 있었어! 그런데, 용미야, 어허, 그것이 결국 헛된 꿈이 되고 말았구나! 젊은 우리가 몸바쳐 사랑했던 한 시대가 쓰러지고 말았어. 십년 세월에 쏟아부었던 그 혼신의 정열은 다 무엇이란 말인가. 민중주의의 이름으로 주저없이 바쳐진 젊은 피와 지성, 담대한 용기, 뜨거운 동지애, 자기희생정신, 그 모든 것들이 신자유주의시장 속에 폐기처분되어버렸어. 아아, 아름다운 그 모든 것들이 더러운 시장에 맡겨져 폐기처분되어버렸단 말이야! 돈밖에 모르는 세상! 난 이제는 더이상 민중도 시민도 믿지 않기로 했어. 용미야, 이제 난 이 군중을 믿지 않기로 했단다…… ──선생님, 울지 마세요! 그런 말 하지 마세요. 그러니까 저도 눈물나잖아요. 용기를 내세요. 저도 제가 할 수 있는 일을 할 거예요. 선생님이 도와주셔야 해요. 제 그라피티가 무기가 될 수 있을 거예요. 언젠가는 저 자본의 전광판에다 탈레반 대가리를 무섭게 그려넣을 거예요! ──용미야, 미안해. 나를 믿지 마라. 난 울보일 뿐이야. 내가 할 수 있는 건 울음뿐이야. 난 아무것도 할 수 없어. ──아, 선생님, 울지 마세요! 오용미가 울음을 터뜨리면서 와락 그의 가슴에 안긴다. 얼결에 그녀를 안은 그는 치솟는 취기와 함께 정신이 멍해진다. 홀연 거대한 침묵이 떨어진 듯 광장의 소음이 아득히 멀어진다. 빗소리. 북소리. 짜작짝짝, 대~한민국…… 후각을 강하게 자극하는 여자 몸의 훈김과 축축하게 젖은 머리칼 냄새, 그 시절의 문정선, 그녀의 젖은 머리칼, 바로 그 냄새! 전경대에 포위된 채 아스팔트에 드러누운 시위 학생들 위로 억수같이 쏟아진 장대비, 젖은 머리칼에 버무려진 최루가스 냄새! 무서운 열정과 투혼이 있었다. 가두투쟁을 벌인 날 밤이면, 그와 정선은 알몸에 전 최루가스에 연방 재채기하면서 정열적으로 정사를 벌이곤 했다. 정선을 생각하자 떠오르던 흥분이 맥없이 가라앉는다. 이때 군중 속에서 갑자기 와아! 하고 엄청난 환호성이 터진다. 골인! 골인이다! 만세! 만세! 안정환! 안정환! 히딩크! 히딩크! 엄마야! 자지러지는 여자들의 교성. 여기저기서 사람들이 괴성을 지르며 날뛰고 남녀간에 진한 포옹, 키스 사태가 벌어진다. 광장이 붉은 팥죽솥처럼 버글버글 끓어오른다. 젊음의 엔도르핀, 아드레날린이 마구 분출된다. 옆사람이 모르는 사이일지라도 거침없이 안고 거침없이 안긴다. 선 채로 아랫도리를 밀착해 마구 비벼댄다. 그러한 집단도취 속에서 오히려 차분해진 허무성은 오용미의 포옹을 슬며시 밀어낸다.

24

 그리고서 나흘이 지나 한국 팀의 16강 진출을 판가름할 포르투갈 전이 벌어지던 날, 그러니까 메이저 신문들이 미군 장갑차에 의한 두 여중생의 압살사건을 보도하지도 않고 무시해버리거나 말단기사로 처리해버린 바로 그날 오후, 일찍 귀가한 허무성은 발송인 기명이 없는 속달우편으로 사진 아홉 장을 받았다. 봉투에는 아무런 설명도 없이 사진들만 들어 있었는데, 그와 오용미가 서로 포옹하고 입맞추는 장면들이었다. 월드컵 응원현장과 맥줏집에서 롱렌즈로 찍은 스냅사진들이었다. 무슨 음모일까? 용미는 마침 집안 혼사로 부산에 내려가 있었다. 가슴 떨리는 불안감 속에서 당장 그가 할 수 있는 일이라곤 아무것도 없었다. 이것이 과연 무엇일까? 텅 빈 집에서 홀로 앉아 소주를 마셨다. 불안을 쫓으려고 텔레비전을 켰다가 거기서 터지는 응원 함성소리에 질려 꺼버렸다. 그 군중의 함성이 미군 장갑차에 깔려 죽은 어린 두 여중생의 참혹한 비명소리를 폭력적으로 묵살해버리고 있었다. 그 모든 것이 자신을 벼랑 끝으로 내몰고 있다고 허무성은 생각했다.

그 이튿날 오후에 학교 연구실에서 허무성은 김일강의 전화를 받고 자신이 성추행 혐의로 학내 여성위원회에 고발당한 걸 알았다. 드디어 올 것이 오고 만 것이다. 학점을 미끼로 여학생을 유혹하여 성추행했다고. 증거로 제시한 아홉 장의 사진에는 없지만, 두 남녀가 모텔에 들어가는 장면도 분명히 목격했다고, 고발자가 주장한다고 했다. 송난주가 말하기를, 일단 고발이 들어오면 처리할 수밖에 없다는 거야. 허무성은 말없이 듣기만 했다. 허교수, 도대체 어떻게 된 거야? 오늘 오전에 여성위 위원장 송난주가 이사장에게 징계위원회를 열어달라고 요청해왔어. 그래서 나도 이 사실을 알았지. 송난주가 왜 그런 거지? 자네 친구가 아닌가! 둘이 싸웠나? 꽤 강경하게 나오더라고. 내가 고발자의 신분을 알아보려고 전화했더니, 징계위원회가 구성되기까지는 보호되어야 한다고 당분간은 밝힐 수 없다는 거야. 그러면서 나에게 교과서 읽듯이 딱딱하게 이렇게 말하는 거야. 남성에 비해서 신체적 약자인 여성, 교수에 비해서 사회적 약자인 학생의 인권은 보호되어야 합니다. 교수의 지위와 권력을 이용한 이러한 파렴치는 마땅히 응징해야 합니다. 내참, 별것도 아닌 걸 갖고 생야단이야! 조금도 걱정할 것 없어. 내가 다 알아서 처리할 테니. 송난주가 나한테는 딱딱거려도 이사장 말이라면 꼼짝 못하지. 고발자가 우리 학교 학생인가본데, 그애가 좀 신경쓰여. 납득할 만한 조치가 없으면 학교 홈페이지와 대자보에 까발리겠다고 엄포를 놓고 있다는 거야. 그것도 조금만 설득하면 될 것이고. 아무 걱정 말게, 허허허.
　김일강의 전화가 걸려온 지 두 시간쯤 지나서, 부산에 내려갔던 오용미가 나타났다. 연구실 문을 열고 들어선 그녀의 얼굴은 충격과 분노로 하얗게 질려 있었다. 박병두, 그 새끼가 틀림없어요. 저번에 그 라피티 동아리를 함께하다가 축출당한 그 새끼예요! 계속 몰래 나를 스토킹하더니 결국 사고를 친 거예요. 그녀는 오전에 여성위원회에 불려갔었노라고 했다. 솔직히 고백하라고, 보복이 두려워서 말 못하는 것 아니냐, 어떻게 유혹하더냐고, 학점 잘 주겠다고 꾀지 않더냐, 하면서 마구 윽박지르더라고 했다. 너무 어이가 없었어요. 그래서 제가 말했죠. 당당하게 말했죠. 제가 선생님을 유혹했다고, 선생님을 사랑한다고, 사랑이 무슨 잘못이냐고! 그런데도 자발성이 의심스럽다고, 못 믿겠다고 자꾸 억지를 쓰는 거예요. 참, 기가 막혀서! 그래서 제 진심을 구구절절 글로 썼어요. 이거예요. 이 진술서를 여성위원회에 제출하기 전에 선생님한테 뵈려고 가지고 왔어요. 그녀는 눈물을 글썽거리면서 진술서의 사본을 그에게 건네주었다. 제가 나가거든 읽어보세요. 선생님, 정말 죄송해요. 저 때문에 공연히……
　그녀가 나간 뒤 허무성은 봉투를 열어보았는데, 놀랍게도 그것은 단순한 진술서가 아니라 간절한 사랑의 마음을 담은 연서였다. 저절로 눈물이 흘러내렸다. 순수한 마음이 거기에 있었다. 그의 타락한 정신으로는 도저히 감당할 수 없는 과분한 사랑의 표현이었다. 복잡하게 생각할 것 없이 이제 단호히 결심해야 했다. 그녀의 진실한 마음이 모욕당하는 일은 결코 있어선 안된다고 그는 생각했다. 설령 그녀를 받아들인다고 하더라도, 그녀의 열정은 오래가지 않을 것이다. 왜냐하면 그것은 낯선 세계에 대한 지적 호기심에서 시작된 것이고, 그러한 호기심은 금방 시들어버릴 게 분명하니까. 용미야, 너에게 이 허무성은 다만 낯선 세계, 다른 시대에서 온 사람일 뿐이야. 이제는 폐기처분되어버린 세계, 이제는 아무도 거기를 돌아보지 않는 세계이지. 그런데 뜻밖에도 네가 거기에 관심을 보여주었구나. 나로선 고마운 일이지. 그렇지만 용미야, 너의 관심도, 사랑도 결국은 일시적인 지적 호기심으로 끝나게 될 거야. 너의 사랑은 죽어버린 것에 대한 사랑이야. 그 시대는 죽어버렸고, 나는 좀비야. 리빙 데드, 산 듯 죽어 있는 자야. 그러니 지금 너의 사랑이 아무리 진실하더라도 곧 끝나게 되어 있어. 그게 현실이거든. 용미야, 그동안 고마웠다. 너의 사랑 정말 고마웠어. 대학시절의 끝남과 동시에 끝난 거나 다름없는 나의 인생, 그 후 난 누구한테서도 이처럼 사랑받고 존중받아본 적이 없단다. 고맙다, 용미야. 그는 그 진술서를 몇번이나 되읽으면서 흐르는 눈물을 주체할 수 없었다. 그렇게 얼마간 울고 난 그는 흐르는 그 눈물 속에서 자신의 모든 문제가 자연스럽게 해결되었음을 깨달았다. 모든 관계를 칼같이 자르고 떠나버리는 것, 그것이 이제 그가 할 일이었다.

이튿날 아침, 번민 때문에 뜬눈으로 밤을 새운 허무성은 갓 배달된 신문을 훑어보다가, 바로 전날 아침에 분신자살한 한 중년사내에 대한 기사를 발견했다. 그 충격적인 기사는 그에게 미적거리지 말고 당장 떠나라고 명령하고 있었다. 유서에 의한 기사 내용은 이러했다.

사업 실패로 큰 부채를 짊어진 그는 자살을 결심하고 고향을 찾아갔다. 부모가 계신 마을에는 들르지 않고 거기에서 조금 떨어진 바닷

가로 갔는데, 소년시절에 여름철 물놀이하러 자주 찾던 곳이었다. 그런데 그의 자살 결행을 방해하는 것이 있었으니 월드컵 축구대회였다. 열렬한 축구광인 그는 민박집 텔레비전에서 한국 팀의 예상 밖의 선전을 보고 거기에 매료되었던 것이다. 폴란드 전, 미국 전을 거쳐, 포르투갈 전을 치를 때까지 거의 열흘 동안 자살 결행이 연기되었는데, 포르투갈을 이겨 마침내 16강 진출이 결정되었을 때, 그는 그의 생애에 마지막 환희를 느끼면서 일출의 바다를 향해 엎드려 절하고는 몸에 시너를 끼얹고 불을 댕겼다.

　허무성은 거실에서 동쪽을 향하여 엎드려 사내의 명복을 빌었다. 일출의 붉은빛과 인간 육신을 태우는 붉은 화염이 어울린, 그 묵시록적인 풍경이 눈에 선했다. 토오꼬오의 새벽, 일출의 그 핏빛 노을 속으로 날아가던 까마귀떼…… 눈물이 하염없이 흘러내려 손등에 뚝뚝 떨어졌다. 그렇게 엎드려 절하고 나서 그는 즉시 기숙사에 있는 누이동생 선영을 전화로 불러 뒷일을 부탁한 다음, 담담한 마음으로 사직서를 쓰고, 주방의 식칼을 숫돌에 날카롭게 갈아서, 사직서는 총장실로, 식칼은 국회의 김일강 의원실로 택배를 시켜 보냈다. 오용미에게도 마지막 이별의 문자메씨지를 보냈다. 그러고는 휴대폰을 쓰레기통에 버리고, 이종구의 편지를 부적처럼 가슴에 품고서 집을 나섰다. 모든 관계를 끊고 과감하게 추락을 향해 몸을 던지는 것, 구조조정을 당할 게 아니라 스스로 그 구조, 그 체제에서 탈퇴하는 것이 필요했다. 시민권 포기. 서울을 버리는 것. 체제에서 벗어나는 것. 다시는 재기할 수도 없고, 또 그럴 필요도 느껴지지 않는 철저한 추락, 최종적인 실패자가 되기 위해서 그는 우선 이종구처럼 노숙자 생활을 경험하기로 했다. 이전의 모든 것을 포기하는 철저한 추락을 경험하지 않는

한, 새로운 변신은 불가능해 보였다.

　허름한 회색 추리닝에 배낭 하나 짊어진 행색으로 노숙자가 된 허무성은 주로 J공원 근처에서 지냈다. 거기에서도 그는 변함없는 술꾼이었는데, 술은 그 생활에 빨리 적응하도록 도와주었다. 먹을거리를 찾아 날마다 음식점 쓰레기를 뒤지고, 때로는 배가 고파요,라고 쓰인 골판지를 목에 걸고서, 지하철 출구 계단에 야구모자를 푹 눌러쓰고 고개를 숙인 채 하루종일 앉아 있기도 하고, 무료 급식 한끼니를 먹기 위해서 한 시간 걸리는 장거리를 걸어가, 거기서 또 한 시간 줄을 서는 것도 마다하지 않았다. 지금까지 삶이라고 믿었던 것들을 버려야 했다. 도시가 나를 버린 것이 아니라 내가 도시를 버린 것이어야 했다. 사람들이 나를 잊기 전에 내가 그들을 잊어야 했다. 오용미를 잊는 것이 가장 어려웠는데, 휴대폰을 버렸는데도 때때로 바지주머니에서 푸들거리며 진동하는 것 같은 착각에 흠칫흠칫 놀라곤 했다. 그는 노숙생활을 일종의 종교적 체험으로 받아들였다. 시간은 많았고, 또 느리게 흘러갔다. 호흡도 느리고 깊어졌다. 이전에는 늘 불안에 쫓겨 허파의 상층부 삼분의 일만 사용해서 할딱거리던 그였다. 호흡이 느려짐에 따라 행동도 느려지고, 그만큼 식욕도 줄어들었다. 머릿속이 잠으로 채워져 있는 듯 아무 때 아무 데서나 잠이 왔다. 악몽은커녕 꿈도 꾸지 않았다. 불면증도 트라우마 발작도 더이상 나타나지 않았다. 간암 말기 환자 이종구도 노숙생활이 오히려 건강에 이로웠다고 하지 않았는가. 그의 말처럼 '슬로우비디오처럼 한없이 느리게' 움직였다. 눈과 귀만 열려 있을 뿐 머릿속은 텅 비었는데, 아무 생각 없는 그 진공상태가 그는 마냥 편안했다. 지하철 출구 계단에 앉아 동냥하다가 발길에 걷어차이기도 하고, 상점 앞에 쪼그리고 앉아 있다가 청소하는 호스물에 물벼락맞기도 했지만, 아무런 분노도 모욕감도 느껴지지 않았다. 한번은 차에 치여 죽은 발바리 개를 다른 노숙자들과 함께 불에 그슬려 먹은 적이 있었다. 왼다리를 심하게 저는 노씨가 데리고 다니던 개였다. 그 노씨가 허무성 등을 데리고, 건너편 허물어진 산동네의 재개발지에 올라 그 죽은 개를 불에 그슬렸던 것이다. 어느 날 노숙자 생활을 인터뷰하겠다고 한 대학생이 다가왔을 때, 그는 눈을 지그시 감은 채 도리질했다. 아저씨, 좀 물어볼게요. 제발, 묻지 마. 난 아무것도 몰라.

그 공원에서 그의 단골 장소는 후문 쪽, 키큰 가죽나무 밑이었다. 그 옆에는 쉰 마리 가까운 비둘기들의 쉼터인 해묵은 벚나무가 서 있어서 그 아래가 늘 비둘기 똥으로 뒤덮여 있었다. 비둘기 똥은 벌레처럼 수없이 떨어져 물크러진 버찌들과 뒤섞여 고약한 냄새를 풍겼는데, 허무성은 그 냄새를 안주 삼아 다른 노숙자 한두 명과 어울려 자주 술을 먹었다. 때로는 대낮에도 벌겋게 취해 땅바닥에 드러눕곤 했다. 버찌와 뒤섞인 비둘기 똥냄새 때문에 일반사람들이 좀처럼 찾지 않는 그 장소를 단골로 삼은 축이 또 있었는데, 십대 아이들 서넛이 그들이었다. 벚나무를 가운데 두고 반대편 개나리덤불 앞 벤치에 밤이면 가끔씩 십대 아이들이 와서 검정 비닐봉지에 코를 박고 본드를 마시거나 술을 먹곤 했다. 거기에서 날아온 검정 비닐봉지에서 독한 본드 냄새가 진동했는데, 어느날 한밤중 그 나무 밑 아스팔트 위에서 잠자다가 그와 비슷한 독한 냄새에 잠이 깨었다. 서너 발짝 떨어진 벽돌벽 앞에 대학생들로 보이는 웬 젊은이 두 명이 등을 보이고 서서 스프레이 캔의 흰색 페인트를 쏘아대고 있었다. 그라피티였다. 정적이 깔린 어둠속에 그 짙은 냄새와 함께 칙칙 치익, 페인트 쏘는 소리, 땡 글땡글 믹싱볼 흔들리는 소리가 불안스럽게 들려왔다. 혹시 오용미가 아닐까? 그들은 들킬까 두려워 작업 도중 연방 뒤를 흘끔흘끔 돌아보 곤 했지만, 손수건으로 복면을 한데다 어둠속이어서 얼굴을 알아볼 수 없었다. 그중 한 사람이 여자인 것은 분명했다. 잠깐 사이에 작업 을 끝낸 그들은 짙은 페인트 냄새를 남긴 채 어둠속으로 황급히 사라 져버렸다. 날이 밝아 드러난 그라피티는 벽돌을 뚫고 나온 커다란 주 먹이었는데, 그 위에 FUCKING USA!라고 씌어 있었다. 미순 효순 압 살사건에 대한 항의 포스터임이 분명했다. 그 그림낙서는 열흘쯤 지 나 공원관리인에 의해 깨끗이 지워졌다.

허무성은 기온이 내려가는 새벽녘에 자주 잠이 깨곤 했다. 낮 동안 햇볕에 데워져 따뜻한 아스팔트가 식고 찬이슬이 내리는 그 시간에 눈을 뜨면 정적 속에서 아스팔트 밑을 졸졸졸 흘러가는 물소리가 들 려왔다. 물론 하숫물 소리였다. 그런데 그것이 숲속에 숨어 흐르는 개 울물 소리처럼 느껴져, 눈물이 솟아나는 것이었다. 학생시절에 지리 산 역사기행 갔을 때의 산속 풍경이 생각났고, 그러한 풍경 속에 할아 버지와 아버지의 고향이 있을 터였다. 그는 죽은 조부모와 어린 삼촌 이 다 살지 못한 그 산골의 삶을 자기가 살아야 한다고 생각했다. 거 기로 떠나기 전에 머릿속을 깨끗이 비워내야 했다.

밤이슬 맞는 노숙이 고달프긴 해도, 밤이 지나면 따뜻한 아침햇살 이 있었다. 아침해가 떠오르면, 공원 노숙자들은 햇빛 드는 쪽에다 골 판지를 갖다놓고 그 위에 누워 축축한 몸을 말렸다. 그 시간에 후문을 통해 큰길로 나가는 출근자들이 줄을 잇는데, 바쁜 발길에 차이기 좋게 땅바닥에 뒹굴고 있는 머리들을 보고도 대개는 무심히 지나쳤지만, 불쌍한 인생이라고 혀를 차거나 더럽다고 침을 뱉는 사람들도 있었다. 처음 노숙자들 틈에 끼어들었을 때 맡았던 그 구역질나게 고약한 체취를 이제 허무성 자신이 갖게 되었다. 사람들에게 혐오감을 주는 것, 그것이 노숙자가 지닌 유일한 무기였다. 우리는 당신의 악몽이요, 당신이 실족할지 모를 함정이라고 그들은 은연중에 말하고 있었다. 허무성은 더운 날씨인데도 겨울용 회색 추리닝을 입었는데, 땟국이 올라 꾀죄죄하고, 텁수룩한 머리칼과 수염에도 뿌옇게 먼지가 올라 있었다. 무엇보다 험상궂은 것은 일부러 페이스페인팅한 것처럼 한쪽 뺨만 까맣게 그을린 얼굴이었다. 잠잘 때 항상 오른쪽으로 눕는 것이 그의 버릇이었는데, 대낮에 술취하면 햇볕 속에 그런 자세로 쓰러져 있었기 때문이다.

 공원에 놀러 온 사람들은 노숙자들뿐 아니라 비둘기들도 불결하다고, 병균을 퍼뜨린다고 싫어했다. 비둘기들도 공원의 노숙자였다. 혹시 이종구를 만날 수 있을까 하고 다른 공원 몇군데를 돌다가, 문래공원에서 뜻밖에 말로만 듣던 박정희 동상을 보았는데, 그 동상이 허연 비둘기 똥으로 덮여 있었다. 그가 앓아온 우울증의 원인, 박정희. 그러나 이제 모든 걸 포기해버리기로 작정한 노숙자 허무성에게 그 인물은 전처럼 예리한 자극을 일으키지 못했다. 푸르뎅뎅한 청동의 근엄함을 비웃듯이, 소장 계급장이 붙은 군모와 양어깨에 허연 비둘기 똥이 잔뜩 눌어붙고, 양쪽 뺨에도 흘러내려 있었다. 사다리에 올라가 그 똥을 긁어내던 청년이 주위 사람들에게 들으라고 큰 소리로 불평해댔다. 빌어먹을! 저 비둘기 새끼들 약 먹여서 죄다 죽여버려야지, 원! 이렇게 똥을 엄청 싸대니 당할 재간이 있어야지. 매일 치워도 소용없어요. 저 불결한 것들 왜 살려두고 있는지 몰라. 뭐, 평화의 상징?

허무성의 노숙생활은 그렇게 한 달 넘게 계속되었다. 그동안에 월드컵 축구대회는 끝나 집단마취에 사로잡혔던 사람들은 이제 다시 우울한 제정신으로 돌아가고 있었다. 펄펄 끓던 팥죽솥이 급속히 냉각되면서 이런저런 후유증들이 나타났다. 엔도르핀 분비의 갑작스런 중단에 따라 육체적 정신적 무력감이 와서 입이 마르고 일이 손에 잡히지 않았다. 무심중에 발작처럼 입에서 철지난 대~한민국!이 튀어나오고, 심지어 공중화장실에서 무심중에 똑똑또도똑똑, 하고 엇박자 노크를 하게 되고, 그러면 안에서 똥누다가 대~한민국, 하는 식의 딸꾹질도 생겼다. 월드컵 기간 동안에 정지되었거나 연기된 것들은 이제 다시 원상태로 돌아갔다. 열광 속에서 엔도르핀이 많이 분비되어 잠시 호전되었던 환자들의 병세도 다시 나빠졌다. 불안과 절망, 죽음과 고통, 슬픔도 다시 사람들에게로 돌아왔다. 꿈은 꿈일 뿐이었다. 꿈은 이루어지지 않는다. 그렇게 모든 것이 월드컵 이전으로 원상회복하고 있었지만, 노숙자 허무성의 내면에는 그와 정반대의 현상이 일어났다. 한 달 가까이 노숙생활을 하는 동안 과거의 일은 흐릿하게 멀어져 실감이 없는 잔영만 남게 되었다. 그의 내부는 이제 대부분 해체되어 있었다. 이 도시, 이 문명이 그의 몸속에 만들어놓은 무수한 구조물들이 허물어졌다. 해체된 그의 몸은 이제 완전히 새로운 다른 용도를 기다리고 있었다. 이제 떠날 시간이 다 되었다.

25

 허무성이 한 달 남짓의 노숙생활을 끝내고 서울을 떠날 준비를 하고 있던 어느날 저녁, 그 공원에 홀연 폭풍우가 몰아쳤다. 노숙자를 위한 급식 종교집회가 벌어지고 있을 때였다. 은행나무 몇그루를 가운데 두고, 다른 한쪽에선 무슨 내용의 비디오인지 촬영이 한창이었다. 노숙자들을 부르는 찬송가 합창, 가슴을 쿵쿵 울리는 높은 데씨벨의 앰프소리. 내게 강 같은 사랑이 넘치네 내게 바다 같은 사랑이 넘치네 내게 샘솟는 기쁨…… 노숙자들이 느린 동작으로 그쪽으로 모여들고 있었다. 검정 박쥐우산 밑에 드러누워 책을 읽던 긴 머리의 청년, 갓난애를 안은 채 석상처럼 꼼짝도 않고 앉아 있던 사팔눈의 여인, 종일 말이 없는 큰 김씨, 따가운 햇볕 아래 점퍼를 뒤집어쓰고 마주 앉아 술을 마시던 작은 김씨, 미장이 박씨와 데리고 있던 발바리 개가 차에 치여 죽어버린 노씨, 폐지 줍는 두 할머니 등. ──어이, 허씨! 뭐해? 기독교가 왔어. 밥먹으러 가야지. ──그냥 놔둬. 저 사람은 술취하면 밥 안 먹더라고. ──어이, 양사장! 밥차 왔는데, 밥먹으러 안 가? ──난 설교 듣기 싫어서 안 가. ──그럼, 굶어죽을 거야? ──그래, 굶어죽을 거야. 내 죽거든 화장해서 이 공원에 뿌려줘. 비둘기들 먹게. ──아, 씨발, 어떤 새끼가 술취해서 잠자는 내 얼굴에다 오줌을 깔긴 거야. ──집에다 전화해야 하는데…… 아아, 내년에 막내가 중학교 들어가는데…… ──할머니, 예수님이 좋아요, 부처님이 좋아요? ──둘 다 좋지. 오늘은 교회에서 주는 밥 먹고, 내일은 절에서 주는 밥 먹지. ──예수님, 부처님한테 뭐라고 기도하세요? ──뭐, 빨리 죽게 해달라고 기도하지. ──죽음이 두렵지 않으세요? ──두렵기는! 반사판을 번득이며 비디오 촬영이 벌어지는 곳에도 사람들이 모여 있었다. 개나리덤불 앞에서 워크맨 카세트를 틀어놓고 음악에 맞춰 개 흘레하듯 엉덩이를 질름질름 꿈틀꿈틀 흔들며 춤추던 십대 아이 셋이 떠들어댔다. ──근데, 쟤들은 뭐야? 뭘 촬영하는 거야? ──저 여자, 붉은 똥꼬치마 입은 것 봐! 색골처럼 생겼는데. ──뻔해. 포르노 찍는 거지. ──음, 맞아, 저 여자 얼굴 포르노에서 본 것 같아. ──후우! 넌 포르노 볼 때 얼굴도 보냐? 난 궁둥이밖에 안 보는데. ──야, 가서 가까이서 보자! 찬송가에 이어 목사의 설교, 가슴을 쿵쿵 울리는 높은 데씨벨의 목소리. 실패로 낙심한 사람 있습니까, 예수를 바라보십시오, 새 힘을 얻을 것입니다. 고독하고 외로운 사람, 예수님을 바라보십시오, 주님이 동행할 것입니다. 오직 예수! 오직 예수! 그때 홀연, 한줄기 바람이 세차게 불어와 흙먼지를 얼굴에 끼얹었다. 훅 끼치는 마른 흙냄새. 불결한 잔털과 바이러스를 떨어뜨리면서 벚나무 위에서 비둘기떼가 일제히 퍼드득 날아올랐다. 가죽나무의 기다란 잎줄기들이 거대한 해파리의 촉수처럼 흐느적거리고, 여기저기서 검은 비닐봉지들이 불길하게 땅위를 날고 굼실굼실 기어다녔다. 야릇한 예감에 그는 퍼질렀던 두 다리를 모으고 허리를 꼿꼿이 세웠다. 아스팔트 바닥에 먼지 회오리를 일으키면서 바람이 계속 밀려왔다. 바람이 불어오는 남쪽 저 건너편에, 길게 스카이라인을 이루고 있는, 헐벗은 재개발지 상공에 누런 흙먼지 구름이 떠올라 있었다. 노씨의 발바리를 구워먹던 곳이었다. 술취한 그의 눈에 환상의 먼 지평선이 들어왔다. 푸들거리며 융기하는 지평선, 그곳으로부터 달려오는 천군만마의 구름떼. 황사의 먼지구름을 일으키며 내습하는 아틸라 군단이 눈에 보이는 듯했다. 마침내 구름떼가 인간의 도시를 덮쳤다. 빌딩과 빌딩 사이를 가득 메우고 밀려오는 맨해튼의 후폭풍의 황색 먼지, 6월항쟁의 인간 홍수! 거센 바람에 쫓긴 목사의 목소리가 점점 빨라졌다. 악의 세력은 우리 앞에 마침내 굴복하고야 말 것입니다. 한국은 작은 나라이지만 하나님 안에서 위대한 나라입니다. 위대한 민족입니다예수를잘믿는미국과한국이손잡는것은하나님이원하는것입니다기도합시다기도합시다오직예수오직예수! 비 오기 직전, 사위가 빠르게 어두워지면서 대기는 상쾌한 습기로 가득해졌다. 공원 주변 상가에 전깃불들이 켜졌다. 비를 기다리며 술렁거리는 수목들, 그르렁거리면서 점점 가까워지는 천둥소리. 허무성은 어떤 충동에 떠밀려 벌떡 자리에서 일어섰다. 가죽나무의 무성한 잎을 흔드는 세찬 바람소리. 그는 자신의 가슴속 깊은 곳에 무언가 뜨겁게 복받쳐오르는 걸 느꼈다. 소주를 병째 목구멍에 들이붓고는 눈을 똑바로 떴다. 사방이 더욱 어두워졌다. 매점 밖에 걸린 풍선들이 발광하고, 신문지, 광고지 들이 날아올랐다. 땅바닥을 굼실굼실 기어다니던 검은 비닐봉지들이 바람 탄 까마귀들처럼 허공으로 날아올랐다. 불길한 까마귀들, 까악 까악 까악. 번개를 동반한 구름떼가 지상을 향해 급속도로 추락하고 있었다. 드디어 천둥번개가 터지면서 비가 쏟아지기 시작했다. 급식 집회에 모였던 사람들이 비명을 지르며 물 만난 개미떼처럼 와르르 사방으로 흩어졌다. 그러나 허무성은 가죽나무 밑에서 꼼짝도 하지 않았다. 몸은 이미 비에 흠뻑 젖어 있었다. 순식간에 사람들이 공원에서 사라졌다. 앰프소리 꺼진 공원은 비바람 소리뿐, 비바람 속에서 휘휘낭창 환호작약하는 수목들뿐이었다. 나무들이 몸에 들러붙은 황사·매연을 빗물로 시원스럽게 씻어내면서 싱싱한 야성을 되찾고 있었다. 자연에서 포로로 잡혀온 나무들이! 싱싱한 비린내! 그 환호작약이 그대로 그의 몸속에 전해지고 있었다. 잠들었던 야성의 눈뜸이었다. 비바람에 뜯긴 나뭇잎 한장이 날아와 그의 귀뺨을 후려갈겼다. 그는 병을 기울여 남은 술을 마저 목구멍에 붓고는, 두 팔을 휘두르면서 허공을 향해 목청껏 까마귀 울음을 울어댔다. 까악! 까악! 까악! 이젠 떠나자! 이 도시를 이젠 떠나자. 더이상 지체하지 말고 내일 당장 떠나자! 남방셔츠를 벗어 팽개치고 러닝셔츠를 찢어발겼다. 벌거벗은 상체 위로 빗줄기가 시원하게 쏟아졌다. 번갯불이 단속적으로 도시 위에 내리꽂혔다. 마치 최후심판의 예행연습처럼, 뇌성벽력이 점점 가까이 다가오고 있었다. 뿌지직, 어두운 하늘을 찢고 지상을 향해 내리꽂히는 세 가닥 강렬한 빛의 뿌리, 하늘의 철판을 찢어발기는 황금빛의 거대한 용접불, 심판하는 신의 세 손가락! 변압기에 벼락이 떨어졌나? 켜졌던 상가의 전깃불들이 일제히 꺼졌다. 현란한 색을 뽐내던 광고전광판도 깜깜해졌다. 정전사태. 번개 칠 때마다 어둠속에서 새하얗게 질린 건물벽들이 순간적으로 드러났다가 사라지곤 했다. 그 빛과 소리는 허무성의 몸도 꿰뚫고 있었다. 빗물이 아스팔트 위를 범람하고 있었다. 빗속에서, 목사가 설교하던 바로 그 자리에 얼룩무늬 위장복 차림의 종말론자 이종구가 나타났다. 그가 외쳤다. 여러분, 이제 위대한 시간이 왔습니다. 9·11사태는 아마겟돈의 불길한 전조입니다. 그것은 하늘의 분노입니다. 하늘의 분노가 불을 일으켜, 음부 깊은 곳까지 사르고, 땅의 소산을 삼킨다고, 「요한계시록」에 씌어 있어요. 몰사죽음입니다. 지구와 인간이 한꺼번에 전멸하는 최후의 날, 여러분! 그 날이 이제 막 저 모퉁이를 돌아 이쪽으로 오고 있습니다. 위대한 시간, 종말의 시간이 닥쳐왔습니다. 김일강의 외치는 목소리도 들려왔다. 불세출의 영웅 박정희! 그분은 죽지 않았습니다. 박정희! 그분은 부활입니다. 그분의 영혼은 무덤을 깨치고 솟아올라, 지금, 바로 여기에, 우리와 함께하고 계십니다. 여러분, 이제는 슬픔의 눈물을 닦으십시오. 그리고 박정희, 그분 품에 안겨 다시 태어납시다. 그분 품안에서 우리는 비로소 위대한 민족이 될 것입니다. 천둥번개가 더욱 가까워졌다. 불꺼진 광고전광판, 거기에 오용미가 그린 격렬한 극채색의 탈레반의 거대한 머리가 떠올랐다. 모든 사물이 번개빛에 휩싸였다. 찬 빛의 시가지가 번쩍번쩍 드러나고, 무자비한 음향이 고막을 찢었다. 바람이 몰고 온 수많은 떼주검들이 허공을 가득 채웠다. 신음과 비명의 그 거센 바람 속에서 그를 부르는 소리가 들려왔다. 무성아! 무성아! 무성아! 쿠르르르 쾅쾅. 교회 첨탑의 십자가 피뢰침들이 바들바들 떨었다. 도시가 비딱하게 기울어져 산비탈이 되고, 그 위로 냇물이 터져 급히 달려왔다. 그래! 갑자기 불어난 그 냇물을 거슬러올라간 곳에 그 폐가가 있었다. 그 시절의 역사기행, 세석평전으로 오르는 길에서 폭우를 만나 찾아들었던 그 작은 오막살이. 참대 죽순들이 분노처럼 마당을 뚫고 솟아 있던 그곳, 조부모가 살았던 집도 아마 그런 집이었을 것이다. 허무성은 이제는 사라진 산속의 그 집을 찾아가 그 집의 유령들과 함께 살기로 결심했다.

| 작가의 말 |

이 소설은 실패와 절망에 관한 기록이다.

지금 우리 사회는 심상찮은 불안한 기운이 팽배해 있다. 우리에게 과연 희망은 있는 것일까? 다시는 헤어날 수 없는 절망의 나락으로 미끄러져 들어가고 있는 것은 아닐까? 갑자기 닥쳐온 경제적 재앙 속에 실패자가 되어버린 우리들 대다수는 불확실한 미래를 두려워하며 눈물과 고통을 참으며 불안한 나날을 보내고 있다. 조만간 모든 게 절망으로 끝나지 않을까 하는 것이 우리의 두려움이다. 그때 우리의 입에서 터져나올 울분의 무서운 아우성, 그것을 우리 자신이 두려워하고 있다.

수많은 개인들의 실패는 그 개인 자신의 탓이라기보다는 구조적인 것이고, 그 구조는 세계화가 만들어놓은 부분이 크다. 즉 개인의 실패, 개인의 불행은 일국의 문제를 넘어 세계와 연결되어 있기 때문에 우리의 무력감은 그만큼 클 수밖에 없다. 비관주의자인 나의 눈에 지금은 백약이 무효한 상황처럼 보인다. 나의 절망은 과연 정당한 근거를 갖고 있을까? 너무 과장하고 있는 건 아닐까? 그럴 수도 있다. 운동권은 나를 향해 모든 역량을 모아 싸워야 할 때 희망을 버리고 있다고, 배신이라고 비난할지 모른다. 패배를 사랑하고 절망을 은밀히 즐기는 마조히스트라고 매도할지도 모른다.

그러나 희망을 말하면서 낙관론을 펼치려면 나 같은 비관주의자의 목소리도 조금은 경청할 필요가 있지 않을까? 비관론은 적어도 우리의 타격대상이 얼마나 완강한 철벽인가를 일깨워준다. 지피지기의 전략이 없는 싸움은 패하기 마련이 아닌가.

절망은 절망으로 끝나지 않을 것이다. 철저하게 절망하여 그 밑바닥에 닿으면 거기에서 새로운 정신, 새로운 자아가 탄생하고, 그때 우리는 바닥을 걷어차고 힘차게 수면 위로 떠오르게 될 것이다.

7월의 짙은 초록을 바라보며
현기영